Claudia Balzer

Meant to be

Die Autorin
Claudia Balzer, Jahrgang 1987, wuchs vor den Toren Dresdens auf, wo sie noch heute mit Mann, Kind und zwei Katzen lebt. Schon im zarten Alter von fünfzehn Jahren hat sie sich in den Kopf gesetzt, ein Buch zu veröffentlichen, bevor sie dreißig wird. Dass sie ihr Ziel sogar deutlich vor ihrem dreißigsten Geburtstag erreicht hat, verdankt sie nicht nur einem ausgeprägten Hang zur Nachtaktivität, sondern vor allem ihrem Lieblingsgetränk: Kaffee.

Das Buch
Nichts kann die Vergangenheit ungeschehen machen, aber du kannst deine Zukunft selbst bestimmen
Lexis Welt ist die Musik. Da ist sie sicher, kennt sich aus und kann ihre Vergangenheit so gut es geht vergessen. Mit Menschen hat sie es nicht so, scheut ihre Berührungen mehr als alles andere auf der Welt. Doch dann tritt Luke in ihr Leben. Gemeinsam sollen sie einen Song für das Plattenlabel, das Lexi gemeinsam mit ihrem Onkel führt, schreiben. Und so sehr es Lexi vor der Zusammenarbeit graut, so sehr ist sie überrascht, dass sie Lukes Brühungen nicht fürchtet, sondern sogar genießt. Aber ihre Vergangenheit holt Lexi unaufhaltsam ein und sie weiß nicht, ob sie Luke vollends vertrauen kann.

Von Claudia Balzer sind bei Forever erschienen:

In der Burn-Reihe:
Burn for Love – Brennende Küsse
Burn for You – Brennende Herzen
Burn for Us – Brennende Leidenschaft

Flying Hearts

Meant to be

Prolog

Lexi

Sieben Jahre zuvor

Das Büro meines Onkels Mike spiegelt seinen Charakter eins zu eins wider. Chaos, wo man hinsieht. Überall liegen Demo-CDs, Musterverträge, Textschnipsel, verworfene und zerknüllte Notenblätter und Essensreste aus der Kreidezeit. Chaos, aber das Ebenbild des leidenschaftlichen Musikers, der er ohne Zweifel ist – obwohl das Klavier in der Ecke scheinbar achtlos mit Zetteln überladen ist. Mike liebt es, neue Talente zu entdecken und zu fördern. Er ist meist derjenige, der sie aus einem Tief oder einer Blockade holt und ihnen ihre Leidenschaft zurückgibt. Es ist faszinierend, aber nicht verwunderlich, denn er stammt aus einer Musikerfamilie. Meine Großeltern waren bekannte Pianisten und Sänger, zumindest wird mir das immer erzählt. Ich habe sie nie kennengelernt. Ich war zu klein, als sie starben, als dass ich mich an sie erinnern könnte.

»Hi Alexandra«, grüßt Mikes Assistent, den er eingestellt hat, als er vor ein paar Monaten zum Producer aufgestiegen ist. Ich ignoriere ihn und sehe zur Seite, so dass es aussieht, als ob ich ihn nicht bemerke. Meine Kopfhörer bieten mir ein ausreichendes Alibi, obwohl keine Musik darüber spielt. Leider sind die Tonüberträger nicht schalldicht und ich kann mich nicht komplett von der Welt abschotten. Dafür fehlt mir das Geld und

Mike frage ich nicht. Ihm bin ich zu ewigem Dank verpflichtet, dass er mich mit seinen fünfunddreißig bei sich aufgenommen hat, damit ich die Schule beenden kann. Ich plane, ihm nicht länger als zwei Jahre auf der Tasche zu liegen.

Der Assistent begreift, dass ich ihn nicht höre, oder es in diesem Fall nicht will, und legt seine Mappe auf Mikes Schreibtisch ab, bevor er wortlos das Büro verlässt. Nach einem tiefen Durchatmen entspanne ich mich wieder und male weiter im Notizheft herum. Als ich die Skizze eines kleinen Hundes beendet habe, sehe ich auf die Uhr. Es ist fast zwanzig Uhr. Vor einer Stunde wollten mein Onkel und ich uns in seinem Büro treffen und essen gehen. Er hat die Verabredung nicht vergessen, dessen bin ich mir sicher. Er hat eher die Zeit um sich herum nicht im Blick. Mich stört es nicht. Die Einzige, mit der ich sonst meine Freizeit verbringen könnte, ist Anna, ihres Zeichens beste Freundin, und sie macht mit ihren Eltern Urlaub im Iran. Sie besuchen ihre Familie.

Meine Familie befindet sich hier in Berlin.

Meine Familie besteht aus Mike.

Der schwarze Ledersessel, auf dem ich mit angezogenen Beinen sitze – der einzige Platz, der vom allgegenwärtigen Chaos befreit ist –, wird bequemer, als er die gesamte Zeit über war. Der Sessel kann sich nicht verändern, das ist mir bewusst, aber meine übermüdeten Muskeln empfinden es so. Ich ziehe mir die Kapuze des Hoodies über Kopf und Kopfhörer. Die zu langen Ärmel ziehe ich über meine Hände und halte den Saum mit den Fingern fest. Den Kopf ruhe ich an der Lehne aus. Das Leder knirscht leise, als ich mich weiter zusammenrolle. Mit ein wenig Glück schlafe ich ein und wache nie wieder auf. Etwas Schöneres kann ich mir zurzeit kaum ausdenken.

Gedankenverloren und übermüdet blättere ich in meinem Notizheft. Ich kenne es auswendig. Jede Skizze, jedes Wort, jede von Tränen verschmierte Stelle, die in den ausgewaschenen Farben der Schrift kleine Kunstwerke bildet.

Der Schlaf scheint mich doch eingeholt zu haben. Zumindest steht Mike auf einmal neben mir und ruft nach mir. Träge richte ich mich auf. Meine Wirbel knacken, als ich den Rücken durchdrücke. Dabei habe ich vergessen, dass das Heft auf meinen Oberschenkeln liegt. Flatternd gleitet es zu Boden. Es bleibt mit der Seite, in der mein Kugelschreiber steckt, offen liegen. Mike sieht es an und greift mit gerunzelter Stirn danach. Wäre ich nicht eben erst aufgewacht, wäre ich vielleicht schnell genug, um ihn daran zu hindern, es aufzuheben. Er blättert darin und mein Herz zieht sich vor Panik zusammen. Es ist der Tritt, den ich brauche, damit meine Gliedmaßen sich in Bewegung setzen. Ich stehe so schnell auf, dass mir kurzzeitig schwarz vor Augen wird. Das eklige Gefühl der Haltlosigkeit ignorierend, finde ich mein Gleichgewicht und greife nach dem Notizheft.

»Nicht!«, protestiere ich lautstark und versuche es ihm zu entreißen. Doch Mike hält es in die Höhe und macht es damit unerreichbar.

»Was … ist das?«, fragt er und ich verstumme. Als das letzte Mal jemand diese Texte gesehen hat, ist es alles andere als erfreulich für mich ausgegangen. In Mikes Stimme schwingt Ungläubigkeit mit. Er blättert zum Anfang zurück und ich gebe meinen Kampf gegen ihn auf. Mit geschlossenen Augen warte ich darauf, dass er eins und eins zusammenzählt. Als sein Atem geräuschvoll stockt, weiß ich, dass er die Verbindungen erkannt hat.

»Lexi!«, ruft er und im Gegensatz zu seiner aufgebrachten Stimme legt sich seine Hand sanft auf meine Schulter. Dennoch zucke ich zusammen und weiche von ihm zurück, als ob er mir eine Ohrfeige verpasst hätte. Mike sieht mich an und dann auf seine Hand. Er will etwas zu dieser Reaktion sagen, aber mit einem kleinen Kopfschütteln verbannt er den Gedanken aus dem Kopf. »Du hast die Songs geschrieben, mit denen dein Vater sein Geld verdient, oder?«, fragt er nüchtern. Meine Augen sind zum Bersten mit Tränen gefüllt. Der Ruck meines knappen Nickens befreit sie und sie fließen unaufhaltsam über meine Wangen.

Wenn man uns beide nebeneinanderstellt, kommt man schnell auf die Idee, dass wir Geschwister sein könnten. Dass ich der Nachzügler bin, den unsere Eltern ungeplant bekommen haben. Aber er ist das Nesthäkchen. Er ist der kleine Bruder meiner Mutter. Oder war es. Redet man überhaupt in der Gegenwartsform, wenn einer der beiden nicht mehr lebt? Wenn ein Ehepartner verstirbt, ist der Verbliebene verwitwet. Wenn Eltern sterben, sind die Kinder Waisen. Aber wie nennt man es, wenn man ein Geschwisterteil verliert? Verliert man dann das Recht, sich Bruder oder Schwester zu nennen? Es ist egal. Mit einem Schluchzen lasse ich mich wieder in den Sessel fallen.

»Warum hast du nichts gesagt?«, fragt mein Onkel und zieht seinen Bürostuhl vor den Sessel. Dass er dabei einige allem Anschein nach wichtige Papiere überrollt, scheint ihm völlig egal zu sein. Meine Beine habe ich mittlerweile wieder angezogen und ich umarme meine Schienbeine. Mein Kinn lege ich auf mein Knie. Ich antworte ihm noch immer nicht, nachdem er mich eine Minute auffordernd betrachtet hat.

»Lexi, warum hast du mir nichts davon erzählt?«, fragt er erneut. Nur die Gewissensbisse in seiner Stimme geben mir den Anstoß zur Antwort.

»Ich … ich hatte Angst und außerdem hat er die Songs abgeändert.«

Mike schnaubt verärgert. Er sieht wieder in mein Heft und ich möchte es ihm mehr denn je entreißen. »Er hätte beim Original bleiben sollen«, erklärt er kopfschüttelnd.

»Wer hätte mir geglaubt, Mike?«, frage ich seufzend und hoffe, das Thema endlich abschließen zu können. Doch ich scheine damit genau ins Wespennest zu stechen.

»Ich!«, poltert es aus ihm heraus und ich zucke zusammen. »Ich hätte dir geglaubt!«, versichert er mit solch einer Inbrunst, dass ich ihm seine Worte fast abnehme.

»Du warst nicht da«, gebe ich zu bedenken und lächle, damit er sich nicht schlecht fühlt. Ich sehe, wie in ihm etwas vor Schmerz zerbricht, und senke meinen Blick. Leid ist das Letzte, was ich ihm zufügen will. Er war nicht da, weil er studiert hat, und das in aller Welt. Er hat bei vielen der Besten sein Handwerk gelernt. Sein persönliches Ziel ist es, in Deutschland eine Musikindustrie zu schaffen, die über den gesamten Globus genauso ernst genommen wird wie die der USA. Obwohl er sagt, dass der asiatische Markt zu Unrecht unterschätzt wird.

»Lexi …« Mikes Stimme ist belegt von Emotionen, die er nicht auf einen Schlag verarbeiten kann. Ich bin zu sehr damit beschäftigt, darüber nachzudenken, wie ich das Ruder herumreißen kann, um zu einem schöneren Thema zurückzukehren. Daher entgeht mir, dass mein Onkel sich in seinem Stuhl nach vorn neigt und eine Hand auf meinen Unterarm legt. Meine Reaktion dagegen bleibt uns beiden nicht verborgen. Alles an und in mir verkrampft sich so sehr, dass mir das Atmen schwerfällt.

Ich habe vor ein paar Monaten eine Dokumentation über Insekten und Spinnen und all solche Krabbeltiere gesehen. In einer Szene hat eine tropische Spinne ihre Eier unter die Haut einer Frau gelegt. Es musste passieren, was dann passiert ist. Die entzündete Stelle platzte auf und hunderte kleine schwarze Tierchen krabbelten über die Haut. Babyspinnen, so winzig, dass man sie mit bloßem Auge nur als tanzende Punkte wahrnimmt. Es kribbelt, ist unangenehm und man möchte sie vor Ekel von sich schütteln. Die Abscheu lässt Übelkeit aufsteigen, aber man versucht, sich zurückzuhalten. Die kleinen Tierchen bleiben hartnäckig kleben. Nie zuvor habe ich eine bessere Beschreibung dafür gefunden, wie es sich anfühlt, wenn mich jemand berührt. Es ist dabei völlig egal, ob der Kontakt überraschend zustande kommt oder ob ich mich darauf einstellen konnte.

Hass ist gar kein Ausdruck für das, was ich empfinde, wenn mich jemand anfasst. Mein engster Kreis weiß das. Anna und

Mike wissen das und dennoch passiert es öfter, als mir lieb ist, dass sie mir, ohne weiter zu überlegen, eine Hand auf die Schulter legen oder mich freudig umarmen. Ihnen fällt meine Angst meist erst ein, wenn es zu spät ist.

Ich kann es verstehen. Es ist nicht die Norm, dass jemand keinerlei Berührungen erträgt.

Ich bin nicht die Norm.

Ich bin abnormal.

»Lexi, hol Luft!«, mahnt Mike. Er sieht so hilflos aus, wie er mich betrachtet. Wie soll er mir helfen? Er kann mich nicht mal tröstend in den Arm nehmen, ohne die Sache schmerzvoller zu machen.

Als ich tief einatme, klinge ich eher wie ein Moped mit Startschwierigkeiten. Heiße Tränen fließen wie kleine Sturzbäche über meine Wangen. Mike beherrscht sich und streicht sie mir nicht aus dem Gesicht. Mit dem Ärmel meines Hoodies wische ich sie störrisch weg.

»Verdammt noch mal.« Mike seufzt und lehnt sich in seinem Stuhl zurück. Während die ergonomisch korrekte Sitzgelegenheit ihn etwas vor und zurück wippt, streicht er sich über das Gesicht. »Ich hätte da sein müssen. Du hast mich gebraucht, als …«

»Können wir nicht einfach essen gehen?«, unterbreche ich flehend. Mein Magen verkrampft sich bei dem Gedanken daran, dass ich etwas zu mir nehme. Mir ist der Hunger gehörig vergangen. Mein Onkel sieht, noch immer zurückgelehnt, zu mir herüber. Nach kurzem Überlegen, das mich mit einer unguten Vorahnung zurücklässt, erhebt er sich und geht zur Tür. Er öffnet sie und beauftragt seinen Assistenten, uns etwas beim Lieblingschinesen zu bestellen. Dann schließt er die Tür, und was meine Vorahnung in Wissen verwandelt, ist die Tatsache, dass er die gläserne Wand und das ebenso durchsichtige Türblatt durch das Herablassen der Jalousien blickdicht werden lässt.

Mike setzt sich und studiert weiter mein Notizheft. Nach der sechsten oder siebten Seite beginnt er an der Spitze seines Daumennagels zu nagen. Er liest die darauf folgende Seite wieder und wieder und wieder. Ich weiß, warum er an genau diesem Lied hängen bleibt. Warum genau dieser Song ihn anspricht. Sein Knie wippt nervös, als er von meiner Handschrift zu mir aufsieht.

»Du hast ihr künstlerisches Talent geerbt«, stellt er aufgewühlt fest. Langsam hält er mir die Schätze, die den Inhalt meines Herzens widerspiegeln, hin.

Zögerlich greife ich danach. Sein Blick gefällt mir nicht.

»Sing es mir vor.«

»Was?«, frage ich entsetzt.

»Sing es mir vor«, wiederholt mein Onkel nüchtern.

»Ich kann nicht singen«, sage ich, als ob er den Verstand verloren hätte.

»Lass mich das bitte beurteilen.« Mike geht zum Klavier und fegt die Papiere mit einer schwungvollen Bewegung seines Armes vom Deckel. Ich beobachte, wie das tote Holz zu Boden sinkt. Er klappt die Verkleidung der Tasten nach oben und sieht wartend herüber. »Bitte«, wiederholt er.

»Mike …« Ich seufze und mache keine Anstalten, mich von dem Sessel zu erheben.

»Lexi, du bist die Tochter meiner Schwester. Du musst eine Melodie im Kopf haben. Lass sie mich hören.«

»Nein«, beharre ich.

Mike setzt einen drauf. Er nimmt den Bilderrahmen von seinem überfüllten Schreibtisch und stellt ihn direkt auf das Klavier. Es wird weh tun, aber ich kann nicht anders, als das Bild anzusehen. Das Foto zeigt mich und meine Mama. Ich muss etwa neun Jahre alt sein. Sie trägt ihr Lieblingskleid, gelb mit dunklen Blumen um den Saum herum. Das Gelb sticht nicht ins Auge. Es ist eine friedvolle, zarte Farbe. Mein früheres, glückliches Ich grinst in die Kamera. Meine Mutter umarmt mich und lächelt liebevoll zu mir hinab. Ich liebe und hasse es zugleich.

»Dann sing es für sie.«

Ich weiß, dass mein Onkel Psychotherapie mit mir betreiben möchte. Nur was erhofft er sich dadurch? Dass ich auf einmal alle Macken ablege und geheilt werde?

Ich bezweifle es stark.

Dennoch erhebe ich mich. Meinen Onkel würdige ich keines Blickes. Ich bin wütend und weiß nicht wieso. Weil er mich dazu drängt? Weil ich es selbst will? Bin ich auf ihn oder mich oder auf die ganze ungerechte Welt wütend? Auf alle Fälle brauche ich ein Ventil, um all das rauszulassen, sonst zerberste ich und das wird nicht schön werden.

Ich setze mich vor das Instrument. Das Bild von meiner Mutter und mir steht direkt vor meinen Augen. Mike hat sein Feingefühl wiedergefunden und schweigt. Im Spiegelbild der Fenster sehe ich, wie er sich auf seinen Stuhl setzt. Mit den Ellbogen stützt er sich auf seine Knie und wartet.

Ich warte, nur weiß ich nicht, auf was. Meine Hände zittern, als ich sie auf die Tasten lege. Mit einem letzten Blick auf das Foto spiele ich das hohe E an. Ein Schauer durchfährt mich. Als ich meine linke Hand ebenfalls auf die Tasten lege, durchfließt mich ein Energiestoß, als ob der beidhändige Kontakt mit dem Instrument einen Kreislauf schließt. Alle Leitungen in mir stehen unter Hochspannung. Die Melodie spielt in meinem Kopf und ich teste aus, wie sie sich am Klavier anhört. Bevor ich die erste Strophe singe, habe ich einen Kloß im Hals. Erst beim dritten Anlauf bricht meine Stimme nicht mehr nach dem ersten Teilsatz.

Nur in meinen Träumen kann ich dich noch sehen
Die Welt dort ist still und freundlich zu uns
Du bist weg und ich muss gehen
Jeder Morgen ist der Erfolg eines grausamen Tributs.

Ich schlage die Augen auf und zähle die Stunden,
bis ich dir gegenübersteh
Jede Nacht verschwindet so schnell wie der erste
Schnee
Die Welt zieht an mir vorbei, bis die Sonne wieder
untergeht
Die Leute sehen nur, dass die Welt sich für mich
weiterdreht.

Die einen sagen feige zu dir, ich sage bravo
Alle schauen weg und ich verschließe meine Augen
nie.
Sie applaudieren deinen Liedern und deinem Cello
Sie ignorieren die Wahrheit darin in blinder
Ironie.

Abends lege ich meinen Kopf in deine Kissen nieder
Ich glaube nicht an Gott, aber bete, dass ich
aufwache. Nie wieder.

Dann verweigert meine Stimme ihren Dienst. Die Worte sind aus mir geflossen, als ob sie ein Teil von mir wären. Wahrscheinlich sind sie es. Ich habe sie schließlich zu Papier gebracht. Zum ersten Mal habe ich sie laut ausgesprochen. Die melancholische Melodie hallt lange in mir nach und auch Mike sagt zunächst nichts. Wenn ich meine Arme ausbreiten würde, würde ich unter Garantie anfangen zu fliegen, so leicht fühle ich mich.

»Lexi … das war großartig«, lobt mich mein Onkel leise, als ich die Tränen wieder einmal aus meinem Gesicht streiche. Mich ihm zuwenden kann ich erst, nachdem ich tief durchgeatmet habe. In seinem Gesicht spiegelt sich das Deckenlicht in der Flüssigkeit auf seinen Wangen. »Deine Mum wäre so verdammt stolz auf dich.«

»Danke«, sage ich leise und kann ihn dabei nicht ansehen. Ich bin erstaunt, wie angeschlagen meine Stimme nach nur einem Song ist. Wir verfallen in ein angenehmes Schweigen und ziehen uns beide in unsere Erinnerungen an sie zurück.

»Du weißt, ich bin nicht wie dein Vater«, wirft Mike nach einer Weile in den Raum und mein Hoch ist schlagartig vorbei. Ich sehe ihn an.

»Natürlich weiß ich das«, versichere ich ihm.

»Wenn du willst, und auch nur dann, könntest du dir vorstellen, Texte professionell zu schreiben?«

Das kommt überfallartig. Meine Songs? Meine Lieder sind meine Art des Tagebuchführens. Das mit anderen teilen? Mein tiefstes Inneres?

»Ich weiß nicht recht«, sage ich ehrlich. Aber es wäre eine Chance. Ich würde Mike nicht mehr auf der Tasche liegen und wäre unabhängig.

»Du hast ein verdammt großes Talent. Verstehe es bitte nicht falsch, dass ich jetzt mit meiner Arbeit anfange, aber ich versuche dir nur zu helfen. Ich habe eine Band unter Vertrag genommen, die sich nicht mehr weiterzuentwickeln scheint.«

Er redet seit Wochen von nichts anderem. Ich weiß, um wen es sich handelt.

»Der Leadsänger ist zu geleckt, zu clean. Ihm fehlen die Ecken und Kanten, das Nahbare … Dein Song, deine Art zu schreiben könnte ihm all das geben. Wenn du bereit wärst, ins Musikgeschäft einzusteigen. Ich verspreche dir, dass ich auf dich aufpasse und es niemals zulassen werde, dass dich jemand ausnutzt.« Mike betrachtet mich, wie ich ihm stillschweigend zuhöre. »Du musst dich nicht gleich entscheiden. Schlafe ein paar Nächte drüber.«

Ich nicke, damit er eine Art Antwort erhält. Es ist eigenartig, dass man selbst als Einziger das Bild nicht sieht, das andere von einem haben.

»Lexi, du hast ihr Talent und bist ihr wie aus dem Gesicht geschnitten. Es wäre schade, das zu verschwenden. Du könntest es weit bringen, wenn du es willst. Du bist sechzehn, du hast noch eine Menge Zeit, aber ich könnte Kontakte für dich knüpfen, von denen du eine Menge lernen könntest.«

Für heute bleibe ich meinem Onkel die endgültige Entscheidung schuldig. Ich werde meine Mutter diese Nacht fragen, was sie glaubt, was das Beste ist, wenn ich ihr in meinen Träumen wiederbegegne.

1 – Dark Blue

Lexi

Das Dark Blue ist brechend voll, obwohl es ein Donnerstagabend ist. Die After-Work-Party zieht viele der Arbeit überdrüssigen Angestellten an, die das Wochenende zum Greifen nah ahnen. Die meisten holen sich hier die Energie für den letzten Tag der Woche. Ich finde den Aufenthalt mit so vielen Menschen auf so engem Raum eher anstrengend. Meine beste Freundin Anna und ich vergnügen uns am Rande der Tanzfläche. Es ist eine Weile her, dass ich so ausgiebig getanzt habe.

Mit ihren langen dunklen Haare sticht Anna aus der Menge hervor. Ihr leicht exotisches Aussehen stellt für viele einen Blickfang dar, aber das ist Anna egal. Sie besitzt mehr Temperament, als man einer gebürtigen Iranerin normalerweise zutrauen würde. Sie weiß, dass sie bildhübsch ist, und unterstreicht ihre Vorzüge gekonnt, aber sie bildet sich nichts darauf ein. Das macht sie so liebenswert. Alle scheinen mit ihr tanzen zu wollen. Oder mir kommt es nur so vor, weil ich nur mit ihr tanzen will und verkrampfe, sobald uns jemand zu nahe kommt. Zu gerne würde ich über die Tanzfläche fegen, tanzend zum Beat – ohne an das Morgen zu denken. Doch dagegen spricht, dass ich am liebsten eine Haut hätte, die von Augen übersät ist, damit ich jeden im Blick habe, der mir zu nahe kommt.

Aber leider ist dem nicht so und ich muss mich am Rand der Menge begnügen. Anna ist anzusehen, dass sie sich liebend gern ins Getümmel stürzen würde. Der Tanzbereich ist aber so überflutet, dass ich keine Sekunde sicher wäre. Die ständige Angst, dass mich jemand absichtlich oder unabsichtlich berührt, lähmt mich. Der Großteil versteht ein Nein, aber es gibt immer ein paar Sonderexemplare, die sich dadurch eher angestachelt fühlen. Das Risiko, dass ich vor Überwältigung zur Salzsäule erstarre, ist mir zu hoch. Mit einzelnen Vorfällen komme ich zurecht, aber besonders bei Vertretern der männlichen Fraktion ist es schlimm. Auch heute fühlt es sich an, als würde die betroffene Hautstelle mit ätzender Säure überschüttet. Doch über die Jahre habe ich meine Tricks entwickelt, die mir die Besuche in solchen Einrichtungen erträglicher machen. Ich habe Wege gefunden, mit meinem Handicap über die Runden zu kommen, ohne dass ich das Gefühl habe, etwas von meinem Leben zu verpassen. Man arrangiert sich.

Als meine Füße zu protestieren beginnen, weil sie das ausgiebige Tanzen nicht mehr gewöhnt sind, deute ich Anna an, dass ich mich an die Bar zurückziehe und sie eine Runde durch die Menge drehen kann. Sie nickt grinsend und winkt mir zu, ehe sie von der Masse verschluckt wird.

Es gibt diesen einen Fleck neben der Bar, der immer frei zu sein scheint. Genau zwischen dem Ende der Theke und dem Beginn der Stehtische entsteht an der Wand meistens eine Lücke. Ich weiß nicht warum das so ist, aber dieser Platz ist meine erste Anlaufstelle, auch wenn es um einen Ausgangspunkt für meine Arbeit geht. Vielleicht liegt es daran, dass dort oft der Durchgang für die Barkeeper ist – und niemand will es sich mit ihnen verscherzen. Ich bin oft auf Konzerten und in Bars oder ähnlichen Etablissements. Mein Job bringt das automatisch mit sich. Erst recht in letzter Zeit, da ich darauf angewiesen bin, Mike anders als mit meinen Songs zu unterstützen.

Die Worte fließen seit Wochen, ach, was rede ich, seit Monaten nicht mehr. Wenn ich vor einem Klavier sitze oder eine Gitarre in der Hand halte, sind meine Finger steif, als hätten sie nie ein

Instrument gespielt. Ich hänge fest und habe keine Ahnung, wie ich mich davon lösen soll. Die Trophäen in Mikes Büro, die meinen Künstlernamen tragen, verspotten mich immer aufs Neue, wenn ich bei ihm antrete. Ich habe über die letzten Jahre genügend verdient, aber es ist nicht das Geld, das mich beschäftigt. Seit ich Songs schreibe, ist dies meine erste Blockade. Vielleicht weiß ich deshalb nicht damit umzugehen und bin darum seit ein paar Wochen zurück in Berlin. Wenn man sich verliert, soll man sich seiner Wurzeln besinnen und dahin zurückkehren, wo alles angefangen hat.

Bisher habe ich davon nichts bemerkt. Meine Reisen haben mir viel Input gegeben und ich habe einen Song nach dem anderen rausgehauen. Seit einem knappen halben Jahr ist das anders. Es gab keinen Auslöser oder einen Grund, den ich benennen könnte. Die Worte wollten nicht mehr durch meinen Kopf in meine Hand und dann aufs Papier. Selbst das Komponieren stockt. Mike und Anna sagen, dass ich ausgebrannt bin und ein paar Gänge zurückschalten soll. Aber ich weiß nicht, was ich stattdessen mit meiner Zeit anstellen soll. Seit dem achtzehnten Geburtstag habe ich nonstop gearbeitet. Das sind inzwischen fünf Jahre. Vielleicht haben sie recht, vielleicht aber auch nicht. Für mich fühlt es sich eher an, als ob ich alles, über das es sich zu schreiben lohnt, bereits zu Papier gebracht habe.

Ich schüttle kurz den Kopf und versuche, aus meinen melancholischen Gedanken aufzuwachen. Ich lasse meinen Blick wieder durch das Dark Blue schweifen. Mit etwas Glück hat die Inspiration sich entschlossen, heute Abend zu mir zurückzukehren.

Die Bar hat sich über die Jahre verändert. Wände wurden eingerissen, damit die Bühne vergrößert werden konnte. Die Wandverkleidung wurde entfernt und das alte Mauerwerk mit den roten Backsteinen verleiht allem einen industriellen Touch. In Amerika habe ich diese Gebäude gehasst, aber hier in Berlin wirkt es authentisch und das Konzept überzeugt. Dass sich der

Inhaber diesen umfangreichen Umbau leisten konnte, liegt nicht zuletzt an Mike und mir. Nachdem immer mehr Künstler Interesse an meinen Texten und Kompositionen bekommen hatten, haben wir an dem Tag, an dem ich volljährig wurde, unser eigenes Label gegründet. Wir sind ein vergleichsweise kleines Unternehmen, aber beliebt bei Bands und Solosängern. In den letzten Jahren haben wir allein über Auftritte im Dark Blue fünf Künstler unter Vertrag genommen, die sich zufriedenstellend in den Charts und in ihrer eigenen kleinen Community machen.

Heute folgt vielleicht Nummer fünf. Auf diese vier Jungs bin ich gespannt. Mike hat mir nichts von ihnen vorgespielt – er ist der Meinung, dass ich mich selbst von ihnen überzeugen muss. Das hat er noch nie getan. Aber das ist nicht das Einzige, das an dieser Band anders ist. Andere, zum Teil um einiges größere Plattenfirmen haben ihnen Verträge angeboten, aber sie haben abgelehnt. Unzählige Telefonate sind nötig gewesen, bis ich den Grund erfahren habe.

Die Jungs gibt es nur mit Anhang. Sie verlangen, dass ihr Songwriter ebenfalls einen Vertrag bekommt. Das ist eher unüblich. Unüblich, weil die meisten Texter als Freelancer arbeiten. Sicher gibt es auch hauseigene, aber das gleich als Newcomer zur Bedingung zu machen? Ich selbst biete meine Werke nicht nur unseren Künstlern im Label an. Meine Songs, solange mir denn welche einfallen, wurden nach Amerika, Großbritannien und in Deutschland verkauft. Ich schreibe inzwischen neben deutschen Songs auch englische. Aber noch mehr habe ich anderen dabei geholfen, ihre Stimme in den Texten zu zeigen. Umso makabrer, dass ich meine eigene in meinen nicht mehr zu finden scheine. Diese Band bekommt von mir allein dafür schon Pluspunkte, dass sie ihren Freund nicht zurücklassen und ihm ebenfalls einen Einstieg verschaffen wollen.

Bis ich mich davon überzeugen kann, dass sie die Umstände wert sind, ist etwas Geduld gefragt. Sie treten erst um halb elf auf. Die stickige Luft hat mich inzwischen durstig gemacht.

Otto, der Barkeeper, und ich haben zusammen die Schulbank gedrückt und gemeinsam unsere Erdkundelehrerin überlebt. So eine Erfahrung prägt, so dass man den anderen selbst Jahre nach dem Abschluss solidarisch unterstützt. Sobald er in meine Richtung sieht, hebe ich die Hand und mache mich bemerkbar, und obwohl er von den ausgetrockneten Gästen überrannt wird, bedient er mich bevorzugt. Er gießt mir nicht nur ein Glas Wasser oder einen Softdrink ein, nein, er serviert mir ein buntes Getränk, das mit frischer Ananas und Orange garniert ist. Er weiß, dass ich keinen Alkohol mehr trinke, und so ist dieser jungfräuliche Cocktail bedenkenlos zu genießen. Das heißt, wenn ich dazu käme.

»Gott sei Dank«, höre ich Anna nur, als sie mir auch schon das Glas aus der Hand reißt. »Ich bin am Verdursten.« Ein wenig wehleidig und perplex sehe ich zu, wie sie den gesamten Cocktail hinunterkippt.

»Ich hoffe, er hat geschmeckt«, gebe ich trocken von mir. Hilfesuchend sehe ich mich nach Otto um. Er hat das ganze Schauspiel aus dem Augenwinkel beobachtet und grinst nach meinem Geschmack eine Spur zu schadenfroh. Er war damals in Anna verliebt und würde ihr noch heute so einiges durchgehen lassen. Kopfschüttelnd widmet er sich wieder der zahlenden Kundschaft. Wann und ob ich überhaupt einen neuen Durstlöscher von ihm erhalte, steht in den Sternen.

»Was hast du gesagt?«, ruft mir meine beste Freundin, die mir den Tod durch Verdursten zu wünschen scheint, über den lauten Bass hinweg zu.

»Das ist meiner gewesen«, rufe ich zurück und beuge mich ein wenig in ihre Richtung. Damit kein Spielraum für Missverständnisse entsteht, zeige ich auf das leere Glas in ihrer Hand.

»Ups.« Sie lacht ertappt. Während ich mir wenigstens das Obst gönne, kann ich deutlich beobachten, wie ihr eine leichte Röte ins Gesicht steigt. Ich habe ihr diesen unbedachten Stunt in dem Moment verziehen, in dem er passiert ist, aber dennoch darf ich es ein wenig genießen, wenn Anna ihr überstürztes Handeln bewusst wird. Sie sieht sich um, als würde sie in unmittelbarer Nähe eine Lösung für unser Problem finden. Otto ist schwer beschäftigt. Anscheinend will sich jeder stärken, bevor die Band ihren Auftritt hat. Von ihm braucht sie zumindest in den nächsten Minuten keine Hilfe zu erwarten. Aber Anna wäre nicht Anna, wenn sie einfach so aufgeben würde.

Als ich das letzte Stück Obst von dem Glasrand pflücke, verschwindet sie schon damit. Sie sieht sich um, dass keiner der Angestellten sie im Visier hat. Dann schleicht sie an den Rand der Theke, genau an die Stelle, die als Durchgang für die Mitarbeiter dient, und verschafft sich kurzerhand selbst Zutritt. Otto bemerkt sie entweder nicht oder hat sich entschieden, sie zu ignorieren. Er kennt diese Aktionen von ihr noch aus Schulzeiten. Und da ich durch meine Reisen eher mit Abwesenheit geglänzt habe, ist es Anna zuzutrauen, dass sie das nicht zum ersten Mal macht. Sie kehrt, ohne gefasst zu werden, zu mir zurück und drückt mir ein Glas Cola in die Hand. Es ist nicht der schicke Cocktail von eben, aber es befeuchtet meine Kehle.

»Ich habe dich auf der Tanzfläche vermisst«, beklagt sie sich über die Musik hinweg. Anna lehnt sich mit dem Rücken gegen die Wand hinter uns. Ich ahme es ihr nach.

»Ich weiß«, sage ich seufzend. »Ich vermisse es auch«, füge ich leiser hinzu, unsicher, ob meine beste Freundin mich gehört hat. Es ist am Ende egal. Sie weiß, warum ich mich in die Ecken der Konzerthallen verkrieche. Zumindest glaubt sie, annähernd zu wissen, woher diese Macke von mir stammt. Sie kennt nur die Spitze des Eisbergs, und damit schon mehr als jeder andere.

Für ein paar Minuten schweigen wir. Wir sehen den Körpern der Tanzenden zu, wie sie sich mal mehr und mal weniger erfolgreich passend zum Takt bewegen. Ich beneide sie. Der DJ legt erstklassige Lieder auf.

»Sie bauen auf«, ruft Anna vorfreudig und stößt mich lediglich leicht mit ihrem Ellbogen an. Und dennoch. Wie immer katapultiert es die Luft aus meinem Körper. Vor geraumer Zeit habe ich eine Dokumentation über Viehzucht gesehen. Darin wurden die armen Schlachttiere mit einem Bolzenschuss von ihrem Leid erlöst. Auch wenn es mir durchaus besser ergeht als den Tieren, habe ich Parallelen gefunden. Ich bin mein Leben lang zwar nicht in einem zu engen Stall aufgewachsen, den ich mir mit zu vielen anderen Tieren teilen musste, aber die zu enge Hülle meines Körpers sperrt mich mit meinen Gedanken und Gefühlen ein. Jedes Mal, wenn mich jemand berührt, beabsichtigt oder nicht, spüre und sehe ich diesen Bolzenschuss. Den Schuss empfinde ich so real, dass ich am liebsten schreien will. Selbst bei meiner besten Freundin. Über die Jahre habe ich gelernt, solche unbedachten Berührungen wegzuatmen. So auch jetzt. Nachdem sich mein Atem wieder normalisiert hat, folge ich Annas Blick. Sie steht inzwischen auf Zehenspitzen, um der Bühne ihre volle Aufmerksamkeit zu schenken.

Die Band »Entgleiste Helden« beginnt damit, ihr Equipment aufzubauen. Über den Namen müssen wir sicher verhandeln, aber ich folge dem Geschehen jetzt ebenfalls gespannt. Auf der Bühne wuseln vier junge Männer herum. Sie könnten zur Crew des Dark Blue gehören, wenn ich sie nicht von ein paar Fotos kennen würde.

Liam, der Leadsänger, sticht am meisten hervor. Seine etwas längeren Haare sind so stark blondiert, dass sie weiß wirken. Nur der minimal dunkle Ansatz verrät seine wirkliche Haarfarbe. Aus der Ferne erkenne ich, dass er seine Augen mit Eyeliner dramatisch in Szene gesetzt hat. Er ist verglichen mit seinen Bandkollegen eher klein. Endlich jemand, der mir auf Augenhöhe begegnet, denke ich grinsend. Liam stellt die Höhe seines Mikros ein und hilft dann seinen Kollegen. Keiner wartet darauf, dass der andere fertig wird, sondern fasst einfach unterstützend mit an. Der Zusammenhalt und die Kommunikation scheinen fließend zu laufen. Eine gute Voraussetzung, wenn sie lange zusammen musizieren wollen.

Der Drummer, Costa, wenn ich mich richtig entsinne, lächelt und grinst dann den Sänger an. So wie Liam in seiner Skinny Jeans und dem übergroßen Shirt auffällt, ist Costa unscheinbar. Er hat naturblonde Haare, die ihm in leichten Wellen bis über die Ohren reichen. Die Frisur erinnert mich an einen Surfer aus Australien. Er streicht sie sich immer wieder aus dem Gesicht. Seine Jeans sitzt eher locker auf seinen Hüften. Das Coldplay-Shirt und die dunkelgraue Sweatjacke machen seine Erscheinung lässig. Er scheint der Typ Kumpel zu sein, der an einem schlechten Tag mit dir trinken geht, dir zuhört und dir dann einen weisen Rat gibt, der dir die Augen öffnet. Das mag reine Hypothese sein, aber es hilft mir, Zugang zu fremden Menschen zu finden.

Dann sind da die eineiigen Zwillinge. Ich kann sie anhand ihrer Instrumente auseinanderhalten. Der Gitarrist ist Gabriel und am Bass steht Raphael. Der zweite Unterschied ist die Haarfarbe. Gabriel scheint seinem natürlichen Mittelbraun treu geblieben zu sein. Raphaels Mähne dagegen ist um einige Nuancen dunkler. Auf kurze Haare steht scheinbar kein Mitglied dieser Band. Im Gegensatz zu Liam und Costa könnten die Zwillinge geradewegs von einem Fotoshooting für ein Hochglanzmagazin kommen. Spätestens seit Oasis hat man im Hinterkopf, dass Geschwister in einer Band nicht unbedingt ideal sind. Selbst die Kelly Family hat sich irgendwann mal getrennt. Allerdings scheinen sie sich im Gegensatz zu den Gallagher-Brüdern meistens noch zu mögen. Die Zwillinge machen auf mich nicht den Eindruck, dass sie sich jeden Moment an den Hals springen und einander nach dem Leben trachten – was mir vorerst genügt.

Über den Rest mache ich mir Gedanken, wenn ich sie näher kennenlerne. Vorausgesetzt, ihre Musik überzeugt mich. Das ist die letzte und wichtigste Hürde, die sie nehmen müssen. Nur ich stehe zwischen ihnen und einem Vertragsangebot unserer Plattenfirma – dann müssen sie es nur noch annehmen. Für das Problem, dass sie ihren Writer unterbringen wollen, hat Mike sich etwas einfallen lassen. Wir wissen nicht, ob ihnen das ausreichen wird. Ich bin gespannt.

»Du wirst ihre Musik mögen«, sagt Anna überzeugt. »Luke, Jakes bester Freund, arbeitet mit ihnen zusammen.« Annas langjähriger Freund Jake ist selbst Künstler und so wundert es mich nicht, dass er Bekanntschaften in diesen Kreisen hat.

»Du hast mir gar nicht erzählt, dass du die Jungs kennst«, rufe ich erstaunt über den Bass hinweg. Anna schüttelt den Kopf.

»Über ein Hallo hat es noch nie hinausgereicht. Aber sie haben einen sehr sympathischen Eindruck hinterlassen.«

Mir schauert es, als immer mehr Menschen sich in das Dark Blue zu quetschen scheinen. Als würde jemand alle Einwohner Berlins genau hier in einen übervollen Koffer pferchen, auf den sich jemand draufsetzen muss, damit der Reißverschluss zugeht. Die Luft zum Atmen wird mir zu knapp und frischer Sauerstoff ist im Moment das höchste Gut, das ich mir vorstellen kann. Wenn der Zustrom nicht bald nachlässt, bezweifle ich, dass ich mich groß auf die Musik der Band konzentrieren kann. Anna scheint der Ansturm auch nicht zu entgehen. Ich spüre ihren Blick schon, bevor ich ihr mein Gesicht zuwende. Ihre Lippen teilen sich und sie will etwas sagen, doch sie stockt. Meine beste Freundin stößt sich von der Wand ab und greift in die Gesäßtasche ihrer Jeans. Sie zieht ihr Smartphone hervor. Das Display leuchtet auf.

Man muss kein Hellseher sein, um zu wissen, wer sich am anderen Ende der Leitung befindet. Jake, ihr Freund. Ihr seliges Grinsen ist Beweis genug. Er war auf einem mehrtägigen Ausflug mit ein paar Freunden und die beiden haben sich schrecklich vermisst. Wenn man sie zusammen sieht, könnte man meinen, dass sie in der Rosarote-Brille-Phase stecken. Man vermutet nicht, dass sie seit drei Jahren zusammen sind.

Ich weiß, dass ich keine Chance habe, Anna zum Bleiben zu überreden. Würde ich sie bitten, würde sie mir zuliebe bleiben, aber sie würde es nicht genießen können. Sie beendet das Gespräch. Man sieht Anna ihr schlechtes Gewissen an, ehe sie nur ein Wort sagt.

»Es ist ekelhaft, wie verliebt ihr beide seid«, sage ich lächelnd und sie grinst. »Los, zieh schon ab und grüß Jake von mir.«

»Die Schlüssel hast du?«, versichert sie sich freudestrahlend. Mein derzeitiges Zuhause ist ihre oder Mikes Couch. An Tagen, an denen ich lange gearbeitet habe, hat mir auch schon das Besuchersofa im Label gereicht. Es ist sicher keine Geldfrage, aber ich war mir am Anfang unsicher, wie lange mein Aufenthalt in Berlin dauern würde. Ob es nur eine Durchreise ist oder etwas Längeres. Seit einer Woche suche ich nach einer freien Wohnung.

»Ja, habe ich«, bestätige ich und nicke, falls sie mich über den Lärm nicht verstehen kann. Grinsend winkt mir meine beste Freundin zu, ehe sie von dannen zieht.

Als ich sie in der Menge verliere, sehe ich stur auf die Bühne. Ich muss die Leute nur ausblenden. Das natürliche Blinzeln versuche ich zu unterdrücken, bis sich ein Tunnelblick einstellt. Ich beobachte wieder die vier Jungs und sonst nichts und warte darauf, dass sie beginnen und mich von ihrem Können überzeugen.

2 – Der Auftritt

Lexi

Mit dem flachen Rücken presse ich mich gegen die Wand, an der Anna und ich eben locker gelehnt haben. Mir kommt bisher niemand zu nah, aber damit dem so bleibt, versuche ich, mit dem Gemäuer zu verschmelzen. Otto hat mir angeboten, mich hinter den Tresen zu stellen, um einen besseren Blick auf die Bühne zu haben, aber ich habe abgelehnt. Ich habe gesehen, wie beschäftigt er und seine zwei Kolleginnen hin und her eilen und sich oft in die Quere kommen. Das sind mir eindeutig zu viele Körper in zu viel Bewegung auf zu engem Raum. Hier draußen bleibt mir mehr Raum zum Ausweichen als auf dem schmalen Gang zwischen Gläsern und Whiskyflaschen.

Die Entgleisten Helden sind bereit. Die Energie im Raum verlagert sich sofort, als das Licht ausgeht und nur die Bühne beleuchtet wird. Ein einzelner Scheinwerfer ist auf Liam gerichtet, der grinsend in die Menge sieht. Ich bezweifle, dass er jemanden erkennen kann, aber es gehört dazu, wenn man das Publikum begeistern will. Man bezieht sie ein und macht sich nahbar.

»Hallo. Hallo.« Seine Stimme ist heller, als ich erwartet habe. Doch die Sprechstimme muss nichts über die Singstimme aussagen. »Vielen Dank, dass ihr euch an einem Donnerstag hergetraut habt. Aber in den Öffentlich-Rechtlichen läuft schon lange nichts Gescheites mehr um diese Uhrzeit und ihr könnt euch morgen in den Bürostühlen ausruhen, wenn ihr euch durch den letzten Tag der Woche kämpft. Und für alle, die keinen Bürojob haben: Ihr habt meinen Respekt. Lasst uns den Abend rocken und das Beste aus ihm herausholen. Vergesst den Ärger zu Hause. Vergesst den Stress mit eurem Partner. Vergesst eure Probleme. Das alles ist nach dem Konzert auch noch da, aber wer weiß, vielleicht sieht die Welt in zwei Stunden schon ganz anders aus.«

Liam spielt einzelne Akkorde auf seiner Gitarre, während ihm sein Publikum grölend zustimmt. Es ist schwer zu beschreiben, aber diese angespannte Energie im Raum lässt meine Erwartungen an das musikalische Können der vier Jungs steigen und steigen. Die Fans lauschen gespannt auf den ersten Akkord des ersten Songs des Abends.

»Lasst uns den Abend rocken!«, ruft Liam in das Mikro. Über das freudige Geschrei und Gekreische hinweg kann ich den Drummer hören, wie er den Takt mit seinen Sticks vorgibt. Er zählt an und seine Bandkollegen steigen ein. Jeder trifft seinen Einsatz. Sie spielen die ersten Takte im Loop, bis sich die Schreie der Menge gelegt haben und sie die Melodie wahrnehmen können. Erst dann beginnt Liam zu singen – und was soll ich sagen? Seine Stimme ist eindrucksvoll. Auf ein Neues werde ich davon überzeugt, dass Musik etwas Inspirierendes ist. Ein Teil der beklemmenden Anspannung fällt von mir ab und ich richte mich locker auf. Die Wand muss mich nicht mehr stützen. Liam trifft Töne, die selbst für mich schwierig zu halten sind.

An sich erinnert mich das Gesamtbild der Songs an Linkin Park oder Fall Out Boy und ist dabei doch eigen. Ich liebe es. Die ersten beiden Lieder sind ein lockerer, gut gelaunter Einstieg, um die Leute in Stimmung zu bringen. Soweit ich das von meiner Position aus erkennen kann, kann der Großteil der Anwesenden die Texte auswendig. Wenn sie es geschickt anstellen, würde es die Band leicht auch ohne Vertrag weit schaffen. Sie sind fast zu schade für ein großes Label und ich glaube langsam, die Bedingung mit ihrem Songschreiber ist nicht der einzige

Grund, warum bisher kein Vertrag zustande gekommen ist. In jeder Note kann man ihren Drang zur Eigenständigkeit heraushören. Produzenten gehen zu Beginn auf Nummer sicher, und erst wenn man ein paar erstklassig verkaufte Alben geliefert hat, kann man nett anfragen, ob man sich selbst verwirklichen kann. Die Entgleisten Helden machen auf mich nicht den Eindruck, als würden sie sich gerne diktieren lassen, was sie zu tun oder zu lassen haben.

Und dennoch will ich sie unter Vertrag nehmen. Ich muss ihnen nur die Vorteile schmackhaft machen, die so eine Verpflichtung mit sich bringt. Sie müssen sich kaum um die Vermarktung kümmern. Sie werden professionell betreut. Sie haben die Studiokosten nicht zu tragen.

Als sich alle auf den Auftritt der Band konzentrieren, nutze ich den Moment und setze mich an die Bar, an der inzwischen weniger Betrieb ist. Otto nickt mir lächelnd zu, während er Gläser reinigt. Ich erwidere das Lächeln und lehne mich gegen die Theke.

Liam dreht inzwischen voll auf. Er ist eindeutig in seinem Element, aber nicht der Einzige im Rampenlicht. Jeder bekommt seinen Moment, ohne dass es erzwungen wirkt. Besonders Gabriels Gitarrensolo ist beeindruckend und reißt die Menge mit. Mehr als einmal verursachen sie mir Gänsehaut oder rühren mich, nur um mich danach mit dem Gefühl zurückzulassen, dass ich alles schaffen kann. Sie sind Künstler mit Herzblut. Selbst wenn sie unser Angebot ausschlagen, mache ich mir keine Sorgen um ihre Zukunft. Dazu sind sie von zu guter Qualität. Und ihre Fans. Es ist ein bunt gemischter Haufen. Anzugträger, Jogginghosenträger, Beautyblogger, Instamädchen und Jungs und Mädchen von nebenan – sie vereinen alle. Als Musikliebhaber lässt das mein Herz aufblühen.

»Lexi!«, ruft Otto in einem ruhigeren Moment zwischen zwei Liedern. Als ich mich ihm zuwende, schiebt er mir einen frischen orangeroten Cocktail über die schwarze Arbeitsplatte. Mit einem breiten Grinsen bedanke ich mich.

Mein Glück ist leider auch dieses Mal nicht von langer Dauer. Ehe meine Finger sich um das kühle Glas schließen können, wird es vor meinen Augen weggeschnappt, so dass sich ein großer Schwapp über den Tresen ergießt. Otto scheint ebenso perplex und betrachtet den Fleck einen Augenblick, bevor er blinzelt. Erst dann greift er nach einem Tuch und beseitigt die Sauerei. Für den Bruchteil einer Sekunde glaube ich, dass Anna zurückgekehrt ist. Doch diese Vermutung bestätigt sich nicht.

In großen Schlucken, so dass sein Kehlkopf deutlich auf und ab hüpft, vernichtet ein Unbekannter meine Saftmischung. Er holt tief Luft, als er den letzten Tropfen hinuntergeschluckt hat, stellt das Glas ab und lässt mir nur das Zierobst übrig. Sein Augenbrauenpiercing glänzt im Licht der Bar. Ich habe die Vermutung, dass er und Anna sich verstehen würden.

»Sorry«, sagt er außer Atem. »Ich war am Verdursten.«

»Ich ebenfalls«, sage ich knapp. Ehe ich mich Otto zuwende und frage, ob er mir ein drittes Getränk mixen kann, lasse ich meinen Blick über den dreist grinsenden Fremden schweifen. Seine dunklen Augen, die in dem schummrigen Licht der Bar schwarz erscheinen, sind das hervorstechendste Merkmal. Er ist einen knappen Kopf größer als ich. Annas Haut ist durch ihre südländische Abstammung immer gebräunt, obwohl sie weniger zu den Sonnenanbetern gehört. Seine Haut ist noch dunkler. Die Beleuchtung im Dark Blue lässt sie bronzefarben schimmern. Er erinnert mich sehr an den Rennfahrer Lewis Hamilton. Sein Dreitagebart steht kurz vor der Grenze zum Ungepflegtsein. Seine Haare dagegen sind auf den Punkt genau gestylt und gebändigt. Die schwarze Mähne ist an den Seiten kurz geschoren und oben schwungvoll nach hinten gelegt. Seine markanten Gesichtszüge würde ich als europäisch bezeichnen. In ihm scheint so viel Geschichte zu stecken, dass allein das ihn interessant macht.

»Otto, bist du noch mal so lieb?«, frage ich meinen ehemaligen Klassenkameraden, ehe mein Anstarren des Fremden zu merkwürdig wird und er sich einbildet, dass ihm allein aufgrund seines Aussehens verziehen ist. »Aller guten Dinge sind drei.« Ich seufze und weiß nicht mal, ob die Worte an Otto gerichtet sind oder ob ich mit mir selbst spreche. Otto nickt grinsend und greift nach dem Glas.

»Ich bezahle«, ruft der Typ neben mir Otto über den Tresen zu. Soll es am Ende gönnerhaft klingen?

»Nicht nötig«, sagen Otto und ich unisono. Der Unbekannte sieht uns belustigt an. Ich ignoriere ihn und hoffe, dass er von alleine wieder verschwindet. Selbst wenn er optisch punkten kann, muss er einiges mehr zu bieten haben, wenn er seinen ersten Eindruck wiedergutmachen will.

»Hier, Lexi«, sagt Otto. Er schiebt mir erneut einen Cocktail zu und achtet darauf, dass er erst loslässt, als das Glas sicher zwischen meinen Händen steht. »Luke, Finger weg!«, ermahnt Otto mit erhobenem Zeigefinger den Mann, der noch immer neben mir steht.

Meine Erinnerung meldet sich zu Wort, als ich seinen Namen höre. Das Getränk ist köstlich und bleibt mir dennoch fast im Halse stecken. Luke. Anna hat vorhin etwas von einem Luke erzählt. Der Songwriter!

Otto grinst Luke hämisch an. Dieser betrachtet ihn irritiert und immer verunsicherter. »Alles in Ordnung?«, fragt er Otto.

»Ich sollte euch vielleicht miteinander bekannt machen«, erklärt Otto. Ich möchte ihm seine Schadenfreude aus dem Gesicht wischen. »Lexi, das ist Luke Noack.«

Ich nicke knapp und wünsche mir, dass Otto doch etwas Alkohol in mein Getränk geschmuggelt hätte.

»Luke, das ist Alexandra Berger.«

»Hey«, richtet Luke seinen Gruß an mich. Er rätselt, ob er mich kennen sollte, oder er ist froh, dass er einen Grund hat, sich Ottos Blick zu entziehen. Dieser zieht den Moment seiner Schadenfreude unnötig in die Länge. Mit einem genervten Blick bewege ich ihn dazu, endlich auf den Punkt zu kommen.

»Lexi und ihrem Onkel gehört AlMik-Records«, setzt er Luke in Kenntnis und wartet gespannt, bis seine Information gesackt ist. Luke atmet hörbar ein und sein Blick durchbohrt mich, obwohl ich noch immer Otto böse anfunkle. Ich glaube sogar, ein leises »Fuck« zu vernehmen.

»Entschuldige, dass ich dir einfach deinen Drink geklaut habe«, sagt Luke überstürzt und klingt tatsächlich, als würde es ihm leidtun. Er hält mir seine Hand entgegen. Ich kann nur darauf starren. Ich kann seine Geste nicht erwidern. Alles in mir sträubt sich dagegen, die Haut eines anderen zu berühren. Fast entschuldige ich mich für mein Verhalten.

Lukes Finger entspannen sich und bilden eine lockere Faust. Verunsichert lässt er seine Hand sinken. Er glaubt sicher, dass er die Chance auf einen Vertrag im Label geschmälert hat. Dabei kann er nichts dafür. Ich vermute hingegen fast, dass es seinem Ego guttut, einen Dämpfer zu bekommen. Luke atmet erneut durch, ehe er seine Worte wieder an mich richtet. Es ist erstaunlich, was man inmitten eines Konzertes alles wahrnimmt, wenn man sich auf eine Person konzentriert.

»Was hältst du von den Jungs?«, fragt er und erkämpft sich seine Selbstsicherheit zurück. Er sieht seinen Freunden einen Augenblick dabei zu, wie sie auf der Bühne Spaß haben.

»Ich finde sie nicht schlecht«, erwidere ich. Luke seufzt und glaubt sicher, dass er endgültig bei mir unten durch ist. Er wendet sich an Otto.

»Haben sie schon den neuen Song gespielt?«, fragt er müde. Der Barkeeper reicht ihm ein Bier. Luke scheint des Öfteren hier aufzuschlagen. Oder er hat Otto unbemerkt ein Zeichen gegeben, dass er ihm eins zapfen soll. Meine Aufmerksamkeit ist darauf gerichtet, dass Luke mir nicht zu nah kommt – da kann es passieren, dass mir das eine oder andere entgeht. Otto lehnt sich mit seinen Unterarmen auf die Arbeitsplatte. Anscheinend wollen die beiden ihr Gespräch vertiefen. Oder Otto will weiter gaffen, wie sich diese Katastrophe zwischen Luke und mir entwickelt.

»Du meinst den Song, den du geschrieben hast?«, fragt Otto und wirft mir einen bedeutungsschweren Seitenblick zu. Kopfschüttelnd wende ich mich wieder der Bühne zu und mache meinen Job und bilde mir mein Urteil über die vier Musiker. »Nein, Liam hat gesagt, dass er ihn erst spielt, wenn das Feeling stimmt. Was auch immer er damit meint.« Als hätte der Sänger nur darauf gewartet, hält die Band inne, als sie den letzten Song beendet haben.

»Heute haben wir euch etwas Neues mitgebracht«, verkündet Liam und einer der Zwillinge bringt ihm einen hohen Hocker. Ihm wird ebenfalls eine Akustikgitarre gereicht. Gespannt richte ich mich auf und vereinzelte Jubelrufe ertönen aus dem Publikum. Liam dankt dem Zwilling mit einem lächelnden Nicken. Ich bin zu neugierig auf das Kommende, um mich darauf zu konzentrieren, um welchen der beiden sich handelt. Beide Zwillinge legen die Hände auf den Körper ihrer Instrumente. Es sieht nicht so aus, als ob sie sie auf klassische Weise spielen werden.

»Ihr kennt die Lieder, die Luke uns schreibt.« Liam muss eine Pause einlegen, weil viele in Vorfreude rufen, grölen und pfeifen. »Ist ja gut. Ich weiß, wie sehr ihr seine Songs liebt.« Liam lacht und bedeutet den Fans, sich zu beruhigen. »Dann will ich euch gar nicht weiter auf die Folter spannen, obwohl ich euch noch so viel darüber erzählen wollte. Aber es ist wohl besser, wenn wir das Lied für sich sprechen lassen. Wundert euch nicht. Es ist unser erster nicht-deutscher Song.«

Lukes Blick folgt mir, als ich mich einen Schritt von der Bar entferne. Otto hält ihn locker an der Schulter zurück und bedeutet ihm, mir meinen Freiraum zu geben. Als ich mir sicher bin, dass er mir nicht auf die Pelle rückt, blicke ich nach vorne. Costa gibt einen Rhythmus vor und ich schließe die Augen. Dann werden wir mal hören, was Luke draufhat und was so originell an ihm sein soll, dass die Band für ihn so viele Möglichkeiten ausschlägt.

Costas Rhythmus wird bald von Klopfen und Streichen über

Gitarren begleitet. Die Zwillinge. Das Lied baut sich langsam auf. Es ist unaufgeregt und trotzdem zieht es einen in seinen Bann. Liam zupft leise Akkorde, die dem Rhythmus eine Melodie geben. Ich fühle mich nackt. Genau so baue ich meine eigenen Songs auf: Rhythmus. Melodie. Text.

Es ist entwaffnend und pures Gefühl. Fast ergreife ich die Flucht, als Liams schonungslos ehrliche Stimme einsetzt und mir alles zu viel zu werden droht. Ich spüre die Aufregung in mir, die ich nur empfinde, kurz bevor mich eine Inspirationswelle heimsucht. Es ist nicht stark genug, dass ich mich mit meiner Gitarre in ein Zimmer einschließen und mein Herz auf Papier bluten lassen will. Aber das Kribbeln geht in die richtige Richtung.

First you forgot about the small things,
then you forgot about me.
I was helpless as you got frustrated with yourself
It took me a second to realise it was fear that numbed you

If eyes are mirrors to the soul
Then you lost yours along the way
There is nothing but lost space that's looking back at me.

When you look at me I don't see you anymore
But there are moments I feel a ray of hope
With the next blink of your eyes they're gone
Such moments are few and far between
But I live for them and I hope you remember me.

Die Strophen reimen sich kaum, was ungewöhnlich ist, aber nicht unmöglich, wenn das Gesamtpaket stimmt. Hier stimmt es eindeutig. Es ist, als ob Liam eine Geschichte erzählt. Ich öffne meine Augen und sehe ein Meer aus erleuchteten Smartphonedisplays vor mir. Die Fans strecken sie in die Höhe und wiegen sie im Takt der Melodie langsam hin und her. Der Anblick ist besonders beeindruckend, da der Lichttechniker alle anderen Beleuchtungen um die Bühne herum gelöscht hat. Nur das blaue Neonlicht der Bar spiegelt sich auf den Rücken der letzten Fans vor mir. Nur ein einzelnes Spotlight ist auf Liam gerichtet.

Es ist einer dieser sagenhaften Momente eines Konzerts, den man nicht so leicht vergisst. Liam mag derjenige sein, der das Lied zum Leben erweckt und ihm eine Stimme gibt, aber geboren hat es Luke. Ich sehe über meine Schulter zu ihm. Seine Stirn ist in gespannte Sorgenfalten gezogen. Das locker Freudige ist aus seinen Gesichtszügen gewichen. Er sieht aus, als ob er aufgehört hat zu atmen und jeden Augenblick das Bewusstsein verlieren kann. Otto wartet gespannt auf meine Reaktion.

Meine Wangen werden von Wärme durchflutet, als ich ihnen zulächele und nicke. Otto klopft Luke in einer Ich-habe-es-dir-doch-gesagt-Geste auf die Schulter und widmet sich einem durstigen Gast.

Und Luke? Luke atmet so befreit auf, dass ich glaube, dass er gleich vor Erleichterung zu schweben beginnt.

3 – Alexandra

Luke

Ihr Lächeln löst mehr als nur die Erleichterung, die ich empfinden sollte, in mir aus. Wenn in Filmen Zeitreisen oder Schwindelanfälle visualisiert werden, dann verschwimmt das Bild meist und man sieht den Darsteller doppelt bis dreifach. Erst wenn er wieder in den Fokus rückt, sieht man ihn wieder scharf und er kann klar denken. Ich weiß jetzt, woher die Filmemacher diese Idee ursprünglich genommen haben. Von so einem Moment, wie er mir eben widerfahren ist. Erst als Otto mir erneut auf den Oberarm klopft, bin ich endgültig zurückgekehrt.

»Zum Nervenberuhigen«, erklärt er und schiebt mir einen Shot über den Tresen.

»Mach zwei draus«, sage ich und deute unwirsch in Lexis Richtung. Ottos sonst freudvolles Gemüt bröckelt, als ob er in eine der Zitronen gebissen hätte, die neben ihm für die Cocktails bereitliegen.

»Lexi trinkt keinen Alkohol … mehr«, informiert er mich und fügt das letzte Wort eher zögerlich hinzu, unschlüssig, ob er mir diese Information weitergeben soll. Er mustert mich und entscheidet sich dafür, mir mehr zu erzählen. Er lehnt sich noch einmal über die Bar, damit keines seiner Worte in der Musik verloren geht. »Sei vorsichtig mit ihr.«

»Warum?«, will ich wissen. Seine Warnung ist keine eifersüchtige Drohung, dass ich meine Finger von ihr lassen soll. Es ist eher ein Rat. Wen von uns beiden er schützen will, kann ich nicht heraushören, aber dass genau das mein Interesse weckt, muss ich niemandem erklären. Otto scheint doch zu bereuen, dass er etwas gesagt hat, als er in ihre Richtung sieht. Er richtet sich wieder auf. Sein Mund öffnet sich mehrmals, als ob er nach den richtigen Worten sucht und sie schlichtweg nicht findet. Er klopft leicht mit einer Faust auf den Tresen und wendet sich von mir ab, ehe ihn doch die Wortkotze überkommt.

Im nächsten Augenblick lehnt sich Lexi schon wieder an ihren alten Platz neben mir. Ich muss nicht aufsehen, damit mir das klar ist. Mein Körper hat sich nach ihren Bewegungen ausgerichtet und ich weiß nicht mal, wann das passiert ist. Es wäre auf so vielen Ebenen falsch, wenn ich mich für die Person interessieren würde, die zwischen den Jungs und einem Vertrag steht. Wenn unsere Zukunft davon abhängt, ob ich meine Hose oben behalte oder nicht, hänge ich mir mit überschwänglicher Freude ein Vorhängeschloss an meinen Reißverschluss. Ich spüre ihren Blick auf mir, aber er schweift bald weiter zur Band und zu dem Publikum.

Der Shot brennt mehr als sonst in meiner ausgetrockneten Kehle. Ich spüle das Gefühl mit einem großen Schluck Bier hinunter. Wenn ich nicht aufpasse, bin ich betrunken, ehe das Konzert zu Ende ist. Das wäre ein Fehler, den ich im Nachhinein mit Sicherheit bereuen würde. Mir ist nicht entgangen, wie viele Chancen Liam, Cosy, Gabriel und Raphael für mich haben verstreichen lassen. Sie könnten schon längst die Charts stürmen. Dass sie das Zeug dazu haben, steht außer Frage. Dankbarkeit beschreibt nicht annähernd, was ich ihnen gegenüber empfinde. Gleichzeitig halte ich sie für verrückt, dass sie so viele Opfer für mich bringen. Vollkommen verrückt. Nur noch diese Hürde, dann könnten wir es alle mit einem Schlag diesen Abend geschafft haben. Es hängt alles von Lexis Entscheidung ab.

Unweigerlich wandert mein Blick wieder in ihre Richtung. Falls sie sich beobachtet fühlt, lässt sie es sich nicht anmerken.

Konzentriert bildet sie sich weiter ihr Urteil. Sie betrachtet dabei nicht nur die Band. Die Atmosphäre und die Beziehung von Liam und den anderen zum Publikum beschäftigt sie offenbar genauso. Bei einem Lied teilt Liam die Konzertbesucher in zwei Hälften und lässt die eine Seite die erste Strophe singen, während die andere Seite die zweite singt. Liam hat die Fähigkeit, eine Menge zu begeistern, und ich stelle zufrieden fest, dass alle mitmachen. Diese Aktion kündigt an, dass sich der Auftritt seinem Ende zuneigt. Und so ist es. Nach wenigen weiteren Songs verabschieden sie sich. Der Applaus ebbt lange nicht ab und ich könnte nicht stolzer auf sie sein.

Lexi rückt immer näher zu mir auf. Zunächst steigert sich mein Puls. Aber meine irrsinnige Hoffnung, dass sie Nähe sucht, erlischt mit einem Blick in ihr Gesicht. Mit Argwohn reagiert sie auf die Gäste, die nach dem Mitsingen ihre Kehle befeuchten wollen. Immer mehr drängen sich um uns an die Bar. Fluchtartig weicht sie an die Seite der Barzeile und stürzt dabei fast über einen der wenigen Barhocker. Sie kommt an einer Stelle zum Stehen, an der sie mehr Freiraum hat. Mit ein wenig Abstand folge ich ihr. Ihre Augen scheinen überall gleichzeitig zu sein und dabei nirgends hängen zu bleiben. Ihr entgeht nichts, auch nicht, dass ich ihr gefolgt bin. Sie schlingt die Arme um ihren Oberkörper und scheint sich selbst zu umarmen.

Als ich mehrmals angerempelt und dadurch immer näher zu ihr getrieben werde, sehe ich, dass es keine Umarmung ist, eher eine Geste des Schutzes. Ich betrachte ihre Finger, die in ihre Oberarme drücken und Falten im Stoff über ihren Armen zurücklassen. Mich würde es nicht verwundern, wenn sie zittern würde, wenn sie losließe. Betrachtet man sie flüchtig, könnte man meinen, dass Lexi friert, aber das scheint mir unmöglich. Mir mag aus anderen Gründen heiß sein, aber der Raum ist durch das Konzert aufgeheizt. Dazu kommt, dass sie warm gekleidet ist. Obwohl der Frühling längst dem Sommer gewichen ist, trägt sie ein dunkles Oberteil, dessen Ärmel weit über die Hälfte ihrer

Oberarme reicht. Ihre schlanken Beine sind von einer schwarzen, eng sitzenden Jeans bedeckt. Ihre ebenso schwarzen Schuhe lassen sie durch den hohen Absatz größer erscheinen, als sie ist. Ohne darüber nachzudenken, stelle ich mich so vor sie, so dass sie nicht von den Fans überrannt wird und auch ich ihr nicht zu nahe komme.

Als der Andrang so groß wird, dass ich glaube, jeder einzelne Konzertbesucher stürmt zur Bar, wende ich mich Lexi zu. Sie sieht zu mir auf wie ein verschrecktes Reh in einen nahenden Scheinwerfer. Es kostet sie erkennbar Überwindung, nicht zurückzuweichen, als ich mich zu ihr hinunterbeuge, damit sie mich über die Musik des DJs versteht.

»Soll ich dir die Jungs der Band vorstellen?«, frage ich. Lexi sieht durch mich hindurch. Sie scheint dermaßen abwesend zu sein, dass ich dazu ansetze, meine Frage zu wiederholen, als sie verhalten nickt.

Nachdem ich sicher bin, dass sie mir folgt, erkämpfe ich uns einen Weg aus der Masse. Obwohl wir vorwiegend am Rand entlanggehen, haben wir Not, unser Ziel zu erreichen. Lexi scheinen viele Menschen an einem Ort zu stressen. Ich kann es in Wellen erkennen. Ihre Nervosität ist so ausgeprägt, dass es ansteckend ist. Sie rückt so dicht zu mir auf wie nur möglich, ohne mich zu berühren. Unsere Reise dauert nur wenige Minuten, aber als wir endlich aus der Menge ausbrechen, schlägt mein Herz, als ob wir einen Marathon gelaufen wären. Dabei hasse ich Cardiotraining. Alle zwei Schritte drehe ich mich nach ihr um und schaue, ob sie noch da ist. Ihr Blick ist starr auf meinen Rücken gerichtet. Lexis gesamte Konzentration scheint sich darauf zu fokussieren. Ich würde sie schlicht und einfach an die Hand nehmen oder vor mich schieben, damit wir schneller vorankommen, aber es ist ihr deutlich anzusehen, dass das mehr Schaden anrichten würde.

Spontan nehme ich die Abkürzung über die Bühne. Links und rechts davon haben sich Grüppchen gebildet, die auf die Band warten. Die Jungs sind mit ihrem Abbau fertig und haben ihr Equipment nach hinten geräumt. Lexi gibt ein merkwürdiges Geräusch von sich. Als ich mich abermals nach ihr umdrehe, sehe ich, wie sie versucht, mit der Umgebung zu verschmelzen. Ich kann es ihr nicht verübeln. Ich mag es ebenfalls nicht besonders, auf der Bühne zu stehen. Aber in diesem Augenblick erscheint es das kleinere Übel zu sein.

Schließlich erreichen wir den Künstleraufgang, der von einem schweren, dunkelblauen Vorhang verdeckt wird. Ich schiebe ihn zur Seite und lasse Lexi vor. Ihr blumiger Duft steigt mir in die Nase, als sie direkt vor mir steht. Ich denke nicht weiter darüber nach. Meine Hand legt sich auf ihren unteren Rücken, wie man es manchmal macht, wenn man jemanden vorlässt. Es ist mehr ein Reflex und ich brauche eine Sekunde, um zu erkennen, dass ihr erstickter Laut ihre Reaktion auf diese Geste ist. Sie muss sich am Geländer des kleinen Aufganges festhalten, der von der Bühne herunterführt, damit sie nicht hinabstürzt. Natürlich habe ich automatisch nach ihr gegriffen, um ihr einen möglichen Sturz zu ersparen. Ihre Muskeln sind stocksteif und stahlhart unter meinen Händen. Ihre dunkel geschminkten Augen blicken zwischen den Stellen, an denen meine Haut ihre berührt, hin und her. Sie richtet sich langsam wieder auf und meine Hände fallen von ihr ab. Mit gerunzelter Stirn sieht sie mich an.

»Alles okay?«, frage ich mit schwächelnder Stimme. Sie nickt.

»Ja«, haucht sie verwundert und sieht überhaupt nicht danach aus. Sie ist so blass, dass ich Angst habe, dass sie jeden Moment das Bewusstsein verlieren könnte. Wir stehen sicher eine Minute nur da und warten, bis unsere Atmung und unser Herzschlag wieder normal sind. Die Farbe kehrt nicht in ihr Gesicht zurück. Ich strecke meine Hand nach ihr aus und sie hält die Luft an. Sie ergreift sie nicht. Zumindest nicht sofort. Erst als ich meine Hand senke, legt sie ihre Hand hastig in meine. Die Falten auf ihrer Stirn vertiefen sich, als sie erstaunt auf unsere vereinten Hände sieht.

»Komm mit«, sage ich lächelnd. Sie entlässt die angestaute Luft aus ihren Lungen und erwidert mein Lächeln zögerlich, bevor wir unseren Weg fortsetzen.

Entweder habe ich alles richtig oder alles falsch gemacht.

4 – Die Band und ihr Songwriter

Lexi

Wie bei jedem anderen Menschen auch hat jede Berührung eine Wirkung auf mich. Jede wirft mich mehr oder weniger aus der Bahn. Bei Anna zum Beispiel kann ich es inzwischen ertragen, bei Mike dagegen zucke ich noch immer zusammen. Dabei steht er mir so nah wie kaum ein anderer. Aber Lukes bloße Hand auf meinem Körper? Keine Spinnen, die ekelhaft mein rohes Fleisch entlangkriechen. Kein Gefühl, dass ich meine Haut abstreifen will oder mich jeden Moment übergeben muss. Das Gegenteil ist eingetreten und bringt eine ganz neue Überforderung mit sich. Der Kontakt mit ihm lässt mich nicht kalt, stattdessen spüre ich alles. Erst habe ich mit der herkömmlichen Reaktion meines Körpers gerechnet. Die Verkrampfung in meinen Gliedern und Muskeln kommt von der Erwartung, dass ich das Bekannte spüre, als er mir seine Hand auf den Rücken legt. Die Anspannung hat sich verhärtet, weil mich die Gefühle, die tatsächlich auf mich eingeprasselt sind, erschreckt haben. Als wäre ein Funke zwischen uns übergesprungen. Dabei bin ich die Letzte, die an Märchen glaubt. An Funken, die überspringen, Liebe auf den ersten Blick. Seelenverwandtschaft. Das sind alles Mythen. Lieder, Bücher, Filme – alle haben sie uns vorgelogen, wie Amors Pfeil jeden früher oder später trifft. Wenn ich an Amor denke, sehe ich den großen, bauchigen Mann in der Windel aus der Supernatural-Folge vor mir, den niemand leiden kann, weil er alles und jeden mit seinem halbnackten Körper umarmt. Manche Menschen sind gerne für sich, ohne einsam zu sein. Mich selbst zähle ich ebenfalls zu dieser Kategorie.

Doch Lukes Berührung … Ich wollte mehr davon. Diese Erkenntnis hat mich sprichwörtlich aus dem Gleichgewicht gebracht und mich nahezu die Treppen herunterstürzen lassen, was dazu führte, dass Luke im Affekt nach mir griff. Sein fester Griff bestätigt das neuartige Gefühl.

Zum Glück führt mich Luke zu der Band. Immer wieder blicke ich auf unsere Hände. Wer weiß, in was oder wen ich alles gelaufen wäre, wenn er nicht vor mir gehen würde und mir den Weg weist. Andererseits würde meine Konzentration gar nicht erst Polka durch meinen Kopf tanzen, wenn er meine Hand nicht halten würde. Seine Haut ist rau, aber so angenehm warm. Die Wärme wandert meinen Arm immer weiter hinauf, bis sie alles einzunehmen scheint. Ich kann nur hoffen, dass es bei der Wärme bleibt und dass sie nicht zu Hitze oder gar zu Feuer in meinem Herzen wird. Feuer im Herzen gibt Rauch in den Kopf. Wenn ich mir etwas nicht leisten kann, dann einen Kopf voller Qualm. Meine Musik lässt sich ohne Rauchschwaden schon kaum finden. Meine Hand sieht zierlich in seiner aus, dabei habe ich meine Finger immer als rundlich empfunden. Durch das viele Gitarrespielen hat sich eine feine Hornhaut über meinen Fingerkuppen gebildet. Luke scheint kein Gitarrenspieler zu sein. Seine Finger sehen nicht so aus wie meine. Aber die Gitarre ist bei Weitem nicht das einzige Instrument auf der Welt, mit dem man komponieren kann.

Luke führt uns durch eine Tür und der Lärm um uns herum lässt nach. Ich hebe meinen Blick und beiße mir auf die Innenseite meiner Wange, damit ich nicht enttäuscht aufseufze, als Luke meine Hand loslässt. Die vier Jungs uns gegenüber sehen auf, als die Geräusche von außen leiser werden. Sie waren gerade dabei, ihr Equipment einzuräumen.

»Hey Leute«, sagt Luke und die Männer begrüßen sich mit dieser typischen Handschlag-halbe-Umarmung-und-auf-die-Schulter-klopfen-Geste. Luke wird zum Fanboy und gratuliert ihnen ausufernd zu ihrem beeindruckenden Gig. Die Band ist froh, dass er es zur Weltpremiere seines Songs geschafft hat. Nur vom Zusehen muss ich lächeln. Sie unterstützen sich alle gegenseitig, das ist eindeutig. Danach sehen sie mich erwartungsvoll an und das Lächeln rutscht mir aus dem Gesicht. Gerade als ich mich vorstellen will, lenkt Luke mich ab, indem er an meine Seite zurückkehrt. »Jungs, das ist Alexandra von AlMik-Records.«

»Lexi«, verbessere ich ihn freundlich. »Einen tollen Auftritt habt ihr hingelegt«, lobe ich sie, weil es schlicht die Wahrheit ist. Außerdem ist ein Kompliment ein guter Einstieg, um ins Gespräch zu kommen. Dann verliere ich den Faden abermals, als Luke seine Hand auf meinen Rücken legt und mich mit sanftem Druck weiter in den Raum führt.

Liam holt Bier aus einem kleinen Kühlschrank in der Ecke und reicht jedem eins. Mir bietet er ebenfalls eins an, aber ich lehne dankend ab. Luke nimmt das Getränk entgegen und entfernt dadurch die Hand von meinem Rücken. Der Impuls, mich weiterhin so nah wie möglich bei ihm aufzuhalten, ist groß, aber würde mich sicher merkwürdig erscheinen lassen. Mein kleiner Stunt an der Treppe hat schon gereicht. Seit wann lasse ich mich dermaßen von meiner Arbeit ablenken? Dazu von einem Mann, den ich kein Stunde kenne? Ich weise mich selbst zurecht, indem ich bewusst mehr Raum zwischen uns schaffe. Mit einem Räuspern wende ich mich von dem talentierten Songwriter ab und konzentriere mich auf die Band.

»Euer Auftritt war wirklich gut. Das Publikum ist in euren Händen wie Wachs geschmolzen. Wenn ihr Interesse habt, würden wir euch gerne einen Vertrag bei uns anbieten.«

Ihre Freude über mein Angebot ist spürbar, aber verhalten. Erst als ihre Blicke langsam in Lukes Richtung wandern, fällt mir der Grund für ihr Zögern ein.

»Natürlich weiß ich über eure Sonderwünsche Bescheid.«

Liam grinst mich verschmitzt an. »Da hat eine ihre Hausaufgaben gemacht. Das finde ich gut.«

Meine Mundwinkel erheben sich ebenfalls. »Natürlich habe ich das. Deshalb bin ich auch so gut in dem, was ich tue.«

»Dann lass dein Angebot zwecks Luke hören«, fordert jetzt Costa.

»Also, da er schon Songs mit und für euch geschrieben hat, landet sein Name selbstverständlich in der Spalte der Komponisten. Wir bieten euch an, dass er zusätzlich zu den bestehenden Songs neue für euch und euer Debütalbum textet und komponiert. Wenn sich herausstellt, dass Luke auch mit anderen gut zusammenarbeitet, sind weitere Aufträge nicht ausgeschlossen. Damit hat er den Fuß in der Tür und ihm ist ein mehr als guter Start gesichert. Natürlich stellen wir die wichtigsten Anlaufstellen zum Networking zur Verfügung. Ihr müsst alle noch Arbeit investieren. Wir bieten euch kein gemachtes Nest, aber ihr macht auf mich auch nicht den Eindruck, dass ihr eins sucht.« Um die Dramatik zu steigern und meine Worte wirken zu lassen, mache ich eine Pause. »Ihr müsst euch nicht sofort entscheiden. Beredet es am Wochenende, schlaft eine Nacht darüber und teilt uns dann eure Entscheidung mit.«

Ich reiche Liam meine Visitenkarte und sehe, wie die Anspannung von allen abfällt, da ich ihnen den Druck genommen habe, sich sofort entscheiden zu müssen.

»Wenn ihr Fragen habt, könnt ihr euch ebenfalls jederzeit melden. Falls ihr euch für uns entscheidet, handeln wir die Details des Vertrages gemeinsam aus. Bei uns gibt es keine Standardverträge.«

Alle nicken, selbst Luke.

»Jetzt freut euch!«, rufe ich. Es dauert keine Sekunde, bis sie jubeln und auf den bisherigen Erfolg anstoßen. Genau das ist der Part, den ich am meisten an diesem Teil meines Jobs liebe. Die ausgelassene Freude der Künstler, wenn sie ihrem Traum ein ganzes Stück näher kommen. Dabei beginnt die richtige Arbeit erst, wenn sie den Vertrag unterschrieben haben und ins Studio gehen. »Meine Karte habt ihr. Beratet euch und meldet euch.«

Ich will mich gerade verabschieden, als Liam mich daran hindert. »Stoß bitte mit uns an. Du musst ja kein Bier trinken.«

Alle fünf Männer sehen mich erwartungsvoll an. Mein Blick bleibt eine Sekunde zu lange an Luke hängen, bevor ich nickend zustimme. Das Nicken ist ehrlich – ich möchte eine Weile bleiben. In den letzten Monaten habe ich aufgrund meiner Schreibblockade den Kontakt zu anderen Künstlern vermieden, aber diese kleine Truppe hat etwas an sich. Vielleicht tut es mir gut, ein paar Stunden mit Gleichgesinnten zu verbringen. Darüber hinaus erfahre ich auf diese Weise mehr über die Menschen, mit denen ich eng zusammenarbeiten werde – falls sie sich für unser Label entscheiden.

»Super!«, ruft Liam erfreut aus. Der Rest der Anwesenden scheint nicht abgeneigt, dass ich ihre Party crashe. »Jungs, wir haben Besuch. Macht Platz.«

»Hey, keine Umstände«, versichere ich, doch die Männer räumen ihre Instrumente und sonstigen Kram von der abgewetzten Ledercouch und den nicht dazu passenden Sesseln.

Die Einsitzer sind alle unterschiedlich. Der eine, weiß und flach, schreit danach, dass er nach fünf Minuten Rückenschmerzen verursacht. Das Polster ist so durchgesessen, dass sich in der Mitte eine bleibende Kuhle gebildet hat. Eine Armlehne existiert nur auf einer Seite und ist ebenso flach wie der Rest. Die Form der zweiten Sitzgelegenheit erinnert mich an ein aufgeschnittenes Weinglas. Der weiße Plastikkörper wird von einem Metallfuß gehalten. Das rote Leder auf der Sitzfläche lässt ihn hart erscheinen, aber als ich mich darauf setze, ist der Sessel erstaunlich gemütlich. Die Minute, die ich warte, bis sie mit ihrer Räumaktion fertig sind, nutze ich die Drehfunktion des Sessels und schwenke leicht hin und her.

Luke reicht mir ein Wasser aus dem Kühlschrank und lässt

sich auf dem Dreisitzer nieder. Auf der Seite, die mir am nächsten ist. Es dauert keine drei Sekunden, bis mein Körper in seine Richtung gravitiert. Im Versuch, mich davon abzulenken, schlage ich meine Beine übereinander, halte das Wasser in meinem Schoß vor meinen Bauch und achte darauf, mittig zu sitzen. Es fehlt nur, dass ich den Rücken unnatürlich gerade durchdrücke, dann könnte ich als eine der Hausfrauen aus Stepford durchgehen.

Die Zwillinge setzen sich neben den Songwriter und Costa lässt sich auf dem flachen Sessel nieder, streckt seine langen Beine aus und öffnet seine Arme einladend. Liam gleitet im nächsten Augenblick auf seinen Schoß. Costas Arm legt sich locker um die Taille seines Freundes, während er sich mit dem Ellbogen auf die Lehne stützt. Ich führe die Wasserflasche zu meinem Mund und versuche, das Grinsen auf meinen Lippen zu verbergen. Dass die zwei zusammen sind, überrascht mich nur für eine Sekunde. Sie sehen gut zusammen aus. Vielmehr wird mir jetzt klar, warum sie, neben der Sache mit ihrem Komponisten, viele andere Labels haben abblitzen lassen. Ich kann mir lebhaft vorstellen, dass von ihnen verlangt wurde, ihre Beziehung geheim zu halten oder gar zu beenden. Brüder und ein Pärchen in ein und derselben Band. Chaos und Probleme können hier vorprogrammiert sein, aber ich lasse mich gern eines Besseren belehren. Auch wenn es viele Negativbeispiele gibt, existieren Beweise, dass diese Konstellation funktionieren kann.

»Also, Lexi«, richtet Liam seine Worte wieder an mich. »Was machst du genau bei AlMik?«

Fünf Augenpaare richten sich auf mich. Mit einem weiteren Schluck befeuchte ich meine trockene Kehle. »Nun, wenn man es genau nimmt, kann ich mir aussuchen, was ich machen will. Meinem Onkel und mir gehört das Label.«

Die Band starrt mich an, während es in ihren Köpfen zu arbeiten beginnt.

»Wie alt bist du?«, fragt Raphael.

»Bald vierundzwanzig«, erkläre ich. Die Frage bekomme ich öfter gestellt und genauso oft unterschätzen die Leute mich, sobald sie die Antwort hören. Meine Karriere hat früh begonnen. »Hauptsächlich texte und komponiere ich. Oder versuche, so tolle Künstler wie euch für uns zu gewinnen. Doch wenn ich ehrlich bin, suche ich meinen Platz in der Firma zurzeit. Ich bin noch nicht lange aus den Staaten zurück und noch dabei, mich zu orientieren.«

Als ich erwähne, dass ich Songwriterin bin, scheint Luke sich aufzurichten. Liam und Costa bemerken es ebenfalls und grinsen sich an. Sie versuchen ernst auszusehen, aber es gelingt ihnen mehr schlecht als recht.

»Aber macht man das nicht sein gesamtes Leben?«, fragt Liam. »Sich orientieren? Den Sinn suchen?« Die Zwillinge lachen über seine Wortwahl. Luke und Costa dagegen nicken zustimmend. »Was ich damit ausdrücken wollte«, sagt Liam mit einem genervten Blick in Richtung der Zwillinge, »ist, dass du deinen Platz schon finden wirst. Das machen wir alle irgendwann.«

Der Drummer streicht seinem Leadsänger über den Rücken. Sie sehen sich nicht an, aber man erkennt deutlich, dass sie ihren Platz gefunden haben. Ein kleiner Funken Neid keimt in mir auf. Es ist nicht mal die Tatsache, dass sie sich gefunden haben, sondern eher, dass sie sich ihre Zuneigung ganz natürlich zeigen können. Selbst wenn ich mit meinem Onkel alleine bin, kann ich ihn nicht in den Arm nehmen und ihm danke sagen. Oder ihm zeigen, wie gern ich ihn habe. Dasselbe bei Anna.

»Du bist also rumgekommen?«, fragt Raphael. Ich bin stolz, dass ich mir gemerkt habe, wer von beiden er ist.

»Ja«, stimme ich ihm zu. »L. A., New York, Seoul, Hong Kong, Tokyo.« Es amüsiert mich immer wieder aufs Neue, wie erstaunt die Leute sind, wenn ich meine Zwischenstopps aufzähle. Die Tür öffnet sich hinter mir. Die Musik von der Tanzfläche schwemmt in einer großen Welle hinein.

»Hey Jungs«, ruft Otto über den Lärm hinweg. »Eure Fans warten auf euch. Kommt ihr vorn raus, soll ich sie wegschicken oder schleicht ihr euch hinten raus?« Sein Tonfall verrät, dass er genervt ist. Ich wende mich den Musikern zu und sehe, wie sie sich nur anhand von Blicken verständigen.

Liam nickt. »Wir kommen vor. Reservierst du uns einen Platz an der Bar?«, bittet er.

»Ich werde es dem gemeinen Fußvolk ausrichten«, sagt Otto und verdreht die Augen, bevor er die Tür wieder hinter sich zuzieht.

»Was habt ihr für Fangirls, dass Otto so drauf ist?«, frage ich verwundert. Ich kenne ihn nur ausgeglichen und immer gut gelaunt.

»Seine Ex ist darunter«, erklärt Luke, während die anderen in die Gänge kommen.

»Kann man schon von Ex reden, wenn man gerade mal eine Woche oder so zusammen gewesen ist?«, fragt Gabriel spöttisch. Sein Bruder stimmt ihm lachend zu.

»Jungs, kommt schon. Lasst den armen Kerl in Ruhe«, rügt Costa sie. Sein Gesichtsausdruck ähnelt mehr dem Grinsen der Zwillinge als seinem angestrebt ernsten Tonfall.

»Kommst du noch mit?«, fragt mich Luke.

»Natürlich kommt sie mit!«, erklärt Liam an meiner Stelle. Costa räuspert sich und nach einem Blick zwischen den beiden wendet sich Liam erneut an mich. »Natürlich nur, wenn du Lust und Zeit hast.«

»Du würdest mir damit auf alle Fälle einen großen Gefallen tun«, sagt Luke. »Ich warte meist alleine an der Bar, bis diese kleinen Promis sich durch ihre Fans gekämpft haben. Otto liegt mir in letzter Zeit immer mit besagter Ex in den Ohren und ich bekomme schon Ohrenschmerzen, wenn ich nur daran denke.«

»Gern«, antworte ich überraschend schüchtern. »Dann kann ich euch auch gleich in Aktion sehen und schauen, wie ihr mit euren Fans umgeht.« Während Luke und drei der Bandmitglieder sich in Erinnerung rufen, wer ich bin, und aussehen, als stünden sie vor ihrer mündlichen Prüfung, verbreitert sich Liams Grinsen.

Luke und ich nehmen einen anderen Weg zur Bar als die Band. Der Songwriter wird auf den wenigen Metern mehrmals erkannt. Ihm scheint die Aufmerksamkeit unangenehm zu sein – etwas, das ich nicht erwartet habe. Er kam mir bisher mächtig selbstbewusst vor. Dennoch bedankt er sich freundlich, grüßt zurück oder nickt Leuten zu. Auf halber Strecke hören wir das Gekreische der Fans, als sie auf Entgleiste Helden treffen. Als wir an der Bar ankommen, sind sie mitten drin.

»Sie machen das gut«, sage ich zu Luke und beobachte, wie sie Fotos von sich machen lassen, wie sie mit ihren Fans posieren und Autogramme geben. Man könnte meinen, dass sie schon längst einen Plattenvertrag haben und weitläufig bekannt sind.

Es dauert über eine Stunde, bis sie sich zu uns gesellen. Es spricht für sie, dass sie sich so viel Zeit genommen haben. Bald kann das schon anders aussehen und ein Termin jagt den nächsten. Die Wartezeit haben Luke und ich mit Reden überbrückt. Er hat mir viel über die Band erzählt und so gut wie gar nichts über sich selbst. Ich habe ihm dafür alles übers Label und darüber, was ihn als Songwriter dort erwartet, erzählt und nichts über mich. Dazwischen und zu oft hat Otto sich immer wieder bei uns über seine Verflossene beschwert. Was kann sie in so kurzer Zeit angestellt haben, dass er einen derartigen Groll gegen sie hegt? Die Antwort bleibt er uns schuldig. Solange er mir weiter diese leckeren bunten Drinks serviert, werde ich nicht nachbohren.

Schließlich lässt sich Liam auf dem Hocker zu meiner Rechten nieder. Costa stellt sich neben ihn. Sie scheinen sich zu umkreisen, ohne es zu merken. Sie sind wie Erde und Mond. Unabhängig voneinander und doch beeinflussen sie sich. Erst wenn man darauf achtet, bemerkt man es. Sie sind ein ungleiches Paar, aber genau das scheint bei ihnen zu funktionieren. Unsere Gespräche gehen immer tiefer in die Musik und Liam ist mit Leidenschaft dabei. Costa, oder Cosy, wie ich ihn nennen soll, braucht nur sanft seine Hand auf Liams Schulter zu legen und Liam beruhigt sich und überschlägt sich nicht mehr mit seinen eigenen Worten. Die Bar leert sich immer mehr, als den Gästen einfällt, dass sie doch noch einen Tag im Büro überleben müssen, bis sie ihr Wochenende erreicht haben. Aber wir bleiben und reden und reden. Ich habe Spaß wie lange nicht mehr und hoffe, dass sie einen Vertrag bei uns unterschreiben.

»Lexi«, spricht Luke mich an und wartet, bis ich mich ihm zuwende.

Ich komme dem mit Vorliebe nach, denn mir steigt die Schamesröte ins Gesicht, als Liam Cosy einen Kuss gibt, der einem Film die FSK-18-Empfehlung einbringen würde. »Ja?«

»Wenn du auch Songs schreibst, kennt man dann schon etwas von dir?«

Ich hasse diese Frage.

»Ich denke schon«, erkläre ich ungenau und versuche, es dabei zu belassen. Ich bezweifle, dass er mich nicht kennt. Jeder in der Musikbranche, der etwas auf sich hält, kennt Lynn Jefferson. Seit dem Beginn meiner Karriere verstecke ich mich hinter diesem Künstlernamen und denke gar nicht daran, etwas daran zu ändern. Obwohl ich mehrere Awards gewonnen habe, war ich nie bei einer dazugehörigen Show. Ich ändere andauernd die Passwörter meiner Social-Media-Kanäle, damit ein Hackerangriff erschwert wird. Was das angeht, bin ich paranoid, seit eine von mir eingesungene Demo-CD geleakt wurde. Denn ich hasse es, vor anderen zu singen. Nur Mike und die Künstler, die meine Lieder singen, bekommen meine Stimme zu hören. Als die CD geleakt wurde, hatte ich keine Kontrolle mehr darüber, wer sie zu hören bekommt und wer nicht. Es war ein Einschnitt in meine Privatsphäre, den ich bis heute kaum überwunden habe.

Luke will weiter nachfragen, aber die Zwillinge lenken ihn ab. Ich leere mein Glas in einem Zug. Es hat wegen des fehlenden Alkohols zwar keine Wirkung, aber hilft mir die Situation auszuhalten. Zwei Stunden später setzt Otto uns vor die Tür, weil er endlich abschließen will.

»Soll ich dich nach Hause bringen?«, fragt Luke. Er hält einen Motorradhelm in seiner Hand, den er in der Garderobe abgegeben hatte.

»Nein, danke«, lehne ich lächelnd ab. »Ich werde die frische Luft genießen.«

Vielleicht klärt der Sauerstoff meinen Verstand.

5 – Die Verträge

Luke

Mike ist brutal einschüchternd. Dabei lächelt er die ganze Zeit. Dieser bullige Typ soll mit Lexi blutsverwandt sein? Das will nicht in meinen Kopf. Er ist größer als jeder andere in diesem Raum. Er wird nicht die Zwei-Meter-Marke knacken, aber er ist definitiv nah dran. Liam, Cosy, Gabriel, Raphael und ich sitzen ihm gegenüber und keiner von uns scheint nur einen Muskel zu rühren. Wir haben schon allerlei über ihn gehört – dass er knallhart sein soll, aber auf seine Schäfchen aufpasst. Alles, was man in der Gerüchteküche brodeln hört, scheint auch so heiß gegessen zu werden, wie es serviert wird. Spätestens jetzt sind die Zweifel, ob die Gerüchte der Wahrheit entsprechen, ausgeräumt. Wir hören uns sein Vertragsangebot an, aber wenn ich ehrlich bin, kann ich mich kaum auf das konzentrieren, was er sagt.

»Wir wissen, wie viel Wert ihr darauf legt, dass ihr euch treu bleibt. Ich glaube, genau deshalb seid ihr gut bei uns aufgehoben. Wir haben die Details des Vertrages ja schon im Vorfeld besprochen. Ihr habt euren Stil, ihr habt eure Fans durch genau diesen Stil. Warum sollten wir etwas verändern, das funktioniert? Was wir euch anbieten, ist Unterstützung, Rat und Erfahrung. Raum nach oben zur Verbesserung gibt es immer. Gerade im künstlerischen Bereich. Es gibt kein Endziel, nur Weiterentwicklung. Stehen wir da auf einer Seite?«, fragt er in die Runde. Die Band nickt. Als Mikes Blick auf mich fällt, tue ich es ihnen gleich.

Insgesamt bietet uns AlMik-Records ein unschlagbares Angebot. Andere Labels haben den Jungs mehr Geld geboten, aber dafür Bedingungen gestellt, die niemand von ihnen zu erfüllen bereit war. Liam und Cosy sollten ihre Beziehung verheimlichen, am besten ihre gesamte sexuelle Orientierung. Die Zwillinge sollten sich identisch kleiden und nur die Farben der Klamotten sollten sich unterscheiden dürfen. Sie wollten uns Agenten vorsetzen, die uns eine Liste mit potentiellen falschen Freundinnen, mit denen die Jungs etwas zum Schein anfangen sollten, unter die Nase gehalten haben. Es sollte eine Win-win-Situation entstehen. Die Mädchen machen die Band bekannter und andersherum. Von mir wollten sie gleich gar nichts wissen. Hier bei AlMik dagegen fühlt man sich aufgehoben, frei und uneingeschränkt. Und was für mich wichtig ist: Sie sind neuen Songwritern gegenüber nicht abgeneigt. Das Gesamtpaket stimmt. Dann stören uns ein paar Euro weniger kaum. Hauptsache, wir können unsere Musik verbreiten und keine, die uns von PR-Experten oder Produzenten aufgezwungen wurde.

»Eigentlich sollte Lexi auch hier sein«, grummelt er, als er unter den hingeworfenen Papieren auf seinem Schreibtisch nach unseren vorbereiteten Verträgen sucht. »Sie hat sich gefreut, als euer Anruf kam. Sie hat gehofft, dass ihr euch für uns entscheidet. Aber Madame muss sich ja eine Wohnung in Mitte ansehen, obwohl sie massig Platz in meinem Haus hätte, und überhaupt ...« Als er aufsieht und bemerkt, wie die Zwillinge ihr Losprusten nur mühselig unterdrücken, stoppt er. Cosy räuspert sich. Er mischt sich nicht gern in Probleme anderer ein und ihm ist es immer unangenehm, wenn er Zeuge davon wird. Mike fährt sich durch die Haare. »Ich meine, sie ist erst wieder zurückgekehrt und will schon wieder von mir weg?«

Liam nickt Mike zu, als ob er genau wüsste, wovon er redet. Dabei bezweifle ich, dass nur einer von uns nachvollziehen kann, was ihn an der Sache aufregt.

»Ähm. Ja ...«, lenkt Mike ein und nimmt ein Fetzen von Zettel, auf dem in krakliger Schrift Notizen festgehalten sind. »Worauf ich eigentlich hinauswollte, als ich zu dem Verhalten meiner abtrünnigen Nichte abgeschweift bin: Lexi wird sich mit euch an eure Songs setzen.«

Wir sehen alle alarmiert auf, als er das sagt.

Mike lenkt sofort beschwichtigend ein: »Wir halten unser Wort. Wir drücken euch keinen Stiefel auf. Es geht darum: Eure Songs sind gut, sehr gut sogar, aber wenn ihr mit Lexi zusammenarbeitet, könnte aus einem Sehr gut ein Brillant werden. Es soll nur ein Finetuning sein. Eure Message bleibt und ihr habt volles Mitspracherecht. Nur vertraut Lexi in der Sache. Sie hat ein Händchen dafür.«

Allgemeines Nicken und Erleichterung geht von uns aus.

»Was mich zu dir bringt, Luke.«

Kaum fällt mein Name, richte ich mich gerade auf.

»Normalerweise lassen wir das unsere Künstler entscheiden oder beraten sie in der Sache, aber da du eine Bedingung für den Vertrag deiner Freunde bist, erlauben wir uns auch, ein klein wenig etwas festzulegen.«

Allein wie er sich ausdrückt, lässt meine Gedanken rotieren. Mein Herz schlägt schneller und meine Hände werden klamm. Diskret wische ich sie an meiner Jeans ab.

»Du wirst zusammen mit Lexi einen Song schreiben und dieser Song wird die erste Single der Band werden. Nicht irgendein Song, sondern ein Gute-Laune-Liebessong. So etwas fehlt in eurer Playlist noch und es dürfte eine Herausforderung für Lexi sein. Ihr glaubt an diesen Mann. Dann soll er es uns beweisen. Wenn alles gut läuft, ist das ein bombastischer Einstieg für ihn und seine Karriere nimmt Fahrt auf.«

»Dann buch uns schon mal die Chartsspitze«, versichert Liam siegessicher und die Jungs stimmen ein. Ich muss grinsen. So viel Vertrauen hatte vor ihnen niemand in mich.

»Also nehme ich das als ein Ja?« Mike sieht mich abwartend an. Ich denke nicht zweimal darüber nach. Die Abmachung setzt mich unter enormen Druck, aber ich will mich beweisen und den Jungs zeigen, dass sich ihr Einsatz für mich gelohnt hat. Dass die ausgeschlagenen Angebote kein Fehler gewesen sind.

»Und wie!«, versichere ich Mike und wir schlagen darauf ein. Er übergibt mir einen vorbereiteten Vertrag, damit ich ihn mir durchlesen kann und gegebenenfalls Änderungen äußere, die die Rechtsabteilung dann einarbeitet. Ich komme kaum über die Vertragsparteien hinaus. Mike klärt die Details mit den anderen Jungs. Das laute Gerede lenkt mich zu sehr ab. Oder die Überbleibsel der Aufregung blockieren meine Konzentration. So oder so sehe ich die Buchstaben auf dem Papier und kann die einzelnen Worte lesen, aber die Zusammenhänge und ihre Bedeutung bleiben aus. Das Beste wäre, wenn ich mir den Vertrag schnappen und ihn in meinen vier Wänden in Ruhe durchlesen könnte. Während die Jungs weiter mit Mike verhandeln, sehe ich mich noch einmal um.

Dieses Büro ist das reinste Chaos und macht alles andere als einen seriösen Eindruck. Ich meine, das ist das Büro des Chefs. AlMik-Records ist ein kleines Label, zugegeben, dennoch erstaunt mich der Anblick der herumliegenden Demo-CDs, der mehr oder weniger aufgerollten Poster und Plakate. Auf und um das Klavier liegen Notenblätter verstreut, manche zerknüllt, manche fein säuberlich auf einem Stapel sortiert. Ordner liegen offen herum, anstatt im Regal zu stehen. Ich kann das Ausmaß der Unordnung gar nicht in mich aufnehmen. Ich bin nicht penibel, aber ich habe keine Ahnung, wie man in diesem Raum ansatzweise kreativ sein kann. Alles würde meinen Flow stören.

Mit geschlossenen Augen reiße ich mich zusammen und versuche, nur Mike zu sehen und das Tohuwabohu um ihn herum zu ignorieren. Doch durch das Chaos gibt es immer wieder neue Dinge, die mir ins Auge springen. An der Wand hängen Auszeichnungen und im Regal rechts hinter dem Plattenboss stehen Preise. Mehrere Echos. MTV-Awards. Platinplatten. Auf mehreren Auszeichnungen findet sich derselbe Name. Lynn Jefferson.

Das Aushängeschild des Labels und auf die eine oder andere Art modernes Vorbild aller zeitgenössischen Songwriter. Man kann ihre Kompositionen lieben oder hassen, aber ihr Talent ist unleugbar. Ihr Gefühl für Wörter und Rhythmus sucht ihresgleichen. Ihren ersten Hit hat sie mit verdammten achtzehn Jahren gelandet, oder besser der Sänger, der ihr Lied gesungen hat. Lynn und ich haben einiges gemeinsam: Genau wie sie will ich nur Musik machen. Mich treibt nichts auf die Bühne oder ins Rampenlicht.

Lynn treibt das Ganze auf die Spitze. Sie ist in der Musikbranche weltbekannt und doch weiß man nicht, wie sie aussieht. Sie ist aktiv auf Twitter und Instagram, aber trotzdem kennt niemand ihre Haarfarbe. Nicht, dass es etwas an ihrem Talent ändern würde, aber ich sehe gerne die Menschen dahinter. Menschen wie sie, die Texte schreiben, die immer mehr im dunklen Spektrum liegen und einem trotzdem Hoffnung geben, dass auch das vorbeigehen wird, haben immer eine Geschichte zu erzählen. Wie sie selbst einmal in einem ihrer raren Interviews gesagt hat, sieht man diese Geschichten in den Augen der Leute. Vielleicht versteckt sie sich deshalb derart vor der Öffentlichkeit. Auch wenn mich nichts auf die Bühnen der Welt treibt – so ein Versteckspiel wäre mir zu anstrengend. Aber dass es funktioniert, ist nicht zuletzt dem Label zugutezuhalten. Sie beschützen ihre Schäfchen und so ein Schaf mit güldenem Fell würde ich auch nicht verjagen wollen. Gerüchte besagen, dass alle Künstler, die mit ihr arbeiten, knallharte Verträge unterschreiben müssen, um ihre Identität zu wahren. Mit etwas Glück werde ich irgendwann selbst mit ihr zusammenarbeiten dürfen. Auch wenn es in letzter Zeit still um sie geworden ist. Vielleicht hat sie eine Familie gegründet oder bereist die Welt. Vielleicht hat sie sich endlich eine Auszeit gegönnt. Sie hat über Jahre Hit nach Hit verkauft und jedem Sänger, der eine ihrer Kompositionen ergattert, ist eine Top-Five-Platzierung sicher. So wie sie sich abgekapselt hat, könnte sie verstorben sein und niemand würde es merken. Aber wie traurig ist diese Vorstellung?

Oder, was eher unwahrscheinlich ist, sie arbeitet an einem eigenen Album. Vor Jahren wurde eine ihrer Demo-CDs geleakt, auf der sie ihre Texte selbst eingesungen hat. Die nackten Töne ihrer Akustikgitarre und ihre engelsgleiche Stimme lassen noch heute Gänsehaut auf meinen Armen entstehen. Sie und das Label haben den Verantwortlichen vor Gericht gezerrt und er hat eine Strafe bekommen, aber das Kind lag im Brunnen. Wer die Demo hören will, findet sie im Netz. Ich weiß, dass sie nicht will, dass man sie sich anhört, aber sie ist grandios. Wie soll man es nicht hören wollen? Ich lege mich manchmal flach hin, setze die Kopfhörer auf, spiele ihre Songs ab und stelle mir dabei vor, wie es klingen würde, wenn sie ihren ersten Hit, »Fall eines Engels«, selbst eingesungen hätte. Ob sie ihn überhaupt singen könnte oder ob ihre Stimme vor Emotionen erstickt würde? Ich bin der Überzeugung, dass sie den Fehler vieler Schreibanfänger begangen hat und vor allem in ihren ersten Werken viel zu viel Autobiographisches hat einfließen lassen.

Cosy, der neben mir sitzt, tritt mir auf den Fuß und ich werde aus meinen Gedanken gerissen. Ich muss meinen Blick förmlich von ihrem Namen reißen, um zu merken, wie die anderen mich erwartungsvoll ansehen. Die Jungs haben ihre Verträge in der Hand und soweit ich es erkennen kann, haben sie schon alle unterschrieben.

»Hast du noch Änderungswünsche?«, fragt Mike und zeigt auf meinen Vertrag.

»Hm … nein«, antworte ich hastig. Ohne über die erste Seite hinausgelesen zu haben, suche ich die Stelle, auf die ich meine Unterschrift setzen muss, und unterschreibe. Ob das jetzt der schlauste Zug gewesen ist, bleibt abzuwarten.

Ich betrachte den Vertrag. Wenn das der richtige Schritt nach vorn ist, kann ich bald einen meiner Jobs kündigen. Obwohl ich beide gerne mache. Ich würde die Kinder, denen ich Musikunterricht gebe, vermissen. Mein Aushilfsjob in der Werkstatt hilft mir, ein Gleichgewicht zur kreativen Arbeit zu schaffen, und gibt mir eine Möglichkeit, Dampf abzulassen, wenn ich das Gefühl habe, dass meine Gedanken auf dem Weg zum Stift in meiner Hand verloren gehen. Natürlich könnte ich das auch, wenn ich eine Runde laufen gehe. Aber das ist mit Bewegung verbunden – und wer will das schon?

6 – Der Auftrag

Lexi

Bereits als ich das Gebäude, in dem sich unsere Firma befindet, betrete, fühle ich diese dumpfe Schwere in meinem Bauch. Eine Vorahnung, dass etwas Unangenehmes bevorsteht. Mikes Assistent ist in der Mittagspause und ich gehe in das Büro meines Onkels durch.

»Hey«, grüße ich Mike, aber er macht keine Anstalten, den Gruß zu erwidern. Erst als ich mir einen Weg näher an seinen Schreibtisch gebahnt habe, sehe ich, dass er Kopfhörer trägt und eine der vielen Demos hört, die das Label tagtäglich zugeschickt bekommt. Ganz wie der Boss, der er ist, hat er seine Füße, die in Rockerboots stecken, auf den Schreibtisch gelegt. Mit einem kräftigen Stoß fege ich sie herunter. Mikes Schreckgesicht ist wutverzerrt, bis er mich erkennt. Er schiebt seine Kopfhörer runter und lässt sie um seinen Hals baumeln. Jetzt kann ich die Musik gedämpft hören – seichter Pop. Das ist so gar nicht sein Genre, aber Mike steht da drüber und erkennt einen begabten Künstler, wenn er ihn, wie in diesem Fall, auf den Ohren hat. Er und ich schätzen jede Form der Kunst, selbst wenn sie nicht unseren persönlichen Geschmack trifft.

»Manchmal vermisse ich die Tage, an denen du niemanden im Umkreis von einem Meter um dich herum ertragen konntest«, wirft er mir frustriert vor. Sobald die Worte seinen Mund verlassen haben und er sieht, wie mein Gesicht entgleist, fährt er sich mit den Händen über das Gesicht und legt sie in den Nacken über seine Kopfhörer. »Lexi, Kleines. Sorry, ich bin heute kein guter Gesprächspartner.«

»Schon okay«, versichere ich. Dass seine Worte dennoch weh tun, will ich gar nicht beschönigen, aber was erwarte ich? Bevor ich meine Reise begonnen habe, habe ich niemanden ertragen. Unterwegs habe ich mit vielen Dingen experimentiert. Alkohol. Drogen. Männer und Frauen. Jeden Morgen, wenn ich mit Kopfschmerzen des Todes in einem fremden Bett aufgewacht bin, habe ich mich vor mir geekelt und diese Gefühle erneut betäubt. Es war ein Teufelskreis. Und es war harte Arbeit, da wieder herauszukommen. Ich weiß nicht, wie viel Anna und Mike davon mitbekommen haben, aber sie mutmaßten genug, um sich Sorgen zu machen. »Ich sollte herkommen?«, frage ich, um uns beide vom Thema abzulenken.

»Ja.« Mike seufzt und richtet sich auf. Er stellt die Musik auf Pause und zieht danach einen Stapel Papiere vom Schreibtisch. Ein Wunder, dass er weiß, was sich überhaupt in diesem Chaos verbirgt. Ich werfe einen Blick in die Papiere, die sich als Verträge entpuppen.

»Sie haben unterschrieben?«, frage ich erfreut, obwohl die Frage überflüssig ist.

»Ja, alle. Auch der Songwriter«, ergänzt mein Onkel.

»Gut.« Ich reiche die Unterlagen zurück und sehe ihn fragend an. Mike ordert mich nicht nur her, damit er mir die Verträge zeigen kann.

»Lukes Vertrag solltest du dir vielleicht genauer ansehen.« Mike zieht den Vertrag erneut heraus. Diese Schwere in meinem Bauch macht sich wieder bemerkbar. Ich habe eine Ahnung, was ich gleich in dem Geschriebenen vorfinden werde, aber die Hoffnung stirbt bekanntlich zuletzt. Sie wird wie ein Stück Notenpapier zerknüllt und legt sich zusätzlich auf die Schwere in mir, als ich den Vertrag durchlese.

»Dir ist bewusst, dass ich seit Monaten kein Wort und keine

Note zu Papier gebracht habe!«, werfe ich ihm mit geschlossenen Augen vor. »Und nun soll ich die erste Auskopplung mit jemandem schreiben, den ich nicht kenne? Dazu noch ein verdammtes Liebeslied?«

Mike bleibt die Ruhe selbst. »Du hast schon immer besser unter Druck gearbeitet«, erklärt er geduldig.

Ich kann nur schnauben. Ich lasse die Blätter auf seinen Schreibtisch fallen. »Und dazu muss auch gleich drinstehen, dass ich unter meinem Künstlernamen veröffentliche?« Ich will sauer und wütend sein, aber ich habe nur Angst, dass meine Schreibblockade länger anhält und der Druck mehr Schaden anrichtet als Nutzen. Doch Mike hat schon vielen vor mir aus ihren Blockaden geholfen.

»Sehe es als kleine Absicherung.« Wieder schnaube ich empört. »Als Mitinhaberin des Labels wirst du dir nicht die Blöße geben und einen Vertrag brechen. Und Luke hat wie alle anderen die Klausel, dass er zur Verschwiegenheit verpflichtet ist.«

»Als Mitinhaberin sollte ich vielleicht auch nicht vor vollendete Tatsachen gestellt werden«, halte ich dagegen. »Ich binde dich auch nicht einfach vertraglich an Sachen, die dir zur Zeit unmöglich erscheinen.«

»Bitte«, sagt er und lehnt sich entspannt zurück. Er faltet seine Hände locker über seinem Bauch. »Dann entscheide dich, wie es weitergehen soll. Bleibst du in Berlin? Unterschreibst du einen Mietvertrag? Beziehst du das Büro auf dem Flur gegenüber und übernimmst mehr Verantwortung?«

Mit zusammengepressten Lippen funkle ich ihn an. Dieses Streitthema steht zwischen uns, seit ich es in den Raum gestellt habe, hierzubleiben.

»Lexi, ich bin der Letzte, der dich überfordern will oder über deinen Kopf hinweg entscheidet, aber dann beziehe auch klar Stellung, wie es weitergehen soll. Mir ist es auch recht, wenn du sagst, du bleibst reine Komponistin oder scoutest neue Talente, aber entscheide dich.«

»Du hast doch gesagt, dass ich mir keine Wohnung zu suchen brauche, weil du viel Platz in deinem Haus hast«, nuschle ich vor mich hin. »Und außerdem habe ich mir Wohnungen angesehen!«, füge ich deutlicher hinzu.

»Ja, stimmt. Was war an der letzten noch verkehrt?«, fragt er und überlegt. Ich verschränke die Arme vor der Brust und warte trotzig. »Ich hab's. Die Decken waren dir zu niedrig. Dir ist schon klar, dass du keine zwei Meter groß bist?«

»Kann ja nicht jeder so hoch hinaus wollen wie du«, gebe ich schnippisch zurück. »Die Akustik ist in hohen Räumen nun mal viel besser. Außerdem habe ich gerade einen Vertrag unterschrieben. Deshalb bin ich spät dran.«

»Du bist wie deine Mutter! Du treibst mich noch mal in den Wahnsinn!«

Ich grinse. »Danke.« Ich mag es, wenn er mich mit meiner Mutter vergleicht. Es verleiht mir das Gefühl, dass etwas von ihr in mir weiterlebt. Mike schüttelt den Kopf, aber muss selbst lächeln.

»Pass auf, das Einzige, was ich von dir verlange, ist, dass du es versuchst. Diesem Luke erleichtert es den Einstieg in die Branche ungemein, wenn dein Name neben seinem steht.«

»Von mir aus.«

»Gut, dann kannst du runter ins Studio drei gehen.«

»Weshalb?«, frage ich verwirrt.

»Warum alles aufschieben? Die Jungs machen gerade Aufnahmen. Ihr könnt euch gleich besser kennenlernen. Du musst einen bleibenden Eindruck hinterlassen haben.«

Sie auch auf mich, speziell Luke. Aber das sage ich meinem Onkel nicht.

»Besonders Liam scheint von dir angetan.«

Soweit man das nach einer Begegnung beurteilen kann, beruht das Gefühl auf Gegenseitigkeit. Mein ursprünglicher Plan war, mich nach diesem Meeting mit meiner Gitarre in die leere Wohnung zu setzen und zu spielen. Ich liebe Anna und Mike, aber noch mehr liebe ich es, allein zu sein. Und vor allem, allein zu arbeiten.

»Ich …«, will ich widersprechen, doch mein Onkel fällt mir ins Wort.

»Kleines, du sollst keine Stunden bei ihnen verbringen oder deine ganze Lebensgeschichte erzählen. Sag einfach hallo und mach ein Treffen aus, wann ihr gemeinsam die Texte überarbeiten wollt. Mehr nicht, okay?« Mike sieht mich erwartungsvoll an.

»Von mir aus«, gebe ich nach.

»Gut.« Er seufzt und lehnt seinen Kopf an den Drehstuhl. Seine Augen sind geschlossen. »Ich dachte ja, dass das Arbeiten mit dir einfacher ist, wenn du wieder vor Ort bist, aber das war wohl Wunschdenken.«

»Ich hab dich auch lieb«, sage ich und bahne mir einen Weg aus dem Chaos.

»Ich dich auch. Ich habe zwar manchmal keine Ahnung warum, aber ich dich auch.«

Bevor ich Mikes Büro verlasse, strecke ich ihm die Zunge heraus. Er quittiert mein kindliches Verhalten mit einem Luftkuss. Grinsend gehe ich zum Aufzug.

Wenn ich an die Band und ihre Musik denke, denke ich automatisch an Luke. An seine Songs und an sein Talent. Und an diese verdammten Berührungen, die mich lange beschäftigt haben – noch immer beschäftigen. Dabei ist unsere Begegnung Wochen her. Unsere einzige Begegnung, und sie hat einen bleibenden Eindruck hinterlassen. Die ersten Tage danach ist mir allein bei der Erinnerung an ihn heiß geworden und auch wenn Luke mehr als anziehend auf mich wirkt, hat es nichts Sexuelles an sich. Heute wird mir nur noch warm bei den Gedanken an den Körperkontakt mit ihm. Dabei sind es nur zufällige und unschuldige Dinge gewesen.

Wie es sich anfühlen würde, wenn mehr von seiner Haut auf meine trifft? An Stellen, die einige Zeit nicht von anderen berührt worden sind. Würde sich das besser anfühlen? Intensiver?

Ich streife meine Strickjacke ab, weil es in dem engen Aufzug plötzlich stickig ist. Ich sollte meine Gedanken in eine andere Richtung lenken, sonst kann ich Luke nie wieder in die Augen sehen, ohne rot anzulaufen.

Vielleicht war das letztens nur eine einmalige Sache und er wirkt in Zukunft wie alle anderen auf mich. Vielleicht war alles nur ein Zufall. Es muss so sein. Warum sollte sich aus heiterem Himmel etwas ändern? Warum ausgerechnet bei ihm? Ich habe meine Probleme, ganz klar, daran wird eine Zufallsbekanntschaft nichts ändern. Liebe ist unergründlich, aber sie heilt einen nicht – das kann man nur selbst. Und ich habe meinen Selbstheilungsweg noch nicht entdeckt, obwohl ich habe vieles ausprobiert habe. Es hat für den Moment funktioniert, mich betäubt, aber nach dem Aufwachen sah die Welt aus wie immer.

Die Studios liegen im Keller, abgeschirmt von allen Geräuschen, die die Aufnahmen stören könnten. Das rote Licht, das zeigt, dass Aufnahmen laufen, leuchtet vor dem Studio. Vorsichtig öffne ich die Tür. Liam, Cosy, Raphael und Gabriel stehen von einer Glaswand getrennt im Aufnahmeraum und spielen eines der Lieder ein, die ich vor drei Wochen im Dark Blue von ihnen gehört habe. Würden sie Lukes Lied singen, würde ich im Boden versinken.

»Hey, Sammy«, grüße ich unseren Experten hinterm Mischpult. Ich habe ihn in L. A. kennengelernt. Wir sind ins Gespräch gekommen. Er wollte nach einer ekelhaften Trennung aus der Stadt raus und Mike suchte einen neuen Tontechniker, durch dessen Adern Musik fließt. Ich habe Sammy das Angebot unterbreitet und seitdem ist er hier. Das ist inzwischen über ein Jahr her. Unsere ganze Firma ist international. Sammy kommt aus den USA, Helen, eine Gesangslehrerin, aus England. Überhaupt arbeiten mehr Leute mit einem ausländischen Pass bei uns als mit einem deutschen. Es ist das beste Team, das man sich vorstellen kann.

»Hey L«, grüßt er mit seinem schweren Dialekt zurück und

sieht nur kurz in meine Richtung, bevor er sich wieder auf die Jungs konzentriert.

»Und wie machen sie sich? Live sind sie ja der Burner«, frage ich. Sammys Deutschkenntnisse reichen aus, dass er mich versteht. Er grinst mich an und reckt beide Daumen nach oben. »Dachte ich mir«, gebe ich zufrieden zurück.

Ich stütze mich auf das kühle Pult und höre ihnen zu. Es ist noch immer faszinierend, ihnen zuzusehen. Sie sind ernsthaft bei der Sache und vergessen den Spaß dabei nicht. Und genau so muss es sein. Viele vergessen, den Weg zu ihrem Ziel zu genießen. Die Jungs nicht. Liam singt sich das Herz aus der Seele und Cosys Haare kleben ihm vor Anstrengung auf der Stirn. Die Zwillinge sehen nach wie vor aus, als wären sie geradewegs aus einem Calvin-Klein-Cover gestiegen, aber geben alles. Es gibt die eine oder andere Stelle, für die ich einen Verbesserungsvorschlag habe, aber eins nach dem anderen. Erst sollen sie sich austoben und ein Gefühl für Studioaufnahmen bekommen.

Ein Räuspern hinter uns lässt mich herumfahren. Normalerweise spüre ich es, wenn sich mir jemand nähert. Doch diesmal nicht. Luke sitzt auf der Ledercouch, die gleich neben dem Eingang steht. Ich hätte ihn bemerken müssen, als ich hereingekommen bin. Ein Blick in sein Gesicht und meine Gedankengänge aus dem Aufzug fluten mein Gehirn. Ich hoffe, dass die Hitze in meinem Gesicht mich nicht zur Tomate mutieren lässt.

»Hallo«, grüßt er mich und lächelt. Waren Lukes Augen schon das letzte Mal so mysteriös dunkel? Ich glaube ja.

»Hey«, bringe ich schließlich hervor und hoffe, dass die vorher entstandene Pause nicht zu lang und merkwürdig gewesen ist.

»Bist du für unsere erste Session da?«, fragt er und steht vom Sofa auf.

»Session?«, frage ich perplex.

»Für den Song, den wir schreiben.« Seine Stirn legt sich besorgt in Falten.

»Ach so, nein«, sage ich nervös lachend. Luke sieht enttäuscht aus. »Also, nicht heute. Ich wollte nur sehen, wie die Jungs sich machen.«

»Sie sind unglaublich«, sagt er voller Stolz und sieht seinen Freunden zu, wie sie eine kleine Pause einlegen, bevor sein Blick zurück auf mich fällt. »Hast du schon einen Plan, wann wir beginnen wollen? Ich will dich nicht drängen und ich kann mir vorstellen, dass du genug um die Ohren hast, aber mir juckt es in den Fingern loszulegen.«

Ich hätte dieses Gefühl auch gerne wieder. Den Drang, zu schreiben und zu komponieren. »Ich stecke mitten im Umzug …«

»Brauchst du Hilfe?«, fragt er sofort und Sammy sieht ebenfalls fragend auf, ob er seine Hilfe anbieten muss.

»Nicht nötig. Jake und Anna helfen mir«, behaupte ich, ohne sie gefragt zu haben. Immerhin habe ich Vertrag und Schlüssel erst seit wenigen Stunden.

»Oh, okay«, sagt er beinahe enttäuscht. Auch Sammy widmet sich wieder seiner Arbeit.

»Aber das wird nicht lange dauern. Ich besitze nicht viel«, winke ich ab, ehe eine große Sache daraus gemacht wird. »Dieses Wochenende und dann ist es geschafft, denke ich. Wie passt es dir nächste Woche?«, biete ich an, obwohl sich alles in mir dagegen sträubt. Nicht seinetwegen. Auch wenn ich nicht abgeneigt bin, mit ihm Zeit zu verbringen, graut es mich davor, mich vor ein Blatt Papier zu setzen und zu texten.

»Das passt«, sagt er und ich nicke. »Dann sehen wir uns nächste Woche«, bestätigt er.

Ich kann den Hüpfer in meinem Herzen nicht leugnen.

7 – Der Umzugshelfer

Lexi

Anna und Jake sollten seit über zwanzig Minuten hier sein und mir beim Umzug helfen. Die Verspätung ist nichts Untypisches und normalerweise kein Umstand, der mich nervös werden lässt. Doch unten im Innenhof steht ein riesiger gemieteter Transporter, der bis oben hin gefüllt ist und nur darauf wartet, von seiner Last befreit zu werden. Im Hof ist das Parken nur zum Be- und Entladen erlaubt. Ich will es mir nicht schon am ersten Tag mit meinen Nachbarn verscherzen.

Die ganze Zeit, in der ich gereist bin, hat Mike mein Zimmer in seinem Haus nicht angerührt. Schon als ich bei ihm gelebt habe, habe ich meine Kisten nie komplett ausgepackt, weil ich meinen Aufenthalt bei ihm immer als Übergangslösung gesehen habe. Gefühlt war ich eher ein Eindringling in seinen vier Wänden, als dass ich ein Zuhause gefunden habe. Die Kisten haben jahrelang ein Dasein in seinem Keller gefristet und warten darauf, endlich ausgepackt zu werden.

Meine eigene Wohnung. Der Fakt ist noch nicht in meinem Kopf angekommen, als ich mich in den hellen Räumen umsehe. Ich habe mich vertraglich verpflichtet, für längere Zeit an einem Ort zu bleiben. Kein Von-Hotel-zu-Hotel-Springen mehr. Kein Couchsurfing. Spontan verreisen kann ich noch immer, aber jetzt gibt es einen Anker, der mich immer wieder zurückholt.

Alles in der Wohnung ist weiß. Nur die Pappe, die meine aufzubauenden Möbel beherbergt, gibt dem Ganzen einen Farbtupfer. Das Weiß soll freundlich wirken, doch mich blendet es nur. Ich bin mir noch unschlüssig, ob ich es so lasse. Wenn es eine Wirkung auf mich hat, dann die, dass es mich auf Dauer wütend macht. Dieses klinisch reine Weiß ist einfach falsch. Pur und unschuldig. Jeder weiß, dass es so einen Ort nirgends auf der Welt gibt. Früher oder später wird alles befleckt – ob man will oder nicht. Und manchmal liegt es nicht in der eigenen Hand.

Ich stoße mich von der Arbeitsfläche der Einbauküche ab, an der ich bisher gelehnt habe, ertaste noch einmal den Wohnungsschlüssel in meiner Gesäßtasche und steige die vier Etagen hinunter, um selbst mit dem Entladen zu beginnen. Arbeit ist so oder so genug da. Mike würde mir ebenfalls helfen, aber er musste nach München zu irgendeinem schicken Event, zu dem mich keine zehn Pferde bekommen würden. Er konnte mir nur beim Einladen helfen. Er meint, auf dem freigewordenen Platz könne ein ganzer Zirkus unterkommen. Dabei habe ich nur einen kleinen Raum in seinem Keller eingenommen und ein Zimmer blockiert. Oder er hat schlicht Angst, sich alleine zu fühlen. Solange meine Sachen bei ihm standen, hatte er wenigstens die Illusion, nicht alleine zu leben. Mein Onkel sollte dringend weniger arbeiten und sich mehr Zeit für eine Frau in seinem Leben nehmen. Er wird schließlich nicht jünger.

Ich höre Annas Kichern, ehe ich sie sehen kann. Als sie dann in mein Blickfeld rückt, kneife ich sofort meine Augen zusammen. Prüde ist kein Wort, mit dem ich mich beschreiben würde, und ich habe sicher nichts dagegen, wenn meine Freundin ihren Freund küsst. Doch was diese beiden hier an den gemieteten Transporter gepresst abliefern, für alle deutlich einsehbar und am helllichten Tage, gehört hinter eine Tür. Sie können ihre Zärtlichkeiten gerne in ihrem eigenen Zuhause teilen. Aber bitte nicht mit der verdammten ganzen Welt und speziell nicht mit meinen neuen Nachbarn.

Eigentlich hätte ich es mir ja denken können. Ich habe einige

Wochen bei ihnen übernachtet, einfach damit Anna und ich ein bisschen Zeit wieder aufholen, die wir durch meine Abwesenheit verpasst haben. Bei was ich sie in dieser Zeit alles erwischt habe, möchte ich nicht ewig in meine Erinnerung gebrannt wissen. Ehe sie das Spektrum der Dinge, die andere miteinander tun können, vor meinen Augen erweitern, öffne ich den Transporter mit der Funkfernbedienung. Die Zentralverriegelung öffnet sich nur quälend und gibt dementsprechend klägliche Geräusche von sich. Aber es reicht, um die Aufmerksamkeit meiner Helfer auf mich zu ziehen.

»Hey, Lexi«, grüßt mich Anna, nicht ohne sich vorher mit dem Handrücken über den Mund zu fahren. Wenigstens sind sie dem Anlass entsprechend gekleidet und tragen wie ich keine guten Klamotten. Jake in Jeans, die bereits von verschiedener Farbe befleckt ist, und hellgrauem Achselhemd und Anna in Sweatshorts und einem losen Trägerkleidchen darüber. Die Shorts teilen wir schon mal, aber ich trage wie immer ein Oberteil, dessen Ärmel meine Arme mindestens bis zum Ellbogen bedecken. Warum muss ich auch Ende Juli umziehen? Mitten im Hochsommer?

Jake macht den Eindruck, dass er sich sortieren müsste, und begrüßt mich ebenfalls. Er winkt mir merkwürdig zu und ich winke zurück. Obwohl wir einiges übereinander wissen und ich ihn zu einem meiner engsten Vertrauten zähle, ist es seltsam, jemandem, mit dem man über Jahre nur digital Kontakt hatte, plötzlich tagtäglich gegenüberzustehen. Zumindest ist es mit mir merkwürdig. Ich mache die Dinge für gewöhnlich merkwürdig. Unsere erste Begegnung hat dazu geführt, dass wir uns eben nur noch auf diese seltsame Art begrüßen. Mir fällt auf, dass Anna mich nicht umarmt. Sie muss mit einem Blick gemerkt haben, dass meine Nerven kurz davor sind, mit mir durchzugehen. Oder meine Augen verraten ihr, dass ich am liebsten meine Beine in die Hand nehmen und die Flucht ergreifen möchte.

»Hallo ihr zwei«, grüße ich schließlich zurück. Meine Stimme ist so dünn, dass ich mich räuspere und mich damit beschäftige, die Hintertüren dieses Monstrums zu öffnen. Anna und Jake gesellen sich zu mir und begutachten unsere bevorstehende Aufgabe.

»An sich sieht das doch machbar aus«, erklärt Jake optimistisch. Ich sage nichts dazu. Ich will ihn nicht schon vor der ersten Kiste demoralisieren. Die Ladefläche ist zum Brechen gefüllt. Zu einer von Mikes Lieblingsbeschäftigungen zählt, immer und überall, wo es möglich ist, Tetris zu spielen. Wenn ich mit beim Einkaufen war, habe ich mich nur neben den Einkaufswagen gestellt und ihn den Einkauf in den Faltkorb in seinem Kofferraum sortieren lassen. Er hätte es eh nach seinen Vorlieben wieder neu sortiert. So nervig diese Macke sein kann, so effektiv erweist sie sich immer wieder aufs Neue. Ursprünglich habe ich damit gerechnet, dass wir mindestens drei Fuhren fahren müssten. Dank Mikes Künsten war es ein Transporter und eine Ladung in seinem Auto. Die Ladung aus dem Auto haben wir hochgeschafft, bevor mein Onkel losmusste.

»Dann packen wir es an«, beschließe ich. Ich reiche Anna eine Tasche mit Bettzeug und Kleidern, die auf Reisen eher unpraktisch waren, und schnappe mir eine weitere. Jake macht sich voller Tatendrang an einen der Umzugskartons. Meine Warnung, dass er die Kisten nicht ruckartig anheben soll, kommt zu spät. Der Karton hat sich unbeeindruckt von Jakes Kraftaufwand keinen Millimeter bewegt.

»Was zur Hölle ist da drin?«, fragt er fassungslos, als er sich den Rücken beim Aufrichten massiert. Ein Blick reicht und ich weiß um den Inhalt Bescheid.

»Bücher«, antworte ich knapp und eher kleinlaut.

»Lexi, dir ist schon klar, dass es so etwas wie E-Books gibt und man sich die Plage, das alles hochzutragen, sparen könnte?«, fragt er und meint es nicht mal rhetorisch. Vielleicht sollte ich ihm jetzt nicht verraten, dass ich die meisten der hier verstauten Bücher auch auf meinem Reader habe, damit sie mit mir die Welt bereisen konnten. »Oh Gott«, stöhnt er auf, als er sich weiter in dem Transporter umsieht.

»Was?«, frage ich und fürchte schon, dass er sich doch mehr am Rücken weh getan hat, als im ersten Moment ersichtlich war.

»Steht da hinten auf den Kisten ›Vinylsammlung Lexi‹ drauf?«, fragt er nicht minder entsetzt. Ich muss vor Erleichterung, dass er sich durch meine Kisten keinen Schaden zugefügt hat, lachen.

»Du hast noch all die Platten?«, fragt Anna begeistert und klettert zu ihrem Freund in den Transporter.

»Wo ist Mike?«, fragt Jake. »Kann er mit anpacken?«

»Er ist in München bei einem Musikpreis.«

Jake schließt die Augen und lässt seinen Kopf seufzend nach vorn fallen. Gleichzeitig zieht er sein Handy aus der Hosentasche hervor. »Und wie habt ihr das alles überhaupt alleine hier reingehievt?«

»Wir hatten die eine oder andere Hilfe«, gestehe ich kleinlaut. Mikes Kumpel hat mit angepackt. Die beiden Hünen können zusammen so einiges bewegen.

»Ich rufe Verstärkung. Alleine hebe ich mir hier einen Bruch. Ich muss nächste Woche mein nächstes Werk abgeben«, murmelt er. Ehe ich ihn darum bitten kann, es nicht zu tun, und ihm versichern kann, dass ich von mir aus auch jedes Buch und jede Platte einzeln alle Etagen alleine hochtrage, hat er das Telefon schon an sein Ohr geführt und seine Verstärkung hebt ab.

Ich höre dem Gespräch nicht weiter zu. Das ist meine Wohnung, mein neuer Zufluchtsort. Nur Leute, die ich kenne und denen ich vertraue, sollen Zutritt dazu bekommen. Aber ich kann verstehen, dass Jake sich nicht verausgaben möchte, wenn er für sein Studium ein neues Gemälde fertigstellen soll. Auch wenn viele sich das nicht vorstellen können, verlangt es körperlich doch einiges von einem, wenn man Kunstwerke erschaffen will. Ich kenne es selbst von extremen Schreibsessions, in denen ich das Essen, das Trinken und gar das Duschen vergessen habe.

Ich versuche, mich mit der Arbeit vor meiner Nase abzulenken, und trage das, was ich fortbekomme, hoch in meine Wohnung. Es sind mehrere Gänge, bis Anna und ich alles hochtransportiert haben, was in unserer Gewichtsklasse liegt. Jake schleppt ebenfalls fleißig, aber die vielen Bücherkisten bekommt er tatsächlich nicht allein getragen. Also muss ich es wohl oder übel einsehen, dass sein Schrei nach Unterstützung gerechtfertigt ist.

Anna hat sich der Küche angenommen und putzt sie von oben bis unten, während ich beginne die Kisten zu öffnen. Als ich aus meinem Elternhaus ausgezogen bin, habe ich alles, was mein war, in Kisten verfrachtet und zum Teil seitdem nie wieder angefasst. Während ich auspacke, miste ich aus und habe nach der Hälfte der ersten Kiste keinen Elan mehr. Der Inhalt weckt Erinnerungen, mit denen ich mich jetzt nicht auseinandersetzen will. Es sind nicht nur desaströse Gedanken, die geweckt werden. Vieles ruft Bilder meiner Mutter in mir wach. Lässt mich ihr Lachen sehen. Ihr einmaliger Duft scheint mich zu umhüllen. Mir kommt ihr altes Schmuckkästchen zwischen die Finger. Ich öffne es. Ganz oben liegt die Kette, die sie immer getragen hat. Ich nehme sie heraus und stelle das Kästchen auf den Boden neben die Kiste. Mike hat die Roségoldkette mit dem Anhänger in Form einer Gitarre damals reinigen lassen und mir vor der Beerdigung meiner Mutter überreicht. Mein Schmerz und meine Wut waren zu groß, um das Geschenk zu erkennen, das er mir damit machte. Vielleicht waren die Gefühle auch zu frisch. Wenn ich mich nicht zusammenreiße, sehe ich noch immer das ganze Blut, das sie und den Anhänger überzogen hat. Selbst der kleine Diamant auf dem Körper des Instrumentes funkelte nicht mehr weiß, sondern erinnerte mehr an einen Rubin.

»Habe ich dir schon gesagt, wie neidisch ich auf deine Wohnung bin?«, fragt Anna und schrubbt kraftvoll die Spüle. Ich sehe auf und lächle sie an. Manchmal glaube ich, dass sie einen sechsten Sinn dafür hat, wenn ich sie brauche, damit sie mich aus meinen Gedanken angelt.

»Ungefähr fünfmal, seit du sie das erste Mal gesehen hast.« Ich sehe mich noch einmal um. Diese Wohnung ist alles, was ich mir wünschen könnte. Ich habe sogar eine eigene kleine Bibliothek. Die Wände sind so hoch, dass sich über der Tür zum Schlafzimmer ein Vorbau befindet, der über eine kleine Holztreppe erreichbar ist. Dort ist in die Wand ein Regal eingebaut, das nur darauf wartet, mit meinen Schätzen gefüllt zu werden. Zwischen der Wand und dem Geländer, das einen Sturz nach unten verhindern soll, ist genügend Platz für eine gemütliche Leseecke. Den passenden Sessel habe ich mir ausgesucht.

»Du wirst dich hier sicher wohlfühlen«, sagt Anna weiter. Ihr Unterton lässt mich aufhorchen.

»Anna«, sage ich sanft. »Ich bleibe hier.«

Sie hält in ihrem Putzvorgang inne, aber sieht nicht in meine Richtung. »Das hast du das letzte Mal auch gesagt«, flüstert sie nur.

Sie kommt ihrer Aufgabe weiter nach, als wir Jake im Treppenhaus hören. Die Wohnungstür haben wir aus praktischen Gründen die ganze Zeit offen stehen. Ich kann im Gegensatz zu meiner besten Freundin die Situation nicht so schnell überspielen und sehe eine Weile zu ihr hinüber. Ich weiß, dass ich sie mit meinem plötzlichen Verschwinden sehr verletzt habe. Aber ich wusste nicht, dass es unserer Freundschaft anscheinend so einen Knacks verpasst hat, dass sie ständig befürchtet, dass ich wieder verschwinde. Allein ihr zuliebe muss ich diesmal ernsthaft versuchen, meinen Platz zu finden.

Anna dreht die Anlage, die wir als Erstes aufgebaut und angeschlossen haben, weiter auf. Es ist ihre Art zu zeigen, dass sie nicht weiter darüber reden will. Mit geschlossenen Augen lasse ich die Musik auf mich wirken. Der Shuffle-Modus von Spotify wählt eines meiner Lieblingslieder. »Heartbeat« von Matthew Mayfield. Ein Song, der mich lange verfolgt hat, nachdem ich ihn das erste Mal gehört habe. Die simplen Gitarrenklänge bringen meinen Körper dazu, sich seicht hin und her zu bewegen. Die

Melodie scheint mich zu umarmen, als ich leise den Text vor mich hin summe. Mein Blick fällt wieder auf die Kette und den Anhänger in meiner Hand. Kurz entschlossen lege ich sie mir um und schließe die Augen, als der Anhänger für einen Moment kühl auf meinem Dekolleté liegt. Es vergehen keine zehn Sekunden, bis sich das Metall meiner Körpertemperatur angepasst hat.

If you won't risk all the up and down
Then all you'll feel are the rusted springs

Was, wenn man aber nur das Abwärts kennt und offenbar nie ein Aufwärts kommt? Sicher habe ich eine Karriere, die mich zu keinem Bürojob zwingt. Ich verdiene mein Geld mit der Sache, die ich am meisten auf dieser Welt liebe: Musik. Aber was bleibt mir darüber hinaus? Was ist übrig, wenn der Erfolg ausbleibt? Oder werde ich immer auf Nummer sicher gehen und nichts riskieren? Stecke ich deshalb fest? Ich zeige der Welt nicht das Gesicht, das hinter den Texten steckt, die sie so lieben. Sogar hinter einem falschen Namen verstecke ich mich. Es ist für Mike und für alle anderen, mit denen ich zusammenarbeite, ein enormer Aufwand, meine Identität zu schützen. Will ich das für immer von allen verlangen? Nur damit ich im eingeredeten Frieden leben kann? Mein Vater ist nicht mehr Teil meines Lebens und dennoch komme ich nicht zur Ruhe, weil ich ihn hinter jeder Ecke vermute. So habe ich mir mein Leben nicht vorgestellt, als ich diese Reise begonnen habe. Vielleicht bin ich deshalb hierhin zurückgekehrt. Zu viele unerledigte Dinge warten hier auf mich. Ich werde einen Teufel tun und meinen Vater suchen. Wenn es nach mir geht, würde ich ihm für den Rest meines Lebens nicht mehr begegnen. Aber ich muss endlich aufhören, ihn in jedem Schatten zu sehen, der sich nachts in meinem Zimmer bildet.

»Genug!«, ermahne ich mich selbst gerade laut genug, dass es in meinen Gedanken eine Notbremsung verursacht, und leise genug, dass Anna mich über die Musik hinweg nicht hört. Die letzten Töne von »Heartbeat« sind verklungen und nun spielt irgendein Hit von der Jahrtausendwende. Einer dieser Songs, dessen Text keinen Sinn ergibt, aber dessen Beat einen die Hüften schwingen lässt. Und das mache ich. Leichtfüßig tanzend mache ich mich daran, die Kiste vor mir weiter auszuräumen. Soweit möglich, gebe ich meinem Eigentum ein neues Zuhause. Wenn das nicht geht, ordne ich den Sachen, die ich behalten will, ein Zimmer zu. Die meisten Möbel verbergen sich noch in den Kartons, frisch aus dem Lager eines schwedischen Möbelhauses. Als dann »Broken Strings« von James Morrison gespielt wird, ist es bei meiner besten Freundin und mir vorbei. Wir jammen in voller Breitseite mit und durch unseren vielen Bewegungen singen wir mehr schief als alles andere. Aber es zaubert ein Lächeln auf Annas Lippen und zerrt mich aus meiner Grübelei. Das Ganze endet damit, dass Anna einen Holzlöffel zum Mikro umfunktioniert und ich eine längliche Wasserflasche. Wir singen uns die Seelen aus dem Leib, bis sich eine Hand auf meine Schulter legt und ich aufschreie.

»Sorry«, entfährt es Luke, als ich mich zu ihm umdrehe. Er hält die Hände hoch, als ob er mir zeigen will, dass keine Gefahr von ihm ausgeht. Mein Herz rast vor Schreck wie wild und ich kann nicht gleich reagieren. In einer Hand hält er einen Motorradhelm.

»Was machst du denn hier?«, fragt Anna an meiner Stelle, nachdem sie die Musik leiser gestellt und Luke zur Begrüßung kurz umarmt hat. Ich vergesse immer wieder, dass Jake und Luke eng befreundet sind. Anna klingt außer Atem. Bei ihr wird es an der Singerei liegen und nicht daran, dass ein Antippen auf ihrer Schulter sie in Todesangst versetzt hat. Ich sehe sie dankbar an.

»Ich bin die Verstärkung. Jake hat mich angerufen«, erklärt er und scheint mich dabei nicht aus den Augen zu lassen. Er beginnt mich anzusehen wie alle anderen, die schnell feststellen, dass etwas nicht mit mir stimmt. Zusammengezogene Augenbrauen. Verengter Blick. Leicht geöffnete Lippen, weil man etwas sagen will, aber unsicher ist, was. Ich hasse diesen Anblick. Er ernüchtert mich.

»Dann vielen Dank, dass du so schnell gekommen bist«, sage ich schließlich. Ich muss mir das andersartige Gefühl seiner Berührung nur eingebildet haben. Hätte es mehr zu bedeuten, würde er mich nicht wie jeder andere ansehen.

Luke grinst. »Ich nutze jede Chance, meine Gunst in der Chefetage zu steigern«, scherzt er.

Ich finde seinen Satz nicht witzig. Er stößt mir bitter auf. Mit gesenktem Blick versuche ich mich an einem herzlosen Lächeln.

»Alter! Flirte nicht, pack mit an!«, ruft Jake, als er eine der leichteren Kisten nach oben bringt.

»Wo kann ich den ablegen?«, fragt Luke mich und hält seinen Helm hoch.

»Wo du Platz findest«, erkläre ich und widme mich wieder meiner eigenen Arbeit.

»Läuft da was?«, fragt Anna voller Neugier, als Luke und Jake wieder nach unten gehen.

»Als ob.« Ich schnaube und verlasse den Raum, um einer weiteren Unterhaltung aus dem Weg zu gehen. Warum irritiert mich Lukes Kommentar so sehr? Hilft er nur aus, weil ich neben Mike als Inhaber von AlMik geführt werde? Ich sehe mich nicht als Chefin. Musik ist das Einzige, was mich interessiert. Die Pflichten eines Geschäftsführers überlasse ich mit Vorliebe meinem Onkel.

Mit neuer Motivation, damit ich mich nicht mit Lukes Anwesenheit auseinandersetzen muss, mache ich mich an das Auspacken meiner Kisten. Nach der dritten Kiste habe ich mich wieder so weit unter Kontrolle, dass ich mein Verhalten lächerlich finde. Luke hat nur einen Witz gemacht. Nur weil ich in der Bar geglaubt habe, dass bei ihm etwas anders ist, heißt das noch lange nicht, dass dieses Gefühl auf Gegenseitigkeit beruht. Und dadurch, dass wir zusammenarbeiten müssen, ist es wohl klug, jeden Gedanken in diese Richtung zu unterdrücken. Außerdem hat er nicht gleich wieder das Weite gesucht, nachdem er die Bücher- und Vinylkisten gesehen hat.

»Wir haben jetzt alle Kisten oben«, stöhnt Jake, als er und Luke eine besonders große im Wohnbereich abstellen. Anna und ich bauen gerade den Couchtisch auf.

»Vielen Dank, Jungs«, sage ich und sehe mich in dem Chaos um.

»Kann ich noch beim Möbelaufbauen helfen?«, fragt Luke und kniet sich zu den Paketen. Er betrachtet die Verpackungen und sieht auf, als ihm niemand antwortet.

»Alter, gönn mir zehn Minuten Pause und dann können wir loslegen«, beschwert sich Jake und lässt sich auf einer Kiste nieder.

»Bist du verrückt!«, rufen Anna, Luke und ich beinahe gleichzeitig. Jake springt wie von der Tarantel gestochen auf.

»Was?«, fragt er alarmiert. Ich eile zu meinen Babys und öffne umständlich den Deckel der Kiste.

»Da sind unbezahlbare Platten dabei«, erkläre ich und stelle erleichtert fest, dass er mit seinem Körpergewicht keinen Schaden angerichtet hat.

»Wo sollen die Schätze hin?«, fragt Luke und kniet sich neben mich. Seine Wärme strahlt zu mir herüber, ohne dass er mich berührt. Die Härchen auf meinen Armen stellen sich dennoch auf.

»Auf die Galerie«, antworte ich und stehe auf, als er die Kiste anhebt und die schmale Treppe hochschleppt. »Warte! Du musst die Kisten nicht erst hochschleppen. Ich kann die Platten stapelweise hochtragen.«

»Und riskieren, dass Jake sie dir zerquetscht? Lieber nicht.«

»Hast du mich gerade dick genannt?«, fragt Jake entrüstet. »Anna, Luke hat mich gerade dick genannt«, beschwert er sich bei seiner Freundin. Sie nimmt ihn grinsend in den Arm und küsst ihn.

»Keine Sorge, Babe. Ich liebe jedes Gramm an dir«, versichert sie ihm und gibt ihm einen Klaps auf den Po. Luke und ich müssen lachen.

»Na, da haben sich ja zwei gefunden«, nörgelt Jake und holt sich etwas zu trinken aus der Küche. Luke grinst mich an, als er leichtfüßig die Galerie herunterkommt. Mein Lächeln ist, wenn überhaupt vorhanden, behutsam.

»Also, was sollen wir zuerst aufbauen?«, fragt Luke, nachdem sich Jake genug erfrischt hat und aufgehört hat, dauernd seine Kehrseite in einem angelehnten Spiegel zu betrachten.

»Die kleinen Möbel könnt ihr Anna und mir überlassen, aber wenn ihr die Schränke und das Bett übernehmen könntet?«, schlage ich vor.

»Geht klar.« Luke salutiert und macht sich mit Jake ans Werk.

So verbringen wir den restlichen Tag. Als es in meiner Wohnung klingt, als ob eine Herde Dinosaurier sich anknurrt, bestellen wir beim Asiaten etwas zu essen. Während wir auf das Essen warten, wird es zu spät, um noch weiter rumzuhämmern. Luke sichtet meine Musiksammlung und, wie ich etwas überrascht feststelle, meine Büchersammlung. Er ist zu mir auf die Galerie gekommen, als ich meinen Schätzen ein neues Zuhause gebe. Es ist erstaunlich, wie schnell ich mich an seine Gegenwart gewöhnt habe. Anna und Jake haben es sich derweil auf meiner neuen Couch bequem gemacht.

»Das sind wirkliche Schätze, die du besitzt. Du hast einen guten Geschmack.«

»Danke«, sage ich. »Das meiste habe ich jedoch von meiner Mutter geerbt. Ich führe die Sammlung nur fort.«

»Dann hatte sie ebenfalls einen guten Geschmack«, sagt er und fragt nicht nach, was mit ihr passiert ist, weil ich von einem Erbe spreche. Das können sich nicht viele verkneifen und ich rechne es ihm hoch an. Schweigend hilft er mir, die Kisten auszuräumen, damit Platz auf der Galerie entsteht. Ich bin leichtfertig und als ich nach weiteren Platten greife, streife ich Lukes

Hand. Obwohl sich das Gefühl von unserer ersten Begegnung wiederholt, bin nicht ich es, die zusammenzuckt und ein überraschtes Geräusch von sich gibt. Diesmal ist es Luke. Ich bin weder erfreut noch verängstigt, dass ich mir somit unseren eigenartigen Moment nicht eingebildet habe. Vielmehr bin ich neugierig, was Luke denkt. Er sieht auf unsere Hände, die noch immer übereinanderliegen.

»Was ...?«, beginnt er, als er langsam zu meinem Gesicht aufsieht.

»Leute!«, ruft Anna lautstark zu uns hinauf. Vor Schreck ziehe ich meine Hand zurück. Lukes Hand verweilt und auch sein Blick ruht weiter auf meinem Gesicht. »Habt ihr die Klingel nicht gehört? Das Essen ist da! Bewegt eure Allerwertesten herunter, wenn ihr was abfassen wollt. Ich bin am Verhungern.«

»Wir ... wir sollten nach unten gehen. Anna macht in Sachen Essen keine Scherze«, versuche ich die Anspannung zwischen uns aufzulockern. Ich scheitere kläglich.

»Ja, sollten wir«, antwortet Luke und zieht seine Hand endlich zurück. Er lässt mir den Vortritt und meine Muskeln sind steif, als ich die Treppen hinabsteige, weil ich mir seiner Nähe jetzt überdeutlich bewusst bin. Zum ersten Mal bereue ich es, dass die Treppen kein Geländer haben. Anna hat alles auf dem Couchtisch ausgebreitet und Teller und Besteck bereitgelegt. Sie und Jake bleiben auf dem Sofa sitzen. Luke und mir bleibt nichts anderes übrig, als auf den Sitzkissen gegenüber Platz zu nehmen. Mein Hunger ist plötzlich gar nicht mehr so groß.

»Wann wollen wir eigentlich unsere erste Session machen?«, fragt Luke zwischen zwei Bissen gebratenem Reis. Mein Hühnchen bleibt mir fast in der Kehle stecken.

»Ähm ...«, antworte ich geistreich. Anna und Jake folgen unserem kläglichen Gespräch. »Ich muss morgen den Rest ausräumen und einen Sessel für die Galerie abholen, den ich über eine Anzeige gefunden habe ...«, zähle ich auf und weiß überhaupt nicht, auf was ich hinauswill.

»Ich kann dir beim Transport helfen«, bietet er an.

»Mit dem Motorrad?«, frage ich skeptisch. Luke grinst.

»Ein Versuch wäre es wert«, erklärt er und scheint nur halb zu scherzen. »Aber nein, ich organisier ein Auto.«

Klasse, mit jemandem, den ich kaum kenne, in einem Blechkasten gefangen zu sein, aus dem man nicht sofort ausbrechen kann. Aber den Transporter muss ich morgen früh wieder abgeben und sein Vorschlag ist besser, als den Stuhl quer durch die Stadt zu schleifen.

»Das wäre toll«, sage ich dankbar und lasse mich von seinem Grinsen anstecken.

Es ist komisch. Wie schnell man innerhalb weniger Stunden von »Ich will niemand Fremden in meiner Wohnung« zu »Ich will noch nicht, dass er geht« umschwenken kann. Aber der Abschied steht unmittelbar bevor, als Jake Anna wecken muss, weil sie kurz nach dem Essen eingenickt ist.

Es erinnert mich an Cinderella, die niemals Mitternacht erreichen will.

8 – Der Straßenmusikant

Lexi

Gestern haben Luke und ich unsere Nummern ausgetauscht, bevor er gegangen ist. Ich habe noch nie jemandem, schon gar nicht jemandem, den ich erst so kurz kenne, einfach meine Nummer gegeben. Aber immerhin hat er mir geholfen. Ohne ihn würde ich noch immer Bücher und Platten die ganzen Etagen hochschleppen. Und er hat ebenfalls etwas gespürt, als sich unsere Hände berührt haben.

Wir haben ausgemacht, dass wir uns um zehn Uhr bei mir treffen und dann den Sessel holen. Fünf vor zehn klingelt es an meiner Tür. Sein Pünktlichkeitsgefühl ist besser ausgeprägt als bei vielen anderen Künstlern, mit denen ich im Laufe der Jahre zusammengearbeitet habe. Und da ich mich wie ein liebeskranker Teenager verhalte, bin ich eh schon seit einer halben Stunde ausgehbereit. Statt Luke die Tür zu öffnen, schnappe ich mir meine Umhängetasche und laufe das Treppenhaus hinunter.

»Hey«, grüßt Luke mich, kaum dass ich die Haustür geöffnet habe. Seine Hände hat er in die Gesäßtaschen seiner Jeans geschoben. Er trägt ein weißes Achselhemd, das seine Oberarme besonders betont. Die Tattoos, die ich sonst nur schemenhaft unter den Ärmeln seiner Shirts erahnen konnte, sind mühelos zu erkennen.

»Hallo«, erwidere ich und schweife beim O bereits ab. Entweder parkt er in einer der Seitenstraßen oder er hat das versprochene Auto unter einer Tarnvorrichtung versteckt.

»Wo ist das Auto?«, frage ich mit einem minimalen Anflug von Panik.

»Keine Sorge, das holen wir jetzt. Es war vorhin noch nicht zurück. Wir müssen von hier aus nur ein paar Stationen mit der U-Bahn fahren und dann läuft alles wie geplant.«

»U-Bahn …«, wiederhole ich langsam. Mir ist augenblicklich heiß und ich spüre meinen Herzschlag durch meinen gesamten Oberkörper, als suchte er einen Ausweg aus dieser Situation. Und übel. Übel ist mir auch.

»Ja, wir bleiben auch im Zeitplan. Bis elf Uhr soll der Sessel abgeholt sein, oder?«

»Ja«, antworte ich mit strangulierter Stimme. Mir ist definitiv übel.

»Alles okay?«, fragt Luke und legt eine Hand auf meine Schulter.

»Ja«, antworte ich erneut und schließe kurz meine Augen. Die leichte Berührung erinnert mich ans Atmen. Durch meine Nase nehme ich Sauerstoff tief in mir auf und lasse die Luft langsam durch meinen Mund entweichen. Als ich Luke wieder ansehe, sind seine Augenbrauen besorgt zusammengezogen.

»Es sind wirklich nur ein paar Stationen. Wenn wir laufen, kommen wir wahrscheinlich zu spät.«

»Schon okay«, erkläre ich und ignoriere, wie meine Stimme mehrere Oktaven ansteigt. Krampfhaft versuche ich, ein Lächeln auf meinen Lippen zu halten, und kann mir nur grob vorstellen, was für einen Anblick ich Luke damit biete. »Dann sollten wir lieber starten.«

Ich setze konzentriert einen Fuß vor den anderen und achte weiter auf meine Atmung. Meine Knie sind weich. U-Bahn fahren. So viele Menschen auf engem Raum, ohne Möglichkeit, der Situation zu entkommen. Für wie verrückt würde Luke mich halten, wenn ich mich in einem der Wagons in eine Ecke quetsche, die Augen fest schließe und erst wieder öffne, wenn wir angekommen sind? Verrückter als ohnehin schon? Zurzeit versuche ich alles, was ich kann, zu Fuß zu erreichen. Mein Fahrrad hat die Zeit in Mikes Keller nicht gut überstanden und ein neues habe ich mir noch nicht kaufen können.

Luke hat sich ebenfalls in Bewegung gesetzt und läuft neben mir. Sein fragender Blick ruht immer wieder auf meinem inzwischen versteinerten Gesicht. Ich kann keine Fassade aufrechterhalten, wenn ich eine verdammte U-Bahn betreten soll. Er versucht mich mit einem Gespräch abzulenken, aber durch meine knappen, einsilbigen Antworten verläuft das schnell im Sand. Meine Hände krallen sich um den Riemen meiner Tasche, aber richtig Halt finde ich dadurch nicht.

Als Luke einfach so beginnt, eine Melodie zu summen, gerate ich ins Stocken. Erst halte ich die Aktion für merkwürdig, vielleicht sogar nervig. Doch als ich mich darauf einlasse, nimmt mir das Summen die Anspannung so weit, dass ich nicht mehr schreiend weglaufen möchte. Die Melodie ist mir neu, aber sie prägt sich sofort ein. Sie richtet meinen Fokus auf die Musik und weg von der bevorstehenden Fahrt. Doch die Realität holt mich ein, bevor ich mich gänzlich auf die Musik einlassen kann. Schon an der Station warten zu viele Menschen.

»Oh Gott«, flüstere ich, als die Bahn einfährt und Menschen aus und ein strömen.

»Lexi, es sind nur ein paar Stationen. Ich bin mir sicher, dass du den Termin sonst verschieben kannst, wenn es dir nicht gutgeht?«, schlägt Luke vor. Sein Vorschlag ist verführerisch, aber will ich weder dem Verkäufer noch ihm weitere Umstände machen. Sie haben sich bereits heute extra Zeit für mich genommen.

»Mir geht es gut«, versichere ich Luke und steige vor ihm ein. Sofort peile ich den Stehplatz gegenüber der Tür an. Ich stelle mich genau in die Ecke gegenüber den Sitzplätzen. Luke stellt sich vor mich und verhindert damit, dass sich jemand direkt neben mich stellen kann.

»Wollen wir die Stationen zählen?«, fragt er leise.

Ich nicke. Alles, was mich von der bevorstehenden Panikattacke ablenkt, soll mir recht sein. »Okay.«

Luke legt seinen Kopf zurück und studiert den Plan der Berliner U-Bahn über uns. »Dann müssen wir acht Stationen zählen.«

»Acht«, sage ich und starre auf die Kette, die über seiner Brust baumelt. Die Türen öffnen sich wieder und es steigen mehr Menschen ein, als ausgestiegen sind.

»Gut so. Noch sieben Stationen vor uns«, sagt Luke unaufgeregt. Die Ruhe in seiner Stimme hilft mir, mich nicht weiter in mein Unwohlsein zu steigern.

Leider hält es nicht lange an, denn bevor sich die Türen der Bahn schließen, quetscht sich ein Straßenmusiker mit seiner Gitarre herein. Ich bin wahrscheinlich die Letzte, die etwas dagegen hat. Jeder Musiker muss sehen, wie er über die Runden kommt. Es ist nur, dass mich in dieser Situation selbst der süßeste Welpe der Welt stören würde. Der Künstler lächelt breit in die Runde. Seine Rastas sind in einem dicken Pferdeschwanz zurückgebunden und seine Zähne strahlen durch seine dunkle Haut extra auffällig. Er beginnt »Save Tonight« von Eagle-Eye Cherry zu spielen. Seine Technik ist angenehm und seine Stimme voller Soul.

Die meisten, die in diesem Abteil sitzen, wissen seine Musik nicht zu schätzen. Sie stieren auf ihre Smartphones, verdrehen genervt die Augen oder ignorieren ihn schlichtweg. Luke stellt das ebenfalls fest. Zumindest zeigt mir das sein Kopfschütteln, als er sich umsieht. Er wendet sich dem Musiker zu und die beiden grinsen sich an. Mein Begleiter entfernt sich nur so weit von mir, dass er mit einem Schritt zurück wieder mein persönliches menschliches Schutzschild bilden kann. Und einfach so, als wäre nichts dabei, stimmt er ein.

Save tonight and fight the break of dawn
Come tomorrow, tomorrow I'll be gone

Lukes Stimme ist geschmeidig und bildet den perfekten Kontrast zu dem rauen Unterton in dem Gesang seines Duettpartners. Die nächste Haltestelle kommt und statt auszusteigen, wie es für Straßenkünstler in Bahnen üblich ist, spielen Luke und er einfach weiter. Immer mehr Füße der Passagiere wippen mit. Zu den Füßen gesellen sich Köpfe, die nicken. Die Anspannung fällt von mir ab. Das war vermutlich Lukes Ziel.

Immer mehr Haltestellen ziehen an uns vorbei. Ich beginne, im Takt zu klatschen, und immer mehr stimmen mit ein. Als die zwei ihr Konzert beenden, gibt es kaum jemanden, der nicht lächelt. Luke und der Musiker grinsen sich an, als Luke mit dem Käppi des Sängers, unter dessen Gitarrenbegleitung, durchs Abteil streift und Geld einsammelt. Es kommt erstaunlich viel zusammen und Luke und ich spenden ihm etwas zusätzlich. Luke lehnt es ab, auch nur einen Cent davon anzunehmen, und der Sänger dankt es ihm mit einer halben Umarmung, bevor er aussteigt.

»Die nächste Station ist unsere«, sagt Luke, als er sich wieder zu mir stellt.

»Schon?«, frage ich perplex.

»Ja.« Luke lacht. Der Auftritt war eben spontan, aber ich glaube, dass Luke die Ablenkung ganz gelegen kam, und mir ebenfalls.

»Es war großzügig von dir, dass du ihm das Geld überlassen hast«, sage ich, als wir aussteigen.

Luke legt seine Hand auf meinen Rücken. Die Hitze seiner Haut dringt durch mein Shirt und die dünne Jacke, die ich trage. Durch ein weiteres Durchatmen kann ich überspielen, wie mich diese Berührung trifft. Auch wenn es nicht direkt Haut auf Haut ist.

»Er benötigt es sicher dringender als ich«, sagt er schulterzuckend.

Die Gegend, durch die Luke mich führt, ist beschaulich. Mehrfamilienhaus reiht sich an Mehrfamilienhaus. Eine Schule und ein Kindergarten vervollständigen das Bild. Schließlich finden wir uns auf dem Gelände einer Werkstatt wieder. Luke grüßt die Mitarbeiter, die durch die offenen Garagentore zu erkennen sind. Er spaziert geradewegs in den Empfangsraum hinein und geht ohne weitere Umschweife hinter den Empfangstresen. Ich warte davor. Die Frau mittleren Alters im Bürostuhl sieht nicht mal auf, als mein Begleiter sich an einem Kasten mit mehreren Schlüsseln zu schaffen macht.

»Hey Nancy, ist der VW noch immer nicht zurück? Der Boss meinte, bis zehn ist er wieder da und ich könnte ihn mir nehmen«, fragt er nun, als er nicht fündig geworden ist.

»Doch, hier«, erklärt sie und lässt einen Schlüssel an ihrem Finger baumeln. Luke schnappt ihn sich und zieht die Papiere vom Tisch.

»Du bist die Beste«, bedankt er sich und beugt sich zu ihr hinab, um ihr einen Kuss auf die Wange zu drücken. Sie scheint unbeeindruckt.

»Du kennst die Regeln, Süßer!«, ermahnt sie ihn und tippt auf der Tastatur vor sich herum.

»Jap, keine Schäden selbst verursachen und beim kleinsten Kratzer die Polizei rufen«, leiert er wie eine zu oft gespielte Schallplatte herunter.

»Gut.« Sie nickt und er scheint damit entlassen. Luke zwinkert mir zu, als er auf meiner Höhe ist, und ich folge ihm aus dem Gebäude heraus.

»Leihst du hier öfters Autos?«, frage ich aufmerksam.

»Das auch, aber ich arbeite aushilfsweise hier«, erklärt er.

»Ach so.«

»Ja, von der Musik alleine kann ich nicht leben. Zumindest noch nicht«, fügt er hinzu. Wir steigen in den kleinen Transporter.

»Hast du die Adresse?«, fragt er mich und beginnt am Navi die Einstellungen aufzurufen. Mit ein paar Wischern durch mein Telefon lasse ich mir die Anschrift anzeigen und diktiere sie ihm.

»Ist das dein einziger Job neben dem Schreiben?«, frage ich, weil ich den Innenraum nicht nur durch die digitale Stimme des Navigationssystems erfüllt wissen will.

»Nein«, sagt er lächelnd. »Ich gebe noch Musikunterricht.«

»Echt? Was alles?«, frage ich interessiert.

»Gitarre, Klavier und Gesang«, zählt er auf. Ich muss lächeln, als ich mir vorstelle, wie er kleine Kinder unterrichtet. Dabei weiß ich nicht mal, wie er mit ihnen umgeht oder ob er überhaupt Kinder unterrichtet. Es können schließlich Leute jeden Alters etwas lernen.

»Deine Singstimme ist gut, warum bist du nicht Teil der Band?«

»Ich weiß nicht«, erklärt er und scheint darüber nachzudenken, wie er seine Worte am besten formulieren soll. »Mich reizt nichts daran, auf einer Bühne zu stehen.« Ich warte, denn er überlegt weiter. »Ich will Musik machen. Ich will schreiben, komponieren und erschaffen, aber ich muss dazu nicht im Mittelpunkt stehen.«

»Ja, ich weiß, was du meinst«, bestätige ich und sehe aus dem Fenster, als wir an einer roten Ampel zum Stehen kommen.

9 – Zusammenarbeit

Luke

Eine U-Bahn-Fahrt wird schnell in ein anderes Licht gerückt, wenn man eine Fahrt mit Lexi hinter sich hat wie ich vor wenigen Stunden. Niemand fährt gern U-Bahn und jeder, der das Gegenteil behauptet, ist mir suspekt. Es ist voll, laut und meist auch nicht sonderlich hygienisch. Aber es ist nun mal schnell und praktisch. Man arrangiert sich damit. Viele blocken die Menschen, so wie ich jetzt, mit Musik auf den Ohren aus. Andere haben eine kleine Flasche mit Desinfektionsgel griffbereit. Doch das mit Lexi ist eine ganz andere Hausnummer gewesen.

Sie mochte die Fahrt nicht nur nicht, sie hat sie regelrecht gehasst. Ihr gesamter Körper hat sich vor dieser Erfahrung gesträubt. Ihre Art zu atmen hat mich an Cosy erinnert, wenn seine Nerven vor einem wichtigen Auftritt mit ihm durchgehen. Doch Lexi hatte kein Lampenfieber. Sie hatte Panik. Zuerst habe ich gedacht, dass sie klaustrophobisch ist, doch diese Vermutung hat sich schnell verflüchtigt. Ihre Abneigung galt den Menschen. Sie geht jeder Nähe zu anderen krampfhaft aus dem Weg, was zu manchen Verrenkungen führt. Diese fallen mir nur auf, weil ich mich auf sie konzentriere. Die kleine Gesangseinlage kam mir mehr als recht, um sie von ihren Gedanken abzulenken. Es scheint seinen Zweck erfüllt zu haben. Ich weiß nicht, wie die Sache ausgesehen hätte, wenn der Straßenmusiker nicht ausgerechnet in unser Abteil gestiegen wäre. Das Rückwärtszählen hätte seinen Job sicher nur bedingt erfüllt.

Und dann gestern diese Berührung. Ich betrachte meine Hand, als ob sie mir eine Antwort geben könnte, woher diese Reaktion stammt. Lexi hat Probleme damit, von Fremden berührt zu werden, das habe ich schon am ersten Abend festgestellt, als ich sie kennengelernt habe. Doch gestern, das war mehr. Statische Aufladung? Andererseits, seit wann lassen Bücher und Platten einen Funken überspringen? Dass sie streng genommen meine Chefin ist, macht die ganze Sache nicht besser. Ich sollte nicht weiter darüber nachgrübeln und die Dinge auf mich zukommen lassen. Ich kann schlecht auf sie zumarschieren und sie geradeheraus betatschen, um zu testen, ob sich das wiederholt.

Lexi hat zwar angeboten, dass sie das Auto mit mir zurückbringt, aber da ich ihr für den Rückweg eine erneute U-Bahn-Fahrt ersparen wollte, habe ich dankend abgelehnt. Als ich sie an die Fahrt erinnert habe, schien sie darüber nicht böse zu sein. Außerdem musste ich noch Gitarre und Notizheft holen.

Ich bin fasziniert von Lexi. Und umso mehr bin ich auf unsere Zusammenarbeit gespannt. Gleich treffen wir uns bei ihr für unsere erste gemeinsame Session. Mike hat mir versichert, dass ich noch viel von ihr lernen kann, und ich bin für alles, was meine Musik verbessert, offen.

Lexis Wohnungstür ist angelehnt, als ich oben bei ihr ankomme. In ihrer Wohnung hat sich seit gestern Abend einiges getan. Hat sie überhaupt geschlafen? Die ausgeräumten Kartons lehnen zusammengeklappt an der Wand im Flur. Sie werden von gefüllten Müllsäcken am Wegrutschen gehindert. Darüber hinaus erinnert nur wenig an das Umzugschaos von gestern.

»Du bist aber fleißig gewesen«, stelle ich fest.

»Ja«, erwidert Lexi, die mit einer Kaffeetasse aus der Küche kommt. »Ich konnte nicht schlafen und habe die Zeit genutzt.«

Mir fällt zum ersten Mal bewusst auf, wie müde sie aussieht. Ich habe sie mit kleinen, aber erkennbaren Augenringen kennengelernt. Nun scheinen sie von Treffen zu Treffen immer deutlicher hervorzutreten. Ich würde sogar behaupten, dass sie erschöpfter aussieht als vor über einer Stunde. Gesund sieht anders aus.

»Das macht Sinn.« Den Sessel, den wir vorhin geholt haben, habe ich ihr auf die Galerie getragen. Dort steht er inzwischen zurechtgerückt und gemütlich mit einem Kissen und einer Decke dekoriert.

Auch sonst scheint Lexi nicht untätig gewesen zu sein. Ihre Gitarre liegt auf dem Sofa. Stifte und Blöcke und lose Papiersammlungen sind auf dem Tisch davor verteilt. Drumherum liegen einige zerknüllte Papierbälle. Wow, Lexis Kreativität scheint mit Anlauf gegen die Wand zu fahren. Notiz- und Notenbücher gleichen gerupften Hühnern. Sie folgt meinem Blick, atmet mit geschlossenen Augen tief durch und beginnt dann, die Knöllchen einzusammeln. Sie ist der personifizierte Frust. Das Papier leidet zusätzlich, als sie es zerreißt, bevor sie es in den Müll wirft.

»Willst du etwas trinken?«, fragt sie, ohne mich anzusehen.

»Gern.« Ich setze mich auf die Couch. Ich stimme ein paar zusammenhanglose Akkorde an und sichte, was von ihren Notizen übrig geblieben ist. Viel ist es nicht. Lexi stellt mir ein Glas Wasser auf den Tisch und ich danke ihr mit einem Lächeln. Sie pustet ein paar lose Strähnen, die sich aus ihrem Pferdeschwanz gelöst haben, aus dem Gesicht und setzt sich neben mich. Ich blättere durch ihre Unterlagen. Tiefer kann man kaum in die Psyche eines Songwriters eindringen. Vergleichbar mit dem Lesen eines fremden Tagebuchs. Lexi lässt mich gewähren.

Verdammt dunkle Gedanken sammeln sich auf diesen wenigen Zeilen. Schwere Akkorde, langsame Rhythmen und melancholische Melodien. Sobald ich die Noten sehe, spielen meine Finger die Saiten der Gitarre.

»Gott, klingt das grauenvoll«, stöhnt Lexi und lehnt sich in die Polster. Sie versteckt ihr Gesicht hinter ihren Unterarmen.

»Nicht grauenvoll«, widerspreche ich. »Nur etwas schwerfällig.« Mit dem Bleistift, dessen Ende gezeichnet ist von Einkerbungen, die von Zähnen stammen, nehme ich kurzerhand Veränderungen vor. Der Grundton bleibt. Aber es erinnert nicht mehr gleich an die Beerdigung eines nahestehenden Verwandten. Sie horcht auf, als ich die veränderte Melodie spiele.

»Wie hast du das gemacht?«, fragt sie verblüfft.

»Was habe ich wie gemacht?«, frage ich lachend. »Du bist doch vom Fach. Du weißt genau, wie ich das gemacht habe.« Ich schiebe ihr das Notenblatt zu. Sie studiert es eindringlich.

»In der Theorie, ja. Natürlich.« Sie seufzt, als würde alle Last der Welt auf ihren Schultern ruhen. »Aber die Praxis sieht zurzeit so aus, dass ich keine zwei vernünftigen Zeilen aufs Papier bringe.«

»Schreibblockade?«, frage ich, obwohl ich nicht glaube, dass es so etwas gibt.

»Ja. Nein«, erklärt sie hin- und hergerissen. Sie setzt sich auf und wendet sich mir zu. »Ich meine, gibt es eine Schreibblockade überhaupt? Ich schreibe Songs in Wellen und feile an ihnen, wenn die Welle abebbt. Doch alles, was ich zustande bringe, ist, ohnehin schlechte Lieder noch mieser zu machen.«

»Seit wann geht das so?«, frage ich. Ich schicke ein kleines Dankgebet gen Musikergott, dass ich von so einer Phase noch nie heimgesucht wurde. Ich würde vermutlich verrückt werden.

»Über ein halbes Jahr«, sagt sie. Es fehlt nur, dass sie vor Wut mit den Zähnen knirscht.

»Ein halbes Jahr … Verständlich, dass du gefrustet bist.«

»Gefrustet ist noch milde ausgedrückt.« Sie lacht humorlos. »Ich würde mich ja entschuldigen, dass Mike dich zu einem Song mit mir verdonnert hat, aber ich greife nach jedem Strohhalm, der mich aus diesem Loch zieht.«

»Kann ich verstehen«, versichere ich und zupfe an meiner Gitarre, ohne weiter darüber nachzudenken. »Aber eines verstehe ich dann nicht.«

»Was denn?«, fragt Lexi. Ihr Blick ruht auf meinen spielenden Fingern.

»Lynn Jefferson ist doch bei euch unter Vertrag, oder?«

Lexi sieht auf und ihre Augenbrauen sind verwirrt zusammengezogen. »Ja«, erklärt sie.

»Sie ist doch die Ikone der Songwriterszene. Wäre es da nicht logischer, sich mit ihr zusammenzusetzen?« Das Fragezeichen in ihrem Gesicht wird immer größer.

»Lynn und ich sind …«, beginnt sie und stockt. Sie mustert mich, als ob ich etwas wissen müsste, das mir offenbar entgeht. Lexi schüttelt den Kopf und senkt ihren Blick. Sie lächelt schief. »Lynn ist schwer beschäftigt und es gibt kaum ein Rankommen an sie.«

»So was habe ich mir schon gedacht.«

»Aber ich werde sie bei Gelegenheit fragen.«

»Bis dahin«, sage ich, drücke ihr Papier und Stift in die Hand und lasse meine Finger wieder über die Saiten gleiten, »lass es uns probieren. Ich lasse keine Gelegenheit aus, um etwas Neues zu lernen.«

»Deine Zuversicht hätte ich auch gern.« Sie lacht.

»Klar, mach dich locker und dann wird das.« Ich grinse optimistisch, doch Lexi sieht mich an, als existiere der Begriff »locker sein« in ihrem Wortschatz nicht. Und irgendwie glaube ich ihr das sofort. Locker ist sicher nicht unter den ersten zehn Adjektiven, die ich benutzen würde, um sie zu beschreiben. Schön, delikat, weich, zurückhaltend, tolerant, selbstbewusst, feinfühlig und zielstrebig – das sind eher Wörter, die ich mit ihr in Verbindung bringe.

»Spiel bitte die Melodie, die du vorhin gesummt hast«, sagt sie und schließt die Augen.

Die Notenkombination geistert schon seit Wochen durch meinen Kopf. Ich brauche mehrere Anläufe, bis ich sie so mit der Gitarre umsetzen kann, dass ich zufrieden bin. Aber weder Lexi noch mir geht es momentan darum, dass es perfekt klingt. Wir müssen sehen, ob wir zusammen arbeiten können. Ob wir den gleichen Flow haben und das Teamwork leicht wird. Abgesehen davon, dass sie in den letzten Monaten nichts Verwertbares zu Papier gebracht hat, kann ich mir kaum vorstellen, dass sich uns viele Steine in den Weg legen werden. Meine Finger kribbeln, als ich unweigerlich an die Berührung von gestern Abend denke. Selbst wenn wir diese Hürde nicht überwinden können, können wir wenigstens herausfinden, warum wir wie Feuersteine Funken versprühen, sobald wir aufeinandertreffen.

Spätestens seit gestern Abend weiß ich, dass das weit über Sympathie hinausgeht. Während sie meinem Spiel lauscht, betrachte ich sie. Ja, definitiv mehr als Sympathie. So viel mehr. Ihre Wimpern zum Beispiel. Mir sind die Wimpern von anderen noch nie besonders aufgefallen. Doch ihre sind dunkel und voll und lang. Klar, sie trägt Mascara, aber dieser kann nur das hervorheben, was von der Natur gegeben ist. Ihre Lippen sind leicht geöffnet und bewegen sich minimal, wenn sie im Geist Texte zur Komposition austestet. Meine Finger scheinen sich zu verknoten und nicht mehr in der Lage zu sein, das Instrument in meinen Händen richtig zu spielen, als sie die Augen öffnet. Sie sieht mich direkt und unverblümt an. Sie lässt ihre Schultern nach unten sacken und atmet die Luft aus, die sie anscheinend zu lange angehalten hat.

»So viele Worte«, beschwert sie sich. »Aber keine Kombination, die Sinn ergibt oder gut klingt oder sich reimt.« Sie fährt sich über ihre Frisur und löst noch mehr Strähnen heraus, die ihr nun ins Gesicht fallen. Sie schüttelt den Kopf. »Ich sollte es einfach lassen und mich auf andere Sachen im Label konzentrieren. Vielleicht liegt mir ja der Papierkram.«

Sie neigt ihren Kopf nach vorn und schüttelt sich angewidert, als sie sich vorstellt, hinter einem Schreibtisch gefangen zu sein und Zahlen zu wälzen. Es gibt Menschen, denen genau das liegt, aber ich lehne mich nicht zu weit aus dem Fenster, wenn ich behaupte, dass wir beide nicht dazu gehören.

»Lexi«, sage ich und kann ein kleines Lachen nicht unterdrücken. »Du darfst dich nicht so unter Druck setzen.«

Ich lege meine Hand auf ihre Schulter, eine unschuldige Geste der Anteilnahme. Doch was sie in mir auslöst, ist weit entfernt von Unschuld. Ohne Absicht berühre ich die Haut oberhalb des Kragens ihres Shirts. Ein Lauffeuer breitet sich von meinen Fingerkuppen über mein Handgelenk und meinen Arm über meinen Oberkörper aus. Die unerwartete Wucht der Gefühle lässt mich kurzzeitig die Luft anhalten. Ich muss mich darauf besinnen, meinen Atem nicht meinem wild pochenden Herz anzupassen, sondern meinen Herzschlag durch ruhiges Durchatmen zu normalisieren.

»Was zur Hölle ist das?«, frage ich. Ich frage nicht mal wirklich sie. Nur etwas zu sagen lockert die plötzliche nervöse Anspannung in meinem Körper.

»Also … spürst du das auch?«, fragt Lexi vorsichtig.

»Natürlich«, sage ich. Meine Hand ruht noch immer auf ihrer Schulter. Sie schüttelt mich nicht ab und ich lasse sie nicht sinken. Mehr noch. Sie legt ihre Hand über meine. Aus dem Lauffeuer wird das Fegefeuer. Beinahe zu intensiv, um es auszuhalten, aber dennoch zu schön, als dass ich mich zurückziehen möchte. Ihre Finger schlingen sich um meine und für einen Augenblick fürchte ich, dass sie meine Hand entfernt, aber sie verharrt in dieser Position. Meine Hand in ihrer drehend, halten sich unsere Hände und sinken gemeinsam auf das Polster zwischen uns. Lexi scheint ihren Blick nicht von unseren Händen abwenden zu können. Mehr noch, sie scheint zu grübeln.

»Was hast du?«, frage ich. Als hätte mein Daumen ein Eigenleben, streichelt er über ihren Handrücken. Gänsehaut ziert ihren Unterarm.

»Das ist nett«, erklärt sie langsam und verzieht den Mund zu einer Fratze.

»Nett?«, hake ich grinsend nach und mein Daumen wiederholt seine Bewegung.

»Mehr als nett.«

»Ja, mehr als nett«, bestätige ich. »Aber ich meine es ernst. Du solltest den Druck rausnehmen. Du blockierst dich, wenn du dich zu sehr verkrampfst.«

»Ich weiß.« Sie seufzt und lehnt sich zurück, ohne ihre Hand von meiner zu entfernen.

»Okay, dann lass uns dafür sorgen, dass du dich entspannst.« Ehe sie reagieren kann verschränkte ich unsere Finger ineinander und ziehe sie vom Sofa hoch. Sie braucht einen Moment, um die Balance zu finden. Mit meiner freien Hand stütze ich sie. Ob weiterer Körperkontakt in diesem Moment die richtige Entscheidung war, ist fraglich.

»Wie soll ich mich deiner Meinung nach entspannen?« Sie klingt so skeptisch, dass ich mich frage, was für einen Eindruck ich auf sie machen muss, dass sie sofort davon ausgeht, ich könnte wie ein ausgehungerter Wolf über sie herfallen.

»Bestimmt nicht so, wie du es dir dort oben gerade ausmalst«, erkläre ich lachend und dennoch entschlossen genug, damit sie weiß, wie ernst es mir ist.

»Gott sei Dank«, entfährt es ihr. Ich muss gestehen, dass dieser Ausruf mehr an meinem Ego kratzt, als er sollte. »Entschuldige, es sollte nicht so rüberkommen, als ob ich dich nicht mag«, rechtfertigt sie sich, doch ich unterbreche sie, als sie ins Detail gehen will.

»Lexi, es ist im Moment sicher besser, dass es genau so angekommen ist«, sage ich und kann meine Augen abermals nicht von ihren Lippen abwenden. Sie bemerkt es schnell und stülpt ihre Lippen nach innen, als wollte sie sie vor mir verstecken.

»Ablenkung, genau«, bringe ich uns, oder eher meinen Verstand, zurück zum eigentlichen Thema. Der Raum verdunkelt sich leicht, als eine große Wolke sich vor die Sonne schiebt. »Wie wäre es mit einem Spaziergang ohne Ziel? Einfach die Gegend erkunden und den Kopf durchlüften.«

»Es wird jeden Moment anfangen zu regnen«, erklärt sie wenig begeistert.

»Na und? Dann halt nicht durchlüften, sondern waschen.«

Sie schmunzelt, als ich mit den Schultern zucke. Dennoch scheint sie wenig angetan von dieser Idee. Doch zu meiner Überraschung nickt sie langsam, während sie aus dem Fenster sieht.

»Wahrscheinlich hast du recht. Das habe ich schon lange nicht mehr gemacht.«

»Super«, erkläre ich und schnappe mir meine Gitarre, die ich noch gar nicht ausgepackt habe, seit ich hier bin. »Vergiss dein Notizheft nicht«, erinnere ich sie. Fragend sieht sie mich an. »Komm schon, das muss ich dir nicht erklären. Man kann nie wissen, wann der Knoten platzt und die Muse einen küsst.«

Lexi schnappt sich ohne weitere Überlegung ihr Schreibzeug und steckt es in ihre Umhängetasche, die vor dem Sofa steht. Sie legt sie sich um und schlüpft in ihre Schuhe. Kaum hat sie nach der Tür gegriffen, da klingelt ihr Handy. Sie zieht es aus der Tasche heraus und sieht auf das Display.

»Das ist Mike, da muss ich rangehen«, erklärt sie entschuldigend.

10 – Die Vergangenheit lässt grüßen

Lexi

»Kein Problem«, erwidert Luke und ich nehme das Gespräch an.

»Mike«, grüße ich knapp. Im Hintergrund ist Lärm zu hören, der mir nur allzu vertraut ist. Mein Onkel ist in einem Flughafen.

»Kleines, ich sitze in München fest und die Idioten haben meinen Flug gestrichen«, erklärt er und seine Stimme ist ein eindeutiger Indikator dafür, wie berauschend seine Laune ist.

»Es gibt doch sicher einen Ersatzflug«, beruhige ich ihn.

»Ja, gibt es. Deshalb rufe ich auch nicht an.« Seine Stimme wandelt sich so sehr, dass mir schwindlig wird.

»Weshalb dann?«, frage ich.

»Dadurch bin ich heute Abend nicht in Berlin. Ich komme erst nach Mitternacht an.« Mike gerät ins Stocken.

»Und weiter?«, dränge ich, da Luke noch immer geduldig wartet.

»Ich habe heute einen Termin in Kreuzberg.« Alleine bei dem Wort prickelt die Haut auf meinem Rücken.

»Okay, und weiter.« Ich muss konzentriert atmen, um das aufkeimende Unbehagen im Zaum zu halten. Mein Onkel holt ebenfalls tief Luft.

»Okay. Augen zu und durch«, sagt er und haut mir mit seinen folgenden Worten eine Metallstange gegen den Kopf. »Heute spielt eine Band im ›Höllenfeuer‹, die wir auschecken sollen.«

»Nein!«, sage ich so laut und deutlich, dass Luke zusammenzuckt. Er hört jetzt genauer zu und ich wende mich ertappt ab. »Mike, ich gehe sicher nicht ins Höllenfeuer, egal welcher angebliche neue Elvis dort auftritt.«

»Lexi, alle, die ich schicken könnte, stecken mit mir zusammen hier am Flughafen fest. Ich habe schon alles Mögliche durchdacht. Und bei dir kann ich mir sicher sein, dass du den Job ordentlich machst und ich nicht das blaue Wunder erlebe.«

»Mike …«, halte ich dagegen. »Dann geh sie dir ansehen, wenn du wieder da bist.«

Mike seufzt ungeduldig und ich kann ihn vor mir sehen, wie er seine Augen schließt und sich bemüht, seine Stimme ruhig zu halten. »Das würde ich ja, wenn ich könnte. Sie spielen nur heute in Berlin. Ich habe ihrem Manager gestern versprochen, dass das Label sie sich ansieht.«

»Wieso versprichst du so etwas auch?«, werfe ich ihm vor. Nur Lukes Anwesenheit verhindert, dass ich anfange zu weinen oder wütend mit dem Bein aufstampfe.

»Du bist mein einziger Allrounder. Schreiben, entdecken, produzieren. Du kennst dich überall aus. Du bist in der Firma erwachsen geworden.«

»Schleimen bringt dich jetzt auch nicht weiter.«

»Hör zu, ich mache es wieder gut, okay? Nach allem, was wir wissen, ist dein Vater weggezogen. Die Chancen, dass du ihn triffst, gehen gleich null.«

»Ich weiß, dass er nicht dort ist«, knirsche ich durch zusammengepresste Zähne. »Aber das bedeutet nicht, dass das auch auf seine alten Kumpanen zutrifft.«

»Lexi, du bist die Einzige, die mir aus er Patsche helfen kann. Bitte. Ich weiß, was ich hier von dir verlange.« Er weiß es und dennoch stellt er mich vor die Wand. Links und rechts gibt es kein Entkommen. Mir bleibt nur die Flucht nach vorne.

»Wann soll ich dort sein?«, frage ich leise.

»Du bist die Beste!«, ruft Mike erleichtert aus.

»Wann, Mike?«, hole ich ihn auf den Boden der Tatsachen zurück und verdeutliche, dass er der Einzige ist, der sich darüber freut.

»Wenigstens das dürfte dir entgegenkommen. Sie fangen zeitig an. 19:30 Uhr soll das Konzert beginnen.«

»Nenne es nicht Konzert, wenn sie in so einer Absteige spielen.«

Luke räuspert sich und mit einem Blick in seine Richtung merke ich, dass er sich unbehaglich umsieht. Er versucht auszusehen, als ob er unserem Gespräch nicht lauscht, aber das ist unmöglich. Er steht nah genug, um jedes Wort zu verstehen. Sein einziger Ausweg wäre, die Finger in die Ohren zu stecken und Macarena zu singen. Fast bringt die Vorstellung mich zum Lächeln. Fast.

»Mike, warte bitte kurz. Luke ist gerade hier und wir wollten eigentlich unsere erste Schreibsession abhalten.«

»Tut mir leid, dass ich ein mieses Timing habe, aber mir ist es echt wichtig.« Wenn Mike eines kann, dann mir ein schlechtes Gewissen einreden. Auch heute hat er Erfolg damit.

»Jaja«, erwidere ich genervt und halte das Telefon gegen meinen Oberkörper. Ich wende mich an Luke. »Tut mir echt leid, aber aus unserem Spaziergang wird heute leider nichts. Die Arbeit ruft und ich muss mich noch vorbereiten.« Meine Vorbereitung besteht zwar lediglich darin, mich bis heute Abend verrückt zu machen, was alles passieren könnte, aber das muss ich Luke nicht auf die Nase binden. Jetzt bringt mein Hirn erst recht kein ordentliches Wort mehr zustande. Die Session, die nicht mal wirklich begonnen hat, heute fortzuführen, ist sinnlos.

»Schon okay, das verstehe ich«, sagt Luke und scheint es so zu meinen. Er zögert, bevor er mir ein Angebot macht. »Soll ich dich später vielleicht begleiten?« Die Versuchung, »Ja« zu schreien, ist groß, aber ich schüttle den Kopf.

»Das ist lieb von dir, aber nicht nötig. Danke.« Selbst in meinen Ohren klingt meine Stimme künstlich. Um mir die Peinlichkeit zu ersparen, dass er das ebenfalls herausgehört hat, nickt Luke.

»Dann geh ich wohl besser erst mal«, sagt er und zeigt mit einem Daumen über seine Schulter auf meine Wohnungstür.

»Ja«, sage ich entschuldigend. Er schnappt sich seine Sachen und winkt, bevor er meine Wohnung verlässt. Ich führe das Handy wieder ans Ohr.

»Mike?«, frage ich, ob mein Onkel noch in der Leitung ist.

»Ihr wolltet gerade spazieren gehen?«, fragt er verwundert. »Na ja, mir soll alles recht sein, was dich wieder hinters Papier und vor die Gitarre bringt.«

»Danke«, werfe ich sarkastisch ein. »Mike, sag mal, habt ihr so lange keine Verträge mehr mit mir gemacht, dass ihr den Part mit der Schweigepflicht zu meiner Identität gleich gänzlich weglasst?«, frage ich jetzt, wo Luke weg ist.

»Quatsch, wie kommst du darauf?«

»Weil Luke mich gefragt hat, warum ich nicht Lynn um Hilfe bitte.« Kurzzeitig herrscht Stille am anderen Ende und nur die Durchsage, dass man auf sein Gepäck achten solle, verrät mir, dass die Leitung nicht tot ist.

»In Lukes Vertrag steht es garantiert drin. Das habe ich selbst überprüft. Dann hat er den Vertrag nicht richtig durchgelesen.«

»Okay«, erwidere ich etwas ratlos.

»Als er ihn unterschrieben hat, sah er nicht gerade aus, als ob er bei der Sache wäre. Aber bei den Jungs steht es auch drin, dass sie mit dir ihre bestehenden Songs noch mal durchgehen.«

»Dann muss er es wirklich nicht gelesen haben«, stelle ich verwundert fest. Für so naiv, einen so wichtigen Vertrag blind zu unterzeichnen, hätte ich ihn nie gehalten.

»Ihm wird es schon zeitig genug auffallen«, winkt Mike ab. »Also, Kleines. Das heute Abend geht wirklich klar?«

Sofort macht sich das Unbehagen wieder in mir breit. Meine Hände schwitzen, mein Herz schlägt doppelt so schnell in meiner Brust und ich will mir am liebsten die Decke über den

Kopf ziehen und erst wieder hervorschauen, wenn das Konzert zu Ende ist oder ich nicht mehr dort aufkreuzen muss. Aber das kann ich Mike nicht antun. Das kann ich dem Label und unseren Mitarbeitern nicht antun. Ich habe sie die letzten Monate alles allein verwirklichen lassen. Es ist Zeit, meinen Beitrag zu leisten.

»Ja«, antworte ich schließlich so, wie er es hören will.

»Ich danke dir. Du hast etwas gut bei mir.«

»Geht klar. Ich melde mich dann später.«

Nachdem wir das Gespräch beendet haben, beginne ich, in meiner Wohnung auf und ab zu laufen. Vor ein paar Wochen hätte ich jetzt zur Flasche gegriffen oder eine spezielle Zigarette geraucht, um locker zu werden und meine Nerven im Zaum zu halten. Aber mit meiner Rückkehr zu meinen Wurzeln habe ich mir geschworen, einen klaren Strich unter dieses Kapitel meines Lebens zu setzen und clean weiterzumachen. Zum Glück bin ich nie so tief abgerutscht, dass ich einen kalten Entzug durchmachen musste. Trotzdem spüre ich jetzt zum ersten Mal ein dringendes Verlangen. Aber ich weiß es besser und mache es diesmal besser.

Die Stunden ziehen sich unglaublich zäh hin. Ich öffne alle Fenster, damit ich besser atmen kann. Als mir nach einer Stunde die Wände entgegenzukommen scheinen, laufe ich zum Label. Der Versuch ist zum Scheitern verurteilt, aber erst als ich mich selbst davon überzeugt habe, dass keiner der Talentsucher in Berlin ist, füge ich mich meinem Schicksal. Diejenigen, die einspringen könnten und nicht mit Mike in München sind, sind von Arbeit überhäuft und froh, wenn sie mal Zeit zum Atmen finden. Ich muss es einsehen: Es gibt keine Alternative. Zur Ablenkung und um Mike etwas Arbeit abzunehmen, komme ich meinen Pflichten als Inhaberin nach. Das heißt, viele Unterschriften leisten. Sogar Lukes Vertrag kann ich noch einmal durchlesen. Der Part mit Lynn und der Schweigepflicht steht definitiv drin.

Schließlich schlägt die Stunde, in der ich mich überwinde und mir ein Taxi rufe. Ich will den Besuch im Höllenfeuer so lange wie möglich hinauszögern und gleichzeitig möchte ich es hinter mich bringen. Jede Unebenheit auf den Straßen scheint meinen Magen zu einer Rebellion anzustiften. Meine Knie werden weicher, je näher ich meinem alten Viertel komme. Der Fahrer fährt mit offenem Fenster. Der Geruch, die Eindrücke, nichts scheint sich geändert zu haben. Manche Geschäfte haben die Zeit überlebt. Manche haben zugemacht und in anderen sind neue drin. Aber alles in allem ist das Feeling geblieben. Vor allem sagt es mir, dass ich hier verschwinden soll.

Ich hole mir einen Kaffee und warte auf einer Parkbank unweit vom Club, bis die Band ihren Auftritt hat. Die Vielfalt der Leute, die an mir vorbeilaufen, fasziniert mich nach wie vor. Eine bunte Mischung, die man zwar sieht, die aber nicht jeder in seinem Kopf akzeptiert. Dabei spreche ich nicht mal von Hautfarbe oder Religion oder Orientierung. Beim sozialen Status beginnt es meist schon.

Stopp. Notbremse.

Jetzt ist nicht die Zeit, über die Ungerechtigkeiten der Welt zu sinnieren, denn dazu brauche ich definitiv mehr als die halbe Stunde, die mir bleibt. Eine Viertelstunde nach offiziellem Beginn werfe ich meinen Becher in einen übervollen Mülleimer und begebe mich zum Höllenfeuer.

Wie gut der Name doch zu meinem derzeitigen Innenleben passt. Ich halte meinen Kopf geneigt, als ich mich an den Rauchenden draußen vorbeistehle. Kaum habe ich einen Fuß in diese Absteige gesetzt, fühle ich mich schmutzig. Wenn ich zurück in meiner Wohnung bin, werde ich sofort unter die Dusche springen müssen. Im Gegensatz zu den üblichen Stammgästen falle ich aus dem Rahmen und dementsprechend auf.

Meine Regel, dass an diesem einen Punkt neben der Bar wenig Betrieb ist, gilt auch hier. Ich meide jeglichen Augenkontakt, bis ich mein Ziel erreicht habe. Die Band ist spät dran und die Gäste pöbeln aufgrund der fehlenden Musik. Das Equipment scheint aufgebaut zu sein. Es fehlen nur die Künstler. Das ist der erste Minuspunkt auf ihrer Liste, der aber mit einer überzeugenden Darbietung leicht in ein Plus umzuwandeln ist. Aber vor allem zu Beginn ist es ein No-Go, seine Fans warten zu lassen. Nicht mal, wenn man den Durchbruch geschafft hat, sollte man das tun. Was bleibt von einer Karriere, wenn man die Unterstützer vergrault? Nichts. Ein erfolgloser Künstler mit einem vergeudeten Talent. Geduldig und an meine Verpflichtung Mike gegenüber denkend, warte ich weitere fünf Minuten. Ich sehe mich nicht um, sondern stur auf das Set.

Meine Professionalität fliegt aus dem Fenster, als ich sehe, wie der Leadsänger sturzbetrunken auf die Bühne stolpert. Manche müssen sich ein wenig Mut antrinken, damit sie dem Lampenfieber den Mittelfinger zeigen können, aber sein Auftritt geht darüber weit hinaus. Er zeigt so ziemlich alles und jedem seinen Mittelfinger. Ich muss mir Bewunderung für ihn eingestehen, als er dennoch die Saiten seiner Gitarre trifft. Jedoch spielt er nur für sich, er achtet nicht darauf, dass er mit seinen Bandkollegen im Einklang ist. Sie haben Mühe, dem ständig wechselnden Tempo zu folgen, geschweige denn sich anzupassen. Als der Sänger den Mund aufmacht und man den Alkohol in seiner Stimme hört, ist es gänzlich vorbei. Es soll rauchig und dunkel klingen, aber mir tun nur die Ohren weh. Ich warte nicht mal den kompletten ersten Song ab. Ich drehe mich auf dem Absatz um und bahne mir einen Weg zurück an die frische Luft. So frisch, wie sie in dieser Gegend eben sein kann. Meine Bewegungen gleichen denen einer Ballerina oder, wenn ich ehrlich bin, denen einer Schlange. Es grenzt an Akrobatik, dass ich jeder Hand, die sich ungefragt nach mir ausstreckt, ausweiche. Flashbacks von früher fluten meine Gedanken und ich muss mich zwingen weiterzugehen. Mein Körper will sich abschotten und einfach sein System runterfahren. Das kann er gerne machen. Nur nicht jetzt.

Meine Lungen atmen das erste Mal seit Mikes Anruf heute Mittag durch.

Ich habe es geschafft.

»Na, wen haben wir denn da?«, fragt mich eine schneidende Stimme und ich halte kurz inne in meiner Bewegung.

In meiner Erinnerung habe ich kein Gesicht zu der Stimme, aber ich kenne sie. Vielleicht erinnere ich mich nicht, aber mein Körper weiß genau, woher er die Stimme kennt. Wenn mein Vater mal wieder eine seiner Pokerrunden veranstaltet hat, obwohl weder er noch einer seiner sogenannten Freunde das Spiel beherrschten, war dieser Typ dabei. Die Karten lagen meist den gesamten Abend fein säuberlich auf dem Tisch, während das Bier, der Wodka und der Whisky flossen. An kreativen Tagen wurden die Karten für Trinkspiele umfunktioniert. Wenn ich ihnen flüssigen Nachschub bringen musste, haben sie mit meinen Haaren gespielt, während ich die Kellnerin gab. Je älter ich wurde, desto widerwärtiger wurden die Annäherungen. Mit ihren Blicken sind sie förmlich in meinem Ausschnitt versunken, obwohl ich niemals, speziell nicht an diesen Abenden, aufreizend gekleidet war.

Dass ich diesen Mann einfach ignoriere, scheint ihm nicht zu gefallen. Ich drehe mich nicht um, als er mir folgt.

»Weiß der Herr Papa, dass du wieder in der Gegend bist?«, fragt er und zupft am Zipfel meiner Strickjacke. »Weißt du, wo er sich rumtreibt? Ich hätte noch ein Wörtchen mit ihm zu reden.«

Meine Jacke enger um mich schlingend, entreiße ich ihm den Stoff.

»Hey! Bist du jetzt zu fein, um mit mir zu reden?«, ruft er aufgebracht. Er ist mir so nah, dass ich den Mix aus Alkohol, Rauch und einer längst überfälligen Dusche deutlich riechen kann. Seine Finger legen sich um meinen Arm oberhalb des Ellbogens. Sofort überrollt mich eine Welle der Übelkeit. Meinen gesamten Körper überzieht ein Ekelschauer.

»Lass mich los«, verlange ich mit zittriger Stimme. Der Mann, der seine besten Tage längst hinter sich hat, grinst überheblich und ich fühle mich wieder in die Zeit zurückversetzt, in der ich noch zu Hause gelebt habe. Ich bin klein, mutlos, naiv und so unschuldig. Für einen kurzen Moment habe ich einen Blackout und höre nicht, was der Typ von mir will. Doch als sich etwas an seinem Auftreten ändert, kehre ich ins Jetzt zurück.

»Oder du zahlst seine Schulden ab«, säuselt er. Sein Blick wandert langsam und anzüglich über meinen Körper und löst Brechreiz aus. Galle brennt in meiner Kehle und ich muss sie zurückzwingen, damit ich dem Geist aus der Vergangenheit nicht auf die Schuhe kotze und ihn weiter verärgere. Die Zunge des Mannes gleitet ohne viel Spielraum für Interpretationen über seine Lippen. »Du kannst die Summe auch in Naturalien ableisten.«

Sein Griff um meinen Ellbogen verstärkt sich schmerzhaft und mein Herz bleibt stehen, als er mich näher an sich zieht. Er macht eine Show daraus, an meinem Hals zu riechen. Was ist nur bei so vielen Männern falsch gelaufen, dass sie Frauen als reine Objekte betrachten und nicht als das, was sie sind? Menschen. Mein Magen überlegt sich die Sache mit dem Übergeben gerade noch mal. Es geschieht nichts, außer, dass ich versuche, meinen Arm zu befreien.

»Lass mich los oder ich schreie«, sage ich so bedrohlich, wie es mir möglich ist. Der Hungerhaken zieht seine Lippen zu einer hämischen Fratze.

»Als ob dich das je gerettet hätte«, sagt er mit einem eiskalten Lachen, das mir das Blut in den Adern gefrieren lässt. Dieser kleine Satz setzt so viel Erinnerungsmüll frei, dass es mich überwältigt. Ich gebe den Versuch auf, mich von ihm zu befreien.

Der Mann grinst siegessicher. Und als wäre das nicht genug, nimmt er eine Strähne meines Haares und führt sie an seine Wange. Er streichelt sich damit, bevor er sie wie damals um seinen Finger wickelt. Ich will meine Haut ausziehen, so angewidert bin ich von mir.

Der Psychiater, der mich nach dem Tod meiner Mutter behandelt hat, hat mir einmal erklärt, dass es drei Urinstinkte gebe, mit denen man auf Angst oder Gefahr reagiert. Unsere Vorfahren hätten mit zwei davon überlebt. Es gab die Flucht und den Kampf. Je nach körperlicher Voraussetzung beides geeignete Strategien, um zu überleben. Als ich fragte, was die dritte Reaktion sei, zögerte er kurz, bevor er mir die Sache mit dem Erstarren erklärte. Er meinte, der Zweig der Urmenschen, der auf Gefahr so reagiert habe, habe nicht lange überlebt. Doch als mein Körper immer mehr an Ort und Stelle zu gefrieren scheint, glaube ich, dass ein Strang sich doch durch all die Stammbäume gemogelt hat, der eben doch von genau diesen Vorfahren abstammt.

Mein Philosophieren über die menschliche Evolution findet ein jähes Ende, als sich erst ein Nebelschleier über meinen Blick senkt und dann Schwärze mein Denken lähmt.

11 – Motorradausflug

Luke

Es gibt keine vernünftige Erklärung für das, was ich gerade mache. Ich sitze auf meinem Motorrad und fahre zu einer Bar, die ich nicht kenne. Ich weiß nicht mal, ob es eine Bar ist. Wenn Lexi dorthin geht, um eine Band zu hören, muss wenigstens eine Bühne vorhanden sein. Bar oder Kneipe oder Pub oder Club. Es gibt keine plausible Erklärung, warum ich mich auf dem Weg ins Höllenfeuer befinde. Merkt man überhaupt, wenn man sich zum Stalker entwickelt, oder ist das ein schleichender Prozess? Wann überschreitet man die feine Grenze zwischen besorgtem Nachsehen und besessenem Nachspionieren? Ich sollte umdrehen und mir erst mal Gedanken über meine Motivation machen.

Normalerweise würde ich sofort die Richtung nach Hause einschlagen, aber es gibt zwei Dinge, die mich daran hindern. Zum einen Lexis Reaktion, als sie erfahren hat, dass sie ins Höllenfeuer muss, und zum anderen Annas Entsetzen, als ich sie beiläufig gefragt habe, was die Absteige überhaupt ist. Natürlich hat sie nachgehakt, warum ich sie das frage. Ihr Gesicht wurde so blass, als ich ihr von dem Telefonat erzählt habe, dass Jake und ich glaubten, dass sie jeden Moment ohnmächtig wird. Sie hat danach erfolglos versucht, ihre beste Freundin zu erreichen. Diese Umstände zusammen haben besiegelt, dass ich nachsehen fahre, ob mit Lexi alles in Ordnung ist. Ich weiß nicht mal, ob sie schon oder noch da ist. Wer auch immer heute seinen Auftritt in Kreuzberg hat: Seine PR ist unter aller Kanone. Nicht mal die berühmte Suchmaschine, die alles über jeden weiß, konnte mir sagen, wer heute hier auftritt, geschweige denn wann.

Nach dem Gespräch mit Anna habe ich mich aufs Motorrad geschwungen und bin losgefahren. Die Sache hat mir keine Ruhe gelassen. Seit vielen Jahren lebe ich in Berlin, doch in diese Ecke von Kreuzberg hat es mich noch nie verschlagen. Mehrmals biege ich falsch ab, bis ich die richtige Straße erwische. Je nachdem, wie man die Situation betrachtet, erscheine ich zu spät oder genau zum richtigen Zeitpunkt auf der Bildfläche. Ich fahre langsam die Seitenstraße entlang, in der sich das Höllenfeuer befinden muss, und finde es relativ schnell. Was nicht unbedingt an der Beschriftung liegt. Viele der Buchstaben auf der Leuchtvorrichtung haben den Geist aufgegeben.

Viel bedeutsamer ist, dass ich Lexi sofort erkenne. Obwohl uns einige Meter trennen, kann ich den Horror in ihrem Gesicht ausmachen. Der Typ, der sie bedrängt und am Arm festhält, redet auf sie ein. Merkt er nicht, dass er ihr Angst macht? Oder interessiert es ihn schlicht nicht? Ich vergeude keine Zeit damit, einen Parkplatz zu suchen, und fahre kurzerhand auf den Gehweg, auf dem die zwei Gestalten stehen. Das Absteigen vom Motorrad und das Abstreifen vom Helm sind ein Zug. Vor dem Eingang der Kneipe pöbeln mich mehrere Rauchende mit Bierflaschen in der Hand an. Ich bin mir fast sicher, dass ein auf dem Gehweg geparktes Motorrad nicht unbedingt das Illegalste ist, das sie je zu Gesicht bekommen haben. Lexi und der Typ dagegen scheinen mich nicht zu bemerken.

»Hey, lass sie los!«, rufe ich im Gehen. So, wie die Ärmel ihrer Jacke Falten über der Hand des Mannes werfen, hat er Lexi fest gepackt. Er muss ihr damit weh tun. Keiner der beiden reagiert. Der Typ flüstert Lexi etwas zu, das ich nicht verstehen kann, aber so überheblich, wie er grinst, kann es nichts Gutes sein. »Hey!«, wiederhole ich und quetsche meinen Arm zwischen die beiden.

Perplex lässt er von Lexi ab und ich schiebe sie hinter mich. Sie stolpert mehr, als dass sie sich freiwillig bewegt.

»Was ist dein Problem?«, geifert der offensichtlich Betrunkene in meine Richtung.

»Lass sie in Ruhe! Geh zurück zu deinen Kumpels«, sage ich ruhig und versuche, auf keine Provokation einzugehen.

»Ach, Lexi-Maus, ist das dein neuer Stecher?«, fragt er hämisch. Ich weiß nicht, was mich mehr schockiert, wie er über sie redet oder dass Lexi den Mann zu kennen scheint. Die Häme verschwindet von seinem Gesicht und es verzieht sich zu einer wütenden Fratze. »Hey! Ich rede mit dir!«, geht er Lexi an. »Bist du wirklich zu fein, dich mit alten Freunden zu unterhalten?« Er versucht, sich an mir vorbeizuquetschen, und greift wieder nach ihr. Ich schubse ihn von uns fort. Er strauchelt rückwärts und stürzt über eine erhobene Gehwegplatte.

»Sorry, Mann«, sage ich und halte ihm meine Hand entgegen. Er schlägt sie hart beiseite. Wir ziehen langsam die Aufmerksamkeit der Umstehenden auf uns, aber keiner macht den Anschein, ob er sich in der nächsten Zeit einmischen wird.

»Nimm deine Zuhälterpfoten weg«, giftet er und kommt umständlich auf die Beine. Er ignoriert mich, als er Lexis Blick sucht. Ihr Blick ist auf nichts fokussiert und scheint den Mann nur mehr auf die Palme zu bringen. »Wir sind noch nicht fertig miteinander«, droht er.

Ich schiebe mich offensichtlicher zwischen ihn und Lexi. Er betrachtet mich von Kopf bis Fuß und scheint zu kalkulieren, wie seine Chancen gegen mich stehen. Nach kurzer Überlegung scheint er sie als nicht hoch auszurechnen. Er geht einen Schritt zurück und beäugt mich ein letztes Mal. Zum Abschied zeigt er mir einen seiner Mittelfinger in voller Pracht, ehe er sich zu seinen Kumpanen zurückzieht. Ich wende mich Lexi erst zu, als ich sicher bin, dass er im Inneren des Höllenfeuer verschwunden ist.

»Lexi?«, spreche ich sie behutsam an. Ihr Blick ist leer und ihre Gesichtszüge ausdruckslos. Ich wedle mit einer Hand vor ihren Augen. Sie reagiert noch immer nicht. Meine Chefin ist vollkommen weggetreten. Ich kenne den Anblick von meiner Mutter. So sieht sie immer aus, wenn sie sich vollkommen in ihren eigenen Kopf zurückgezogen hat und sich von der Außenwelt abschirmt. »Lexi, ich bin es. Luke«, rede ich ruhig weiter. Ein Flimmern zieht über ihr Auge. Als würde etwas in ihr einen Blick nach draußen riskieren, um die Situation besser einzuschätzen. Es dauert noch ein paar Atemzüge, bis sie blinzelt und tief Luft holt. Sie sieht um sich, als müsse sie sich erst orientieren.

»Lexi?«, frage ich erneut. Endlich sieht sie mich an.

»Luke?«, sagt sie verwirrt. »Wie … Wo kommst du denn her?«

Aus einem inneren Impuls heraus handle ich. Anders kann ich es mir nicht erklären, dass ich diese junge Frau, mit der ich bisher nur wenige Momente geteilt habe, in meine Arme ziehe. Ein tiefes Durchatmen und dann lasse ich meine Hände wieder an meine Seiten sinken. Sie steht in einem Stück vor mir und ist nicht in meinen Armen zusammengebrochen. Sicher habe ich sie damit überrumpelt, vielleicht sogar überfordert, aber nur so konnte ich meine eigenen Nerven so weit beruhigen, dass ich mich wieder ganz auf sie konzentrieren kann. Man könnte es als eine egoistische Geste abstempeln, aber in diesem Augenblick wusste ich mir nicht besser zu helfen. Zumindest scheine ich sie nicht erneut verschreckt zu haben.

»Was ist passiert?«, fragt sie planlos und sieht sich um. Ihr Blick bleibt eine Sekunde am Schild vom Höllenfeuer hängen. Doch sie wendet schnell den Blick ab.

»Ein schmieriger Typ hat dich bedrängt«, erkläre ich ihr. »Kannst du dich nicht daran erinnern?« Ich bin erstaunt, wie sehr der Geist die Realität ausschließen kann, bis man nichts mehr mitbekommt. Denn Lexi sieht mich noch immer an, als wäre sie in den letzten Minuten überhaupt nicht anwesend gewesen. Ihre Augen sind dagegen jetzt hellwach und sehen immer wieder zu dieser Kneipe. Ich folge ihrem Blick. Wir sind scheinbar eine Show, die man nicht verpassen darf. Die rauchende Menge hat sich seit meiner Ankunft verdreifacht und ihr Auftreten spricht Bände. Sie sind auf Ärger aus. Mordlust wäre ein zu harter Begriff für das, was man in ihren Augen sieht. Aber einer guten Prügelei scheinen sie nicht abgeneigt zu sein. Da ich Lexi den Anblick ersparen will und nicht lebensmüde bin, führe ich sie zu meinem Motorrad.

»Lass uns wohin gehen, wo es ruhiger ist«, schlage ich vor. Ich weiß nicht, was ihr mehr Unbehagen bereitet: mein Motorrad oder die Aase, die uns ausgehungert mit ihren Augen folgen. »Komm, da drüben im Park sind Bänke.« Es heißt, wer seine Maschine liebt, der schiebt, und genau das mache ich jetzt. Trotz funktionalem Motor.

Wortlos läuft Lexi neben mir her. Es ist still genug zwischen uns, dass ich ihre veränderte Atmung bemerke. Sie geht viel zu schnell. Ihre Finger krallen sich um die Riemen ihrer Umhängetasche, so dass das Stück über ihrer Schulter gegen ihren Hals drückt. Meine Hände wollen ihre Finger aufnehmen, damit sie sich wieder entspannt, aber mein Motorrad lässt sich nicht mit nur einer Hand schieben.

»Du hast es gleich geschafft«, rede ich ihr gut zu. Sie versucht sich an einem Lächeln, um mich zu beruhigen, und scheitert kläglich.

Lexi setzt sich, kaum dass wir die Bänke erreicht haben, und ich stelle mein Motorrad ab. Sie atmet tief ein, hält die Luft an, atmet langsam aus und wartet einen Moment, bevor sie diese Technik von Neuem absolviert. Ihre Hände kneten den Riemen der Tasche. Ihr Knie wippt auf und ab und ich werde nur vom Betrachten nervös. Nur langsam lassen diese Ticks nach. Ich gebe zu, dass ich überfordert bin und keinen blassen Schimmer habe, was ich machen soll oder wie ich ihr helfen kann. Sie schießt in die Höhe, als jemand aus dem Gestrüpp unweit von uns stolpert. Als sie sich wieder setzt, zittert sie. Der Junge beäugt uns mit hochgezogener Augenbraue und schüttelt den Kopf über Lexis Verhalten.

»Soll ich dich vielleicht ins Krankenhaus bringen?«, frage ich in meiner Hilflosigkeit. Ich knie mich vor sie.

»Nein. Es geht gleich wieder«, versichert sie wenig überzeugend. Zusammengesunken sitzt sie da. Sie macht sich so klein wie möglich. Dennoch verschwindet sie nicht. Es ist nicht das erste Mal, dass ich jemandem gegenübersitze, der eine Panikattacke durchlebt. Das heißt nicht, dass ich einen blassen Schimmer davon habe, was man in dieser Situation tut. Vielleicht hilft Ablenkung. Doch alle Themen, die mir einfallen, scheinen so banal zu sein. Lexi legt ihren Kopf schief und zieht die Schultern an. Sie schließt die Augen. Versucht sie, unsichtbar zu werden? Ihre Knie wippen schneller und schneller, bis ich fürchte, dass sie jeden Moment abhebt. Mir wird schwindlig, je länger ich zuschaue. Ich fühle mich so hilflos, wie sie aussieht.

»Wovor hast du solche Angst?«, frage ich ahnungslos. »Hast du Angst, jemandem weh…«, beginne ich und halte inne, als es mir wie Schuppen von den Augen fällt. Lexi sieht mich an, als würde ich ihre tiefsten Geheimnisse ans Tageslicht zerren. Dabei stelle ich nur Vermutungen an. »Du … du hast Angst, dass dir jemand weh tut«, formuliere ich meine Gedanken laut. Lexi sieht beschämt zu Boden. »Ist es das?«, frage ich. Es dauert einen Moment, aber schließlich nickt sie zaghaft.

»Oh Gott«, entfährt es mir. »Und ich habe dich in eine U-Bahn gezerrt. Und dich allein in diese Absteige gehen lassen, obwohl offensichtlich war, dass dir allein der Gedanke, dich dorthin zu bewegen, Horrorvorstellungen bereitet.«

»Luke«, sagt sie leise und dennoch stoppt es mich in jeglicher Bewegung und jedem Gedanken. Ein Wort. Mein Name aus ihrem Mund und die Selbstvorwürfe legen eine Notbremsung ein. Ich knie mich wieder vor sie. Zögerlich lege ich eine Hand auf ihre, die auf ihrem Oberschenkel ruht. Nach dem, was sie gerade und vermutlich auch früher erlebt hat, könnte keine Geste dümmer sein. Aber ich schwöre, beim kleinsten Zeichen des Unbehagens ihrerseits behalte ich meine Hände bei mir. Man merkt, wenn jemandem eine Berührung unangenehm ist. Wie kann man das nicht merken?

»Lexi«, sage ich behutsam. »Wer hat dir das angetan?«

»Ich …« Lexi kann mich wieder nicht ansehen. Sie ringt mit den richtigen Worten. Oder sie überlegt, wie sie mir nett, aber bestimmt sagen kann, dass ich mich um meinen eigenen Mist scheren soll.

»Ist schon okay«, lenke ich ein und streichle ihr über das Haar. Gerade als ich aufstehen will und meine Hände sinken lasse, sieht sie auf. Ihr Blick ist behutsam und verzweifelt.

»Mein Vater«, gesteht sie schließlich langsam. Sie zuckt zusammen, als ich mich aufrichte, zu schnell für die Tiefen ihrer Gedanken.

»Fuck«, entfährt es mir. Mit über dem Kopf zusammengeschlagenen Händen sehe ich zu ihr. Ihr Blick ist auf den Steinweg unter uns gerichtet. Wenn ihr Anblick mir eins verrät, dann, dass sie sich die Schuld gibt. Ich gehe zurück in die Knie.

»Lexi«, ringe ich um ihre Aufmerksamkeit. Sie neigt ihren Kopf zur Seite, damit ich die Gefühle, die sich in ihren Augen abzeichnen, nicht mehr erkennen kann. »Sieh mich an«, verlange ich energisch. Sie kneift ihre Augen zusammen. Doch das lässt mich nicht so einfach verschwinden. Ihr wippendes Knie stoppt, als ich meine Hand darauf lege. Mit den Fingern meiner anderen Hand drehe ich ihren Kopf behutsam in meine Richtung.

»Soll ich dich nach Hause bringen?«, frage ich. Sie nickt, ohne mich anzusehen. »Na, komm.« Lexi folgt mir zu meinem Motorrad.

»Mit dem Teil?«, fragt sie mit dünner Stimme. Zum ersten Mal muss ich in dieser Situation lächeln.

»Ich bin ein guter Fahrer«, versichere ich ihr. Es scheint sie wenig zu überzeugen. »Du bekommst den Helm«, füge ich hinzu, obwohl es für mich selbstverständlich ist. Ich halte ihn ihr hin. Sie sieht skeptisch darauf. »Um die Zeit läufst du nicht nach Hause. Schon gar nicht durch diese Gegend.« Sie nickt. »Oder willst du mit der U-Bahn fahren?«, versuche ich es auf die lockere Art.

»Oh Gott, bloß nicht«, entfährt es ihr und endlich schnappt sie sich den Helm. Sie setzt ihn auf. Ich verschließe ihn und starte danach meine Maschine. Lexi klettert zögerlich hinter mir auf den Sitz. Viel zu zaghaft legt sie ihre Hände an meine Seiten. Außer, dass sie mich damit kitzelt, erreicht sie nichts. Ich nehme meine Hände vom Lenkrad und richte mich gerade auf. Ich schnappe mir ihre Hände und lege sie übereinander über meinen Bauch.

»Festhalten«, rufe ich über den Lärm des Motors hinweg. Mein Helm nickt gegen mein Schulterblatt. Dafür, dass sie Angst hat, ist sie die perfekte Mitfahrerin. Sie fühlt sich beinahe wie ein Rucksack an, der sich der Fahrbahn ideal anpasst. Wir brauchen unsere Zeit, bis wir bei ihr ankommen. Noch unten vor der Haustür gibt sie mir meinen Helm zurück.

»Danke«, sagt sie und sieht mit ihrer Helmfrisur wild aus.

»Kein Problem«, versichere ich ihr. Sie wendet sich ab, überlegt es sich aber noch einmal anders. Sie eilt in schnellen Schritten auf mich zu und umarmt mich fest.

»Wirklich. Danke«, wiederholt sie, bevor sie den Blickkontakt zu mir abbricht.

»Wirklich«, wiederhole ich ebenfalls. »Kein Problem.«

12 – Bandmeeting

Lexi

Drei Tage lang habe ich mich abgeschottet. Drei Tage war ich allein mit meinen Gedanken. Ich habe mich versteckt. Nicht vor meiner Vergangenheit oder vor dem, was an dem Abend vorm Höllenfeuer passiert ist. Luke ist es, vor dem ich mich verstecke. Mir wird übel, wenn ich nur daran denke, was ich ihm gestanden habe. Seit wann erzähle ich Leuten so von meinem Vater? Oder deute an, was er mir angetan hat? Das ist nicht mein Verhalten. Ich gehe damit nicht hausieren. Mir ist es peinlich, ihm davon berichtet zu haben. Dennoch habe ich die zweiundsiebzig Stunden nicht dagesessen und ins Leere gestarrt. Ich habe fünf Takte komponiert, die nicht völlig für den Müll sind und passend die Melodie von Luke ergänzen. Ich habe mir Gedanken über die PR für Entgleiste Helden gemacht und glaube, dass ich etwas gefunden habe, was vielleicht nicht neu ist, aber unglaublich gut zu den Jungs passen wird. Jetzt muss ich sie nur noch davon überzeugen. Doch ich glaube, das wird kein großes Problem darstellen.

Da ich mich nicht ewig verkriechen kann und wieder ein großes Mädchen sein muss, treffen die Jungs und ich uns für ein Meeting. Vorher muss ich nur noch bei Mike vorbeisehen. Er weiß bereits, dass die Band im Höllenfeuer ein Reinfall war. Mit dem Rest habe ich ihn nicht belastet. Dennoch will er über die Details informiert sein. Es ist seine Aufgabe als Chef, über alles

Bescheid zu wissen. Mein Magen rutscht auf die Höhe meiner Knie, als ich den Flur zu seinem Büro entlanggehe. Sein Assistent kommt gerade aus dem Büro. Er lächelt mir zu und ich erwidere es. Er hält mir die Tür auf und schließt sie hinter mir für mich.

»Hey«, grüße ich Mike, der nur kurz von seinem Laptop aufsieht.

»Hey. Setz dich, ich bin gleich fertig«, nuschelt er und konzentriert sich wieder vollends auf seine Aufgabe. Er lässt mich mehrere Minuten warten. Nach der ersten wird es mir zu lang und ich setze mich an das Klavier. Mich überkommt ein Déjà-vu, als ich mich an einen Abend vor vielen Jahren zurückerinnere. Es war zwar in einem anderen Büro, aber an genau diesem Klavier hat sich mein Leben verändert. Vielleicht klappt es ja erneut.

Die Tasten sind kühl und glatt unter meinen Fingerkuppen. Ich schlage eine Note an und der Klang lässt mich leichter atmen. Meine Schultern entspannen sich. Warum sie überhaupt angespannt waren, weiß ich nicht. Vielleicht hatte ich Angst, dass das Klavier keinen Ton von sich gibt? Lächerlich, aber so sind Gedanken in einer Blockade meistens. Ob beim Schreiben oder Komponieren, da gibt es wenig Unterschiede. Der Kopf will einem gern seine eigene Realität einreden. Und wenn er der Überzeugung ist, dass jedes Instrument unter meinen Fingern stumm bleibt, glaube ich es ihm leider zu oft. Aber der Klang in meinen Ohren beweist mir das wunderbare Gegenteil. Mike scheint ebenfalls aufzuhorchen. Zumindest hat er aufgehört, seine Tastatur zu benutzen. Die Pause hält jedoch nicht lang und schnell erfüllt das Klackern der Tasten wieder den Raum. Ich danke ihm mit dem Anschlagen einer weiteren Taste und einer danach und noch einer. Um das Feeling für die Fingerbewegungen zurückzubekommen, spiele ich alte Melodien. Ich ertappe mich sogar dabei, wie ich die Texte dazu vor mich her summe. Fließend gehe ich in meine Interpretation von Lukes Melodie über und füge meine Ideen hinzu. Es passt. Meine Wangen spannen, als ich grinsen muss.

»Das klingt gut«, lobt meine Onkel und stellt sich neben mich. Er lehnt sich gegen das Instrument und betrachtet mich zufrieden. »Erzählst du mir jetzt, was passiert ist?«

Ich höre auf zu spielen. Meine Finger sind kalt, als ich sie auf meine Oberschenkel lege. »Der Sänger hat sich zu viel Mut angetrunken und fuhr eine Egoschiene. Sie haben keinen Respekt gegenüber ihren Fans gezeigt und mein Bauchgefühl sagt mir, dass wir nur Probleme mit ihnen haben würden.« Mike nickt verstehend.

»Dein Bauchgefühl liegt meist richtig«, stimmt er zu. »Und weiter?«, fragt er. Ich sehe fragend zu ihm auf. Er sieht ernst aus.

»Was meinst du? Ich bin nach Hause gegangen. Nichts weiter«, erkläre ich. Ich war schon immer eine schlechte Lügnerin, wenn es Mike betrifft. Natürlich spricht er mich sofort darauf an.

»Da habe ich aber etwas anderes gehört«, erklärt er seufzend. Mein Blick schnellt wieder zu ihm.

»Was hast du gehört? Was hat Luke dir erzählt?«, frage ich erschrocken. Mikes Stirn ist von Denkfalten überzogen.

»Luke?«, fragt er. »Wie kommst du auf ihn?«

»Weil er da war?«, frage ich unsicher, ob wir aneinander vorbeireden.

»Ah, der geheimnisvolle Motorradfahrer«, sagt er, als würde jetzt alles einen Sinn ergeben.

»Ich verstehe gar nichts«, erkläre ich.

»Ein Bekannter hat dich vorm Höllenfeuer erkannt und mir erzählt, wie ein älterer Kerl sich an dich herangemacht hat. Ehe er dir helfen konnte, ist aber schon ein Motorradfahrer aufgetaucht. Luke, nehme ich an?« Ich nicke. »Lexi, warum hast du mir nichts erzählt?«, fragt er. Das Mitleid in seinem Blick stößt mir sauer auf.

»Genau deshalb«, erkläre ich und deute auf sein Gesicht. »Es ist nichts passiert, okay? Luke hat mir den Typ vom Hals geschafft und alles ist gut«, versichere ich.

»So gut, dass du dich gleich drei Tage lang versteckst?« Er verschränkt seine Arme vor der Brust.

»Das … war nicht der Grund«, erkläre ich kleinlaut und lasse meine Finger über die glatten Tasten gleiten, ohne ein Geräusch aus ihnen herauszulocken. Hitze steigt mir in die Wangen und aus unerfindlichen Gründen schlägt mein Herz schneller.

»Was dann?«

»Muss ich dir denn alles erzählen?«, frage ich kleinlaut.

»Müssen nicht, aber es wäre schön, wenn du dich mir anvertraust«, sagt er und legt eine Hand auf meine Schulter. Ich lege meine darüber. Er lächelt erleichtert und verwundert, dass ich ihn nicht abschüttle. Wenn ich ehrlich bin, bin ich selbst darüber erstaunt. Wann ist diese Veränderung in mir passiert? Was hat sie ausgelöst? Dass ich vor Mike keine Angst haben muss, wusste ich schon immer, aber dennoch habe ich für seine Berührungen genauso Abscheu empfunden wie bei jedem anderen auch. Die Überraschung greift so tief, dass ich einen Moment länger benötige, um ihm zu antworten.

»Ich … Ich habe Luke von meinem Vater erzählt«, gestehe ich. Mikes Augen weiten sich und ich beginne, wie ein Wasserfall zu reden. »Ich meine, ich habe ihm nicht wirklich etwas erzählt. Er hat mich lediglich gefragt, warum ich so eine Angst vor Berührungen habe, weil ich zu einer verdammten Salzsäule erstarrt bin, als dieser Typ mich am Arm gepackt hat. Mir ist alles wieder hochgekommen. Der Typ hat mich angewidert und ich habe mich so hilflos gefühlt. Dann ist mir die Antwort so herausgerutscht.«

»Wow«, haucht mein Onkel.

»Wow?«, wiederhole ich. Was meint er damit? Wow, dass ich jedem Dahergelaufenen mein Leid klagen muss? Wow, dass ich so egoistisch bin, dass ich mit meinen Problemchen im Mittelpunkt stehen muss? Wow, dass man mich nicht mal für einen Abend alleine meinen verdammten Job verrichten lassen kann? Mike muss sehen, wie ich mich im Kopf in Rage rede.

»Wow, dass du dich bei ihm wohl genug fühlst, um dich zu öffnen«, erklärt er und so, wie er es sagt, klingt es, als wäre es etwas Gutes. Ist es das? »Das ist gut!«, versichert er mir, als ob er meine Gedanken lesen könnte.

»Wenn du das sagst«, sage ich, um dem Gespräch ein Ende zu setzen. Mike lässt das Thema fallen, aber so wie er mich von der Seite ansieht, werden wir nicht zum letzten Mal darüber gesprochen haben.

Mein Onkel seufzt über meine Sturheit. Er macht einen Schritt auf mich zu und setzt zu einer Umarmung an. Ich spanne meine Schultern an. Es ist einfach ein Reflex, der sich über die Jahre gefestigt hat. Mike deutet es jedoch als Abwehr und lässt die Arme sinken. Ich überrasche uns beide, als ich mich auf die Zehenspitzen stelle und ihn umarme. Er ist mein Onkel. Er hat mir beigestanden und geholfen wie kein zweiter Mensch auf diesem Planeten. Ich sollte in der Lage sein, ihm meine Dankbarkeit auch zu zeigen. Es sollte keine große Sache sein, dass ich ihn umarme. Aber das ist es. Es ist eine wahnsinnig große Sache. Mike schlingt langsam seine Arme um mich. Zögerlich, als ob er mir die Möglichkeit gibt, jeden Moment zurückzutreten und mich von ihm zu lösen. Es lässt mich ihn nur fester umarmen.

»Ich habe dich so verdammt lieb«, flüstert er und drückt mich an sich. »So verdammt lieb.« Seine Stimme ist belegt, aber als ich ihn ansehe, finde ich nur große Freude in seinem Gesicht.

»Ich dich auch«, antworte ich grinsend. »Außerdem würdest du noch immer im Büro dieses schrecklichen Kommerzunternehmens sitzen, wenn ich nicht wäre.« Mike lacht herzlich auf.

»Und ohne mich würdest du deine Lieder weiterhin im stillen Kämmerlein schreiben und sie vor der Welt verbergen.«

»Wir ergänzen uns halt gut«, sage ich schulterzuckend und löse mich langsam aus der Umarmung.

»Du veränderst dich, Kleines«, stellt er liebevoll fest.

»Vielleicht.« Plötzlich habe ich einen zentnerschweren Stein im Magen liegen. Ich verabschiede mich und nach einem Abstecher in unsere Poststelle mache ich mich auf den Weg ins Studio, in dem die Jungs laut unserem Aufnahmeleiter in letzter Zeit zu leben scheinen. Das ist gut.

Als ich mich mit meinem sperrigen Paket durch die Tür quetsche, sind sie fleißig dabei, ihren Traum zu verwirklichen. Sie stoppen ihre Session, als sie mich sehen. Mein Blick bleibt zweimal an Liam hängen. Er trägt ein graues Crop Top mit dem Logo von Linkin Park drauf. Er macht eine verboten gute Figur darin. Irgendwann in den letzten Tagen hat er sich die Haare schwarz gefärbt. Cosy nimmt mir das Paket ab und stellt es auf den kleinen Tisch vor die Couch.

»Hey Jungs«, begrüße ich alle und setze mich auf den freien Stuhl vorm Mischpult. Ich rolle mit dem Drehstuhl zu ihnen. »So«, beginne ich, ohne eine große Einleitungsrede zu halten, doch alle sehen mich an, als ob ich eine Erscheinung bin.

»Habe ich etwas im Gesicht?«, frage ich und lache.

»Lynn Jefferson«, grinst Liam.

»Jap, aber das bleibt unser kleines Geheimnis«, sage ich und meine Mundwinkel wandern ebenfalls nach oben. Einer nach dem anderen versichert mir, dass er niemandem meine Identität verraten wird. »Ich bin froh, dass wenigstens irgendjemand die Verträge liest«, sage ich, ohne darüber nachzudenken.

»Was meinst du?«, fragt Raphael anscheinend für alle.

»Luke«, erkläre ich. »Er hat keine Ahnung, dass Lynn mein Künstlername ist.«

Liams Lippen verziehen sich zu seinem Grinsen und seine Augen beginnen zu leuchten, wie ich es nur aus Filmen kenne, bevor ein Psychopath zuschlägt.

»Was?«, frage ich, weil der Anblick mich wirklich beunruhigt.

»Hast du ihn darüber aufgeklärt?«, fragt er. Die Schadenfreude ist deutlich aus seiner Stimme zu hören.

»Ich hatte noch nicht die Gelegenheit dazu«, gestehe ich eher zurückhaltend, weil ich nicht weiß, was er mit dieser Information anfangen wird.

»Oh, das wird gut«, ruft der Sänger aus und zückt das Handy.

»Liam …«, warnt Cosy und will ihm bereits das Gerät abnehmen, doch Liam ist flink und bringt es außer Reichweite seiner besseren Hälfte.

»Lass mich. Ich verrate niemandem, wer Lexi ist«, verspricht er.

»Das will ich auch hoffen. Die Konsequenzen sind teuer«, werfe ich mit dem Vertrag im Hinterkopf ein. Ich will die Jungs nicht fallen lassen müssen. Liams Finger fliegen über den Bildschirm seines Smartphones. Als er es gesperrt auf den Tisch legt, vibriert meins in meiner Jeans. Liam hat mich in einem Tweet erwähnt. Oder eher Lynn. Der Sänger ist neugierig und sieht auf mein Display.

»Du bist wirklich Lynn«, sagt er, als hätte er es bisher noch nicht recht glauben können.

»Ja«, sage ich lachend und lese seinen Tweet.

Gerade @LynnJefferson im Studio getroffen!
#suchalegend #starstruck

Ich verpasse der Kurznachricht ein Herzchen, folge Liam ebenfalls und stecke das Telefon zurück in meine Jeans. Raphael stimmt »Dancing Queen« von ABBA an und doch sein Bruder singt eine eigene Interpretation.

You are the Twitter Queen
With a massive Social Media Spleen

Liam wirft einen der Erdnussflips, die in einer Schüssel auf dem Tisch stehen, nach ihm. Ich schmunzle und ziehe die Kiste näher an mich heran.

»Apropos Social Media. Da ich mitbekommen habe, dass ihr da gut unterwegs seid und so ziemlich jede gängige Plattform auf die eine oder andere Art abdeckt, hoffe ich, dass euch mein

Vorschlag gefällt.« Alle Blicke ruhen nun auf der Kiste. Ich öffne sie. »Ich habe mit der PR-Abteilung gesprochen und sie haben mir diese Babys für euch organisiert.«

Die Jungs sehen sich an, als ob sie sich nicht sicher sind, dass es schlau ist, in das Paket zu schauen.

»Jetzt guckt schon rein.« Ich lache. »Es ist nichts Explosives darin versteckt.« Cosy fasst sich ein Herz und zieht die Pappe zu sich. Kaum sieht er hinein, schnellen seine Augenbrauen erstaunt in die Höhe. Er holt eines der Geräte heraus.

»GoPros?«, fragt er überrascht und reicht jedem eine. Das Zubehör legt er auf den Tisch. Die Jungs betrachten die eingeschweißten Schachteln und sehen dann zu mir. Nur Liam packt seine Action-Kamera aus, ohne groß nachzudenken.

»Gehen wir jetzt unter die YouTuber?«, fragt Gabriel und wiegt sein Exemplar in den Händen hin und her, als wäre er unsicher, ob er es annehmen will.

»Wenn ihr wollt, gern«, erkläre ich. »Aber ich hatte eher die Idee, dass ihr eure Reise, also die Aufnahmen im Studio, euer Zusammenleben, euren Aufstieg in den Charts, euren Weg zur ersten Tour und alles, was euch sonst noch so einfällt, für das Album festhaltet. Es gibt so viele Möglichkeiten, was man damit anstellen kann. Schnipsel für ein Musikvideo, Behind-the-Scenes-Videos, Bonusmaterial für die Deluxe-Editions.«

»Go big or go home, hm?«, sagt Cosy und kann sich ein Lächeln nicht verkneifen.

»Ihr müsst unbedingt größer denken!«, erkläre ich ihm. »Googelt ihr euch manchmal selbst?« Ihre Gesichter verraten mir die Antwort bereits. »Nun, vielleicht solltet ihr das mal machen. Ihr habt eine Fanbase.« Ihre Augen werden groß. »Vor allem auf YouTube«, mache ich ihnen bewusst.

»Aber von uns ist keiner aktiv auf YouTube«, mischt sich Liam ein und sieht von seinem neuen Spielzeug auf.

»Was nicht heißt, dass es eure Fans nicht sind. Es gibt ganze Konzertmitschnitte von euch und den Klicks und Kommentaren nach zu urteilen kommen sie super an.« Sie sehen mich perplex an. »Jungs, kommt schon. Das müsst ihr doch mitbekommen haben.«

»Ja, schon«, erklärt Cosy. »Aber dass wir so erfolgreich sind? Das haben wir nicht gewusst.«

»Jetzt wisst ihr es. Mein Vorschlag wäre also, dass wir euch einen Bandaccount einrichten und ihn füttern. Ihr müsst keine SneakPeeks geben. Zeigt euch. Macht euch nahbar. Zeigt ihnen, wer Entgleiste Helden sind und dass man sie sich merken muss.« Einer nach dem anderen scheint Feuer für die Idee zu fangen. »Ach, und ich soll euch sagen, die Geräte gehören euch. Ihr könnt sie also auch privat nutzen, aber ich würde euch empfehlen, damit keine Pornos zu drehen.« Die Zwillinge scheinen darüber enttäuscht zu sein. »Ihr müsst jetzt auch weiter denken und ihr wisst, wie schnell Promis Zielscheiben von Hackern werden.«

»Wir sind doch keine Promis«, winkt Liam ab.

»Noch nicht, aber das geht schneller, als euch lieb ist. Oder muss ich euch erst an mein geleaktes Album erinnern?« Das trifft. Sie werden sofort ernst.

»Warum habt ihr das eigentlich online gelassen?«, fragt Raphael.

»Der Schaden war da und ich habe das Beste draus gemacht. Wir haben die Platte offiziell rausgebracht und ich spende die kompletten Einnahmen.« Das allgemeine Rascheln stoppt und alle Augenpaare sind auf mich gerichtet. »Seht mich nicht so an. Ich kann es mir leisten, keine Sorge.«

Sie müssen mir zustimmen. Zum Glück vertiefen wir das Thema nicht weiter, denn Liams Handy anfängt zu vibrieren. Meine Erleichterung schwindet, als der Sänger mir das Display zeigt und Lukes Gesicht mir entgegenstrahlt. Liam nimmt das Gespräch entgegen und stellt sofort den Lautsprecher an. Als ob es mich unsichtbar machen würde, halte ich die Luft an. Eine überflüssige Reaktion, da Luke mich nicht sehen kann und keine Ahnung hat, dass ich hier bin.

»Hey Luke, was ist? Wir proben gerade«, sagt Liam und Gabriel spielt eine paar kurze Akkorde auf seiner Gitarre, als ob Liams Behauptung bewiesen werden muss.

»Lynn Jefferson? Die Lynn Jefferson?«, fragt Luke aufgeregt.

»Jap«, antwortet Liam und hat ein fettes Grinsen im Gesicht, als er mir zuzwinkert.

»Alter! Und?«, fragt Luke weiter. Mein Herz sinkt. Jetzt muss die Frage kommen, die immer zwangsläufig kommt. Wie sieht sie aus?

»Und was?«, fragt Liam, der sieht, wie mir das Lachen vergangen ist.

»Wie ist sie? Ist sie nett? Was sagt sie zu eurer Musik?«

»Sie ist super nett und hilfsbereit«, versichert Liam und lockt ein weiteres Lächeln aus mir hervor.

»Ich wäre enttäuscht, wenn es anders wäre«, sagt Luke.

»Und sie mag unsere Musik so sehr, dass sie mit uns zusammenarbeitet!«, erzählt Liam aufgeregt, als ob es eine Neuigkeit wäre und nicht mit allen im Raum und dem Herren am anderen Ende des Telefons vertraglich festgelegt. Luke verschlägt es kurzzeitig die Sprache.

»Das ist so eine gigantische Chance für euch!«, freut er sich ehrlich für die Band.

»Ja, denke ich auch«, stimmt Liam zu und hält mir seine Hand zu einem High Five hin. Schnell und dennoch möglichst geräuschlos schlage ich ein. Ich versuche, die unangenehme Gänsehaut auf meinem Arm zu ignorieren.

»Vielleicht treffe ich sie demnächst auch mal. Ich muss ihr endlich sagen, wie sehr ich ihre Texte bewundere.«

»Das wirst du sicher mal«, redet Liam Luke zu. Ich sehe überrascht zu ihm auf. Er hält nur einen Zeigefinger vor seine Lippen. »Luke, wir müssen erst mal weitermachen.«

»Ja, klar. Wir sehen uns. Haut rein!«

»Du auch«, sagt Liam und legt auf.

»Warum hast du ihn nicht aufgeklärt?«, frage ich verwundert, weil ich irgendwie davon ausgegangen bin, dass das der ganze Sinn hinter diesem Streich ist.

»Wo bliebe dann der Spaß daran?«, fragt Liam grinsend und widmet sich wieder dem Studieren seiner neuen GoPro. Cosy und die Zwillinge zucken lachend mit den Schultern und gehen ebenfalls zum Tagesgeschäft über.

13 – Der zweite Versuch

Luke

Ohne dass wir es abgesprochen haben, sprechen weder Lexi noch ich über den Vorfall von letztens. Dabei brennen mir so viele Fragen unter den Nägeln. Doch selbst der unsensibelste Klotz auf diesem Planeten müsste merken, dass dieses Thema tabu ist. Wir starten gerade einen weiteren Versuch, etwas zu Papier zu bringen. Es läuft wenig berauschend. Unsere Umgebung ist nicht die kreativste und weckt selbst in mir keine künstlerischen Ergüsse. Wir haben uns in einem der ungenutzten Beratungsräume niedergelassen. Auch wenn Bilder von Johnny Cash, Elvis und den Beatles an den Wänden hängen, ist der Raum dennoch zu kalt. Der lange schwarze Tisch und die nicht minder dunkle Bestuhlung hemmen die Gedanken, anstatt sie fließen zu lassen.

»Verdammte Liebeslieder. Davon gibt es doch mehr als genug«, murmelt Lexi vor sich hin und spielt zum unendlichsten Mal dieselbe Melodie. Sie scheint einen Narren an meiner Summerei von neulich gefressen zu haben. Aber sie hat recht. Liebeslieder, die die Liebe zelebrieren, gibt es zahlreiche. Ebenso wie Lieder, die sie zerreißen. Es scheint alles gesagt zu sein. Bisher habe ich immer das geschrieben, was mir in den Sinn kam. Ich hatte nie einer Vorgabe zu folgen. Aber das ist einer der Tests, die ich erfolgreich bestehen muss. Auf Bestellung abliefern. Darauf warten, bis uns die Muse küsst, können wir uns kaum erlauben. Ich sehe es an Lexi. Sie ist kurz davor, sich die Haare rauszureißen. Ihr Verstand muss bei dem Druck, den sie sich macht, einfach blockieren.

»Das klingt alles so nichtssagend«, beschwert sie sich über ihre eigenen Notizen. Sie reißt ein weiteres Blatt aus ihrem Block und zerknüllt es. Wie bereits die letzten Male reicht sie mir den Ball und ich werfe ihn über die Bande an der Wand in den ebenfalls schwarzen Papierkorb.

»Lexi.« Ich seufze. Ich bin geduldig, das muss ich sein, wenn ich die Kinder unterrichte. Aber Lexi ist eine ganz andere Nummer. Und es ist nicht direkt so, dass ich die Geduld mit ihr verliere. Es ist eher, dass ihre Frustration ansteckt, je länger man ihr bei ihrer selbst auferlegten Qual zusieht. »Man kann nur etwas überarbeiten und besser machen, wenn man etwas auf dem Papier stehen hat.«

Sie sieht mich an, als ob ich den Verstand verloren hätte. »Das weiß ich«, erklärt sie bockig.

»Dann lass auch etwas stehen, damit wir etwas zum Arbeiten haben. Es muss nicht beim ersten Versuch perfekt sein.« Genau damit scheine ich ihren wunden Punkt getroffen zu haben. Sie will es beim ersten Mal perfekt machen. Nichts ist beim ersten Mal perfekt. Niemals wird etwas perfekt. Irgendjemand findet immer etwas auszusetzen an Dingen, die einem persönlich ziemlich ideal erscheinen. Doch Lexi scheint genau das zu suchen. Etwas, das für jeden perfekt sein wird.

»Ich weiß«, stöhnt sie niedergeschlagen und legt ihre Stirn auf die kühle Platte des Tisches. Ich muss mir ein Lachen verkneifen, damit sie nicht den Eindruck bekommt, dass ich mich über sie lustig mache.

»Komm. Steh auf«, fordere ich und stelle mich neben sie. Lexi investiert wenig Energie und dreht lediglich ihren Kopf, so dass sie nun mit ihrer Wange auf der Tischplatte liegt.

»Warum?«, fragt sie genervt und klickt mit ihrem Kugelschreiber, den sie in der Hand hält, die Mine rein und raus. Ein grässliches Geräusch.

»Komm schon«, lache ich. »Ich beiße nicht.« Ich halte ihr eine Hand entgegen. Lexi hebt langsam den Kopf und legt schließlich ihre Hand in meine. Die Reaktion ihrer Haut auf meiner überrascht mich abermals aufs Neue, doch ich versuche, es mir nicht anmerken zu lassen. Denn selbst wenn Lexi mir alles andere als unsympathisch ist, geht es hier um sie und nicht um eine hormongesteuerte Reaktion meines Körpers. Lexi kommt vor mir zum Stehen und ich lasse meine Hand zurück an meine Seite sinken.

»Wir müssen dich unbedingt lockerer bekommen.« Sie widerspricht mir nicht und wartet ab, was ich mit ihr vorhabe. »Wie gut, dass es dafür Übungen gibt.« Ich grinse und das ist wahrscheinlich der Fehler.

»Für dämlichen Atemübungen habe ich im Moment keine Nerven«, beschwert sie sich und wendet sich ab, um sich wieder in Selbstmitleid auf den Stuhl sinken zu lassen. Ich ergreife ihr Handgelenk.

»Diese dämlichen Atemübungen werden dich aber locker machen«, erkläre ich ihr. Sie sieht wenig überzeugt aus, aber setzt sich nicht. »Okay. Tief durch die Nase einatmen«, sage ich und mache es ihr vor. Lexi kreuzt die Arme vor ihrem Oberkörper und atmet durch die Nase. Aber ist es weder langsam noch tief. Es hat eher den Charakter eines Schnaufens.

Ich schließe die Augen und atme ihr einfach weiter vor. Nach dem vierten oder fünften Mal, kurz bevor ich mir nur noch dämlich vorkomme, stimmt sie ein. Ich lasse meine Augen geschlossen. Wenn sie mich beobachtet, will ich sie nicht aus ihrer Konzentration reißen. Nach ein paar weiteren Atemzügen lasse ich die Luft aus meinen Lungen prustend durch meine Lippen entweichen. Es passiert, auf was ich gehofft habe. Lexi lacht. Fand ich ihr Lächeln schon umwerfend, dann ist es nichts im Vergleich zu ihrem herzlichen Lachen. Ich öffne die Augen und beobachte sie. Sie hält sich die Hand vor den Mund, als ob sie es nicht gewohnt ist, so zu lachen, und das ist traurig.

»Siehst du. Du bist gleich viel entspannter«, erkläre ich und sie nickt.

»Die Worte kommen dennoch nicht.« Sie seufzt und das Lachen weicht wieder ihrer ernsten Miene.

»Lexi«, beginne ich vorsichtig. »Versuchst du es überhaupt?«

»Was?«, ruft sie empört aus. »Natürlich versuche ich es. Mehr sogar.«

»Woah, so war das nicht gemeint!«, rudere ich zurück. »Ich meine, denkst du über etwas anderes nach, als dass du ein Lied schreiben und aus deiner Blockade hinaus willst?« Lexi hält inne, bevor sie mich zum Teufel wünscht. Sie lässt meine Frage wirken und ich sehe, wie es in ihrem Kopf zu arbeiten beginnt. »Siehst du! Kein Wunder, dass sich nichts bei dir tut. Du gehst die Sache falsch an.«

»Ach ja?«, entgegnet sie und sieht aus, als ob sie gleich ihre Krallen ausfahren wird. Ich höre solche Dinge auch nicht gerne. »Was sollte ich deiner wohlgeschätzten Meinung nach denn anders machen?« Wäre sie nicht davon überzeugt, dass Talent in mir steckt, hätte sie mich sicher längst rausgeschmissen.

»Denke nicht über das Schreiben nach, sondern über das, was du schreiben willst.« Sie lässt sich einen Moment Zeit und lässt meine Worte erneut auf sich wirken. Sie funkelt mich sauer an, aber schließlich verdreht sie die Augen und schüttelt den Kopf. Ich grinse.

»Du hast gerne recht, oder?«, fragt sie, doch der Frust in ihrer Stimme ist offensichtlich nicht gegen mich gerichtet, sondern gegen die Situation an sich.

»Sagen wir mal so: Ich genieße die Momente, wenn mein Gebrabbel nicht nur für mich Sinn ergibt.«

Sie behält ihre abweisende Haltung bei, aber ein zartes Lächeln huscht über ihre Lippen. »Also, wie stelle ich das an? Liebe ist kein Thema, über das ich gerne nachdenke, mit dem ich mich auskenne oder das mir besonders leicht zufällt.«

»Darüber denken wir nach, wenn du lockerer geworden bist.«

»Okay, ich glaube, ich bin verzweifelt genug, um so ziemlich jeder Idee nachzugehen. Was schlägst du vor?«

»Wow, welch eine Ehre, dass du mir so viel Vertrauen entgegen bringst«, sage ich und sehe hinter ihr aus dem Fenster. »Ich würde sagen, wir holen unseren Spaziergang nach.«

Sie wendet sich ebenfalls der Fensterreihe zu.

»Aber ... es regnet«, sagt sie und folgt mit ihrem Blick den Tropfen, die an den Scheiben herunterlaufen.

»Wie Tropfen, die am Fenster fließen und sich auf deinen Wangen spiegeln«, flüstere ich. Lexi dreht sich zu mir.

»Was?«, fragt sie.

»Der Regen ist ein Grund, aber kein Hindernis«, lenke ich ein.

»Okay, aber erst schreibst du das auf.« Lexi überreicht mir ihr Notizheft und sieht mir über die Schulter, als ich diese kurze Textpassage aufschreibe. »Damit kann man arbeiten«, stellt sie erleichtert fest.

»Über wen ist eigentlich der Song, den die Jungs im Dark Blue gesungen haben?«, fragt sie. Es scheint ihr fast unangenehm.

»Ich bin in keiner Beziehung oder in etwas, dass man als ›Es ist kompliziert‹ auf Facebook deklarieren würde, falls die Frage darauf anspielt«, erkläre ich, jedoch mehr, um sie damit aufzuziehen. Die Röte in ihren Wangen vertieft sich nur und sie zieht sich ihre Regenjacke über. Entgegen meiner Natur lassen wir unsere Notizhefte zurück, damit sie in dem Wetter nicht zerstört werden. Liam und Raphael kommen durch die Glastür, als wir hinausgehen. Sie sind durchnässt.

»Ihr wollt da raus?«, fragt die eine Hälfte der Zwillinge.

»Jap«, erkläre ich schlicht und halte Lexi die Tür auf.

»Aber es regnet«, sagt Liam, als ob wir das nicht sehen könnten.

»Jap«, wiederhole ich. »Es ist warmer Sommerregen«, sage ich, als wäre das Erklärung genug. Und für mich ist es das auch. Lexi zuckt nur mit den Schultern, als die Jungs sie nach einer besseren Erklärung suchend ansehen. »Wir sehen uns«, sage ich noch zum Abschied.

Wir gehen ein paar Schritte und lassen den Regen über uns hinwegwaschen. Es ist kein starker Ragen, aber auch kein seichtes Nieseln. Dank der Temperaturen ist es jedoch angenehm. Mein Shirt ist schnell durchweicht, aber Lexi bleibt dank Kapuze und dünnem Cape trocken.

»Das Lied ist über meine Mutter«, rücke ich schließlich mit der Sprache heraus.

»Okay«, sagt sie schlicht. Sie fragt nicht weiter nach. Auch wenn ich es ihr hoch anrechne, wünsche ich mir fast, dass sie fragt, warum ich so ein Lied über meine Mutter schreibe. Vielleicht würde mehr Offenheit das Eis brechen. Vielleicht könnte sie sich dann mehr auf das Projekt einlassen. Schließlich geht es hier nicht nur darum, sie aus ihrer Blockade zu befreien. Meine Karriere beim Label hängt auch davon ab. Ich will für beides eine Lösung finden.

»Sie hat Demenz«, erkläre ich und taste mich ran, ob sie bereit ist, auf so einer persönlichen Ebene zu kommunizieren. Sie strauchelt und sieht zu mir auf.

»Das tut mir so leid«, erklärt sie und legt ihre Hand auf meinen Oberarm. Soweit ich Lexi einschätzen kann, ist dies durchaus ein Zeichen, dass sie bereit ist, meine Geschichte zu hören.

»Ja, mein Opa hatte es vor ihr«, erzähle ich weiter.

»Das ist unfair«, sagt sie frustriert. Sie weiß gar nicht, wie recht sie damit hat.

»Meine Mutter hat ihn gepflegt. Nach Feierabend ist sie jeden Abend hin, hat ihn gewaschen, umgezogen und ins Bett gebracht. Dann hat sie mir bei meinen Hausaufgaben geholfen. Am Tag war er in der Tagespflege. Zumindest, solange es ging. Als es niemand mehr verantworten konnte, sind wir zu ihm gezogen. Meine Mutter hat ihren Job aufgegeben, als sie sich immer mehr für die Pflege aufopfern musste. Einen Heimplatz haben wir ewig nicht für ihn bekommen und er wollte auch nicht von zu Hause weg. Dadurch, dass er in seinem Haus aufgewachsen ist, hatte er nie besondere Not, sich in seinen vier Wänden zu bewegen.

Wir hatten alles: der Herd, der vergessen wurde auszustellen, das Spielen mit Streichhölzern, Stürze und all die Wehwehchen, die sowieso in seinem Alter dazukamen. Nachdem wir einen Heimplatz für meinen Opa gefunden hatten, ist er verstorben.«

»Deine Mama ist eine Powerfrau«, stellt Lexi bewundernd fest und ich nicke lächelnd.

»Das war sie. Davon ist leider nicht mehr viel übrig. Wir haben erst gar nicht bemerkt, dass sie die Krankheit geerbt hat.« Es ist eine Lüge, daher korrigiere ich mich schnell. »Besser gesagt war es so, dass wir es nicht wahrhaben wollten.«

»Verdrängung«, sagt sie, als würde sie genau wissen, wovon ich rede.

»Ja. Dass sie Dinge vergessen hat, haben wir lange auf den Stress und die Doppelbelastung geschoben, die sie durch die Pflege ihres Vaters hatte. Doch dann passierten immer mehr Dinge, die uns zu sehr an die Anfangszeiten des Krankenbildes meines Opas erinnerten.«

»Und dann?«, fragt sie, weil sie spürt, dass es noch mehr zu erzählen gibt.

»Meine Mutter hat sich um alles selbst gekümmert, solange sie konnte. Nachdem feststand, dass die Medikamente bei ihr nicht anschlagen, hat sie sich einen Heimplatz gesucht, jeglichen Papierkram geklärt. Das Einzige, was sie von mir verlangt, ist, dass ich sie bis zum Schluss besuche. Sie weiß, wie oft mein Opa Angst vor sich und seiner Krankheit hatte.«

»Wie geht es ihr jetzt?«, fragt sie leise.

»An guten Tagen kann sie sich an meinen Namen erinnern«, umschreibe ich die unschöne Wahrheit.

»Oh Gott, das muss schrecklich sein.«

»Ist es auch«, sage ich ehrlich. »Aber ich weiß, was auf mich zukommt, und ich weiß, was sie sich für mein Leben wünscht. Daher pflege ich sie auch nicht, sie will nicht, dass ich irgendetwas verpasse. Ich lebe mein Leben, so gut ich kann, damit sie stolz auf mich sein kann.«

»Das ist sie sicherlich.«

»Und du?«

»Was meinst du?«

»Was ist mit deiner Mutter?«, frage ich. Allein daran, wie ihr Gesicht aschfahl wird, weiß ich, dass es die absolut schlimmste Frage ist, die man ihr stellen kann. Jeder hat sein Päckchen zu tragen, doch Lexi scheint dutzende balancieren zu müssen. Ich habe eine Grenze überschritten, von der ich nicht mal wusste, dass sie existiert.

Wieder wendet sie das Gesicht von mir ab. Aber ich bin mir ziemlich sicher, dass die Tropfen auf ihrer Wange nicht nur vom Regen stammen. Wir gehen gerade an einem Café vorbei und ich ziehe sie unter das Sonnendach. Lexi bleibt vor mir stehen, aber schaut lieber auf meine Schuhe als in mein Gesicht. Ich kann mir nur schwer vorstellen, was an meinen durchnässten, abgetragenen Chucks interessant sein soll. »Lexi, du musst mir die Frage nicht beantworten, okay?«

Sie legt ihren Kopf in den Nacken und blinzelt. Doch dadurch werden ihre Tränen nur deutlicher. »Gott, so eine Reaktion auf diese Frage hatte ich noch nie«, schnieft sie. Auf der einen Seite fühle ich mich geehrt, dass sie sich wohl genug zu fühlen scheint, dass sie sich so verletzlich zeigt. Auf der anderen Seite ist es verdammt traurig, dass sie es bisher nie rauslassen konnte. Ihr ist es so unangenehm, dass sie sich abwendet und unseren zur Entspannung gedachten Spaziergang fortsetzen will. Zumindest schlägt sie nicht den Rückweg ein.

»Lexi.« Ich stoppe sie erneut. Sie sieht mich sogar an. Ich habe noch nie etwas so unglaublich Schönes und Trauriges zugleich gesehen. Sie zieht ihre Schultern hoch, als ich meine Hände auf ihre Oberarme lege. Berührungen verschrecken sie nach wie vor, doch unter meinen scheint sie sich wieder zu entspannen. Es ist gewagt, aber langsam, damit sie reagieren kann, wenn sie es nicht erträgt, bewegen sich meine Hände in Richtung ihres Gesichtes. »Es tut mir leid, dass ich dich gefragt habe. Du musst mir wirklich nicht antworten«, versichere ich ihr und streiche ihr eine klatschnasse Strähne aus der Stirn. Sie scheint die Luft anzuhalten und nickt.

»Okay«, sage ich unnötigerweise. Nachdem wir das geklärt haben, könnten wir unseren Weg fortsetzen, aber wir verharren so. Lexis Blick wandert immer wieder zwischen meinen Augen und Lippen hin und her. Mir geht es nicht anders. Langsam, wirklich langsam, nähere ich mich ihr, bis nur noch wenig zwischen uns passt. Ihre Hände legen sich unsicher und vorsichtig an meine Taille. Obwohl ich seit über zehn Minuten durchnässt bin, bekomme ich in diesem Moment das erste Mal Gänsehaut und ein Schauer läuft über meinen Rücken, der sich bis über meine Kopfhaut zieht. Dass ich etwas heftiger ausatme, überspiele ich mit einem Lächeln. Lexi lächelt zurück. Meine Hände liegen noch immer an ihren Wangen.

Ich beuge mich zu ihr hinunter und sie kommt mir entgegen, indem sie sich auf ihre Zehenspitzen stellt. Ich muss grinsen. Obwohl sie auf Zehenspitzen steht, reicht sie nicht an meine Lippen. Es wäre gemein, innezuhalten, bevor wir uns berühren. Der Gedanke und das Grinsen verfliegen, als ich ihren warmen, süßen Atem auf meiner nassen Haut spüre. Ich schließe meine Augen erst, als sie ihre geschlossen hat. Ihre weichen Lippen scheinen das perfekte Gegenstück zu meinen zu sein. Jedes Klischee wird erfüllt. Das Feuerwerk im Kopf und im Bauch. Die weichen Knie. Das Kribbeln am ganzen Körper. Ich schwöre, dass ich mich nie wieder darüber lustig machen werde, wenn Liam von seinem und Cosys ersten Kuss erzählt. Es fühlt sich phantastisch an und ich bin mir sicher, dass ich gleich abhebe, wenn wir nicht aufhören. Aber ich will nicht aufhören. Ich will fliegen und ich will sie für immer schmecken.

Als sie Luft zum Leben braucht, lehne ich meine Stirn gegen ihre und schließe meine Augen. Meine Lippen wollen das Lächeln nie wieder loslassen. Doch ich weiß, dass ich es gehen lassen muss, als Lexi schwerfällig einatmet.

»Sie hat sich umgebracht«, gesteht sie und der warme Sommerregen läuft mir eiskalt den Rücken herunter. Die Frau vor mir, mit der ich gerade den ersten Kuss geteilt habe, bricht mir bereits das Herz. Sie versucht, tapfer zu lächeln, und ich frage mich, wie lange sie allein stark sein musste, ob sie je eine Schulter zum Anlehnen gehabt hat, wenn die Gefühle zu viel geworden sind, oder ob sie vor allem und jedem eine Fassade aufrechterhalten hat. Selbst vor Anna. Ihre Stellung im Label ist mir Beweis genug, wenn ich überhaupt einen bräuchte, dass sie alleine zurechtkommt und unglaublich stark ist. Dennoch biete ich ihr an, sich einfach fallen zu lassen – und wenn es nur für dieses eine Mal ist und dann nie wieder. Ich streiche ihre Tränen nicht weg. Sie sehen aus, als ob sie sehr lange darauf warten mussten, um endlich fließen zu dürfen. Tränen reißen Ballast von unseren Seelen, wenn sie wie Sturzbäche fließen. Sie reinigen. Bei Lexi scheint es überfällig zu sein. Diese ganze Situation macht mir erneut bewusst, dass ich nichts über sie weiß, auch wenn es sich anfühlt, als ob wir uns schon lange kennen.

Lexi macht kein Geräusch, während ihr Körper zittert und bebt. Es wäre eine Lüge, wenn ich sage, dass meine Augen nicht glühend heiß werden und ich mit ihr leide. Ich habe kein Mitleid, aber ich fühle mit ihr mit. Ich muss mich zurücknehmen, damit ich sie nicht fester an mich drücke und nie wieder loslasse. Ich habe Angst, sie damit zu bedrängen. Ich halte sie, solange sie es braucht. Solange sie es zulässt, biete ich mich an.

Diesen ersten Kuss werde ich aus vielen Gründen niemals vergessen.

14 – Doppeldate?

Lexi

Wie jede Frau mache ich diese eine Sache, wenn etwas Aufregendes oder Verwirrendes passiert. Oder, wie in diesem Fall, beides gleichzeitig. Ich rufe meine beste Freundin an. Anna ist gerade mal fünf Minuten da und studiert bereits den Inhalt meines Kühlschranks. Außer ein paar Fertiggerichten und Getränken wird sie nicht viel finden.

»Erzähl mir noch mal, was passiert ist«, sagt sie und kaut dabei eine Weintraube, die sie im Vorbeigehen von meiner Küchentheke genommen hat. Weitere hält sie in der Hand.

»Wir haben uns geküsst«, wiederhole ich und lade mir die Videodateien herunter, die die Band mir per Link geschickt hat. Sie sollten mir einen Test schicken, damit wir sichergehen, dass wir die gleichen Vorstellungen haben. Oder ob ihnen etwas Besseres oder anderes eingefallen ist.

»So richtig mit Lippen auf Lippen?«, fragt sie und lässt sich neben mir auf dem Teppich vorm Sofa nieder.

»Ja«, erwidere ich genervt. Ich muss lachen, als mir die absurde Frage noch einmal durch den Kopf geht. Anna grinst zufrieden.

»Bei dir muss ich das fragen«, verteidigt sie sich. Sie stößt liebevoll mit ihrem Arm gegen meinen. Ich hasse meinen Körper dafür, dass er zusammenzuckt. »Aber im Ernst, ich freue mich für dich.«

»Danke«, sage ich aus vollem Herzen.

»Aber nüchtern bist du auch gewesen?«, fragt sie nachdenklich und nimmt damit unserem Moment die Schwere.

»Ja, Anna.« Ich lache und im selben Moment ist der Download beendet. »Lass uns gucken, was die Jungs mir geschickt haben, und nicht länger in den guten alten Alkohol- und Drogenzeiten von mir schwelgen.« Meine beste Freundin rutscht näher an mich heran, ohne mich dabei zu berühren.

»Wie versaut bin ich, wenn ich enttäuscht bin, wenn keine Schweinereien dabei sind?«, fragt sie und sieht mir zu, wie ich die Clips starte.

»Sehr, weil ich bezweifle, dass wir ihnen danach noch in die Augen sehen könnten«, mache ich ihr bewusst. Sie verzieht das Gesicht und gibt mir recht.

»Und du hast ihm von deiner Mutter erzählt?«, fragt sie weiter. Ich pausiere das Video und lasse mich in das Polster zurücksinken.

»Nicht wirklich«, erkläre ich. »Ich habe ihm nur erzählt, dass sie sich das Leben genommen hat.« Es ist komisch, dass ich mit Anna darüber reden kann, ohne gleich zusammenzubrechen. Wir reden selten, eigentlich nie, über meine Eltern. Nicht mal mit Mike rede ich darüber.

»Bevor oder nachdem ihr euch geküsst habt?«, will sie wissen.

»Unmittelbar danach.« Ich seufze und muss bei der Erinnerung daran über mich selbst den Kopf schütteln.

»Bis auf das unsagbar schlechte Timing ist es dennoch ein großer Schritt«, lobt sie mich. Ich kann dazu nicht gleich etwas sagen, denn für einen Augenblick fühle ich mich, als läge ich wieder in Lukes Armen. Es gibt vermutlich keinen Zeitpunkt in meinem Leben, in dem ich mich sicherer gefühlt habe, als in der unsichtbaren Blase, die er um uns herum mit einer einfachen Umarmung geschaffen hat. Es ängstigt mich zu Tode. Ich kenne so etwas nicht. Aber ich kann mir vorstellen, öfter in diese Blase zurückzukehren. Und diese Vorstellung ist es, die mich für den Moment schweigen lässt.

»Wie ging es danach weiter?«, fragt Anna. Sie scheint aufgeregter zu sein als ich.

»Wir sind zurück ins Studio und ich habe meine Sachen geholt. Luke hat angeboten mich nach Hause zu bringen, aber ich habe abgelehnt. Ich brauchte den Spaziergang nach Hause, um wieder einen klaren Kopf zu bekommen und um zu verarbeiten, was passiert ist.«

»Wenn ihr so weitermacht, wird das nie etwas mit eurem Song.« Anna lacht und ich kann ihr nicht widersprechen. So zäh ist noch kein Song aus meinen Fingern geflossen. Dabei liegt es nicht mal an der Zusammenarbeit. Ich muss endlich mein Leben wieder auf die Reihe bekommen. Luke ist zwar der Meinung, dass ich lockerer werden muss, aber ich kenne mich locker. Ich mag mich nicht, wenn ich zu locker bin.

»Sichten wir jetzt das Material?«, frage ich. Uns ist beiden klar, dass ich nur das Thema wechseln will. Doch Anna ist nicht ohne Grund meine beste Freundin. Sie nimmt es mir nicht übel, sondern kommt meinen Wünschen nach. Sie startet den Player und wir lassen die Bilder auf uns wirken. Es ist von allem etwas dabei. Die Band im Studio bei Aufnahmen. Die Jungs in ihrer Freizeit. Die Zwillinge haben ihre Zuschauer mit ins Fitnessstudio genommen und ich muss sagen, dass es guter Fanservice ist. Als die Aufnahmen jedoch die WG der Jungs zeigen, versetzt es mir einen kurzzeitigen Schock.

»Luke wohnt ebenfalls in der WG?«, frage ich mich laut.

»Hast du das nicht gewusst?«, fragt Anna, ohne ihren Blick vom Bildschirm abzuwenden. Cosy und Luke schreiben in der einen Szene an einem Song, in der nächsten ist er an einem Streich beteiligt, der Liam gespielt wird. »Cosy und Liam teilen sich ein Zimmer und da Luke zu der Zeit eine neue Bleibe gesucht hat, hat es sich so ergeben.«

»Ach so«, antworte ich eher lahm. Anna blättert durch meine Notizen.

»Sag mal, zum Schreiben kommt ihr nicht, dein Notenheft

gleicht mehr einem gerupften Huhn als einem Schwan … Über was redet ihr dann die ganze Zeit?«

»Spaziergänge?«, sage ich und zucke mit den Schultern. In einem Zug stöhnt Anna auf, schüttelt den Kopf und verdreht die Augen.

»Wir sollten ein Doppeldate ausmachen!«, ruft sie plötzlich begeistert.

»Was?«, frage ich entsetzt.

»Ein Doppeldate«, wiederholt sie, als ob das Wort nicht beim ersten Mal bereits schaurig genug klang.

»Niemals«, wehre ich ab und versuche, mich wieder auf die Clips zu konzentrieren.

»Warum nicht?« Ihrem erschütterten Tonfall entnehme ich, dass sie sich persönlich angegriffen fühlt. Ich stoppe das Video und sehe sie an.

»Wir arbeiten zusammen und haben uns einmal geküsst. Dein Enthusiasmus in allen Ehren, aber du schießt schon wieder übers Ziel hinaus.« Anna hört meine Worte nicht gerne, aber muss mir schließlich recht geben.

»Aber falls –«, sagt sie.

»Und das ist ein großes Falls«, werfe ich ein.

»Von mir aus. Also, falls es ernster mit euch werden sollte, dann denkst du wenigstens darüber nach?« Sie sieht mich blinzelnd und mit Schmollmund an.

»Du weißt schon, dass der Blick nur bei Jake zieht?«, bemerke ich. Anna sieht mich weiter an. »Na gut. Falls es jemals dazu kommen sollte.«

»Super«, erklärt sie und wir sichten die restlichen Videos. Als wir fertig sind, habe ich bereits einige Ideen, was sich damit anfangen lässt. Was ich Liam natürlich sofort mitteile. Wie ich ihn einschätze, wacht er bereits, seit er mir den Downloadlink geschickt hat, über seinem Telefon. Es ist Zeit, den Guten zu erlösen.

Liam, eure Aufnahmen sind richtig gut. Ich habe schon einige Ideen, was wir damit anstellen können.

Seine Antwort lässt nicht lange auf sich warten. Keine Minute vergeht, bis ich zwei Daumen nach oben erhalte und ein GIF von Dean Winchester, der »awesome« sagt. Ich schließe den Laptop und stehe auf.

»Willst du auch einen Kaffee?«, frage ich Anna, die sich ebenfalls kurz ihrem Handy gewidmet hat.

»Es ist fast neunzehn Uhr.«

»Das ist keine Antwort auf meine Frage.«

»Ich würde einen Tee bevorzugen.«

»Kommt sofort.« Ich summe vor mich hin, während ich in meiner Küche hantiere. Erst nach der dritten Wiederholung merke ich, dass es die Komposition von Luke und mir ist. Das plötzliche Grinsen in meinem Gesicht ist verräterisch, aber nur ich weiß, warum es dort ist. Als ich mit unseren Getränken zurückkehre, beäugt Anna mein Handy.

»Hat Liam noch etwas geschrieben?«, frage ich und reiche ihr ihre Tasse. Mein Telefon stelle ich meist auf lautlos. Wahrscheinlich habe ich das Vibrieren überhört.

»Nicht Liam«, sagt sie und sieht schelmisch zu mir auf. »Luke.«

»Oh.« Ich lasse mir nicht anmerken, wie nervös mich das sofort macht. Ich versuche, ein Statement zu setzen, indem ich demonstrativ genüsslich von meinem Kaffee trinke. Aber Anna lässt sich nichts vormachen.

»Jetzt lies schon«, drängt sie mich. Das freudige Glitzern in ihren Augen bedeutet entweder das Beste oder das Schlimmste. Entgegen meiner Natur glaube ich an das Beste. Noch im Sperrbildschirm weiß ich, dass ich recht damit habe. Luke hat mir einen kurzen Text geschickt, gefolgt von einer Sprachnachricht.

Was hältst du davon? Ich bin auf deine Meinung gespannt. Es ist nicht viel, aber etwas mehr als nichts.

Mein Daumen schwebt für einen Moment über dem Playbutton. Mein Herz klopft so wild, dass ich Angst habe, nur die Hälfte zu verstehen. Dann fällt mir ein, dass ich Luke noch nie allein singen gehört habe. Mein heftiger Pulsschlag bringt mein Trommelfell zum Schwingen. Mir ist es egal, dass Anna mitbekommt, wie ich die Nerven verliere. Ich atme noch einmal tief durch und tippe auf das kleine Dreieck. Gitarrenklänge mit unserer Melodie ertönen.

> Tropfen, die am Fenster fließen und sich auf deinen Wangen spiegeln. Leise Geständnisse im lauten Sommerregen, die keinen Platz lassen für Ausreden. Ein erster Kuss, der meine ganze Welt bewegt, und deine Lippen sind auf meinen für immer eingeprägt.

Er lässt noch ein paar Töne nachklingen, ehe die Aufnahme beendet wird.

»Luke weiß, wie man Herzen schneller schlagen lässt«, sagt Anna, nachdem wir den Text kurz auf uns haben wirken lassen.

»Ja«, antworte ich. Mein Herz schlägt nicht nur schneller, es explodiert gleich in meiner Brust.

»Willst du ihm nicht antworten?«, fragt meine Freundin.

»Doch«, sage ich. Wäre sie nicht hier, würde ich die Nachricht wieder und wieder abspielen. Lukes Singstimme ist weich. Mein Herz noch weicher. Kann man außer Atem sein, nur von einem schneller schlagenden Herz?

Mit zittrigen Händen schreibe ich ihm eine Antwort.

> Das ist wirklich gut! Ich liebe es!

Kurz überlege ich noch Smileys einzufügen, aber das war bisher nicht mein Stil – warum sollte ich jetzt plötzlich damit anfangen? Lukes Antwort erfolgt prompt. Der Arme hat wahrscheinlich die ganze Zeit nervös über seinem Telefon gehockt und auf eine Reaktion gewartet.

Da bin ich erleichtert.

Auch wenn ich keine Smileys verwende, hat er einen breit grinsenden beigefügt. Als ich fertig bin mit Lesen, kommt bereits eine neue Nachricht von ihm rein.

Was machst du heute?

So viele Fragen.

Nichts weiter in dem Sinne. Anna ist da und wir machen uns einen gemütlichen Mädelsabend.

Würde es euch stören, wenn Jake und ich eure kleine Party crashen? Vielleicht kommen wir sogar noch dazu, weiter am Song zu arbeiten.

»Luke und Jake lassen fragen, ob sie vorbei kommen dürfen«, informiere ich meine Freundin. Mein Herz klopft bereits wieder schneller hinter seinem Käfig aus Knochen. Und das nur beim Gedanken, Luke wiederzusehen. Was ist nur falsch mit mir?

»Ich weiß.« Anna grinst und hält mir ihr Handy entgegen. Auf dem Display erkenne ich den Nachrichtenverlauf zwischen Jake und ihr. Ich weiß, dass sie vorwiegend Jake um sich haben will, weil sie sich mit ihm in ihrer Nähe am wohlsten fühlt. Ich kann es verstehen.

Ihr könnt gerne vorbeikommen.

Super, bis gleich. Wir bringen Essen zur Entschädigung mit.

»Du weißt es vermutlich schon, aber die beiden bringen uns Essen mit«, sage ich und lege mein Telefon auf den Tisch.

Bei dieser Wendung unserer Abendplanung ist es vielleicht nicht klug, den Kaffee zu trinken, aber er ist zu köstlich, um ihn einfach wegzuschütten. Trotzdem verschlimmert Koffein meine Aufregung vielleicht nur. Es ist das erste Wiedersehen mit Luke, seit wir uns geküsst haben. Wie verhält man sich jemandem gegenüber, dessen Boss man ist und mit dem man Speichel ausgetauscht hat? Zahlt man ihm einen Bonus aus? Lässt man ihn etwas unterschreiben, dass es im gegenseitigen Einverständnis geschehen ist, damit er einen nicht auf sexuelle Nötigung verklagen kann? Oh Gott, habe ich Luke dazu genötigt? Ging der Kuss von mir aus und er hat es über sich ergehen lassen?

»Stopp!«, sagt Anna plötzlich laut und ich zucke zusammen, dass mein Kaffee beinahe aus der Tasse springt.

»Was?«, frage ich etwas atemlos.

»In was auch immer du dich da gerade reinsteigerst, hör auf damit.«

Die Unterbrechung meines Gedankenschwalls ist genau das, was ich gebraucht habe, und mir wird klar, wie irrwitzig er ist. Luke ist ein großer Junge. Hätte er den Kuss nicht gewollt, hätte er etwas gesagt. Ein Kuss bedeutet auch nicht gleich, dass wir auf einem Schimmel am Strand entlang in den Sonnenuntergang reiten und unser Happily Ever After erleben. Es war nur ein Kuss. Ein Kuss kann der Beginn von etwas Großartigem sein oder eben nur ein Kuss. Was es bei Luke und mir ist, wird die Zeit zeigen. »Danke«, sage ich lächelnd.

»Ist alles okay?«, fragt Anna mit einem Stirnrunzeln.

»Ich denke schon«, sage ich und leere meine Tasse. Sie hat ihren Tee ebenfalls ausgetrunken. Ich bringe die Tassen in die Spüle, vor allem, damit ich in Bewegung komme und etwas Spannung abbauen kann. Mein Adrenalin schießt wieder nach oben, als es klingelt.

»Die zwei sind aber schnell«, entfährt es mir.

»Bist du dir sicher, dass alles okay ist? Wenn dir nicht gut ist, können wir den Abend auch verschieben.«

»Nein, es ist wirklich alles gut. Du kennst mich«, sage ich und zeige auf meinen Kopf, um zu symbolisieren, dass er mal wieder mit mir durchgeht.

»Okay«, sagt sie und scheint weitgehend überzeugt. Anna betätigt den Türöffner und wir warten beide auf die Männer im Flur.

Jake und ich winken uns wie immer mit einem peinlich berührten Lächeln zu, aber ich glaube, das ist inzwischen unser Ding geworden. Danach platziert er einen geräuschvollen Kuss auf die Lippen meiner besten Freundin, so dass sie kichern muss. Dann steht Luke vor mir und ich weiß nicht, was ich machen soll. Gebe ich ihm die Hand? Nein, das ist zu förmlich und distanziert. Küsse ich ihn und laufe Gefahr, alles zu überstürzen? Wir haben noch nicht darüber gesprochen, was der Kuss für uns und unsere Zusammenarbeit bedeutet.

»Hey du«, grüßt Luke mich. Er scheint genauso unsicher zu sein wie ich und das macht alles irgendwie leichter. Wir umarmen uns kurz zur Begrüßung. Auf Zehenspitzen gebe ich ihm einen kleinen Kuss auf die Wange. Luke grinst, als ich wieder fest auf dem Boden stehe.

»Hey du«, sage ich und er schließt die Tür hinter sich. Meine Bewegung stockt, als ich einem stummen Jake und einer zufrieden grinsenden Anna gegenüberstehe.

»Hab ich etwas verpasst?«, frage ich und sehe zu Luke, ob er weiß, warum die beiden uns so ansehen. Er sieht genauso schlau aus wie ich.

»Der Anblick ist nur so … neu«, antwortet Jake schließlich. »Es ist ungewohnt, dass du Leute einfach umarmst.«

Meine Ohrenspitzen werden heiß und ich senke meinen Blick, in der Hoffnung, dass es mir den unangenehmen Moment erleichtert. Luke tritt näher an mich heran und lässt seine Hand in meine gleiten. Ich umschließe sie und grinse zu ihm hinauf. Sein Gesicht spiegelt meines.

»Also, ich habe Hunger. Was habt ihr mitgebracht?«, lenkt

Anna vom Thema ab und nimmt Jake die Tüten mit dem Essen ab. Luke und ich folgen ihnen in mein Wohnzimmer.

Er lässt meine Hand nicht los.

15 – Doppeldate!

Lexi

Anna und Jake haben die ehrenvolle Aufgabe bekommen, einen Film für uns auszusuchen. Während die zwei sich durch das Onlineangebot forsten, räume ich den Esstisch ab. Als ich das Besteck abwasche, wird mir schlagartig klar: Das ist ein Doppeldate! Anna hat mich reingelegt und die Jungs wahrscheinlich ebenso. Sie muss magische Kräfte besitzen oder sie hat es kaltblütig in dem Moment geplant, als ich ihr von dem Kuss zwischen mir und Luke erzählt habe. Ich weiß nicht, ob ich sie für ihr Genie loben oder sauer sein soll. Offenbar mache ich meinem Unmut murmelnd Luft, denn als Luke den Rest abräumt und zu mir an die Spüle bringt, hält er inne und betrachtet mich ein paar Sekunden.

»Ist alles okay?«, fragt er leise lachend über meinen Anblick.

»Hast du gewusst, dass das ein Doppeldate ist?«, zische ich leise, damit die Planerin nichts mitbekommt.

Luke muss ein Lachen unterdrücken. »Gewusst habe ich es nicht, aber die Erleuchtung kam mir auch in den letzten Minuten.« Plötzlich fällt sein Grinsen in sich zusammen. »Ist der Gedanke so schlimm?«

Genauso gut hätte er mich fragen können, ob ich gerne kleine Welpen häute und zum Nachtisch verspeise. »Was? Nein!«, versichere ich ihm. »Es ist nur …«, beginne ich zu erklären, aber das Unbehagen lässt mich verstummen.

»Es ist was?«, fragt er und kommt etwas näher, damit er mein Flüstern besser versteht. Damit sein Arm nicht komisch zwischen uns hängt, oder einfach weil er möchte, legt er seine Hand auf meinen Rücken. Dieses Gefühl, aus meiner eigenen Haut zu fahren und gleichzeitig meinen Körper nicht verlassen zu wollen, kehrt mit einem Schlag zurück. Ich liebe es, wenn mein Körper anders als mit Ekel auf Berührungen reagiert.

»Es ist nur … wir hatten nicht mal ein Date alleine und sie nimmt uns diese Erste-Date-Sache einfach aus der Hand und spielt Anstandswauwau!«

»Willst du das denn?«

»Was will ich genau?«, frage ich nach, damit wir auch über dasselbe reden.

»Ein erstes Date mit mir. Kein Doppeldate. Nur du und ich.« Luke versucht, sich seine Anspannung nicht anmerken zu lassen. Doch ich durchschaue ihn schnell, weil mein Herz sicher genauso flattert wie seins.

»Ja«, gestehe ich.

»Gut«, sagt er lächelnd und seine Finger streichen leicht über meinen Rücken. Er beugt sich zu mir herab, bis seine Lippen unweit von meinem Ohr stoppen. Die warme Luft, die aus seinen Lungen entweicht, bringt meine Haare im Nacken zum Stehen wie kleine, stramme Soldaten. »Dann ist das hier kein Doppeldate, einfach weil wir es sagen.«

Ich nicke. Meine Wangen müssen dunkelrot glühen, so wie sie brennen. Ich kann sein Lächeln spüren. Ich muss ihm nicht ins Gesicht sehen, um das zu wissen. Was ich jedoch nicht kommen sehe, ist der Kuss, den er mir auf die Schläfe drückt.

»Ich sollte Popcorn machen«, sage ich aus dem Blauen heraus. Meine Reaktion auf seine Lippen auf meiner Haut lässt mehr als zu wünschen übrig. Er nimmt es mit Humor.

»Ich helfe dir«, bietet er an und will wissen, wo ich eine große Schüssel verstaut habe. Genauso gut hätte er mich nach dem schnellsten Weg nach Peking fragen können. Ich habe mich selbst noch nicht an alles gewöhnt. Während er also einige Schränke durchsucht, setze ich einen großen Topf auf den Herd und lasse den Mais explodieren.

»Wann darf ich dich ausführen?«, fragt Luke mich über das Feuerwerk vor uns hinweg. Ich überlege kurz.

»Morgen bin ich mir der Band im Studio und danach stehen keine Termine mehr an. Mike hat auch nicht verlauten lassen, dass ich mir demnächst jemanden ansehen gehen soll.« Dass ich ihm nur Zeiten nenne, die unmittelbar bevorstehen, stört ihn anscheinend nicht. Ich habe keine festen Arbeitszeiten. Ich kann spontan sein, wenn ich will.

»Super. Dann morgen nach dem Studio? Ich wollte sowieso vorbeischauen und sehen, wie es mit den Aufnahmen läuft.«

»Super«, wiederhole ich und mein Herzschlag lässt mich glauben, dass wir jetzt gleich in unser erstes Date starten. Vorfreude kann so quälend sein.

»Dann lass uns mit dem Popcorn zurückkehren, ehe die zwei in deinem Wohnzimmer eine Peepshow starten.« Ich muss an ihm vorbeisehen, damit ich weiß, was er meint. Aber was wundert mich der Anblick auch? Anna und Jake kuscheln nicht nur, sie hängen übereinander wie zwei ausgehungerte Hyänen.

»Hoffen wir, dass sie wenigstens vorher einen Film rausgesucht haben.« Ich seufze und Luke steckt sich Popcorn in den Mund, um sein Lachen zu kaschieren. Wir kehren zu unseren Freunden zurück, die genug Anstand besitzen, sich nebeneinanderzusetzen, und ihre Münder lang genug trennen, um mit uns zu klären, ob uns ihre Filmauswahl anspricht. Tut sie und ich lerne dabei gleich, dass Luke und ich den gleichen Filmgeschmack haben. Gott sei Dank.

Obwohl ich Anna den Kopf abreißen könnte, dass sie aus diesem Abend ein heimliches Doppeldate gemacht hat, macht es Spaß. Luke und ich haben ja beschlossen, dass es kein Doppeldate ist, also kann ich ihr auch gar nicht böse sein. Nach dem Film spielen wir noch eine Runde Rommé und Mensch ärgere dich nicht. Kartenspiele sind meine Spezialität und Brettspiele anscheinend die von Jake. Auf alle Fälle ist Anna eine schlechte Verliererin. Sie mag es, Kontrolle über die Dinge zu haben, und hier konnte sie es ausnahmsweise mal nicht. Der Stolz meiner sonst so willensstarken Freundin ist nach den Spielen sichtlich angeknackst und Jake muss Wiedergutmachung leisten. Von meinem Bauch strahlt Wärme in meinen gesamten Körper aus, als ich sie dabei beobachte. Es nimmt mir das schlechte Gewissen, meine Freundin so lange allein gelassen zu haben. Sie hat einen guten Menschen an ihrer Seite und auch wenn sie mich vielleicht vermisst hat, ist sie niemals alleine, solange sie Jake hat. Irgendwann finde ich hoffentlich auch so jemanden für meine Welt.

Mein Blick huscht unweigerlich in Lukes Richtung. Die Gedanken in derartige Gefilde schweifen zu lassen, ist anmaßend, aber vielleicht ist es das, was mir die ganzen letzten Monate oder gar Jahre gefehlt hat. Die Hoffnung, dass man sein Happy End nicht erst am Ende erreicht. Schließlich kommen wir an den Zeitpunkt des Abends, an dem das Gähnen öfter als das Gelächter zu hören ist. Wir vernichten gemeinsam die Beweise unseres Abends und Anna schläft dabei fast ein.

»Macht los«, dränge ich sie und schiebe sie in die Richtung ihrer besseren Hälfte. Jake stimmt mir zu und Anna sieht es schließlich ein. Während sie noch einmal im Bad verschwindet und Jake schon ihre Sachen zusammensucht, tritt Luke an mich heran.

»Bist du sehr müde?«, fragt er. Ich weiß nicht, worauf er hinauswill.

»Es ist ein Dauerzustand«, erkläre ich. »Aber falls du fragen willst, ob ich gleich ebenfalls im Bett verschwinde, ist die Antwort nein.«

»Wollen wir vielleicht noch am Song arbeiten? Ich kann jetzt auch noch nicht schlafen, weil ich morgen ein Date mit einer sehr bezaubernden Frau habe und viel zu aufgeregt bin.« Ich versuche, ein Grinsen zu unterdrücken, und scheitere massiv daran.

»Ein, zwei Noten könnten wir schon spielen«, gebe ich zurück und Luke hilft mir die restlichen Überbleibsel unseres Abends wegzuräumen. Anna und Jake sehen uns bei der Verabschiedung erstaunt an, als Luke noch bleibt. Anna, weil sie mich so nicht kennt, und Jake wohl ebenso. Aber beide haben genug Taktgefühl, um die Situation unkommentiert zu lassen. Als nur Luke und ich zurückbleiben, wende ich mich ihm sofort zu, damit keine unangenehme Stille aufkommt.

»Die Tage wurde mein Klavier geliefert«, erkläre ich und zeige auf meinen Schatz unter der Bibliotheksgalerie.

»Ich habe die Schönheit schon von Weitem bewundert. Es ist etwas schwer, sie zu übersehen«, sagt er und streicht ehrfürchtig über die weiße, glatte Oberfläche.

Ich klappe die Abdeckung hoch und spiele ein paar Tasten. »Ist es merkwürdig, dass ich ein Klavier habe, obwohl mein Lieblingsinstrument die Gitarre ist?«, frage ich und seufze.

»Nicht wirklich. Nur weil die Gitarre dein Go-To ist, heißt das noch lange nicht, dass du nichts anderes brauchst. Manchmal sind Saiten zu wenig, um das Gefühl richtig zu vermitteln.« Das ist ein gutes Argument und ich merke, wie unprofessionell meine Frage klingen muss.

»Rutsch mal rüber«, bitte er und ich mache ihm Platz. »Im Gegensatz zu dir spiele ich lieber Tasten als Saiten.«

Und schon ist der Raum von unserer Melodie erfüllt. Zum Glück habe ich inzwischen ausgetestet, ob die Nachbarn es hören, wenn ich Musik spiele. Der Vorteil dieser Dachwohnung scheint zu sein, dass sie ausreichend isoliert und gedämmt ist. Während er spielt, hole ich mein Notizheft aus der Tasche. Als Erstes ergänzen wir den Text aus seiner Sprachnachricht. Luke und ich schieben das Notizheft zwischen uns hin und her und immer mehr Text scheint sich dazuzugesellen. Es ist weit davon entfernt, perfekt zu sein, aber meine Müllbergmonster füttere ich nicht weiter. Ich hoffe, dass sie verhungern. Zu dem Text gesellt sich auch immer mehr Melodie und wir haben Ideen, wie die Band mit ihrer Einzigartigkeit und all ihren Instrumenten es zu einem unvergesslichen Lied gestalten können.

Wir sind uns dabei so nahe, dass wir uns ständig berühren und es nicht mal beabsichtigen. Mein Körper zuckt immer für den ersten Bruchteil einer Sekunde zusammen. Ich hasse diese Reaktion und würde sie am liebsten abstellen. Doch mit jedem Mal scheint es besser zu werden. Als wir uns einig sind, dass die Melodie in der Rohfassung steht, beschließen wir, sie einmal durchzuspielen. Luke am Klavier und ich an der Gitarre.

Schon bei den ersten Akkorden spüre ich, wie die Musik allmählich zu mir zurückfindet. Ich schließe meine Augen und genieße es. Ich spiele und spiele und achte gar nicht darauf, was um mich herum passiert. Die Musik spricht wieder mit mir. Sie hat ihren stummen Schleier abgelegt und gewährt mir wieder Einblick in ihre Welt. Einiges davon hat mit Luke zu tun und ich frage mich, ob es mich von ihm abhängig macht. Bin ich ihm nur so zugeneigt, weil er all das ist, was ich musikalisch wieder sein will? Wie lange hätte mein Stillstand angehalten, wenn wir nicht vertraglich zu einem gemeinsamen Song verpflichtet worden wären? Hätte ich mich dann überhaupt wieder an die Notenblätter gesetzt? Funktioniert das Texten alleine? Oder brauche ich jetzt für immer jemanden, der mich an die Hand nimmt?

Meine Gedanken rennen wieder hinter den Horizont und sorgen sich über Dinge, die ich noch nicht sehen kann. Langsam atme ich durch die Nase ein und durch den Mund aus. Ich konzentriere mich auf das Gefühl der Gitarre in meinen Händen und auf die Noten, die ich ihr entlocke. Ich muss mich daran erinnern, dass ich die kleinen Dinge im Jetzt genieße und mich nicht in den Nebel der unbekannten Zukunft verrenne. Ich öffne die Augen, als Luke mit dem Klavier einstimmt. Er sieht immer wieder von den Tasten zu mir auf. Sein Blick ist unergründlich.

Ich kann nicht deuten, was er fühlt, und ich bin mir auch gar nicht sicher, ob ich das will.

Wir spielen das Lied mehrmals durch und korrigieren Ungereimtheiten. Wir markieren die Stellen, an denen wir ein Gitarren- oder Schlagzeugsolo gut finden würden. Luke summt die Melodie des Gesanges dazu und wir sind uns sicher, dass wir auf dem richtigen Weg sind. Doch aufgrund der fortgeschrittenen Zeit und der Schwachheit der menschlichen Natur lässt die Konzentration nach ein paar Stunden nach und meine Finger fühlen sich an, als ob sie verknotet wären. Wie Luke seine ausschüttelt, geht es ihm genauso. Ich sehe auf mein Telefon. Es ist nach zwei Uhr morgens.

»Ich brauche einen Kaffee«, verkünde ich und Luke zieht die Augenbraue mit dem Piercing nach oben. Ich lehne die Gitarre an das Klavier.

»Wäre ein Bett nicht angebrachter als Koffein im Blut?«, fragt er und schließt den Kasten über den Tasten.

»Vielleicht, aber ich schlafe nicht gern und zögere es so weit hinaus, wie ich kann, und dann auch nur für so lange, wie es nötig ist, damit mein Körper funktioniert.«

»Du bist eine äußerst interessante Person«, stellt er amüsiert und ohne jeglichen Spott fest, als er mir in die Küche folgt. Ich lächle ihn über meine Schulter hinweg an. Luke lehnt sich gegen die Arbeitsplatte und sieht mir dabei zu, wie ich den Kaffee mit meiner French Press zubereite.

»Lexi«, beginnt er mit ernstem Tonfall. Meine Muskeln um die Wirbelsäule herum verspannen sich unangenehm. »Darf ich dich etwas fragen?«

Obwohl ich daran zweifele, dass mir seine Frage gefallen wird, nicke ich.

»Ich meine, ich weiß, dass du Probleme hast, wenn dich andere berühren.« Ich mag, wie er das Wort Probleme betont. Es klingt so normal und nicht, als wäre ich anders als die anderen. Wieder nicke ich. »Quält es dich auch, wenn ich dich berühre?«, fragt er schließlich und seine Stimme lässt mich aufblicken. Seine Schultern wirken angespannt und sein ganzer Körper hat sich darauf eingestellt, eine Abfuhr zu erhalten. »Oder wenn ich dich küsse?«

»Nein, tut es nicht«, sage ich ehrlich. »Warum auch immer bist du eine Ausnahme und das genaue Gegenteil.«

Seine Schultern entspannen sich und er lächelt zufrieden. Er löst sich von der Arbeitsplatte und stellt sich hinter mich. Seine Präsenz spüre ich sofort von Kopf bis Fuß.

»Also«, beginnt er. Die Veränderung in seiner Stimme, lässt meinen Magen in die Knie rutschen, aber auf eine gute Art und Weise. »Also ist es okay, wenn ich das mache?«, fragt er bedeutungsschwer.

Ich weiß, dass er mich anfassen wird, und dennoch zucke ich zusammen, als seine Hand langsam über meinen Rücken streicht.

»Ja«, versichere ich ihm und genieße seine Berührung. Ich genieße sie wirklich und wahrhaftig und sie weckt den Wunsch nach mehr in mir.

»Und das?«, fragt er weiter. Auf meinem Rücken hat der Stoff meines Oberteils unseren direkten Hautkontakt noch verhindert, doch als seine Finger meinen Nacken erreichen, gibt es keine Barriere mehr zwischen uns.

»Ja«, sage ich wieder, aber mit einem Zittern in der Stimme, das mir vielleicht peinlich sein sollte. Lukes Hände streichen von meinen Schultern über meine Arme und Handgelenke zur Kante der Arbeitsplatte. Ich weiß gar nicht, wann ich Halt suchend nach ihr gegriffen habe.

»Und das?«, wiederholt er abermals seine Frage und kommt mir so nah, dass seine Vorderseite gegen meine Kehrseite gepresst ist. Sein ganzer Körper scheint meinen zu berühren. Ich traue meiner Stimme nicht und nicke nur noch zur Antwort. Ich kann sein Lächeln spüren, als sein Gesicht sich meinem Nacken nähert. Sanft legt sich ein Kuss auf die Seite meines Hals. Würde

Luke mich nicht zwischen seinen Beinen halten, würden meine Knie wahrscheinlich unter mir nachgeben und ich würde den Boden näher betrachten. Ich weiß selbst, dass diese Reaktion heftig ist.

»Kannst du mir etwas versprechen?«, fragt er nun und lehnt seinen Kopf gegen meinen.

»Alles«, antworte ich und merke erst, als das Wort meinen Mund verlassen hat, dass es vermutlich nicht die klügste Antwort gewesen ist.

»Falls sich jemals etwas daran ändert, wenn meine Berührungen unangenehm sind, dann sagst du mir das, okay?« Mein Herz schwillt mit Gefühlen an und ich fürchte, dass es platzt.

»Ja, das mache ich«, versichere ich ihm. Und ich weiß nicht wirklich, warum und wie und weshalb, aber plötzlich ändert sich etwas zwischen uns.

»Gut«, haucht Luke und legt seine Stirn auf meine Schulter. »Dir weh zu tun, könnte ich mir sicher nie verzeihen.«

Ich drehe mich in seinen Armen, bis ich ihm ins Gesicht sehen kann. »Ich verspreche dir, dass ich in dem Moment etwas sage, in dem sich daran etwas ändert, okay?«

Luke nickt. Ein schüchternes Lächeln huscht über sein Gesicht. Er scheint unsicher zu sein, wie er weiter mit mir umgehen soll. Aber ich weiß, was ich will, und das sind seine Lippen auf meinen. Genau so, wie er gerade meine Arme hinabgeglitten ist, fahre ich seine hinauf, bis ich meine Hände in seinen Nacken legen kann. Ich muss mich auf die Zehenspitzen stellen, damit ich groß genug bin, aber Luke kommt mir entgegen. Hauchend entlässt mein Körper Anspannung, an der er gefühlt seit einem Jahrzehnt festgehalten hat, als sich unsere Lippen aufeinanderlegen. Luke geht es genauso, nur dass sein Hauchen kehliger klingt. Mein Körper presst sich enger an ihn.

Luke lässt von der Arbeitsplatte ab und schlingt seine Arme um mich. Ich überlege kurz, doch mir will nicht einfallen, wann ich das letzte Mal so umarmt wurde. Es ist ein bisschen wie sich fallen lassen und aufgefangen werden. Mich hat schon lange keiner mehr aufgefangen, nicht seit meine Mama nicht mehr ist. Ist er zu Beginn vorsichtig und bewegt seine Hände kaum, wird er mit der Zeit mutiger und streicht über meinen Rücken. Über die Wirbelsäule, die Schulterblätter und all die Körperteile, deren Namen unser Kuss mich vergessen lässt. All das kombiniert überwältigt mich und meine Knie geben letztendlich nach. Lukes Hände schieben sich unter meine Oberschenkel und er hebt mich auf die Arbeitsplatte. Ich glaube, unsere Lippen haben sich dabei keinen Augenblick getrennt. Mich überkommt Mut und meine Hände erkunden seinen Körper. Ich werde high, ohne dass ich mich mit Chemikalien vollpumpen muss. Ich werde berührt, ohne dass ich mich betäuben muss. Ehe ich mich zu sehr daran erinnern kann, wie ich Körperkontakt bisher erträglich gemacht habe, lenkt Luke mich ab.

»Warum bin ich eine Ausnahme?«, fragt Luke. Er küsst meine Wange und streicht mit einer Hand meinen Nacken entlang. Meine Finger vergraben sich tiefer in seinen Haaren und mit der anderen Hand halte ich mich an seinem Oberarm fest, obwohl ich nicht mehr fallen kann. Dennoch fühlt es sich an, als ob ich mich mit Anlauf freiwillig eine Klippe hinunterstürze.

»Ich habe keine Ahnung«, flüstere ich zurück. Ich klinge, als ob ich einen Marathon gerannt bin. Mir wird so heiß, dass ich glaube, ich verbrenne. Erinnerungen an meinen Vater fluten vor meinem inneren Auge auf und gleichzeitig heilt Luke mich mit seinen Berührungen. Flashbacks an all die Männer, mit denen ich unter Drogeneinfluss geschlafen habe, blitzen auf und Luke macht es wieder gut. Die Panik, wie viel ich unter Betäubung über mich habe ergehen lassen, nur um für eine Nacht jemandem nah zu sein, lähmt mich. Luke lässt sie abebben, wie es sonst nur eine Atemübung vermag. Wie eine Lawine bricht alles über mir herein. Die Misshandlungen, die Ausflüchte und der Tod meiner Mutter. Ich schnappe nach Luft, wie es nur ein Ertrinkender kann. Dennoch scheinen meine Lungen zu kollabieren und kein

Sauerstoff in meinen Blutkreislauf zu gelangen. Tränen fließen frei über meine Wangen.

In dem Moment, in dem ich kaum hörbar »Stopp!« flüstere, hört Luke von selbst auf. Er zieht seine Hände von meinem Körper und hält sie so, dass ich sie sehen kann. Als wäre ich ein verängstigtes Tier, dem man zeigen muss, dass man ihm nichts Böses will. Seine Wärme nimmt er mit sich, als er einen Schritt zurückstolpert. Ich entziehe mich ihm so heftig, dass ich mir den Kopf am Hängeschrank hinter mir stoße. Mir ist kalt und ich zittere.

»Ist alles okay?«, fragt Luke. Er berührt mich nicht mehr. Sein Brustkorb hebt und senkt sich schnell, als er versucht, zu Atem zu kommen. Mindestens ein Schritt trennt uns. Ihm nicht sofort antwortend, lehne ich mich nach vorn und stütze mich ab. Ans Aufstehen ist nicht zu denken. Ich würde nur wie eine Schlange zu Boden gleiten.

»Bitte«, flüstere ich und halte eine Hand nach ihm ausgestreckt. Luke nimmt sie zögerlich entgegen. »Komm her«, bitte ich knapp. Noch zögerlicher überwindet er die Distanz zwischen uns. Als er vor mir steht, lehne ich meine Stirn gegen seine Schulter. Unsicher, ob er mich berühren darf, legt er seine Hände neben mir auf die Arbeitsplatte.

»Es tut mir so leid«, beteuert er. »Es … es ist mit mir durchgegangen. Ich hätte wissen müssen, dass es zu früh ist, zu schnell und zu viel.«

Ich schiebe eine Hand unter seine und verschränke unsere Finger miteinander. Er hält mich und ich halte ihn. Er setzt wieder zu einer Entschuldigung an. »Luke«, komme ich ihm zuvor. »Du hast nichts falsch gemacht.«

Das Gegenteil ist der Fall. Er hat in dem Moment aufgehört, als es mir zu viel wurde. Wenn die ganze Sache ein Gutes hat, dann, dass ich mir sicherer geworden bin, dass mein Vertrauen bei Luke an der richtigen Adresse ist.

»Bist du dir sicher, dass alles okay ist?«, fragt er weiter.

»Nein«, antworte ich, denn noch immer blitzen ein paar Flashbacks auf. »Aber es geht gleich wieder.«

Luke macht das Einzige, was er in dieser Situation tun kann. Er ist einfach nur da und das können nicht viele. Sobald mich jemand näher kennenlernt, versucht er immer, mich vor mir selbst zu retten oder mir zu helfen oder es besser zu machen oder mich zu heilen. Aber das kann niemand.

»Kannst du mich ablenken, damit meine Gedanken in eine andere Richtung fließen?«, bitte ich ihn.

Luke muss einen Moment überlegen. »Erzähl mir von deinen Reisen. Von den Ländern und der Natur, die du gesehen hast, und den Abenteuern, die du erlebt hast.«

Seine Bitte lässt im ersten Moment mehr Bilder von Männern, an deren Gesichter ich mich nicht mal mehr erinnern kann, aufkeimen, doch dann kommt mehr. Die Palmen in L. A. Das Wetter in London und der Akzent der Briten. Das tropische Klima in Asien. Das verrückte Shibuya in Tokio, das ich so geliebt habe. Nashville und die gesamte Künstlerszene dort. Die Zusammenarbeit mit Musikern, deren Poster ich früher in meinem Zimmer hängen hatte. Und all die kleinen Details, an die ich mich nur erinnere, wenn ich mich darauf konzentriere. Ich erzähle Luke alles, was mir einfällt, und ehe wir uns versehen, haben wir uns beide abgelenkt und beruhigt. Schließlich kommt der Moment, in dem sich die letzte Stunde rächt, uns die Müdigkeit einholt und das Ende unserer Nacht einläutet.

»Ich habe ein schlechtes Gewissen, dich jetzt alleine zu lassen«, gesteht Luke.

»Es ist okay«, beruhige ich ihn. »Ich bin es gewohnt, alleine zurechtzukommen.« Was zur Beruhigung gedacht war, scheint ihn nur mehr zu verunsichern.

»Schlimm genug«, sagt er mit gerunzelter Stirn.

»Luke, wir können sicher beide eine Mütze Schlaf gebrauchen«, dränge ich ihn. Dabei geht es mir eher um ihn. Dass ich kaum in den Schlaf finden werde, verrate ich nicht. »Außerdem hast du dich für ein Date vorzubereiten. Du willst doch sicher nicht über dem Essen einschlafen, oder?« Die Erinnerung, daran, dass wir ein Date haben, entlockt ihm wenigstens den Anflug eines Lächelns.

»Dann sehen wir uns im Studio?« fragt er nach.

»Ja«, versichere ich ihm noch einmal. Ich weiß nicht, wem der Abschied schwerer fällt oder wie lang unsere letzte Umarmung tatsächlich ausfällt, aber irgendwann bleibe ich allein in der dunklen Stille meiner Gedanken zurück.

16 – Das richtige Date

Lexi

Es ist das erste Mal seit Wochen, dass es sich gut anfühlt, im Studio zu stehen. Dieses beklemmende Gefühl, dass ich hier nichts zu suchen habe, solange ich meinen Schreibflow nicht zurückhabe, ist verschwunden. Dabei bin ich noch lange nicht zu alter Form aufgelaufen. Aber ich habe die richtige Richtung eingeschlagen.

»Jungs«, seufze ich. »Wir haben nicht gelogen, als wir gesagt haben, dass wir euch nicht in eure Musik reinreden. Aber ich kann euch trotzdem Vorschläge machen, wenn ich glaube, dass es euch eine Verbesserung verspricht, oder?«

Nachdem Luke meine Wohnung verlassen hatte, musste ich mich ablenken. Zu viele dunkle Flecken aus der Vergangenheit sind erschienen, als dass ich sie ignorieren konnte. Hätte ich mich so ins Bett gelegt, wäre ich irgendwann schreiend aufgewacht. Also habe ich mir die Demos der Jungs noch mal angehört und mir die eine oder andere Notiz dazu gemacht. Würden sie zwei oder drei Kleinigkeiten ändern, könnten sie ihre Message in den Songs noch besser rüberbringen und die Herzen der Leute würden ihnen nur so zufliegen. Aber wie Künstler nun mal so sind, und da bin ich selbst keine Ausnahme, stellen sie sich erst mal stur, wenn man ihre Babys kritisiert. Dabei sind sie kleine Gesamtkunstwerke.

»Sie hat recht«, lenkt Cosy ein und sieht vor allem in Liams

Richtung. Der Sänger redet bisher am schärfsten gegen mich. Ich halte die Luft an. Ich möchte keinen Keil in die Band jagen. Ich bin keine Yoko, auch wenn dazu noch einige Komponenten fehlen. Liam sieht aus, als würde er am liebsten das Studio fluchtartig verlassen. »Wir können uns Lexis Vorschläge erst mal anhören, ehe wir sie verteufeln«, fährt Costa fort. »Nein können wir immer noch sagen, oder?«

»Natürlich könnt ihr das!«, versichere ich den vier Musikern. Liam lässt seine Schultern sinken, als würde er aufgeben.

»Von mir aus. Aber nur weil du Lynn Jefferson bist, heißt das nicht, dass du in unseren Texten rumfuhrwerken kannst, wie es dir beliebt.« Dieser Kommentar sitzt. Ich habe mir nie etwas auf Preise oder Geld oder Erfolg eingebildet.

»Liam«, ermahnt Cosy seinen Partner. Dieser scheint erst jetzt zu merken, wie sehr er mich mit seiner Bitterkeit verletzt hat.

»Shit. Lexi, mir tut es leid. Es ist nur …«

»Ich weiß«, nehme ich ihm die Suche nach den richtigen Worten ab. »Eure Lieder sind eure Babys. Genauso wie meine Songs mein ein und alles sind. Wenn jemand versteht, was in euch vorgeht, dann ich. Ich will euch nichts wegnehmen und nichts aufdrücken. Die endgültige Entscheidung bleibt bei euch. Das Einzige, was ich möchte, ist, euch einen neuen Blickwinkel auf eure Möglichkeiten zu geben.«

»Das klingt nur fair«, sagt Raphael und klopft Liam auf die Schulter. Wir warten gespannt, was er dazu zu sagen hat. Liam lässt sich in die Couch zurücksinken und legt seinen Kopf mit geschlossenen Augen in den Nacken.

»Ihr habt recht«, stimmt er zu und neigt seinen Kopf, bis er mich ansehen kann. »Und mir tut es wirklich leid.«

»Schon okay«, sage ich und versuche, über dem Gesagten zu stehen. Was nicht heißt, dass kein Nachgeschmack bleibt. Am Mischpult bereite ich alles vor und weise Gabriel an, was er zu tun hat, wenn ich ihm das Zeichen gebe.

»Komm mit, Liam.« Gemeinsam mit dem Zweifler gehe ich in

den Aufnahmeraum. Wir setzen uns die Kopfhörer auf und ich gebe das Zeichen. Der Audiotune zu ihrem einzigen Song, den man ansatzweise als Liebeslied bezeichnen könnte, beginnt zu spielen. »Sing«, fordere ich ihn auf und er folgt prompt.

Normal ist eine Beleidigung für dich
Der triste Alltag geht dir gegen den Strich
Konservativ ist der Sonnenschein zu deinem Vampir
Genauso wie deine Mutter in ihrem Pullover aus Kaschmir

Du lockst das Crazy aus mir heraus
Doch du kennst es schon, du bist hier zu Haus
Du bist laut und so verspielt
Ich der Leise, der nur zu dir herüberschielt

Ich winke ab. Das ist genau die Stelle, die ich meine. Ich singe meine Version. Der Text ist derselbe und auch die Instrumente bleiben gleich. Aber die Tonlage wechselt, und das kann so vieles ändern.

»Wow«, sagt Liam.

»Es ist nur ein Vorschlag, wie es auch klingen könnte. Kein Muss«, erinnere ich ihn.

»Das muss ich selbst probieren.« Er wartet seinen Einsatz ab und dann versucht er, seinen Gesang meinem Vorschlag anzupassen. Er packt es nicht gleich beim ersten Versuch und ich helfe ihm, das Beste aus seiner Stimme herauszulocken. Ihm scheint die Umstellung leichter zu fallen, wenn ich mitsinge. Es ist auch verständlich. Jahrelang hat er das Lied in keiner anderen Form gesungen. Es ist in seinem Gehirn auf diese Art einprogrammiert. Daran jetzt etwas zu ändern, ist mit Arbeit und Aufwand verbunden.

»Was sagst du?«, frage ich nach unserem letzten Durchgang. Ich grinse, weil es wieder Spaß macht, mit der Musik zu spielen und sie neu zu formen.

»Ich sage«, antwortet er und sieht dabei durch die Scheibe ins Studio. Er bedeutet mir, seinem Blick zu folgen. »… dass unser Luke endlich gemerkt hat, dass er seinen Vertrag mal durchlesen sollte.«

Er hat meine Frage nicht beantwortet, aber ich habe sie auch schon vergessen. Luke steht zwischen den Zwillingen und Cosy und starrt Liam und mich mit offenem Mund an. Mein Puls schießt in die Höhe. Was wird er dazu sagen? Wird er das Weite suchen? Hätte ich ihm verraten müssen, wie mein Künstlername ist? Natürlich sollte ich das, aber eigentlich hätte er auch seinen Vertrag aufmerksamer lesen können. Dennoch steigt Panik vor dem bevorstehenden Gespräch in mir auf.

»Das wird ein Spaß«, sagt Liam voller Schadenfreude.

»Für dich vielleicht«, werfe ich ein und verdecke das Mikro, damit die anderen uns nicht hören können. »Es könnte sein, dass Luke und ich uns geküsst haben und ich ihn nicht darüber aufgeklärt habe, mit wem er es zu tun hat.«

»Oh, das wird immer besser«, flüstert er zurück.

»Liam«, jammere ich.

»Ach, komm. Er vergöttert Lynn und ihre Arbeit und offensichtlich auch dich als Lexi. Das wird schon.« Schließlich habe ich keine Ausrede mehr, um das Aufeinandertreffen weiter hinauszuzögern. Liam geht voran, als wir den Aufnahmeraum verlassen.

»Hey Luke«, begrüßt er seinen Kumpel. »Lexi hat mich gerade von einer Verbesserung für unseren Song überzeugt. Sie weiß echt, wovon sie spricht.« Liam treibt es wirklich auf die Spitze und ich möchte ihm den Mund verbieten. Aber da ich weder in der Lage bin, mich groß zu bewegen, noch Liam jemand ist, der sich den Mund verbieten lässt, bleibe ich stumm. Die Anspannung lähmt mich. Vermutlich sehe ich aus wie ein Roboter, der sich ungelenk durch den Raum bewegt.

»Das habe ich gehört«, sagt Luke etwas kurzatmig und ich spüre seinen Blick auf mir. Es bringt nichts, weiterhin zu versuchen, ihn zu ignorieren. Er sieht verwirrt aus, als ich seinen Augen begegne.

»Hallo Luke«, sage ich. Liam sieht grinsend zwischen uns hin und her. Er genießt das ganze Schauspiel viel zu sehr.

»Hey«, erwidert er und verstummt. Die Zwillinge bauen sich zu beiden Seiten von ihm auf und auch sie können ein Lachen kaum zurückhalten.

»Ja, ein wirkliches Talent unsere Lexi, oder was meinst du?«, zieht Raphael ihn auf.

»Und diese Stimme. Wo habe ich sie nur schon mal gehört? Ich könnte wetten, dass Songs von ihr immer wieder aus deinem Zimmer hallen«, ärgert Gabriel ihn weiter.

»Jungs«, bitte ich sie aufzuhören.

»Lynn Jefferson«, haucht Luke. Mir läuft es eiskalt den Rücken herunter. Nicht weil er enttäuscht klingt, sondern weil er genauso klingt wie ich, wenn ich eins meiner Idole getroffen habe. Irgendwie versetzt mir das einen Dämpfer. Es stößt mir sauer auf, dass er mich so ansieht.

»Unser Luke, einer der schnellen Sorte«, piesackt ihn Liam.

»Habt ihr das alle gewusst?«, fragt Luke und wendet seinen Blick endlich von mir ab.

»Natürlich haben wir es alle gewusst«, sagt Cosy. Er grinst zwar, aber er ist der Einzige der Band, der nicht von Schadenfreude erfüllt scheint. »In unserem Vertrag steht eine Verschwiegenheitsklausel – genau wie in deinem.«

»Von was redet ihr?« Luke sucht bei mir eine Antwort.

»Um es kurz zu formulieren, muss jeder, der mit mir zusammen arbeitet, erklären, dass er niemandem von meiner wahren Identität erzählt oder Bilder von mir macht oder verbreitet«, erkläre ich.

»Ich würde mich dran halten, Alter. Die Konsequenzen bei Vertragsbruch sind nicht ohne«, wirft Gabriel ein.

»Wieso habt ihr mir nichts davon erzählt?«, fragt Luke aufgebracht.

»Wieso liest du dir keine so wichtigen Verträge durch?«, kontert Cosy.

»Wie konnte sich einer von euch bei dem Chaos in Mikes Büro aufs Lesen konzentrieren? Und danach habe ich es schlicht vergessen«, sagt er fassungslos. Ich muss bei seinem Geständnis laut losprusten. Einer seiner Mundwinkel zieht sich trotz seines Entsetzens nach oben.

»Oh Gott«, entfährt es Luke. Alarmiert sehen wir ihn an. »Das heißt, dass ich mit einem meiner größten Idole zusammenarbeite?« Ich gestehe, dass sich leichte Röte in mir ausbreitet. Ich spüre sie im Nacken sitzen.

»Alter, du wirst ganz blass«, stellt Raphael fest.

»Willst du dich setzen?«, fragt Gabriel und führt ihn auch schon zur Couch. Luke ist blass um die Nase. Ich weiß nicht, wie ich mich verhalten soll. Setze ich mich neben ihn? Gebe ich ihm einen Kuss zur Begrüßung? Frage ich ihn, ob unser Date noch immer steht?

»Aber mal ehrlich, Luke«, sagt Cosy. »Wie konnte dir das nicht auffallen? Überall haben wir gesagt bekommen, dass wir uns an Lexi halten soll, weil sie vom Fach ist, dass sie texten und komponieren kann. Dass sie internationale Anerkennung genießt. Hast du dich nie gefragt, warum man dann ihren Namen nicht kennt?«

»Natürlich habe ich mich das gefragt!«, erklärt Luke gereizt. »Ich bin auch davon ausgegangen, dass sie unter einem Künstlernamen arbeitet. Aber dass es gleich Lynn Jefferson ist? Das habe ich nicht ansatzweise geahnt.«

»Braucht du noch einen Moment für dich?«, frage ich und Luke sieht mich an, als ob er mich zum ersten Mal richtig sieht. Ich weiß nicht, ob ich diese Veränderung gut finde. Plötzlich schnellt Luke in die Höhe und rauft sich die Haare. Er läuft zwischen Liam und mir und dem Rest der Jungs auf und ab. Er murmelt etwas vor sich her, dass niemand von uns zu verstehen scheint.

»Sprich deutlich.« Liam lacht. Er ist vermutlich der Einzige, der es noch lustig findet. Die anderen sind wie ich mit der Reaktion von Luke überfordert.

»Also wollt ihr mir erzählen, dass ich heute ein Date mit einem internationalen Star habe?«, fragt er fast ehrfürchtig. Liam pfeift anerkennend. Cosy und die Zwillinge schauen erstaunt zwischen Luke und mir hin und her, aber stimmen schnell in die Begeisterung ihres Sängers ein. Ich will dagegen nur im Erdboden versinken. Mein Herz fühlt sich an, als ob es meinen Brustkorb verlassen will, damit es zu Luke fliehen kann. Er soll gefälligst etwas gegen das Flattern tun. Das würde in unseren Song passen, aber dies ist nicht der richtige Moment, um darüber nachzudenken.

»Ich meine, du musst talentiert und erfolgreich sein!«, fügt Luke an mich gerichtet hinzu. »Dir gehört eine der besten Plattenfirmen!«

»Zur Hälfte«, werfe ich ein.

»Die Besten der Besten reißen sich darum, mit dir zusammenzuarbeiten. Warum hätte ich etwas in Frage stellen sollen? Aber Lynn Jefferson?«

Wie reagiere ich darauf angemessen? Ich fühle mich so hilflos, dass ich nur schwach mit den Schultern zucken kann. »Es tut mir leid«, entschuldige ich mich und sehe zu Boden. Seine Füße erscheinen vor meinen und seine Hände legen sich auf meine Schultern.

»Du musst dich nicht entschuldigen. Ich brauche nur einen Moment, um mich daran zu gewöhnen. Mein Fanboymoment ebbt sicher gleich ab.« Damit entlockt er mir ein Lachen. Ein kurzer Kuss auf meine Stirn und er zieht mich in seine Arme. Für einen Augenblick zögere ich, die Geste zu erwidern, aber dann entscheide ich mich, dass mir unser Publikum egal ist.

»Ich hoffe, das ändert nichts an unseren Plänen?«, frage ich vorsichtig gegen seine Brust.

»Quatsch«, sagt er und lehnt sich so weit zurück, dass er mich ansehen kann. »Aber ich entschuldige mich jetzt schon, falls mir ein paar Fragen zu deiner Karriere rausrutschen.«

»Ich glaube, damit kann ich umgehen.« Ich bin erleichtert, dass diese Offenbarung vom Tisch ist, dass ich so glimpflich davongekommen bin und sich nichts zwischen uns geändert hat.

Danach finden wir nur langsam wieder zurück zu unserer eigentlichen Arbeit. Liam und ich feilen noch einmal an meinen Vorschlägen und auch wenn nicht alle umgesetzt werden, ist er offener für konstruktive Kritik als zuvor. Oder er hat gemerkt, dass ich ihnen nichts aufdrücken will, was sie nicht wollen.

Luke wartet am Empfang auf mich, während ich noch einmal zu Mike verschwinde, um nervigen Geschäftsführungstätigkeiten nachzukommen. Auf meinen Reisen war mir nie bewusst, wie viel Verantwortung das mit sich zieht. Mike hatte eine Generalvollmacht von mir für die alltäglichen Entscheidungen. Für schwerwiegendere Sachen hat er mir Mails geschickt und je nachdem, wo ich mich rumgetrieben habe, habe ich darauf reagiert. Vermutlich ist er mehr als einmal in Ungnade gefallen, weil durch meine Schuld Termine nicht eingehalten werden konnten. Ich sollte mich wirklich bald erkenntlich zeigen und ihm gebührend danken. Ich bin so aufgeregt vor meinem Date mit Luke, dass ich mich sogar an einem der Papiere, die ich unterschreibe, schneide. Der Schnitt ist natürlich gleich so tief, dass ich ein kleines Pflaster benötige. Es kann auch sein, dass ich übertreibe, aber ich kann kein Blut sehen. Selbst bei den paar Tropfen wird mir bereits flau im Magen.

»Bereit?«, fragt Luke lächelnd, als ich die Treppen zu ihm herabsteige. Das Paar Motorradhelme lässt mich zweimal hinsehen und mein Magen zieht sich zusammen.

»Ich würde gerne Ja sagen, aber jetzt bin ich mir nicht mehr so sicher«, erkläre ich wahrheitsgemäß und zeige auf den Kopfschutz, der mir unser Fortbewegungsmittel verrät.

»Ich weiß, aber für heute ist kein Auto mehr frei gewesen und den Fehler mit der U-Bahn mache ich sicher kein zweites

Mal.« Er hat sich tatsächlich Gedanken gemacht, wie ich mich am wohlsten fühle. Das bin ich nicht gewohnt. Er klemmt sich einen Helm unter den Arm, damit er eine Hand frei hat. »Also: Bereit?«, fragt er noch einmal und hält mir seine Hand entgegen. Ich ignoriere die Helme und lege meine Hand in seine.

»Wie gut, dass mich deine Nähe nicht stört, oder?«, sage ich und wir verlassen unter seinem Lachen die Plattenfirma. Obwohl für heute Regen angesagt wurde, strahlt uns die Sonne entgegen und mir wird sofort warm unter meinen unpraktisch langen Klamotten. Zumindest wird mir die Fahrt eine Abkühlung verpassen.

Lukes silbernes Motorrad wartet hinter dem Haus auf uns. Er setzt mir den Helm auf und stellt sicher, dass er gut sitzt. Als er ihn für mich schließt, fühle ich mich wie ein Kind, dem gleich das Fahrradfahren beigebracht wird. Seine Berührungen sind nach wie vor nicht selbstverständlich für mich und Luke versucht, es weitgehend zu ignorieren, dass ich zucke, als ob ich befürchte, dass er mir weh tut. Es ist sicher nicht einfach für ihn, schon gar nicht, wenn man noch in der Kennenlernphase ist, aber er lässt es sich nicht anmerken. Er setzt sich auf das Monstrum und hilft mir dabei, mich richtig hinter ihm zu positionieren.

»Halte dich gut fest«, mahnt er und legt meine Hände um seinen Bauch, die ich vorher nur an seine Seiten gelegt hatte. Meine Stimme gleicht sicher einem Mäuschen, daher nicke ich. Trotz des Helmes weiß ich, dass er grinst. Wäre ich nicht so paralysiert, würde ich ihn leicht in die Seite kneifen. Aber so will ich nichts riskieren, das ihn ablenken könnte.

Mein Herz rutscht auf den Ledersitz unter mir, als er das Ding zum Leben erweckt. Es ist laut, aber dennoch gefällt mir der Klang. Bevor er losfährt, stellt er erneut sicher, dass ich mich gut festhalte. Als ob ich loslassen würde. Ich sitze nicht das erste Mal auf dieser Maschine, aber gewöhnt habe ich mich noch lange nicht daran. Es ist ungewohnt, sich so schnell durch die Stadt zu bewegen. Luke hält sich an die Straßenverkehrsordnung und drängelt auch nicht oder fährt einfach an Staus vorbei. Dennoch kommen wir zügig voran.

Unser erster Zwischenstopp ist in einer Seitenstraße. Genauer gesagt, auf der Rückseite eines asiatischen Restaurants. Er hupt ein paarmal und eine Tür öffnet sich. Offenbar steigen wir noch nicht ab. Obwohl ich mich mittlerweile an diese Art der Fortbewegung gewöhnt habe, hatte ich mich schon darauf gefreut, wieder festen Boden unter den Füßen zu spüren. Eine Asiatin mittleren Alters kommt auf uns zu und sie trägt eine Tasche, wie ihn viele Lieferservices benutzen, um das Essen warm zu halten. Sie spannt die Tasche hinter mir fest. Bisher ist mir nie aufgefallen, dass es dafür überhaupt eine Halterung an diesem Fahrzeug gibt. Sie grüßt mich freundlich. Die Frau wünscht uns viel Spaß, bevor Luke weiterfährt. Schließlich kommen wir nach ungefähr zwanzig Minuten in der Nähe vom Tiergarten zum Stehen. Ich steige ab und versuche unser Essen aus der Halterung zu befreien.

»Du bist der perfekte Mitfahrer«, lobt er mich und steigt ab. »Als hätte man einen Rucksack auf.« Ich würde lachen, würde ich nicht versuchen, diese Anspannung, die er gerade lobt, loszuwerden. Meine Knie sind weich und Luke hat ausnahmsweise mal nichts damit zu tun. Zumindest nicht direkt. Wie schnell man doch festen Boden unter den Füßen zu schätzen lernt.

»Danke, schätze ich«, erwidere ich und kichere unsicher. Luke nimmt mir den Helm und die Tasche ab und zaubert eine Decke aus einer der Seitentaschen des Motorrads hervor. »Bekommst du öfter einfach so kostenloses Essen?«, frage ich und folge ihm in den Park.

»Ihr Sohn ist mein Schüler. Vor mir muss er mehrere Lehrer gehabt haben, aber er hat sie alle gehasst. Ich weiß nicht, was vorgefallen ist, aber ich hatte nie ein Problem mit ihm oder er mit mir. Darüber hinaus ist zwischen seiner Familie und mir eine merkwürdige Freundschaft entstanden. Auf alle Fälle weiß ich immer, wo ich an schlechten Tagen etwas zu essen bekomme, und außerdem ist es das beste Thai, das man in dieser Stadt bekommt«, erklärt er. »Und dieses Mahl verrechnen wir mit den nächsten zwei Stunden am Klavier. Es ist also eine Win-win-Situation.«

»Wie praktisch.« Ich lache. Meine Knie sind noch immer etwas wacklig, obwohl wir schon ein paar Minuten laufen. Unweit einer Statur und eines kleines Sees suchen wir uns einen Platz, an dem wir uns niederlassen können. Viele nutzen die Sonnenstrahlen, um ihr Vitamin D aufzufüllen, aber wir ergattern noch einen Platz, der uns nicht der prasselnden Sonne aussetzt. Luke breitet die Decke aus und wir setzen uns.

»Ich hoffe, du hast Hunger«, sagt er und öffnet die Tasche mit dem Essen. Zum Vorschein kommt nicht nur das Gegenmittel zu meinem knurrenden Magen, sondern auch Getränke und Geschirr. Ein normales Lieferessen ist das hier nicht.

»Oh Gott, ist das gut«, entfährt es mir, als ich den ersten Bissen runtergeschluckt habe.

»Das freut mich«, sagt Luke zufrieden. Für ein paar Minuten schweigen wir, essen und beobachten die Leute. Dann entfährt mir ein kleiner Schrei des Schreckens, als sich etwas kaltes Feuchtes in meinen Nacken drückt. Luke ist alarmiert, doch ich lache bereits, als ich feststelle, dass es eine Hundenase ist, die sich an mir zu schaffen macht.

»Du hast mich aber erschreckt«, sage ich und kraule den Golden Retriever hinter dem Ohr. Er ist kein Welpe mehr, aber auch noch nicht gänzlich ausgewachsen.

»Wo ist denn dein Herrchen oder Frauchen?«, fragt Luke und streichelt ihn ebenfalls. Auf dem Halsband steht »Louie«. Ich spreche seinen Namen aus und Louies Schwanz entwickelt ein Eigenleben. Wenn er noch schneller damit wedelt, würde es mich nicht wundern, wenn er wie ein Helikopter abhebt. Halb von unserer Decke versteckt, entdecke ich einen Tennisball, der gut geliebt aussieht.

»Ist das deiner?«, frage ich und halte das Spielzeug hoch. Louie wirft sich auf seine Vorderpfoten und knurrt verspielt. »Ich deute das als Ja«, sage ich und werfe das gute Stück. Louie schnellt hinterher und bringt ihn brav trabend wieder zurück. Diesmal lässt er den Ball vor Luke fallen. Luke wirft ihn ein ganzes Stück weiter weg als ich.

Nachdem wir ein paarmal mit dem Hund gespielt haben, beginnen wir uns zu wundern, dass kein Besitzer auftaucht. Wir inspizieren auch das Halsband, aber neben einer Hundemarke finden wir nichts, was auf einen Besitzer hinweist. Kein Name, keine Telefonnummer und keine Adresse.

»Was machen wir mit dir?«, frage ich und streichle Louie, der nach eine halben Stunde keine Lust mehr hat, dem Ball hinterherzujagen.

»Wir können ja noch etwas warten, vielleicht sucht der Besitzer ihn schon überall.«

Ich nicke. »Ich wollte als Kind immer genau so einen Hund«, erzähle ich Luke. Ich weiß gar nicht, ob ich jemals jemandem außer meiner Mutter davon erzählt habe.

»Es sind auch wunderschöne Tiere«, stimmt Luke zu. Es entsteht eine kurze Pause, in der wir den Hund mit Liebkosungen überschütten. »Lexi, darf ich zu der Lynn-Sache noch etwas fragen?«, fragt Luke vorsichtig.

Ich lächle ihn über Louie hinweg an. »Ich würde mich wundern, wenn du es nicht tätest.«

»Es ist nicht wirklich eine Frage. Ich wollte nur sagen, dass ich es jetzt verstehe, wieso du unter so enormem Druck stehst, etwas Neues abzuliefern.«

»Danke«, erwidere ich.

»Obwohl, eine Frage habe ich doch.«

»Schieß los.« Vermutlich weiß ich, welche Frage kommt. Sie kommt immer.

»Wieso das Versteckspiel? Ich meine, mich treibt auch nichts auf die Bühne, aber deshalb verstecke ich mich nicht.« Genau diese Frage.

»Die Gründe sind verschieden«, erkläre ich langsam und sehe Louie und nicht Luke an. »Aber dass ich nicht stolz auf meine Arbeit bin, ist keiner davon.«

»Das hätte mich auch gewundert«, sagt er. »Okay, ich verstehe, dass ich offenbar keine direkte Antwort darauf erhalten werde.« Ich grinse ihn an. Da hat er recht. »Dann erzähl mir, wie du zur Musik gekommen bist. Das ist ein sicheres Thema, oder?«

Ich wiege meinen Kopf hin und her. »Zumindest rede ich darüber eher«, erkläre ich. »Meine Mutter war ein vielversprechendes Talent und hatte sich Stipendien gesichert, ein Auslandsstudium, alles war geplant. Sie hat sogar ein paar Newcomer-Awards gewonnen.« Die ganze Zeit halte ich meine Kette mit ihrem Anhänger umschlungen. »Mein Vater hat ebenfalls Musik studiert und dabei haben sie sich auch kennengelernt. Schnell bin ich entstanden und meine Mutter hat ihre Karriere für mich aufgegeben. Es war eine bewusste Entscheidung. Sie hätte locker mich und die Musik unter einen Hut bringen können, aber sie wollte nur für mich da sein. Mein Vater hatte das richtige Herz für die Musik, aber ihm fehlte das gewisse Etwas. Als Produzent oder Agent hätte er sich sicher einen Namen machen können, aber es musste unbedingt das Schreiben sein.« Ich breche ab, weil ich nicht weitererzählen kann, ohne dass es mir die Stimme abschnürt. »Aber das Beste ist, dass ich als Kind nicht eine Sekunde das Gefühl hatte, dass meine Mutter ihre Entscheidung bereute.«

»Louie!«, ruft es hinter uns und der Kopf des Hundes schnellt herum. »Louie, da bist du ja, ich habe dich schon überall gesucht«, ruft eine Frau in meinem Alter und kommt auf uns zu. Der Hund rennt ihr entgegen. »Hallo«, grüßt sie, als sie bei uns angekommen ist. »Entschuldigt, dass der Rabauke euch überfallen hat.«

»Schon okay«, sagt Luke und streichelt ebenso wie ich Louie ein letztes Mal, bevor wir uns verabschieden müssen.

»Die Wolken«, sagt Luke und lenkt meine Aufmerksamkeit

auf die Front vor uns. Dunkle Wolken türmen sich übereinander und das angekündigte Sommergewitter naht wohl endgültig. »Wir sollten zusammenräumen«, schlägt er vor.

Er hat es kaum ausgesprochen, da treffen uns die ersten Tropfen. Ich helfe ihm dabei, alles einzupacken, und als wir wieder am Motorrad angekommen sind, sind wir durchnässt. Wir müssen langsam fahren und ich weiß gar nicht, wie es Luke schafft, überhaupt vorwärtszukommen. Ich kann kaum etwas durch das Visier meines Helmes erkennen. Als dann noch das Gewitter einsetzt, klammere ich mich noch stärker an ihn. Der Weg zu mir nach Hause ist abenteuerlich, um es gelinde auszudrücken, und wir benötigen viel länger als unter normalen Umständen. Wir atmen beide erleichtert auf, als wir bei mir im Hof ankommen. Luke stellt seine Maschine neben die überdachten Fahrradständer und wir eilen hoch.

»Das war eine Fahrt«, sagt Luke geschafft. Es muss ihm einiges an Konzentration abverlangt haben. Obwohl noch immer warme Temperaturen herrschen, bin ich derart durchnässt, dass ich beginne zu frieren.

»Ich geh schnell duschen«, sage ich und hole vorher ein Handtuch für Luke, so dass er sich wenigstens trocknen kann. »Ich kann dir nur ein Shirt anbieten, das dir passen könnte. Deine nassen Sachen kannst du auf dem Wäscheständer aufhängen.«

Ich hole eines der für mich übergroßen Bandshirts aus meinem Schlafzimmer und hoffe, dass es ihm nicht zu eng ist. Bevor ich kurz im Bad verschwinde, zeige ich ihm noch, wo sich besagter Wäscheständer befindet. Als ich fertig bin, dränge ich Luke dazu, ebenfalls eine warme Dusche zu nehmen. Was wäre es für ein Date, wenn wir uns eine Sommergrippe einfangen würden? Während er sich aufwärmt, öffne ich die Wetter-App auf meinem Smartphone. Es wurde eine Unwetterwarnung ausgegeben und der öffentliche Nahverkehr in Berlin teilweise eingestellt. Der Regen soll in der Stärke bis morgen früh anhalten. Dann habe ich diese Nacht wohl einen Übernachtungsgast. Denn ich lasse Luke bei diesem Wetter sicher nicht mit seinem Motorrad quer durch die Stadt fahren.

»Was wird das?«, fragt er amüsiert, als er sieht, wie ich mich abmühe, ein Laken über das ausgezogene Sofa zu spannen.

»Du schläfst hier«, erkläre ich, als wäre es offensichtlich. »Bei dem Wetter lasse ich dich nicht auf die Todesschleuder steigen.«

Luke sieht durch meine große Fensterfront nach draußen und scheint mir zuzustimmen. Nachdem ich ihm noch eine Decke und ein Kissen bereitgelegt habe, betrachte ich ihn genauer. Das Shirt passt zum Glück. Sonst trägt er nur noch Boxershorts. Seine Jeans und sein Shirt hängen zum Trocknen neben meiner durchnässten Kleidung.

Wir leihen uns einen weiteren Film aus und ich bekomme das Ende gar nicht mit, weil ich schon einnicke. Am Anfang liegen wir nur nebeneinander, doch je weiter die Müdigkeit fortschreitet, desto näher schmiege ich mich an ihn. Vermutlich fordern die letzten Nächte und die Aufregung des Tages ihren Tribut. Obwohl ich es hasse, so zeitig zu Bett zu gehen, kann ich meine Augen kaum aufhalten und sage Luke gute Nacht. Er sieht ebenfalls so aus, als ob er eine gute Mütze Schlaf gebrauchen könnte. Nach einem kleinen, aber süßen Gute-Nacht-Kuss lege ich mich ins Bett und kaum hat mein Kopf das Kissen berührt, schlafe ich.

17 – Nächtliche Dämonen

Luke

Es ist mitten in der Nacht, als ich meine Augen öffne. Ich brauche einen Moment, um mich zu orientieren. Lexis Wohnung. Der Regen, der noch immer gegen die Scheiben schlägt. Ich auf ihrem Sofa. Gerade als ich es auf das Gewitter schieben will, dass ich aufgewacht bin, und mich wieder auf die Seite drehe, höre ich ein Geräusch, das nicht ins Gesamtbild passt. Mich aufsetzend versuche ich, es zu orten. Es dauert nicht lange und ich weiß, dass es aus Lexis Schlafzimmer kommt. Uns trennt nur eine Schiebetür, die nicht gänzlich geschlossen ist. Ein dicker Spalt steht offen.

Mit gespitzten Ohren lausche ich, ob das Geräusch erneut auftritt. Es dauert ein paar Sekunden, aber dann dringt ein gequältes Stöhnen an mein Gehör. Lexi klingt, als ob sie Schmerzen hätte. Ich schlage meine Decke zurück und gehe langsam auf ihr Schlafzimmer zu. Dann ertönt ein markerschütternder Schrei, der mich zuerst an Ort und Stelle gefrieren lässt und dann in Bewegung setzt. Die Schiebetür knallt, als ich sie zu schwungvoll öffne und der Stopper greift. Es ist noch immer dunkel und die unbekannte Umgebung erschwert mir den genauen Blick. Ich suche einen Lichtschalter und schütze meine Augen vor der Helligkeit. Der Anblick, der sich mir bietet, verwirrt mich. Lexi sitzt auf ihrem Bett. Die Laken, die Decke und die Kissen liegen völlig verwüstet um sie herum verteilt. Sie hat ihre Beine angezogen und umschlingt ihre Knie fest. Sie wippt vor und zurück, als würde sie versuchen, sich zu beruhigen. Doch ihr Blick sieht hysterisch aus, als ob sie jeden Augenblick aus ihrer Haut fahren würde. Ihre Augen sind weit aufgerissen und ihre Pupillen fliegen hin und her. Eine Erklärung wäre die Angst vor dem Gewitter, das über uns hinwegrollt, aber ich bezweifle, dass das der Grund ist.

»Lexi?«, frage ich vorsichtig. Sie reagiert nicht, sondern schaukelt nur noch mehr vor und zurück. Sie ist so stumm, dass ich mich frage, ob es wirklich ihr Schrei war. Natürlich hat sie geschrien. Es war nicht nur ihre Stimme, sondern sie kam auch aus ihrem Zimmer. Dennoch bleibt der Gedanke in meinem Hinterkopf bestehen.

Ich spreche sie einfühlsam an, während ich mich ihr nähere. Ich setze mich auf die Bettkante und begehe einen fatalen Fehler. Meinen Berührungen schien sie nie abgeneigt, und wenn, habe ich es deutlich gespürt. Wenn es je einen Beweis gegeben hat, dass ein Mensch einen anderen nicht durch eine simple Berührung heilen kann, dann jetzt. Sie zieht ihre Schulter so heftig unter meiner Hand weg, dass ich glaube, sie knacksen zu hören. Es kann auch in ihrem Nacken gewesen sein. Es ist am Ende egal.

Es ist diesmal kein Aufschrei wie zuvor, sondern ein andauerndes Auf und Ab. Würde ich sie nicht sehen und nur hören, würde ich glauben, dass sie einen Kampf um Leben und Tod führt. Sie schreit und schreit und schreit. Ich bin überfordert, um es milde auszudrücken. Mein Körper handelt instinktiv, denn eine Überlegung findet in meinem Kopf nicht statt, als ich mich ihr abermals nähere und sie mit meinen Armen fest umschließe. Für einen quälend langen Moment glaube ich, dass ich es damit erneut schlimmer mache. Doch Lexi hört auf zu schreien, was noch lange nicht bedeutet, dass sie sich beruhigt. Mein Herz klopft mindestens genauso unaufhaltsam wie ihres unter meiner Handfläche. Ich hoffe nur, dass ihre Nachbarn nicht die Polizei gerufen haben. Vielleicht sollte ich einen Notarzt rufen?

Ich habe wirklich keine Ahnung. Ich kann kaum einen klaren Gedanken fassen. Lexi weint und windet sich in meinen Armen. Sie murmelt etwas vor sich hin, das ich in dem ganzen Hin und Her nicht verstehen kann. Erst als ich mich zwinge durchzuatmen und mein Puls nicht mehr meinen Gehörgang ausfüllt, verstehe ich Bruchstücke.

»... Blut ... weg ... nein, leg ... weg.«

Es ergibt sich kein Zusammenhang und dennoch reicht es aus, dass es mir eiskalt den Rücken hinunterläuft. Kein ruhiges Einreden der Welt scheint sie zu besänftigen.

»Das Blut, mach es weg«, höre ich sie irgendwann schwach flüstern, als auch ihre Bewegungen endlich nachlassen. Sie lehnt sich nicht bei mir an oder sucht Halt und ich glaube auch nicht, dass sie über den Berg ist. Ich bereite mich eher auf den Sturm vor, der kommt. Und tatsächlich. Sie redet sich wieder in Rage.

»Welches Blut, Lexi?«, frage ich verzweifelt und inspiziere ihren Körper. Auf den ersten Blick hat sie keine Verletzungen. Ich gehe sogar so weit, dass ich ihren Finger betrachte, an dem sie vorhin noch ein Pflaster getragen hat. Nichts. Sie sieht noch immer nicht aus, als ob sie wach ist. Cosy schlafwandelt auch ab und zu, aber so extrem wie bei Lexi habe ich es noch nie erlebt. Ich habe eine Scheißangst.

»Es ist überall! Mach es weg!«, ruft sie verzweifelt aus. Was auch immer sie an ihren Händen und an ihrem Oberkörper sieht, es existiert nur in ihrem Kopf. Wieder handle ich nach Instinkt.

»Wollen wir es abwaschen?«, frage ich so einfühlsam, wie ich nur kann. Meine Stimme zittert, weil ich von einer Scheißangst erfüllt bin. Was zur Hölle passiert hier?

»Bitte«, fleht sie.

Kurzerhand helfe ich ihr auf. Ihre Beine geben sofort unter ihr nach. Ich lege einen ihrer Arme um meine Schulter, meinen Arm schlinge ich um ihre Hüfte. So stütze ich sie, bis wir in ihrem Bad ankommen. Sie beginnt sich an mir festzuhalten. Inzwischen weint sie heftig. Ich bezweifle, dass es reicht, ihr mit einem Waschlappen über die Hände zu fahren. Ich stütze sie weiter und mit meiner freien Hand stelle ich die Dusche an. Als ich sicher bin, dass wir uns nicht die Haut vom Leib brennen, ziehe ich uns beide unter den Wasserstrahl. Obwohl die Temperatur angenehm ist, japst Lexi erschrocken auf. Ihr Instinkt sagt ihr, dass sie flüchten soll, aber ich halte sie an mich gedrückt, ohne ihr weh zu tun. Gott, ich hoffe, dass ich hier das Richtige mache und sie nicht verletze – auf welche Art auch immer. Als ihr Kampf abebbt, lasse ich langsam los und nehme ihre Hände in meine. Eine nach der anderen wasche ich gründlich.

»Wird es besser?«, frage ich. Sie schüttelt verneinend den Kopf.

»Es klebt überall«, sagt sie angeekelt und ergreift den Saum ihres Shirts. »Es klebt überall. Es geht nicht mehr raus«, wiederholt sie und zieht sich den dünnen Stoff über den Kopf. Sie lässt ihn unachtsam auf den Boden fallen. Sie wäscht sich nicht nur die Haut, sie kratzt mit ihren Nägeln über Schulter, Oberarme und Dekolleté. Ihre Haut reagiert sofort mit fiesen, roten Streifen. Kleine rote Punkte, die ich nur erkenne, weil sie mir so nah ist, treten hervor. Sie kratzt sich so stark, dass kleine Gefäße unter ihrer Hautoberfläche platzen. Ich greife nach der nächstbesten Seife und drücke davon etwas in meine Hand. Mir ist es egal, ob es ein Shampoo, eine Spülung oder normale Seife ist. Hauptsache, Lexi hat das Gefühl, dass sie gesäubert wird.

»Komm her. Ich wasch dich.«

Lexi lässt ihre Hände sinken und drückt sie mit geballter Faust gegen ihre Oberschenkel. Sie nickt. Die Frau, die seit langem einen Weg in meine Gedanken und mein Herz gefunden hat, steht halbnackt vor mir. Doch durch die Umstände sehe ich nichts Sexuelles darin. Von ihren Schultern beginnend seife ich sie bis zu ihren Händen entlang ab.

»Deine Handflächen«, sage ich leise. Erst dann öffnet sie ihre Fäuste und lässt mich auch diese reinigen. Ich führe sie unter die

Brause zurück und der Schaum gleitet ihre helle Haut hinab. Die kurze Sweathose, die sie zum Schlafen angezogen hat, klebt an ihr und hat sich mit Wasser vollgesaugt. Während dieser Prozedur scheint sie irgendwann aufgewacht zu sein. Ihr Blick ist verändert. Der Nebel hat sich verzogen.

»Besser?«, frage ich, als ich das Gefühl habe, dass ihr Drang, sich die Haut vom Fleisch zu kratzen, nachgelassen hat.

»Es tut mir so leid«, schluchzt sie und senkt den Kopf.

»Was tut dir leid?«, frage ich und streiche ihr die klatschnassen Haare aus dem Gesicht.

»Das«, sagt sie und beginnt erneut bitterlich zu weinen. Wieder ziehe ich sie in meine Arme.

»Es ist okay«, versichere ich ihr und wiege sie beruhigend hin und her. Ich streiche ihr über den Rücken und beinahe gleichzeitig erstarren wir.

»Was zur …?«, entfährt es mir und Lexi windet sich, als wolle sie sich meinem Blick und meiner Berührung entziehen. Was ich vorher mit bloßem Auge nicht erkannt oder nicht wirklich beachtet habe, wird unter den Nerven meiner Fingerspitzen umso deutlicher. Lexi hat unglaublich viele Narben. Nicht nur ihre Seele scheint geschunden zu sein. Ihr Körper ist genauso in Mitleidenschaft gezogen worden. Die Narben ziehen sich über ihre Schulterblätter, Schultern und Oberarme. Jetzt habe ich auch eine Erklärung dafür, dass sie selbst in diesen Hochsommertemperaturen Kleidung trägt, dir ihr mindestens bis zu den Ellbogen reicht. Sie versteckt ihr Leiden. Und in mir macht sich Wut breit, die ich kaum zügeln kann. Mein Innerstes vibriert.

»Es tut mir so leid.« Sie weint weiter und vergräbt ihr Gesicht in ihren Händen.

»Dir muss gar nichts leidtun«, versichere ich ihr, aber sie scheint es nicht zu hören oder nicht zu glauben.

Ich muss sie trocken bekommen. Hoffentlich beantwortet sie mir dann meine Fragen. Falls sie sie überhaupt beantworten will und kann. Ich kann mir nur vorstellen, was für ein tiefer Schmerz hinter so einem Verhalten steckt. Ich stelle das Wasser ab. Meine Hand schwebt noch einen Moment über dem Wasserhahn, falls sie noch immer Blut vor ihren Augen sieht. Dass sie nicht zu schreien beginnt, werte ich als gutes Zeichen. Ich muss sie kaum noch stützen, als wir aus der Dusche treten. Ich schnappe mir das nächstbeste Handtuch und wickle es um sie herum. Das Shirt braucht sie sich nicht wieder überziehen. Es trieft vor Nässe. Ich reibe ihre Oberarme und versuche, ihr Wärme zu spenden. Obwohl das Wasser alles andere als kalt war, friert sie.

»Du solltest dich auch abtrocknen«, sagt sie. Sie klingt verschnupft. Bei den vielen Tränen ist das auch kein Wunder. Ich nehme mir ebenfalls ein Handtuch und lege es mir um.

»Und du solltest dir etwas überziehen«, schlage ich vor. Sie nickt, zögert und macht dann einen erneuten Schritt auf mich zu. Sie stellt sich auf die Zehenspitzen und küsst mich. Als ihre Lippen auf meine treffen, atmet sie tief durch die Nase ein und seufzt, als ob sie erst jetzt wieder Luft bekommen würde. Sie lässt sich wieder zurücksinken und ich gebe ihr einen Kuss auf die Stirn.

Lexi interessiert es nicht, dass ich sie durch die offene Tür ihres Schlafzimmers sehen kann, als sie sich trockene Kleidung anzieht. Ich muss gestehen, dass ich ihr zwar zusehe, aber nur sie sehe und nicht ihren Körper – wenn das Sinn ergibt. Zum Glück sind meine Sachen inzwischen auf dem Wäscheständer getrocknet. Ich schlüpfe in mein Shirt und meine Jeans und hänge ihr Bandshirt und meine Unterwäsche auf. Als ich mich umdrehe, steht sie verloren hinter ihrem Sofa. Sie reibt sich mit der Hand über ihren Oberarm.

»Setzen wir uns?«, frage ich und deute auf die Couch, auf der ich noch vor einer halben Stunde geschlafen habe.

»Ich weiß aber nicht, was ich bereit bin, dir zu erzählen«, sagt sie und bewegt sich nicht vom Fleck.

»Das ist okay«, versichere ich ihr und sie geht um das Sofa herum und setzt sich. Sie nimmt ein Kissen auf den Schoß und drückt es an ihren Oberkörper. »Natürlich bin ich neugierig und habe Fragen, aber deshalb zwinge ich dich nicht zu einer Antwort.« Wieder nickt Lexi. Ich setze mich neben sie und sie lehnt ihren Kopf an meine Schulter. Ich nehme eine ihrer Hände zwischen meine.

»Deine Narben … sind die von deinem Vater?«, frage ich schließlich, weil ich keinen Sinn darin sehe, weiter um den heißen Brei zu reden.

»Ja«, sagt sie. Ihr Geständnis scheint eine Last von ihren Schultern zu nehmen. Ich dagegen muss mich beherrschen, meine Hände nicht zu Fäusten zu ballen und ihre Hand damit zu zerquetschen. Die Wut, die ich gespürt habe, als ich die Überreste der Misshandlungen gesehen habe, kehrt mit einem Schlag zurück. Ich will Rache, obwohl ich den Mann nicht kenne. Ist das noch normal?

»Kann ich einfach erzählen?«, fragt sie flüsternd.

»Natürlich«, sage ich und küsse ihr Haupt.

»Meine Eltern haben sich im Studium kennengelernt, das hatte ich dir erzählt. Dass meine Mutter mich liebte, auch. Aber mein Vater hat mir die Schuld daran gegeben, dass der Erfolg ausblieb. Er hat mir mehr als einmal gesagt, dass er glaubt, er und meine Mutter wären ohne mich besser dran gewesen. Anstatt glücklich über seine kleine, gesunde Familie zu sein, hat er sie als Last verflucht. Ich wäre zu teuer gewesen und hätte nur gefordert und nie etwas zurückgegeben. Wer wirft seinem Kind, das nicht mal die Grundschule beendet hat, so etwas an den Kopf?«

»Kein guter Vater, das ist sicher.«

Sie nickt und spricht weiter. »Meine Mutter hat meinen Vater wirklich geliebt, und womöglich auch mehr als er sie. Schließlich konnte sie nicht mehr dabei zusehen, wie er von einer Depression in die nächste stürzte. Sein neuer Freund, der Alkohol, hat die ganze Sache nicht besser gemacht. Meine Mutter tat das, was sie für richtig hielt, und fing wieder an Songs zu schreiben und zu komponieren. Mein Vater hat sie als seine Werke verkauft und sich einen Namen damit gemacht. Anstatt darüber glücklich zu sein, forderte er immer mehr von meiner Mutter. Ich habe alles, was ich übers Schreiben und Komponieren weiß, womöglich in dieser Zeit gelernt. Ich habe ihr immer zugesehen, während ich meine Hausaufgaben machen sollte. Wenn sie im Flow war, sah sie so glücklich aus, wie ich sie sonst nie gesehen habe. Das ist auch der Grund, warum ich die Musik nicht aufgegeben habe, nachdem alles den Bach runtergegangen war. Ich wusste, dass sie heilt und ein Zufluchtsort ist. Hätte mich dieser Anblick nicht so geprägt, würde ich die Musik abgrundtief hassen. Sie hat mir alles genommen und gleichzeitig gibt sie mir alles.«

Lexi macht eine Pause und sortiert ihre Gedanken. »Der Name meines Vaters gewann in der Branche also immer mehr an Bedeutung und die Bedeutung unserer Familie nahm für ihn immer mehr ab. Meine Mutter hat sehr darunter gelitten und es hat ihr das Herz gebrochen. Sie konnte nicht mehr schreiben und dann fingen die Probleme richtig an. Mein Vater war schon immer impulsiv, aber wenn er nach Hause kam und meine Mutter keinen Nachschub vorzeigen konnte, wurde er böse.«

Sie macht eine erneute Pause und ich will sie darum bitten, dass sie aufhört zu erzählen. Ihre Geschichte schnürt mir die Kehle zu. Doch sie findet die Kraft, um weiterzusprechen.

»Mein Vater ließ seinen Unmut an meiner Mutter aus. Meinen dreizehnten Geburtstag habe ich damit verbracht, ihre Wunden zu pflegen. Meine Mutter konnte es nicht verkraften, dass ihre große Liebe nicht das war, was sie sich vorgestellt hatte. Im Nachhinein bin ich mir sicher, dass sie an einer schweren Depression litt, doch das konnte ich damals noch nicht wissen. Eines Tages, ich war inzwischen vierzehn … Ich kam eher aus der Schule, weil ein Lehrer krank geworden war. Ich weiß noch, dass ich mich extra beeilt habe, nach Hause zu kommen, damit ich meiner Mutter helfen konnte, bei einem ihrer Songs weiterzukommen. Doch was ich vorgefunden habe, hätte ich mir nie ausmalen können.«

Lexis Tränen tropfen auf meinen nackten Unterarm. Ich würde lügen, wenn meine eigenen nicht auch bereits im Anschlag stehen würden.

»Sie saß in ihrem Hochzeitskleid im Bett und … und hatte eine Waffe in der Hand. Ich wusste nicht mal, dass sie eine besaß. Sie hat mir gesagt, wie leid es ihr tut und dass sie mich liebt und dass ich das Beste in ihrem Leben gewesen bin … und … und dann hat sie abgedrückt. Ich hatte versucht, es ihr auszureden, ihr zu sagen, dass sie mich nicht alleine lassen kann, aber sie hatte schon abgeschlossen und aufgegeben. Ich habe versucht, sie wachzurütteln, sie umarmt und ihr Haar gestreichelt … Das Blut war überall. Ich weiß nicht, wie lange ich mit ihr so dagesessen habe. Irgendwann kam mein Vater nach Hause und ich weiß noch, dass ich ihn angeschrien habe, dass ich ihn hasse und er dran schuld sei. Anstatt zu trauern und es als Weckruf zu sehen, war seine einzige Sorge, wie er jetzt an neue Songs kommt.« Ihre Stimme hat einen bitteren Unterton angenommen. »Ich hatte geglaubt, dass es bis dahin schlimm gewesen war, aber die wahre Tyrannei begann erst jetzt. Ich sollte endlich eine Gegenleistung erbringen und nicht nur selbstsüchtig sein. Also war es jetzt meine Aufgabe, ihm Songs zu schreiben. Waren sie nicht gut oder konnte er sie nicht verkaufen, bekam ich postwendend die Quittung dafür. Gürtelschläge. Schubsen durch die Wohnung. Backpfeifen … Seitdem kann ich es nicht ertragen, wenn mich jemand berührt. Wenn mein eigener Vater mich so behandeln kann, was können dann erst andere mit mir anrichten?« Sie ist inzwischen erstaunlich gefasst und hat mir mehr erzählt, als ich je erwartet hätte.

»Wo war Mike die ganze Zeit?«, frage ich und kann die Wut nicht verbergen.

»Er und meine Mutter waren vom Alter her weit auseinander. Er war zu jung, um etwas mitzubekommen. Außerdem hat meine Mutter alles vor ihm verborgen, so gut es ging. Als sie starb und kurze Zeit später auch meine Großeltern, ist er zum

Studium weggezogen. Mein Vater hat den Kontakt nicht aufrechterhalten, wie du dir sicher vorstellen kannst. Erst nach dem Tod meiner Mutter hat Mike gemerkt, dass etwas nicht stimmt. Es hat dennoch eine ganze Zeit gedauert, bis ich zu ihm gezogen bin und meinen Vater zum Teufel gejagt habe.«

»Was ist passiert?«, frage ich.

»Ich bin geflohen, sobald ich die Kraft und den Mut dazu hatte. Das muss nach einem heftigen Streit mit ihm gewesen sein, als ich sechzehn war. Als Mike dann mitbekommen hat, dass meine Mutter und ich die Songs geschrieben haben, haben wir meinen Vater auflaufen lassen. Danach konnte er keinen Fuß mehr in der Branche fassen. Ich bin zu meinem Onkel gezogen und wir haben unser eigenes Label gegründet, als deutlich wurde, dass die ganzen Erfahrungen meiner Musikliebe keinen Abbruch getan hatten.«

Als sie fertig ist, weiß ich absolut nicht, was ich sagen soll. Wie kann man die richtigen Worte für so etwas finden? Da nützt es herzlich wenig, dass man von Berufs wegen mit Wörtern hantiert. Es ist einfach nur grässlich und widerlich, was Lexi durchmachen musste. Und offenbar noch immer durchmacht.

»Sag etwas«, fleht sie leise und lehnt sich in meine Richtung, als ob sie Angst hat, dass ich sie nach diesen Geständnissen fallen lassen würde. Aber wie könnte ich? Sie ist eine verdammte Kriegerin und das verdient Respekt und Anerkennung. Ich habe gar nicht gemerkt, dass ich bereits so lange schweige.

»Mir fehlen die Worte, die beschreiben, was gerade in mir vorgeht«, erkläre ich schließlich und lege meine Arme um sie. »Es ist furchtbar, was du erlebt hast, und trotzdem sitzt du hier neben mir und atmest. Das ist für mich ein Wunder.«

»Danke«, sagt sie und ich lache leise auf. Sie umarmt mich fester.

»Wofür dankst du ausgerechnet mir?«, frage ich.

»Weil du nicht wegläufst, obwohl ich so ein Wrack bin«, sagt sie und ich kann förmlich vor mir sehen, wie sie sich meine Reaktion in ihrem Geist ausgemalt hat. Sie hat wirklich keine hohe Meinung von Menschen. Nach dem, was ich eben erfahren habe, kann ich es ihr nicht verübeln.

»Ich bin hier«, versichere ich ihr eindringlich. Sie antwortet nicht, aber nickt gegen meine Brust und gähnt. Kein Wunder. Ihr Körper muss ausgelaugt sein. Der Verstand kann einen nur so weit tragen, bis alles andere aufgibt. Irgendwann holt einen alles ein.

Es dauert nicht lange und ihr Kopf wird immer schwerer, dann der Rest ihres Körpers. Es ist, als würde jegliche Stärke sie verlassen, und sie lässt sich fallen. Einfach so und vermutlich zum ersten Mal, seit sie ihre Mutter verloren hat. Mein Herz klopft schneller vor Erstaunen, dass sie ausgerechnet mich dafür ausgewählt hat. Ich möchte es nicht anders haben. Sanft streiche ich über ihren Rücken und als mich selbst die Müdigkeit überrollt, ziehe ich sie vorsichtig nach hinten, bis wir auf dem ausgezogenen Sofa zum Liegen kommen. Sie beschwert sich etwas, als ich ihre Beine hochhieve, damit sie ebenfalls auf dem Polster liegen und nicht frei herumbaumeln, dann schmiegt sie sich an mich. Es klingt schmierig, wenn ich sage, dass wir perfekt zueinander passen, aber es ist so. Und als ich sie halte, finde ich selbst in den Schlaf.

18 – Ratschläge, die niemand hören will

Luke

Mein Schlaf ist traumlos oder ich erinnere mich einfach nicht daran, als mich das Vibrieren meines Handys weckt. Ich brauche einen Moment, um den Ursprung zu lokalisieren, da das Gerät irgendwo in den Laken und Kissen verschwunden ist. Schließlich bekomme ich es zu fassen. Lexi bewegt sich in meinem Arm und ich halte inne. Mein Herz schlägt sofort höher in meiner Brust. Ich schlucke, als mich die Erinnerungen dieser Nacht überfluten. Ich lege mich auf die Seite und schließe meine Arme um Lexi und biete ihr einen Ort, an dem sie sicher ist. Das Handy in meiner Hand habe ich vergessen, bis es erneut zu vibrieren beginnt. Jakes Gesicht scheint mir entgegen.

»Hey«, grüße ich leise, weil es wohl wichtig ist, wenn er zweimal so kurz hintereinander anruft.

»Warum geht eigentlich niemand an sein Telefon?«, fährt mich Annas Stimme an und ich bin für einen Moment perplex, da ich mit ihr nicht gerechnet habe. Dass ich gerade aufgewacht bin, lässt meine Gehirnzellen nicht gerade auf Hochtouren laufen.

»Anna?«, frage ich also geistreich. Lexi bewegt sich und vergräbt ihr Gesicht tiefer in meinem Shirt. Ich wende mein Gesicht von ihr ab, damit meine Stimme nicht gleich in ihr Ohr dröhnt.

»Hast du eine Ahnung, wo Lexi ist?«, fragt sie. Anna klingt angespannt und beinahe panisch.

»Lexi?«, frage ich und will ihr gerade eröffnen, dass ich ganz genau weiß, wo sie ist, weil sie in meinen Armen schläft. Doch Anna unterbricht mich einfach ungeduldig.

»Ja. Ich suche sie, weil Mike mich angerufen hat, weil er sie sucht. An ihr Handy geht inzwischen nur noch die Mailbox. Wäre das ganze Chaos durch das Unwetter nicht, hätte ich schon längst ihre Tür eingerannt.« Bei dieser Aussage muss ich mir ein Lachen verkneifen. Anna ist nicht die größte Person auf Erden, aber so, wie sie gerade redet, habe ich keine Zweifel, dass sie jede Tür aus den Angeln heben kann. Ich nutze den Moment, in dem sie Luft holt und ergreife das Wort.

»Beruhig dich und lass mich ausreden. Lexi ist hier. Also, ich bin bei ihr und sie schläft noch.« Mich begrüßt nur noch Stille am anderen Ende.

»Wie? Sie schläft?«, fragt sie nun völlig verwirrt. »Um diese Zeit schläft sie nie! Sie schläft ja kaum nachts!« Anna glaubt mir anscheinend kein bisschen. Mit einem Blick durch den Raum suche ich nach einer Uhr. Dass eine im Telefon integriert ist, fällt mir nicht auf Anhieb ein. Mit zusammengekniffenen Augen erkenne ich die aus der Küche. Es ist bereits Mittag.

»Ja, um diese Zeit. Wir hatten gestern ein Date«, erkläre ich und hoffe, dass es in Lexis Sinn ist, dass ich ihrer Freundin das erzähle. Was aber diese Nacht geschehen ist, darüber werde ich kein Wort verlieren. Zumindest nicht ohne ihr Einverständnis. »Es ist spät geworden und wir sind auf ihrem Sofa eingenickt.«

Lexi gähnt und streckt sich. Sie ist am Aufwachen. Sie braucht anscheinend einen Moment, um sich zu orientieren, aber sieht dann schüchtern lächelnd zu mir auf. Ich kann nicht anders, als zurückzugrinsen, und mein Herz schwillt an, als würde mein Körper es plötzlich einzwängen und keinen Raum mehr zum Schlagen geben. Mit einem Kuss auf ihre Nasenspitze wünsche ich ihr einen guten Morgen. Ich hebe mein Telefon, damit sie es sieht, und forme mit meinen Lippen Annas Namen. Ihr Lächeln verschwindet und Sorgenfalten zeichnen sich auf ihrer Stirn ab.

Anna erzählt etwas, aber ich höre sie kaum. Meine müde Konzentration kann sich nur mit einer Sache beschäftigen und das ist jetzt Lexi.

»Ist etwas passiert?«, fragt sie besorgt und richtet sich auf ihrem Ellbogen auf. Ich schüttle beruhigend den Kopf.

»Anna«, unterbreche ich die Frau am anderen Ende. »Lexi ist jetzt wach. Soll ich ...?«

»Natürlich sollst du mir sie geben!«, stöhnt sie genervt.

»Bist du bereit, einem kleinen Wirbelsturm entgegenzutreten?«, frage ich Lexi und lache, als Anna entrüstet protestiert. Lexi nickt. Ich halte ihr mein Telefon hin und sie ergreift es sofort. Sie setzt sich auf, aber ich beschwere mich nicht. Eine Hand bleibt auf meinem Oberschenkel liegen.

»Anna ...« Lexi seufzt, kaum dass sie ihrer besten Freundin ein paar Sekunden zugehört hat. Zwischenzeitlich hält sie sich das Telefon vom Ohr und kneift ein Auge zusammen. Kein Wunder. Ich kann Annas aufgebrachte Stimme hören. »Anna, nein ... ja, ich bin da ... ja, ich halte mein Versprechen.« Lexi wirkt immer trauriger und lässt ihren Kopf hängen. Nach einer, höchstens zwei Minuten beenden sie das Gespräch. Lexi reicht mir mein Telefon zurück. Ich lasse es auf die Polster neben mir gleiten und setze mich auf.

»Ist alles okay?«, frage ich, weil sie ganz und gar nicht danach aussieht. Und ich weiß, dass ich recht habe, als sie kurz zu mir sieht und verzweifelt versucht, die Tränen zurückzuhalten.

»Ja, eigentlich schon«, beteuert sie dennoch.

»Eigentlich macht jeden Satz kaputt«, erkläre ich sanft. Sie schließt ihre Augen, als ich ihre Haare zurückstreiche. Ich küsse ihren Nacken und sie seufzt, als würde sie es genießen und gleichzeitig verhindern wollen. Um sie nicht weiter zu überfordern, lege ich meinen Arm um sie und sie lehnt ihren Kopf an meine Schulter.

»Als ich vor zwei Jahren einfach auf und davon bin, habe ich vorher niemandem etwas erzählt. Keine Vorwarnung, nichts.

Nicht mal meiner besten Freundin, und ich kann es verstehen, dass sie Angst hat, dass ich jeden Moment wieder von der Bildfläche verschwinde. Aber ich hasse es, dass sie sich deswegen stressen muss und diese Angst spürt.«

»Anna beruhigt sich wieder«, rede ich ihr gut zu.

»Ja, dennoch ist es nicht schön, dass sie sich so aufregt, obwohl ich da bin. Es ist eine ganz andere Situation als damals.« Sie seufzt.

»Mit der Zeit wird sich das legen.«

»Es ist ja nicht nur das Verschwinden«, beginnt sie. »Sie wird Angst haben, dass ich rückfällig werde.«

»Rückfällig?«, frage ich, ehe ich es mir verkneifen kann.

»Ich …« Lexi sieht mich an und allein ihr Blick verrät mir, dass jetzt nicht Schönes kommt. Sie wendet sich mir zu, so dass sie mir in die Augen sehen kann. »Ich bin an einen Punkt gekommen, an dem ich einfach nur noch wie jeder andere sein wollte. Ich wollte nicht bei jeder unachtsamen kleinen Berührung aus meiner Haut fahren oder aufschreien. Also habe ich nach Wegen gesucht, um meine Gefühle zu betäuben.«

»Deshalb trinkst du jetzt keinen Alkohol?«, frage ich zum Verständnis, obwohl ich mir die Antwort bereits weiß. Sie nickt, doch in ihren Augen sehe ich schon das große Aber stehen. »Was noch?«

»Drogen, und das nicht zu wenig«, gesteht sie. »Wenn du jetzt nichts mehr mit mir zu tun haben willst, kann ich das völlig nachvollziehen! Aber es ist besser, wenn du die Wahrheit über meine Vergangenheit kennst, ehe wir zu tief drinstecken.«

Wie tief soll ich noch drinstecken? Dass ich geschockt bin, ist noch milde ausgedrückt. Ich kann es mir nicht vorstellen. Sie und das ganz harte Zeug? Sie?

»Und du hast einen Entzug gemacht?«

So wie sie es beschreibt, geht ihre Erfahrung mit den Substanzen weit über eine neugierige Experimentierphase hinaus. Ich weiß nicht warum, aber ich muss mir vorstellen, wie sie in einer dieser schicken Entzugskliniken sitzt, die man sonst nur im Fernsehen sieht, wenn ein Promi mal wieder durchgedreht ist. Sie passt nicht in diese Welt und doch scheint es so gewesen zu sein. Ich warte noch immer auf dem Moment, in dem sie ruft, dass das alles nur ein makabrer Scherz war, aber er kommt nicht. Sie bleibt meiner Frage eine Antwort schuldig und ich betrachte sie forschend.

»Hast du eine Therapie gemacht, Lexi?«, frage ich noch einmal drängender. Lexi weicht meinem Blick aus.

»Das ist nicht so einfach …«, behauptet sie.

»Doch. Entweder ja oder nein.« Man sieht ihr an, wie sehr ich sie mit dieser Frage in die Ecke dränge. Seufzend lenke ich ein. »Es ist okay«, sage ich und ziehe sie in meine Arme. Sie vergräbt ihr Gesicht an meiner Brust und ich küsse ihren Kopf. »Verspricht mir nur, dass du keine Drogen mehr nimmst.«

Sie nickt und reibt dabei die Haut über meinem Herzen, das ihretwegen besorgt und schwer ist.

»Wollen wir etwas frühstücken?«, frage ich. Wir beide wissen, dass es ein Ablenkungsmanöver ist, aber akzeptieren es beide. »Vorausgesetzt, du hast alle Zutaten da, kann ich ein paar mörderische Pancakes machen.« Das ist nicht mal gelogen. Wenn die WG mit einem kollektiven Kater aufwacht, ist es meine Aufgabe, dieses Pfannengericht zu liefern und ihren Mägen etwas zu tun zu geben. Davon abgesehen, scheinen sie mir jetzt das passende Gericht fürs Herz zu sein.

»Gern«, stimmt sie zu.

Sie liebt meine Pancakes.

»Kannst du noch mehr so tolle Sachen kochen?«, fragt sie und hat noch nicht mal alles hinuntergeschluckt.

»Ich habe zumindest noch niemanden vergiftet«, erkläre ich stolz und sie grinst mich an, als sie sich eine weitere Gabel in den Mund schiebt. Die Anspannung von unserem Gespräch hat nur angehalten, bis wir die Zutaten für die Pancakes zusammengesucht hatten. Spätestens seit ich ihre Nase in Mehl getaucht habe, ist das Eis zwischen uns geschmolzen. Wir lassen das Radio nebenher laufen, um über die Straßen- und Wettersituation auf dem aktuellen Stand zu bleiben. Anna hatte recht mit den öffentlichen Verkehrsmitteln. Weder Straßenbahnen noch Busse fahren im Moment. Aber der Verkehr auf den Straßen soll langsam wieder ins Rollen kommen. Mit meinem Motorrad kann ich mir auf alle Fälle einen Weg durch Gassen und Seitenstraßen bahnen. Doch bevor ich mich von ihr verabschieden kann, brennt mir noch eine Frage auf der Seele. Erst war ich mir der Sache sicher, aber seit dem kleinen Dämpfer von heute Morgen und ihrer Drogenvergangenheit habe ich Zweifel bekommen.

»Du … ich … wir«, druckse ich herum und finde keinen richtigen Anfang. »Gott, ich fühle mich wieder wie sechzehn«, fluche ich.

»Was willst du mich denn fragen?«, fragt Lexi und lehnt sich locker gegen den Türrahmen.

»Wir sind jetzt aber schon zusammen?«, bringe ich schließlich hervor und denke, dass ich ihr gleich einen Zettel, auf dem »Willst du mit mir gehen? Ja. Nein. Vielleicht« steht, hätte geben können, den sie nur noch ankreuzen muss. Ihr Gesicht entgleist ein wenig. »Ich will dich auf nichts festlegen«, ergänze ich schnell. »Was ich damit einfach nur ausdrücken will: Wir sehen, wie sich das mit uns entwickelt und treffen uns mit niemand anderem?«

Und ich will etwas mit Worten machen? Müsste ich mir zuhören, würde ich mich für einen blutigen Anfänger und völlig talentlos halten.

Lexi lächelt wieder und ihre Augen blitzen amüsiert. »Nun, da ich nicht jedem meine Geschichte anvertraue oder küsse und du mir durchaus sympathisch bist, antworte ich mit einem überdeutlichen Ja.«

Der Stein, der mir gerade vom Herzen fällt, muss mit seiner

Wucht auf der anderen Seite der Erde wieder hinausschießen und in die Umlaufbahn eintreten.

Sie hat Ja gesagt.

19 – Liam und Cosy

Lexi

»Lexi«, dringt Liams Stimme durch meinen Nebel an Gedanken, der mir die Sicht versperrt. Zusätzlich wedelt er mit seiner Hand vor meinem Gesicht. Es scheint auch nötig. Erst dann kehre ich geistig in den Raum im Bürogebäude zurück, in dem der Sänger mich um ein Gespräch gebeten hat. Er will mit mir noch einmal die Textpassagen durchgehen und meine Meinung zu anderen Stellen in anderen Songs hören. Seine Bedenken sind meist unbegründet. Dass er nun jeden Song in Frage stellt, habe ich nicht gewollt. Aber ich kann es verstehen. Sät man ein Körnchen Unsicherheit im Kopf eines Kreativen, breitet es sich rasant wie Unkraut aus. Es ist Fluch und Segen zugleich.

»Entschuldige«, sage ich und kratze den Rest meiner Konzentration zusammen. Vielleicht wäre ein anderer Tag für dieses Meeting besser gewesen. Aber es würde nicht professionell aussehen, wenn ich das Gespräch jetzt abbrechen würde.

»Ist alles in Ordnung mit dir?« Er will als Zeichen seines Mitgefühls eine Hand auf meine legen, die einen Stift nervös mit den Fingern hin und her wippt. Ich lasse den Stift auf den Tisch fallen und fahre mir durch die Haare. Ich habe diese Reaktion perfektioniert, so dass sich Liam nicht verletzt fühlt, als er seine Hand wieder zurückgleiten lässt.

»Es ist alles okay«, versichere ich ihm und lächle ihn mit meiner falschen Zuversicht an, wie ich es immer tue, wenn ich Menschen über meinen mentalen Zustand belüge. Liam zieht seine Augenbrauen zusammen und ich weiß einfach, dass er einer der wenigen ist, die geradewegs durch diese Illusion hindurchsehen.

»Die siehst aber nicht so aus. Einmal grinst du vor dich hin, als ob du den besten Tag deines Lebens hast, und im nächsten Moment kaust du auf der Unterlippe herum, als ob es kein Morgen mehr gibt. Für mich sieht das nicht sonderlich okay aus.« Er ist ein guter Beobachter und er ist an einer ehrlichen Antwort interessiert. Ihm reicht dieses »Mir geht es gut« nicht, damit er beruhigt sein kann, dass er eine Frage nach meinem Befinden gestellt hat. Denn das wollen die meisten hören.

Mir geht's gut.

Es ist alles okay.

Diese Floskeln befreien den Gesprächspartner von seiner Pflicht nachzuhaken.

»Mir geht nur vieles durch den Kopf«, beruhige ich ihn schließlich. Dabei geht mir nur eines durch den Kopf, und das ist Luke. Luke, wie er mich küsst. Luke, der all das Hässliche gesehen hat und dennoch geblieben ist. Luke, der in der Wunde, warum ich keine Therapie machen will, Salz verstreut. Diese bedrückende Stimmung, nachdem ich abgeblockt habe. Die Sicherheit, die ich in seinen Armen gespürt habe, wie ich sie so noch nie gespürt habe. Sein Lächeln, bevor er seine Lippen auf meine gepresst hat. Sein rauer Atem, als es etwas hitziger zwischen uns geworden ist. Das Vertrauen, dass er sofort aufhört, wenn ich nur an Stopp denke. Seine unglaublichen Pancakes und dass er sich versichern musste, dass wir exklusiv sind und niemand anderen nebenher treffen – auch wenn die Frage bei mir mehr als überflüssig ist. Einerseits sind da diese Schmetterlinge in meinem Bauch, die mich verrückt werden lassen mit ihren federleichten Flügelschlägen und kitzeln und einfach glücklich machen, wie ich es schon seit Jahren nicht mehr gewesen bin. Andererseits sehe ich, wie im Schatten dahinter die Klauen einer Raubkatze aufblitzen und sich bereit machen, einen nach dem anderen der bunten

Tierchen zu schnappen. Das Raubtier ist mein Kopf, oder besser, was sich hinter meiner Stirn verkriecht. Es tat gut, etwas davon zu erzählen und den Druck abzulassen. Aber was das Öffnen des Ventils noch mit sich ziehen könnte, das macht mir eine verdammte Angst.

»Lexi, du machst es schon wieder.« Liam lacht und lehnt sich in seinem Stuhl zurück. »Kann es sein, dass einer meiner Mitbewohner schuld an deiner mangelnden Konzentration ist?«

Ertappt sehe ich ihn an und frage mich, wie viel Luke seinen Freunden über uns erzählt hat. Ich will Liam nichts gestehen und ich kann es auch nicht. Ich fürchte, Liam und die anderen würden mich nicht mehr ernst nehmen, wenn ich mich in den Erstbesten verknalle, mit dem ich laut Vertrag zu einer engen Zusammenarbeit verpflichtet bin. Was wirft das für ein Licht auf mich und aufs Label – und damit auf die Professionalität meines Onkels? Wir haben sowieso schon damit zu kämpfen, dass die Leute reden, dass er mich als seine Nichte in dieser hohen Position mitträgt. Aber all die, die sich darüber das Maul zerreißen, wissen nicht, dass ich Lynn Jefferson bin. Ich glaube, dann würde die Sache schon wieder gänzlich anders aussehen.

»Lexi?«, fragt Liam erneut und ich sehe ihn an. »Wollen wir uns lieber ein anderes Mal treffen?« Er markiert die Seite seines Notizheftes, indem er seinen Stift hineinlegt, und schließt es. Panik steigt in mir auf, als er es von sich schiebt.

»Nein! Es ist okay. Wirklich.« Liam sieht kein Stückchen überzeugt aus. »Ich konzentriere mich jetzt.« Nachdem er mich noch einmal prüfend betrachtet hat, zieht er das Heft wieder zu sich, öffnet es aber nicht gleich. »Eure Videos sind wirklich gut«, lobe ich und versuche, damit einen Einstieg in das Geschäftliche zu finden. »Es wäre gut, wenn sich einer von euch oder ihr alle euch mit unserer Medienabteilung zusammensetzt. Ich habe zwar schon ein Konzept erstellt, wie ich mir das vorstelle, aber andere Ideen sind herzlich willkommen.«

So. Das war gar nicht schwer. Eine ganze Minute habe ich

nicht an Luke gedacht. Jetzt habe ich kurz an ihn gedacht und weiter geht es. Liam grinst. Seit wann bin ich für andere so leicht zu lesen?

»Sag mal. Es ist wegen Luke, oder? Er ist auch so verträumt und abwesend in letzter Zeit.« Liam seufzt und schließt nun endgültig sein Heft.

»Neugierig?«, frage ich grinsend. Würde ich nicht grinsen, würde ich wahrscheinlich im Erdboden versinken und nie wieder auftauchen wollen.

»Ja! Weil aus ihm auch kein Wort herauszubekommen ist!«

So frustriert Liam auch darüber ist, umso zufriedener bin ich, dass ich mich nicht in Luke getäuscht habe und er alles für sich behält. »Ein echter Prince Charming, dieser Luke«, sage ich nur geheimnisvoll und schließe ebenfalls mein Heft. Das Geschäftliche scheint sich endgültig verabschiedet zu haben.

»Was dich zu Cinderella machen würde«, erklärt Liam und überlegt. »Nur, dass du schon Königin eines Imperiums bist.«

»Das Label ist wohl kaum ein Imperium«, verbessere ich ihn. Es läuft alles andere als schlecht und kann auch international mithalten, aber ein Imperium? »Mitternacht habe ich trotzdem noch nie gemocht«, gestehe ich.

»Am Ende zählt nur eins, und das ist nicht, dass ihr euch beide liebt. Das ist nur der Anfang und viele kommen gar nicht darüber hinaus. Wichtig ist, dass beide zu gleichen Teilen bereit sind, Arbeit in die Beziehung zu investieren, damit es keine Einbahnstraße wird.«

Das gibt mir zu denken. Wenn ich Liams trauriges Gesicht sehe, frage ich mich nicht nur, was er und Cosy wohl durchgestanden haben. Bei ihnen sieht es immer so leicht aus. Sie verstehen sich ohne Worte und brauchen nicht mal Blicke, um zu kommunizieren. Sie müssen nur im selben Raum sein und sie spüren einfach, was der andere braucht. Trotzdem ist es viel zu zeitig, um bei Luke und mir von Liebe zu reden, oder davon, was ich ihm in der Beziehung zurückgebe. Luke ist meine Medizin.

Er tut mir gut. Jeder Tag scheint leichter zu werden, seit ich ihn kenne. Die Last auf meinem Brustkorb erstickt mich nicht bereits beim Aufwachen. Mein Herz rast aus anderen Gründen als Angst, wenn ich nach draußen trete. Alles scheint besser und fast lebenswert zu sein.

»Liam?«, frage ich. Er spielt an dem Ende seines Stiftes herum und sieht wieder zu mir auf. Er wartet, dass ich weiterspreche. »Wie sind Cosy und du zusammengekommen? Wie schafft ihr es zusammenzubleiben?« Es ist eine sehr persönliche und vielleicht auch ungewöhnliche Frage, aber Liam beginnt ernsthaft zu überlegen.

»Wir sind schon ein paar Jahre zusammen. Ich war siebzehn und Cosy zwanzig. Ich hatte das letzte Schuljahr noch vor mir und er steckte mitten im Studium. Wir haben uns auf einem Konzert kennengelernt und Nummern und Mails ausgetauscht. Ich war mir immer bewusst, dass ich niemals mit einer Frau zusammen sein würde, und Cosy war schon lange geouted, wie man so schön sagt. Ich habe es nie für nötig gehalten. Oder musstest du das jemals? Sagen, dass du hetero bist?« Er macht eine Pause und wartet auf meine Antwort.

»Nein«, gestehe ich. »Ich muss zugeben, so habe ich noch nie darüber nachgedacht. Ich meine, ich sehe nichts Falsches daran, wenn man mit seiner Liebe zusammen ist, und es ist egal, was für ein Geschlecht dahintersteckt. Es sind eh alles nur Raster und Normen, in die wir hineinpassen sollen. Aber ich denke, dadurch dass ich in dieser Hinsicht in die allgemeine Norm passe, musste ich mir nie darüber Gedanken machen.«

»Genau. Wo du dir keine Gedanken machen musst, müssen wir uns alles dreimal überlegen. Steht der andere auch auf Vertreter des eigenen Geschlechts? Macht er sich über mich lustig, wenn ich auf ihn stehe? Bekomme ich eine gescheuert, wenn ich mit ihm flirte?«

Ich fühle mich unwohl bei dem bloßen Gedanken daran, so einen Stress durchzustehen.

»Wir haben uns dann oft verabredet. Meine Eltern haben uns für gute Freunde gehalten. Was wir zu Beginn auch waren. Nur hat es sich schnell weiterentwickelt. Die Wochenenden habe ich bei ihm verbracht und wir haben schnell die gemeinsame Liebe zur Musik entdeckt. Wenn wir auf Grund eines Streites nicht über unsere Schatten springen konnten und nicht miteinander gesprochen haben, haben wir unser Innerstes in der Musik verarbeitet und darüber kommuniziert. Oder auch, wenn uns etwas beschäftigte, das sich nicht in zwei Sätzen einfach mal so erklären ließ. Es ist leichter.«

Ich lächle, weil ich das zu gut kenne. Ich habe es mit meiner Mutter so gemacht, mit Mike fortgeführt und scheine mit Luke das Gleiche zu beginnen.

»Wie ging es weiter?«, frage ich, weil Liam nicht von alleine weiterredet. Er seufzt und konzentriert sich wieder auf den Stift vor sich. Wenn er nicht aufpasst, dann zerbricht er ihn.

»Wie es sich herausstellte, hätten meine Eltern ein Outing nötig gehabt. Dann hätte ich vorher gewusst, dass sie nicht so tolerant sind, wie sie mich erzogen haben – oder vielleicht habe ich mich selbst dazu erzogen. Auf jeden Fall hat meine Orientierung nicht in das Weltbild meiner Eltern gepasst und schon gar nicht in die Pläne, die sie für mich hatten. Als ob ich eine Lehre in der Bank gemacht oder in diese Richtung studiert hätte. An dem Tag, an dem ich ihnen gesagt habe, dass ich Cosy liebe, haben sie mir den Rücken zugekehrt. Sie sagten, ich wäre jederzeit willkommen, solange ich nur eine Frau an meiner Hand halte und keinen Mann. Am gleichen Tag habe ich meine Sachen gepackt, die Schule geschmissen und nie wieder zurückgeblickt.«

»Wow«, sage ich und merke erst jetzt, wie sehr mich seine Story gefesselt hat, obwohl er nur die Oberfläche angekratzt hat. Wer weiß, was sie noch alles für Hindernisse überwinden mussten. »Kein Wunder, dass ihr euch so blind versteht.« Liam lächelt endlich wieder und nickt.

»Ja«, bestätigt er. »Aber diese schweren Zeiten liegen lange hinter uns. Was nicht heißt, dass es nicht mehr weh tut, wenn wir daran zurückdenken. Wir sind glücklich und der Rest fügt sich mit einem gewissen Optimismus.«

»Das ist eine wunderbare Einstellung, Liam«, sage ich ehrlich. Ich habe den Verdacht, dass ich mir von ihm und Cosy und ihrer Einstellung zur Welt noch eine mächtig große Scheibe abschneiden kann.

20 – Unliebsame Gespräche

Lexi

Die letzten Tage sind das komplette Gegenteil der vergangenen Monate. Die Musik fließt wieder und ich bin gerade mit Luke auf unserem vierten Date. Aber durch die Schreibsessions haben wir uns schon viel mehr gesehen.

»Ist alles okay?«, frage ich Luke, als wir in meiner Wohnung einen Kaffee trinken. Wir haben gerade die Rohfassung unseres Songs fertiggestellt und stoßen darauf an. Luke scheint die gesamte Zeit über bedrückt und abwesend. Seine Finger sind nicht wie sonst über die Tasten des Klaviers geglitten. Es schien eher eine Pflicht für ihn zu sein.

»Ja«, behauptet er und seufzt im nächsten Augenblick. »Nein, aber es hat nichts mit dir zu tun.«

»Okay.«

»Es war eine harte Woche und ich musste viel in der Werkstatt einspringen.« Ich warte, aber Luke geht nicht ins Detail und ich dränge ihn nicht weiter. Ich bin dankbar, dass er dennoch zu unseren Sessions gekommen ist. Und dass er dennoch mit mir ausgegangen ist. Es muss eine Belastung gewesen sein – ich muss eine Belastung für ihn sein.

»Willst du dann nicht lieber nach Hause und dich ausruhen?«, frage ich. Etwas in meiner Stimme scheint mich zu verraten. Luke sieht überrascht von seiner Tasse auf.

»Lexi, du bist das Einzige, was mich diese Woche bei Verstand gehalten hat«, erklärt er. »Wenn ich dich nicht störe, würde ich gerne noch etwas bleiben.«

»Dann würde ich vorschlagen, dass wir etwas zu essen bestellen und Netflix schauen?«

»Gern«, sagt er. Sein müdes Lächeln lässt meinen Magen rumoren. Wir entscheiden uns schließlich für einen Lieferservice und werden uns schnell über einen Film einig. Wir haben meine Couch wieder ausgezogen, damit wir beide gemütlich liegen können. Mein Kopf ruht auf seiner Brust und ich höre sein Herz unter meinem Ohr schlagen. Er streicht mir durch die Haare.

»Danke«, sage ich, obwohl er sicher nicht weiß warum. Sein Streicheln stoppt. »Ich meine, du tust mir so unglaublich gut. Ich hätte niemals geglaubt, dass ich je mit jemandem so daliegen könnte wie wir zwei jetzt.« Luke gibt mir einen Kuss auf den Kopf. »Du bist mein Heilmittel, das mich gesund macht.« Für einen Augenblick denke ich, dass er die Luft anhält, doch dann seufzt er.

»Wenn es doch nur so einfach wäre«, schnaubt er verbittert und ich erschrecke mich über seinen Tonwechsel.

»Was meinst du damit?«, frage ich und richte mich auf, bis ich ihm in die Augen sehen kann. Die Zuneigung, die ich bisher immer in ihnen gesehen habe, ist etwas Dunklerem gewichen.

»Dass ich dir guttue, ist ein unglaubliches Kompliment und ich bin froh darüber, dass ausgerechnet ich diese Person bin. Aber ich bin kein Heilmittel. Ich kann dich nicht auf magische Weise reparieren.«

In dem Moment, in dem sich meine Augen mit einem feuchten Film überziehen, merkt Luke, wie verletzend seine Worte sind. Ruckartig richte ich mich auf. Die Nähe zu ihm ist plötzlich zu viel und ich muss Abstand zwischen uns bringen. Meine Hand entziehe ich ihm, als er nach ihr greift. Er richtet sich ebenfalls auf.

»Lexi.« Er seufzt und vergräbt sein Gesicht in seinen Händen. »Du bist nicht kaputt!«, sagt er müde, aber energisch. »Meine

Wortwahl war scheiße. Es tut mir leid. Meiner Mutter geht es nicht gut und das zehrt an meinen Nerven. Du bist die Unschuldige, die alles abbekommt. Das war unfair von mir.«

Das erlösende »Okay« kann ich ihm nicht bieten. Dazu sticht mein Herz bei jedem Schlag zu sehr. Habe ich mich doch in Luke getäuscht? Oder bin ich einfach zu kompliziert und das Gepäck, das ich hinter mir herziehe, zu schwer? Vielleicht ist es besser, allein zu bleiben und niemanden zu belasten. Luke fährt sich durch die Haare und schaut mich direkt an.

»Lexi, mir tut es wirklich leid. Du bist nicht kaputt und ich freue mich wirklich, dass ich dir guttue«, erklärt er noch einmal. In meinen Ohren klingt er ungeduldig und als würde er mit einem kleinen Kind reden. Seine Wortwahl und sein Tonfall treffen den falschen Nerv und ich werde entgegen meiner Natur sauer. Es kocht in mir.

»Aber?«, frage ich. Obwohl es mich nicht wundern sollte, erschreckt mich meine gequälte Stimme. Ich möchte einfach nur endlich normal sein.

»Es gibt nicht wirklich ein Aber. Es ist nur, dass ich glaube, dass zwei Menschen den Schmerz für eine Weile übertünchen und leichter machen können, aber dass das nicht von Dauer ist.«

»Also sagst du, dass wir es gleich sein lassen können, weil es eh nichts bringt? Weil ich verrückt und kaputt bin?« Meine Stimme wird gegen Ende immer höher und ich muss mich stoppen, damit ich nicht hysterisch klinge, auch wenn das mein innerstes Empfinden am besten widerspiegelt. Er hatte eine harte Woche und seine Worte nicht richtig durchdacht. Warum gehe ich dann so in die Luft?

»Nein«, sagt er bestimmt. Ich fühle mich abermals wie ein kleines Kind, mit dem man die Geduld verliert, weil es das Einfachste der Welt nicht verstehen will. »Ich meine nur, dass ich keinen Therapeuten ersetzen kann. Und auch wenn ich bei dir einfach nach meinem Instinkt gehe, kann ich dennoch viel falsch machen und dir am Ende schaden, anstatt zu helfen.«

Seine Ehrlichkeit schlägt brutal ein, obwohl seine Worte ruhig gewählt sind. Sie bringen mein Innerstes noch mehr zum Kochen. »Ich habe dich nie darum gebeten, mich zu therapieren«, erkläre ich kalt.

Das haben schon viele vor ihm versucht. Mike allen voran und das ist auch ein Grund, warum ich damals meine Sachen gepackt habe und auf und davon bin. Ich starre auf meine Hände in meinem Schoß. Sie sind zu Fäusten geballt und ich spüre meine Fingernägel, die sich in die Haut über meine Handfläche arbeiten. Doch es lenkt nicht von dem Schmerz ab, den ich überall am Rest meines Körpers spüre.

»Lexi, es tut mir wirklich leid. Ich hätte nichts davon sagen sollen«, entschuldigt er sich erneut. Wieder will er seine Hand auf meine legen und diesmal entziehe ich mich ihm nicht nur. Die Erkenntnis, dass er mich für kaputt hält, wie so viele anderen auch, macht mich so wütend, dass ich es kaum beschreiben kann. Ich überrasche nicht nur ihn, als ich aufspringe und mein Gleichgewicht suchen muss, weil mir kurz schwarz vor Augen wird. Seine Hand auf meiner fühlte sich wie Säure an, die sich zu meinem Fleisch durchfrisst. Nichts von der Wärme, die mich sonst erfüllt, ist übrig. Das erschreckt mich wohl mehr, als all das, was er in den letzten Minuten gesagt hat. Luke steht ebenfalls auf und streckt eine Hand nach mir aus, als ich schwanke. Doch er weiß es inzwischen besser, als mich zu berühren.

»Fass mich bitte nicht an«, flehe ich beinahe und schlinge meine Arme um mich. Ich mache mich so klein wie möglich. Die Reaktion meines Körpers erschreckt mich. Wo kommt diese Abneigung gegen seine Berührungen plötzlich her? Wieso ist er auf einmal wie alle anderen? Ich kann ihn nicht ansehen, aber ich spüre, wie seine Schultern nach unten sacken und er wütend wird. Auf wen von uns beiden oder was, will ich gar nicht wissen. Ich bereite mich darauf vor, dass er sich entpuppt wie alle anderen. Dass er versucht, mein Retter zu sein oder mich für verrückt oder gar krank hält. »Du solltest besser gehen«, flüstere ich kaum hörbar, doch weiß ich, dass er es hört. Ich hätte ihn genauso gut schlagen können, so sehr zuckt er zusammen.

»Lexi …«, beginnt er und seine Stimme schwankt. Er macht einen Schritt auf mich zu, aber ich weiche so schnell von ihm zurück, dass ich beinahe über die Lehne meines Sofas stolpere.

»Bitte«, wiederhole ich.

»Es tut mir leid«, wiederholt er. Luke bleibt noch ein paar Sekunden stehen, bevor er sich schließlich losreißen kann und meiner Bitte nachkommt. Ich erlaube mir erst, mich zu bewegen, als er die Tür hinter sich zuzieht. Absurde Gedanken fluten meinen Kopf, wie zum Beispiel, dass unser Song zum Glück so gut wie fertig ist. An etwas Unpassenderes könnte ich nicht denken.

Ich sinke wieder auf das Sofa, meine Arme noch immer um mich geschlungen. Mit kontrolliertem Atmen versuche ich, das aufkeimende Gefühl der Ohnmacht zu unterdrücken. Es gelingt mir mehr schlecht als recht. Ich stehe wieder auf und laufe an meinen Fingernägeln kauend auf und ab. Auch das hilft nicht gegen die aufgestaute Energie, die mich zu zerbersten droht. Mir ist kalt und heiß zugleich. Meine klammen Hände zittern. Mein Instinkt steht auf Flucht, aber ich weigere mich, Anna und Mike erneut zu verlassen, nur weil der Mann, von dem ich geglaubt habe, dass er der Eine ist, sich als Schein entpuppt hat. Ich erlaube mir endlich zu weinen. Mein ganzer Körper erschüttert, als ich die Tränen frei laufen lasse, aber es tut gut loszulassen. Als die erste Welle des Schmerzes über mich hereingerollt ist und ich zu kraftlos bin, um weiter zu weinen, greife ich nach meinem Handy und schreibe Anna. Das ist etwas, das ich zuvor noch nie getan habe. Ich bitte sie zu kommen. Ich will sie nicht belasten, das wollte ich nie, aber ich will nicht allein sein. Auch das ist neu.

Es vergeht keine halbe Stunde, bis ich ihren Schlüssel in meinem Schloss höre. Wie sie so schnell hier sein kann, wundert mich nur kurz. Ich bin einfach froh, dass sie da ist.

»Lexi?«, ruft sie in die Wohnung, als sie sich die Schuhe auszieht. Es hat wieder begonnen zu regnen. Ich antworte ihr nicht, denn sie findet mich sofort, als sie vom Flur in mein Wohnzimmer tritt.

»Hey«, sagt sie einfühlsam und setzt sich neben mich. Ich kenne sie gut genug, um zu wissen, dass es ihr in den Fingern juckt, mich zu umarmen und mir beruhigend über den Rücken zu streichen, aber sie unterdrückt den Drang. Nie habe ich meine Phobie vor Berührungen mehr gehasst, aber genauso habe ich sie noch nie so dringend gebraucht.

»Umarmst du mich bitte?«, flüstere ich und lehne mich an ihre Schulter.

»Natürlich!«, sagt sie, als stünde eine andere Antwort außer Frage. Sie schlingt ihre Arme um mich. Sie wiegt mich wie ein Kind beruhigend hin und her, als mein Körper erneut zu beben beginnt und Tränen über meine Wangen fließen. Sie fragt nicht, was passiert ist, und sie drängt mich nicht zu erzählen. Sie ist einfach nur da.

Bald weine ich nicht nur um Luke. Mein schlechtes Gewissen Anna gegenüber zerfrisst mich. Ich bin ihr keine gute Freundin gewesen und habe ihr kaum eine Chance gegeben, eine zu sein. Sie ist immer für mich da und ich habe sie nur an einem Bruchteil von dem, was mir geschehen ist, teilhaben lassen. Obwohl sie weiß, dass mein Vater nicht der beste gewesen ist, habe ich ihr nie Details erzählt. Sie hat mich ein paarmal danach gefragt, aber mich nie zu einer Antwort gedrängt. Sie war einfach immer nur da. Sie glaubt bis heute, dass ich meine Mutter erst gefunden habe, nachdem sie sich das Leben genommen hatte. Anna hat die Veränderungen in mir und den Abstand, den ich zu anderen gesucht habe, als Erste gesehen und am eigenen Leib zu spüren bekommen. Die Trauer um verpasste Chancen überrollt mich und Anna hält mich fester. Sie streicht mir durch die Haare und hält mich einfach nur fest. Keine Worte dieser Welt können beschreiben, wie dankbar ich ihr bin.

»Kann ich erzählen?«, frage ich, als meine Tränen für den Moment getrocknet sind. Mein Kopf liegt in ihrem Schoß und sie hat mich in eine Decke gehüllt. Ihre Finger fahren noch immer durch meine Haare.

»Du kannst mir alles erzählen«, sagt sie.

Und ich erzähle.

Von Luke. Von meinem Vater und von dem Tod meiner Mutter. Am Ende liegen wir uns weinend in den Armen. Und so traurig mich die Vergangenheit auch macht, umso wohler tut es mir. Anna anscheinend ebenfalls. Denn wenn dieser Abend eines gebracht hat, dann uns näher zueinander.

21 – Gute Freunde

Lexi

Die Sonnenstrahlen wärmen mein Gesicht, aber scheinen nicht bis in den Rest meines Körpers vorzudringen. Liam und Cosy sitzen mir gegenüber in dem kleinen Café unweit des Labels. Ich habe das Meeting zur Abwechslung nach draußen verschoben und kann an der Entscheidung nichts Schlechtes sehen. In diesem verregneten Sommer muss man jede Gelegenheit, Sonne zu tanken, nutzen. Außerdem kann ich die Meetingräume nicht mehr sehen. Die Zwillinge haben sich entschuldigt, weil sie auf einer wichtigen Familienfeier sind. Ich mag ihre Prioritäten. Vor allem, weil sie mich vor Wochen darüber informiert und nicht vor vollendete Tatsachen gestellt haben.

Die Auseinandersetzung mit Luke liegt bereits einige Tage zurück und wir haben seitdem kein Wort miteinander gewechselt. Was nicht daran liegt, dass er nicht versucht hätte, mit mir zu reden. Ganz im Gegenteil, ich habe ihn bisher ignoriert. Nicht, weil ich auf Ewigkeit einen Groll gegen ihn hegen will, sondern weil ich nicht weiß, was ich sagen soll. Das Vernünftigste wäre, sich zusammenzusetzen und darüber zu reden und zu sehen, wie es von da an weitergeht. Aber ich habe Angst, dass es nicht weitergeht. Ich habe ihm ja nicht mal erklärt, warum ich auf Worte wie Therapeut und kaputt so allergisch reagiere. Es ist nicht so, dass ich nicht wahrhaben will, dass ich Hilfe brauche. Es ist eher, dass ich bisher keine bekommen habe, wenn ich um professionelle Hilfe gebeten habe. Nach dem Tod meiner Mutter wurde mir das erste Mal jemand an die Seite gestellt und es hat nicht gepasst. Wenn überhaupt, habe ich mich danach nur verantwortlicher für ihren Selbstmord gefühlt. Öffnen konnte ich mich bei dem Typen auf keinen Fall. Ich weiß, dass meine Reaktion auf Berührungen nicht normal ist. Aber eine Therapie ist etwas, das bei mir nur mit schlechten Erfahrungen verbunden ist.

»Heute haben wir auf alle Fälle schon mal mehr gepackt als bei unserem letzten Treffen, bevor du mit deinen Gedanken abgedriftet bist«, sagt Liam amüsiert. Cosy gibt ihm einen kleinen Stoß in die Seite, als ob er mehr Respekt mir gegenüber zeigen sollte.

»Es tut mir leid«, entschuldige ich mich. »Irgendwie habe ich es nicht so mit der Konzentration in letzter Zeit.«

»Da kennen wir noch jemanden«, sagt Liam und sieht mich an, als ob er versucht, etwas aus mir herauszulocken. Cosy stößt ihn jetzt etwas kräftiger an. Liam reibt sich den Oberarm, aber wendet seinen Blick nicht von mir ab.

»Wie geht es Luke?«, frage ich schließlich.

»Er sieht zumindest nicht frischer aus als du.« Das versetzt mir einen Stich.

»Liam«, mahnt Cosy. »Das müssen die beiden unter sich klären.«

»Ich weiß«, antwortet Liam. »Was nicht heißt, dass man keinen Anstoß in die richtige Richtung geben darf.«

Cosy lehnt sich zurück und versucht, nicht die Augen zu verdrehen. Von allen Mitgliedern der Band bemüht er sich am meisten, mir gegenüber professionell aufzutreten. Was gut ist und manchmal auch etwas hinderlich. »Luke hat gerade viel auf dem Tisch«, sagt er jetzt und Liam und ich sind erstaunt, dass sich doch dazu äußert. Ich kann dem erst mal nichts erwidern.

»Übrigens können wir den neuen Song bald auswendig«, wirft Liam ein und macht einen beinahe genervten Eindruck.

»Neuer Song?«, frage ich. »Hat Luke ihn euch schon vorgespielt?« Davon abgesehen, dass er noch nicht komplett fertig ist, fühle ich einen Anflug von Verrat – was völlig fehl am Platz ist.

»Nein«, antwortet Cosy. »Nur sind die Türen in unserer WG ziemlich hellhörig.«

»Luke spielt den Song ununterbrochen und singt dazu«, berichtet Liam. »Als wäre er besessen davon, ihn zu perfektionieren.«

Da ähneln Luke und ich uns, und ich seufze erneut. Ich habe zwar nicht unseren Song gespielt, aber dafür viel geschrieben und komponiert. Wenn der Schmerz eines gebracht hat, dann meine Muse zurück. Wie deprimierend ist das bitte?

»Als wären wir anders«, erinnert ihn Cosy und hat damit meine volle Aufmerksamkeit. Er bemerkt es und sieht noch einmal zu Liam, unsicher, ob er weitererzählen soll. Liam nickt lächelnd. »Du erinnerst dich noch an Liams Reaktion, als du Änderungen an unserem Song vorgeschlagen hast?«

»Ja«, bestätige ich.

»Nun, das liegt daran, dass wir zu persönlich darin involviert sind.«

»Cosy meint, dass er den Song für mich geschrieben hat, als es uns nicht gut ging, als unsere Liebe zueinander als schmutzig beschrieben wurde.«

»Was ist an Liebe schmutzig?«, frage ich und merke erst, nachdem ich die Frage gestellt habe, dass das genau die Kernaussage des Liedes ist.

»Nichts«, sagt Liam schlicht schulterzuckend. »Was wir damit sagen wollen, wenn Cosy und ich nicht miteinander kommunizieren wollen oder können, oder wenn uns die Worte fehlen, um uns auszudrücken, dann lassen wir die Musik für uns sprechen.«

Das bewegt etwas in mir. Doch eh ich zu tief in dieses Gefühl abdriften kann, unterbricht uns die Bedienung, die unsere leeren Tassen und Gläser abräumt.

»Kann ich euch noch etwas bringen?«, fragt sie pflichtbewusst.

Wir wechseln einen Blick und ich bin erleichtert, als die Männer nicken. Sie bestellen sich noch einen Kaffee. Ich zögere. Mein Impuls ist, etwas mit Alkohol zu bestellen oder etwas Beruhigendes zu rauchen. Doch mein Verstand, der es besser weiß, jagt diesen Drang zum Teufel. Ich frage mich, ob das je einfacher wird oder ob man sich jeden Tag neu für ein sauberes Leben entscheiden muss. Ein Kaffee ist ebenfalls keine gute Idee. Wenn ich meinem Blut noch mehr Koffein zufüge, laufe ich die Wände ohne Sicherung und doppelten Boden hoch.

»Einen Tee bitte«, lege ich mich schließlich fest und die Bedienung geht lächelnd ihrer Arbeit nach.

»Also soll ich ihm einen Song schreiben?«, frage ich. Ich stütze mich mit dem Ellbogen ab und lege mein Kinn in die Hand. Liam und Cosy nicken und zucken mit den Schultern. Wäre mir nicht so elend zumute, würde ich darüber lachen.

»Klar, wenn es euch hilft«, erklärt Liam.

»Wenn ihr anders kommuniziert, dann eben anders. Es gibt kein Rezept für die Liebe«, fügt Cosy hinzu.

Mir wird heiß, als er Luke und mich abermals mit dem Wort Liebe in Verbindung bringt. Ich mag Luke definitiv, trotz der momentanen Situation, aber von Liebe zu sprechen, traue ich mich noch lange nicht. Dazu ist dieses Wort zu mächtig, als dass ich es leichtfertig in den Mund nehmen würde. Doch meine Sicht darauf hat sich enorm geändert, seit ich Luke kenne. Mein Zeigefinger spielt mit meinem Handy und fährt die glatte Oberfläche entlang und wieder zurück. Mit ein paar Strichen über das Display ist es entsperrt und mit noch ein paar weiteren Stupsern ist der letzte Chatverlauf mit Luke geöffnet. Ehe ich mich versehe, habe ich ihm eine Nachricht geschickt.

Gib mir bitte noch ein wenig Zeit. Kannst du das?
Ich mag dich.

Kaum habe ich den kleinen Text abgeschickt, bereue ich es. Es klingt so abgedroschen, aber ich kann mich auch nicht genug konzentrieren, um einen ausgeklügelten Text zu übermitteln.

Natürlich kann ich das. Ich mag dich auch.

Seine Antwort kommt schnell und bringt mein Herz schon beim Nachrichtenton zum Stolpern. Seine Antwort ist simpel und schlicht und genau perfekt und nimmt etwas Druck von mir. Es ist sicher nicht die Lösung und macht es nicht gut, wie verletzt ich mich durch Lukes Aussage fühle, doch es ist ein Schritt in die richtige Richtung. Noch vor ein paar Wochen hätte alles ganz anders ausgesehen.

»Am Ende kommt es darauf an, dass man Geduld miteinander hat und sich vertraut. Liebe ist nicht alles, aber wohl der wichtigste Part. Alles lässt sich leichter meistern, wenn die Liebe stimmt.« Liam und Cosy sehen sich an. Liam beugt sich zu seinem Freund und sie tauschen einen zärtlichen Kuss aus. Mir ist das erste Mal seit Tagen nach einem echten Lächeln zumute.

22 – Zeit vergeht

Luke

Zeit. Wie soll man sie geben, wenn man keine besitzt? Niemand besitzt Zeit, denn das würde bedeuten, dass man Kontrolle darüber hat. Hätte man die Kontrolle, könnte man sie zurückdrehen und anhalten und vorspulen, doch ich kenne niemanden, der dazu in der Lage ist.

Die Zeit ist mir entglitten, während ich die Hand meiner Mutter festhalte und darauf hoffe, dass sie es irgendwie schafft. Es bewegt sie dennoch nicht dazu zu bleiben. Seit ein paar Tagen ist sie jetzt in diesem Hospiz und ich habe mich nicht von ihrem Bett bewegt.

Sie holt noch ein letztes Mal tief Luft, hält inne und atmet erleichtert aus. Sie atmet so lange aus, bis ihr fragiler Körper in den Laken zu versinken scheint. Ihr Brustkorb hebt sich nicht mehr und wird es nie wieder tun. Der Anblick schnürt mir die Luft ab.

23 – Trauer

Lexi

Ich habe noch immer keine Lösung gefunden, wie es mit Luke und mir weitergehen soll. Ich weiß nur, dass es weitergehen soll. Die letzten Tage habe ich viel nachgedacht. Über das, was Luke gesagt hat, und über uns und mich.

Noch einmal eine Therapie zu versuchen, wäre wahrscheinlich gut, aber wirklich durchringen kann ich mich noch nicht. Ich weiß, dass viel davon abhängt, ob man sich dem Therapeuten gegenüber wohlfühlt. Das war beim letzten Mal definitiv nicht der Fall. Und dann muss man es wollen. Ich fürchte, ich habe noch viel Widerstreben in mir, mich jemandem anzuvertrauen. Ich will es und gleichzeitig auch nicht. Das ist etwas, das Luke akzeptieren muss. Ich weiß, dass mir die richtige Therapie mit dem richtigen Therapeuten helfen kann, aber ich weiß auch, dass ich noch nicht bereit bin. Genauso wenig habe ich einen Plan, was passieren muss, damit ich bereit bin. Ich weiß nur, dass ich es im Moment nicht bin, aber dieses Problem in Zukunft wahrscheinlich angehen muss. Der Drang, in alte Muster zu verfallen, ist einfach zu stark. Und für Selbsttherapie ist es in meinem Fall wohl zu spät.

Anstatt die ganze Zeit darüber zu grübeln, über was ich mit Luke reden will, sollte ich es vielleicht einfach tun. Seit meiner Nachricht aus dem Café vor ein paar Tagen habe ich mich nicht mehr bei ihm gemeldet und Luke hält sich an sein Versprechen und gibt mir Zeit. Aber wie soll ich die Zeit nutzen? Mir ist bewusst, dass ich große Probleme habe. Aber kaum eines davon kann ich sofort klären oder etwas daran ändern. Das braucht die besagte Zeit, aber das heißt nicht, dass ich die ganze Zeit alleine bleiben will.

Zuerst will ich das mit Luke klären. Ich muss mich nur durchringen, mich bei ihm zu melden. Jetzt ist es an mir, den ersten Schritt zu machen. Ich kann mich ohnehin auf nichts anderes konzentrieren, bis ich weiß, wie es weitergeht. Ich greife also nach meinem Handy, das mich von seinem Platz auf dem Kommode die ganze Zeit verhöhnend angestarrt hat. Ich habe noch gar nicht den Service für Kurznachrichten geöffnet, da beginnt es, meinen Klingelton zu spielen. Vor Schreck lasse ich es fast fallen. Aus dem Display sieht mir Liam entgegen, der eine Fratze zieht. Bin ich zu spät für unser Treffen? Nein, stelle ich nach einem Blick auf die Uhr fest. Wir haben uns erst in über zwei Stunden verabredet.

»Liam?«, frage ich verwundert.

»Hey«, grüßt er. Schon an diesem kurzen Wort ist zu hören, dass er nicht besonders gut drauf ist. »Ich muss unseren Termin heute verschieben.«

»Okay. Ist alles okay bei dir?« Liam und der Rest der Band sind mir inzwischen sehr ans Herz gewachsen und wir hegen schon lange keine rein geschäftliche Beziehung mehr. Nur Cosy muss seine Steifheit noch etwas ablegen.

»Ich … Könntest du in die WG kommen?«, fragt er leise. »Es geht um Luke«, fügt er hinzu. Mein Herz sinkt mehrere Erdschichten tief und trotzdem pulsiert sein Schlag in meinem Körper.

»Was ist mit ihm?«, frage ich. Meine Stimme steigt eine ganze Oktave höher.

»Beruhig dich«, bittet er mich geduldig. »Er ist nicht verletzt oder so.«

»Was ist es dann?«

Liam spricht nicht weiter. Vielleicht holt er auch nur Luft. Auf alle Fälle dauert es mir entschieden zu lange.

»Seine Mutter ist gestorben«, eröffnet er mir schließlich und ich erlebe eine eiskalte Dusche, obwohl es an diesem Sommertag so heiß ist.

»Ich bin gleich da«, versichere ich ihm und lege auf. Das Telefon in meiner Hand zittert und mein Kopf registriert lange nicht, dass es das macht, weil das Zittern von meiner Hand kommt. Tief durchatmend stecke ich es in die Gesäßtasche meiner Jeans. Es kann eine Sekunde sein oder eine Minute oder eine Stunde, die ich noch wie angewurzelt dastehe und nicht weiß, was ich machen soll.

Bewege dich!

Ich setze nur einen Schritt vor den anderen, aber jeder ist einer, der mich näher zu Luke bringt. Meine Hände zittern noch immer, als ich nach meiner Tasche greife, und auch, als ich die Tür hinter mir zuziehe. Meine Knie drohen unter mir nachzugeben, aber sie verrichten ihren Job. Sie tragen mich über den Innenhof und raus auf die Straße und über die Kreuzungen. Die Treppen der U-Bahn sind eine Herausforderung, aber auch diese überwinden sie. Über meinen Körper nachzudenken, als wäre er kein Teil von mir, hilft mir Abstand zu gewinnen. Abstand zu dem, was mich erwartet. Ich weiß nicht, wie Luke reagieren wird, wenn ich vor ihm stehe. Meine Beine tragen mich in die U-Bahn. Mein Denken außerhalb des Körpers verpufft, als jemand angerannt kommt und dennoch das Einsteigen in die Bahn verpasst. Er schlägt frustriert gegen die Schiebetür und ich schrecke zusammen. Alles kehrt an seinen Platz zurück. Die Knie sind wieder meine. Das Zittern in den Händen ist meins.

Oh Gott, ich bin in einer U-Bahn.

Dieser Gedanke ist ein Weckruf und schärft meine Sinne. Ich bin ohne Begleitung in der U-Bahn. Sie ist nicht wie eine Sardinenbüchse gefüllt, die aus allen Ecken überquillt, aber durchaus gut besucht. Auch unmittelbar neben mir stehen Mitfahrer.

Näher, als es mir lieb ist. Da mir jegliche Nähe zu viel ist, ist das nicht verwunderlich. Entgegen meiner Gewohnheit drehe ich allen den Rücken zu und sehe durch die Tür nach draußen. Es ist dunkel und nur einzelne Lichter der Notbeleuchtungen sind kurzzeitig zu sehen. Es wird hell, wenn eine Haltestelle angefahren wird. Ich dränge mich an die Seite, als das Ein- und Aussteigen stattfindet. Noch fünf Stationen. Ich schließe meine Augen und atme durch. Ich öffne sie nur, wenn die Bahn anhält, damit ich unnötige Berührungen umgehen kann.

Der Wunsch, so schnell zu Luke zu gelangen, wie es nur geht, ist stärker als die Panik. Deutlicher als sonst oder überhaupt jemals zuvor spüre ich, wie die Panik einfach nur eine Angewohnheit ist, um potentiellen Unliebsamkeiten aus dem Weg zu gehen – um gar nicht erst in Situationen zu geraten, die eine Angst tatsächlich rechtfertigen. Ich nehme die Gefahr zur Abwechslung in Kauf und kümmere mich darum, falls es nötig ist.

Ich ziehe erst am Strand blank und nicht schon auf den Weg dahin. Das ist ein Mantra, das ich mir immer wieder aufgesagt habe, als die Ängste mich noch nicht so im Griff hatten, sondern als ich sie noch im Griff hatte. Die Fahrt ist schneller überstanden, als ich befürchtet habe. Ich fühle mich wie eine Ballerina, als ich an den Körpern der Passanten vorbeitanze. Als ich die Station verlasse, ziehe ich mein Handy wieder hervor und öffne das Navi. Ich lasse mir die Route zur WG anzeigen und folge den Anweisungen. Ich unterbiete die voraussichtliche Ankunftszeit um Längen.

Als ich nach der Suche nach dem richtigen Klingelschild endlich vor der Dachgeschosswohnung ankomme, bin ich etwas außer Atem. Liam empfängt mich mit einer Umarmung. Mich erstaunt weniger, dass es mir kaum etwas ausmacht, als dass ich sie dringend gebraucht habe. Die anderen stehen versammelt vor einer Tür. Meine Sherlock-Holmes-Instinkte kommen zutage und ich kombiniere, dass Luke sich hinter ihr verbirgt. Die Band und ich grüßen uns nur mit einem Lächeln, das keins ist.

Alle sind zu besorgt um ihren Freund. Sie machen mir Platz, als wäre ich die Einzige, die den Schlüssel zu diesem Schloss besitzt, und ich habe Angst, dass ihre Erwartungen an mich zu hoch sind.

»Luke?«, rufe ich sanft durch die Tür und klopfe. »Ich bin es. Lexi.« Ich sehe nur auf das Holz vor mir. Die Blicke der anderen spüre ich trotzdem.

Wir halten alle die Luft an, als wir langsame Schritte hören. Ein Schlüssel wird im Schloss gedreht. Die Türklinke geht nach unten und das Blatt öffnet sich einen Spaltbreit. Die Schritte entfernen sich wieder. Unsicher sehe ich mich nach den anderen um. Ihre Blicke sagen mir nur, dass ich verdammt noch mal da reingehen soll. Und das mache ich auch. Ich öffne die Tür, schlüpfe hindurch und schließe sie hinter mir. Einen Augenblick warte ich, ob Luke mich darum bittet, wieder zu gehen. Aber er sagt nichts.

Luke liegt auf seinem Bett und stiert die Decke an. Seine Hände liegen flach unterhalb seiner Brust. Irgendwie habe ich etwas anderes erwartet. Ein zertrümmertes Zimmer vielleicht. Aber ein kurzer Blick durch das Zimmer sagt mir, dass nichts außer der Reihe zu sein scheint. Auch wenn ich nicht weiß, ob sein Zimmer immer so aussieht, ist bis auf die durchschnittliche Unordnung nichts auffällig. Vielleicht habe ich auch erwartet, dass er weint? Ich weiß es nicht. Als ich nähertrete, erkenne ich seine leeren Gesichtszüge. Keine Trauer oder Wut oder Hilflosigkeit. Alles Gefühle, die wohl normal wären – ich weiß, dass ich sie nach dem Tod meiner Mutter gespürt habe. Doch nichts davon ist in ihm zu finden.

Vorsichtig setze ich mich neben ihn. Sein Knie fällt zur Seite, so dass es meins berührt. Er zieht es nicht zurück und ich werde einen Teufel tun, abermals vor ihm zurückzuweichen. Meine Hand lege ich über seine und seine andere Hand legt sich noch darüber. Er umschließt sie fest.

»Mir tut es so leid«, flüstere ich in die Stille. Dieser Satz ist nur eine Floskel, aber im richtigen Moment kann sie helfen. Luke schließt seine Augen und seine Schultern beginnen zu beben. Seine Fassade scheint zu bröckeln. Tränen glitzern in seinen Augenwinkeln, fallen schließlich über seine Wangen und verschwinden in seinem Haaransatz. Seine Augen öffnen sich nicht, als er beginnt zu sprechen.

»Als sie ihren letzten guten Moment hatte, habe ich ihr von dir erzählt.« Auch wenn er es nicht sehen kann, lächle ich. »Es war, als hätte sie darauf gewartet«, erzählt er weiter und meine Tränen sind nun auch nicht mehr zurückzuhalten. »Als hätte sie darin die Erlaubnis gesehen, gehen zu können. Sie hat einfach losgelassen.«

Mit meinem Daumen wische ich seine Tränen weg. Nicht, dass sie fehl am Platz wären. Im Gegenteil. Sie reinigen und helfen der Seele bei der Selbstheilung. Weiter streiche ich ihm durch seine Haare. Ich rutsche auf der Matratze höher. Ahnend, was ich vorhabe, öffnet er seine Arme und ich schmiege mich an ihn. Eigentlich müsste ich ihn halten. Aber alles, was ihm guttut, ist mir recht. Vielleicht brauchen wir auch beide Trost.

Wenn mir die Situation eines vor Augen führt, dann, wie egoistisch ich gewesen bin. Sicher habe ich massive Probleme, aber das heißt noch lange nicht, dass ich damit die Einzige auf diesem Planeten bin. Luke hat mir von seiner Mutter erzählt. Aber ich habe nie nach ihr gefragt oder danach, wie es ihr geht. Immer war ich mit mir und meiner Schreibblockade beschäftigt. Immer wieder schiebe ich meine bescheidene Kindheit für alles vor, was mir nicht in den Kram passt. Immer nur ich. Immer nur die arme Lexi.

»Mir tut es leid, Luke«, sage ich schließlich. Seine Arme schließen mich enger ein.

»Nicht«, bittet er. »Du musst dich nicht entschuldigen. Wir haben beide überreagiert.«

»Ich meine nicht nur das«, will ich erklären, aber gehe nicht weiter darauf ein. Dieses Gespräch müssen wir führen, aber nicht jetzt. Jetzt geht es um ihn und seine Trauer.

»Ich stehe zu dem, was ich gesagt habe«, fügt er dennoch hinzu und ich spüre, wie das verletzte Gefühl sich wieder bemerkbar macht. »Aber ich hätte es weiß Gott anders ausdrücken können und mit sehr viel mehr Feingefühl.«

»Okay«, sage ich einfach. Wir müssen noch einmal darüber sprechen, aber eben nicht in diesem Moment. Mich enger an ihn schmiegend streiche ich über seinen Oberarm. Er zuckt zusammen, wenn ich über empfindliche Stellen gleite, aber es scheint ihm gutzutun.

»Ich weiß jetzt, wie es den anderen geht. Anna und Mike«, beginnt er und ich halte in meiner Bewegung inne. »Wie es ihnen damit geht, dass sie dich nicht berühren dürfen. Dass sie ihre Freude und Trauer so nicht ausdrücken oder dich trösten können.« Wieder ein Beispiel für meinen Egoismus. »Ich weiß jetzt, wie es ist, dich zu lieben, aber nicht berühren zu dürfen, und ich will das nie wieder spüren müssen.«

Ich stütze mich auf meinen Ellbogen, bis mein Gesicht seinem gegenüber ist. Eine Hand lege ich zärtlich auf seine Wange und dann küsse ich ihn. Würde ich ihn nicht küssen und würde er weiter solche Dinge sagen, dann glaube ich, könnte ich es nicht ertragen. Seine Worte tun mir so gut und gleichzeitig so weh. Ich bin vermutlich nicht stark genug, um noch mehr zu hören. Seine Lippen sind trocken. Vermutlich hat er schon eine ganze Weile weder etwas getrunken noch gegessen. Zumindest küsst er mich wie ein Ausgehungerter, der zum Abendmahl eingeladen wurde.

In meinem Kopf wiederholt sich nur ein Teil seines Gesagtem immer und immer wieder: Luke liebt mich.

Ich weiß nicht, wie ich darauf reagieren oder damit umgehen soll.

24 – Kein erstes Mal

Luke

Als ich aufwache, ist es hell und ich habe noch immer die Kleidung an, in der ich anscheinend eingeschlafen bin. Es kann der nächste Tag oder auch noch derselbe sein. Das Einzige, was mir wichtig ist, ist, dass Lexi noch immer neben mir liegt. In meinen Armen liegt und schläft. Ich schmiege mich enger an sie und halte sie fest. Ihr Duft beruhigt meine Nerven. Ich weiß nicht, was ich in dieser Situation alleine machen würde. Hätte ich mein Zimmer bereits kurz und klein geschlagen? Würde ich noch immer regungslos auf meinem Bett liegen und die Decke anstarren? Ich weiß es nicht. Darüber will ich mir auch gar nicht den Kopf zerbrechen.

Lexi liegt hier. Wir haben uns vertragen, aber das Gespräch nur vertagt. Manchmal gibt es wichtigere Dinge im Leben. Dann muss man über seinen Schatten springen und füreinander da sein. Ich löse meine Hand aus ihrer und streiche ihre Haare, die über ihrem Hals liegen, zurück. Nach einem kleinen Kuss auf die freigelegte Haut, lege ich meinen Kopf wieder an ihren.

Ich weiß nicht, wie lange wir uns geküsst haben, bis uns der Schlaf übermannt hat. Ob ich oder sie zuerst eingeschlafen ist. Ich muss den Jungs danken, dass sie Lexi hergeholt haben, und ihr, dass sie trotz unserer Auseinandersetzung gekommen ist. Auch dafür muss ich mich noch bei ihr entschuldigen. Ich habe es zwar bereits getan, bevor wir eingenickt sind, aber sie hat noch eine richtige verdient. Es gibt Kindheitstraumata, die verarbeitet man, wenn man erwachsen wird, und es gibt andere, da ist es angebracht, sich professionelle Hilfe zu nehmen. Lexis Vergangenheit würde ich zu der zweiten Kategorie zählen. Sie ist alles andere als schwach und das hätte ich deutlicher hervorheben sollen. Sie musste nur zu lange alleine stark sein. Lexi hat ihre Vergangenheit in sich eingeschlossen und schlecht vergraben. Sie hat ihr Leben darauf aufgebaut, doch wenn das Fundament nicht stimmt, kann das Haus jeden Moment in sich zusammenfallen. Und Lexis Haus scheint einige Risse vorzuweisen.

Wir werden noch einmal darüber sprechen, aber erst, wenn wir beide offen dafür sind. Zuerst muss ich damit klarkommen, dass meine Mutter nicht mehr da ist. Ich fühle eine Mischung aus Traurigkeit und Erleichterung, dass sie gegangen ist. Ich weiß, wie viel Angst sie vor dieser Krankheit und davor, was sie aus ihr macht, hatte. Es gab Tage, da habe ich mich gesträubt, sie im Pflegeheim zu besuchen, und es gab Tage, da konnte ich es kaum erwarten, sie zu sehen. Meist konnte ich schon am Blick der Pfleger sehen, was für ein Tag es war.

Mit Schreck spüre ich, wie Lexi in meinen Armen verkrampft. Leise, gequälte Laute verlassen ihren Mund. Ich streiche ihr über die Haare und den Oberarm. Kurzzeitig scheint sie das zu beruhigen. Dann beginnt es von Neuem und meine weiteren Beruhigungsversuche schlagen fehl.

»Schhhh …«, flüstere ich leise und nehme sie wieder fest in den Arm. Ihr Gesicht verzieht sich, als würde sie gleich weinen. »Lexi«, rufe ich sanft. Sie wacht mit einem Ruck auf, sieht sich orientierungslos um und atmet erst aus, als sie mich erkennt. Sie dreht sich um und schlingt ihre Arme um meinen Hals. Ich küsse ihre Stirn.

»Ich bin da«, versichere ich ihr und küsse wieder ihre Schläfen. Ihr Körper bebt, als sie ihre Emotionen unterdrückt. »Lass es raus«, rede ich ihr zu und vermutlich hat sie das gebraucht. Sie lässt los und weint bitterlich.

»Ich wünschte, ich wäre einfach normal.« Sie seufzt und die Wärme ihres Atems legt sich über meinen Hals.

»Du bist normal, Lexi. Du bist dein Normal.« Ich streiche über ihren Rücken. Sie überrascht mich, als sie sich gegen meine Schulter drückt, bis ich auf dem Rücken zum Liegen komme. Sie stoppt erst, als ihre Knie an meinen Seiten liegen. Ihre Hände stützt sie in das Kopfkissen unter mir. Sie sieht mich einfach nur an. Ihr Atem geht schneller, als ich es von ihr kenne. Auch diesen Blick kenne ich noch nicht. Ich kann nicht behaupten, dass er mir nicht gefällt.

»Luke«, haucht sie, und auch nur das. Ich zögere, sie fest anzufassen. Ich weiß noch zu lebhaft, wie es letztes Mal geendet hat, als es etwas hitziger zwischen uns wurde. Ich will keine Fehler mehr begehen. Also lege ich meine Hände schlicht auf ihre Oberschenkel, während ihre Hände meinen Körper erkunden. Mit geschlossenen Augen ertrage ich diese wohlige Tortur. Meine Anspannung schicke ich in meine Oberarme, damit meine Finger nicht zu sehr in ihre Muskeln drücken. Ihre Hände lenken mich so ab, dass ich es nicht mal merke, wie sie sich nach vorne beugt, bis ihre Lippen auf meine treffen. Ich atme tief ein und statt Sauerstoff nehme ich nur sie in mir auf. Mein Körper scheint nichts dagegen zu haben. Sauerstoff scheint auf einmal überholt zu sein. Ich habe Biologie oder Chemie oder Biochemie, oder zu welcher Wissenschaft die Sache mit dem Atmen auch gleich noch mal gehört, nie gemocht. Und es ist auch nicht unbedingt so, dass ich mich gerade auf solche Gedanken konzentrieren will.

»Luke«, sagt sie wieder. Lexi fleht und ich weiß im ersten Moment nicht, nach was. Doch als ihre Küsse tiefer gehen und fordernder werden, habe ich eine Ahnung, was sie will.

Lexi will berührt werden. Sie will von mir berührt werden. Kurz balle ich meine Hände auf ihren Schenkeln zu Fäusten, um ihnen wieder Leben einzuhauchen, dann lege ich sie auf ihre Wangen. Lexi schmiegt sich in die eine Hand und mit der anderen streiche ich über ihren schlanken Nacken. Sie ist mir noch immer nicht nah genug. Ich streiche ihren Körper entlang, bis eine Hand zwischen ihren Schulterblättern und eine auf ihrem unteren Rücken liegt. Leicht drücke ich sie nach unten und in einer geschmeidigen Bewegung liegt sie auf mir. Ein Bein neben meinem und eines dazwischen. Je nach Lage ihrer Hüfte bringt sie mich zum Durchdrehen. Ihre langen Haare kitzeln mein Gesicht und ich streiche sie hinter ihr Ohr, damit sie nicht zwischen unsere Lippen geraten. Sie kämmt mit ihren Fingern durch meine Haare. Mit der anderen Hand fährt sie an meiner Seite entlang. Meine Muskeln zucken unter ihren Fingerspitzen, aber es ist nichts im Vergleich zu dem Moment, als sie frech unter mein Shirt greift. Meine Hände stocken und halten sie fest. Pure Haut auf Haut – noch nie hat es sich so gut angefühlt und noch nie richtiger. Ihre Berührung scheint das Einzige zu sein, das mein Blut durch meine Adern pumpt. Mein gesamter Körper scheint nur noch dank ihrer Anwesenheit zu funktionieren. Wer braucht schon Sauerstoff oder Nährstoffe? Wer behauptet, dass man nicht von Luft und Liebe leben kann? Denn gerade fühlt es sich verdammt noch mal so an, als ob das allemal möglich ist. Zum ersten Mal, seit sie mich auf den Rücken gestoßen hat, verlassen ihre Lippen meine und sie küsst die Linie meines Kiefers entlang, bis sie meinen Hals liebkosen kann.

»Habe ich dir schon gesagt, wie sehr ich deine dunkle Haut liebe?«, fragt sie mit einer rauen Stimme, die ich an ihr noch nie zuvor gehört habe.

»Nein«, antworte ich und habe sowieso Not, mich genug zu konzentrieren, um mit meiner Zunge und meinem Mund Worte zu formen. »Aber es tut verdammt gut, das zu hören.«

Sie liebt das an mir, mit dem ich am meisten aus der europäischen Masse heraussteche. Sie liebt das an mir, für das mich Kinder damals ausgegrenzt haben. Sie liebt das an mir, das Fremde glauben lässt, das Recht zu haben, mich auf offener Straße anzupöbeln. So weltoffen Deutschland auch sein mag, aber diese

Lebenseinstellung setzen nicht alle um, die hier leben. Ihr kleines Geständnis lässt meine Ängste verfliegen und ich berühre sie, wie ich sie schon lange berühren will. Mein Streicheln ist nicht nur mehr ein Hauch über ihren Körper und ihre Reaktion macht deutlich, dass sie das auch spürt. Ihr Körper erschauert und sie legt ihren Kopf in meine Halskuhle, als sie die Küsse vor Überwältigung nicht mehr aufrechterhalten kann. Ich nutze die Situation und drehe uns, so dass ich auf ihr liege. Lexi sieht zu mir auf und allein ihr Blick ist fast zu viel. Sie sieht mich an, als ob ich alles wäre. Und ich bin mir ziemlich sicher, dass ich sie nicht anders ansehe.

»Küss mich«, fordert sie leise und ich komme ihrem Wunsch nach. Ihre Hände haben wieder ihren Weg unter mein Shirt gefunden und je höher sie mit ihnen tastet, desto höher schiebt sie auch den Stoff meines Oberteils. Kurzerhand setze ich mich auf und streife es mir über den Kopf. Ich werfe es achtlos neben das Bett und halte inne. Ich kann mich nicht wieder auf sie legen. Nicht einfach so.

Lexi hält den Saum ihres Oberteils zwischen ihren Fingern. Ihr halber Bauch ist bereits entblößt. Sie beobachtet mich ganz genau und folgt meinem Blick, wie ich ihren Körper betrachte. Er ist perfekt. Trotz der Narben. Ihre Tattoos sind kleine Meisterwerke. Sie ist so viel gereist, dass es mich nicht wundern würde, wenn nur die Besten der Besten auf ihrer Haut verewigt wären. Ich frage mich, was sie gemacht hat, um diese engen Berührungen beim Tätowieren zu ertragen.

Mit den Fingern streichele ich von dem Saum ihrer Jeans aufwärts über ihren Bauchnabel. Jede ihrer Reaktionen brennt sich in mein Gedächtnis. Die kleinen Seufzer. Wie ihr Rücken sich mir leicht entgegenwölbt und wie sich ihr Rippenbogen dabei abzeichnet. Ihren Mund öffnet sie leicht, als ich über ihren schwarzen BH streiche, und ihre Hände halten sich an der Decke unter uns fest.

»Du bist so schön«, flüstere ich, bevor ich mich wieder zu ihr beuge. Ich weiß nicht, ob meine Worte zu falsch oder zu richtig sind – Lexi weint. Da sie mich nicht von sich stößt oder sonstige Anzeichen macht, dass sie das Ganze nicht mindestens genauso sehr will wie ich, fahre ich vorsichtig fort. Doch spätestens als unsere nackten Oberkörper aufeinandertreffen, ist es bei uns beiden vorbei mit vorsichtiger Zurückhaltung. Ihre Lippen prallen praktisch auf meine und ich genieße es, ihren Körper zu erkunden. Ihn erkunden zu dürfen.

»Luke«, seufzt sie und vergräbt ihre Hände in meinen Haaren. Ich küsse ihre Nasenspitze und die Tränentropfen aus ihren Augenwinkeln. Ich fahre über ihre Schultern und Arme, bis meine Finger zwischen ihre gleiten. Sie umschlingt sie und hält mich fest und es fühlt sich an, als wären wir zwei Systeme, die nun einen Kreislauf bilden. Als hätte es immer so sein müssen, damit alles funktioniert. Ich küsse ihren Hals und necke ihre Haut. Bereits jetzt finde ich empfindliche Stellen an ihr, die sie stöhnen lassen und die ich mir auf alle Fälle merken werde. Als ich ihr Schlüsselbein liebkose, hält sie für einen Moment den Atem an. Und als ich mit meinen Lippen und meiner Zunge zwischen ihre Brüste fahre, holt sie tief Luft und streckt sich mir entgegen.

»Luke«, sagt sie erstickt und wiederholt meinen Namen wieder und wieder. Erst als ich ihren Bauchnabel erreiche, registriere ich, dass ihre Stimme und ihre Körpersprache sich rapide verändert haben. Sofort hebe ich meinen Kopf und sehe in ihr Gesicht. Der Genuss ist aus ihren Zügen verschwunden. Ihre Augen sind groß und dunkel, voller Panik.

»Lexi?«, frage ich und versuche, meine Hände aus ihren zu lösen. Sie hält weiter an mir fest. Ich lehne mich zurück und versuche, so wenig Hautkontakt wie möglich herzustellen. Stößt sie mich wieder von sich? Habe ich sie zu etwas gedrängt, das sie nicht wollte? »Es tut mir leid!«, sage ich immer wieder und suche ihren Körper ab, als ob ich so eine Verletzung finden könnte, obwohl ich genau weiß, woher der Ausdruck in ihren Augen stammt. Sie lässt meine Hände einfach nicht los. Würde sie es tun, hätte ich sicher so viel Abstand zwischen uns gebracht, wie mein Zimmer zulässt.

»Luke, nicht«, sagt sie und ihre Stimme zittert so stark wie ihr Körper. Ich würde ihr ihr Oberteil reichen oder meines überstreifen, aber sie lässt meine verdammte Hand nicht los. Sie setzt sich auf und zieht unsere Hände in ihren Schoß. »Es geht gleich wieder.«

»Ist alles okay?«, frage ich, obwohl ich weiß, dass ich kaum etwas Dämlicheres fragen könnte. Doch zu meiner Überraschung nickt sie. »Wirklich?«, frage ich und sie nickt wieder.

»Luke, mir geht es gut. Ich muss mich nur kurz sammeln.« Tränen laufen ihr dennoch über die Wangen. Der Impuls, sie ihr wegzustreichen, ist stark. Aber ich weiß nicht, wie sie darauf reagieren würde oder ob sie es zulassen würde. »Mir tut es leid.«, flüstert sie.

»Was sollte dir leid tun?«, frage ich verständnislos.

»Dass ich noch immer so reagiere«, erklärt sie.

»Lexi«, sage ich und sie sieht auf. Diesmal entziehe ich ihr meine Hände energischer und sie lässt sie los. Ich lege sie an ihre Wangen. Mit meinen Daumen streiche ich ihr die Tränen weg. »Hast du dir mal vor Augen geführt, was du in den letzten Wochen erreicht hast?«

Sie zieht ihre Stirn kraus, als ob sie wirklich keine Ahnung hat, wovon ich rede.

»Lexi, als wir uns kennengelernt haben, hast du gezuckt, sobald irgendjemand näher als zwei Meter an dich herangetreten ist.«

Sie sieht noch immer wenig überzeugt aus.

»Denk nur an die U-Bahn-Fahrt.«

Das lässt sie aus irgendeinem Grund grinsen. »Ich bin heute alleine U-Bahn gefahren«, gesteht sie mir leise, aber unüberhörbar stolz.

»Das ist großartig!«, lobe ich sie und küsse sie. Sie weicht nicht zurück. »Wie hast du das hinbekommen?«

»Liam hat mich angerufen und mich gebeten herzukommen. Es war der schnellste Weg zu dir.«

Jetzt ist es an mir, sprachlos zu sein. Sie wollte nur schnell zu mir? Ich kann mich noch an den Anblick erinnern, als wir gemeinsam in der U-Bahn waren. Ich habe befürchtet, dass sie jeden Augenblick umfällt. Und jetzt ist sie ganz alleine damit gefahren? Für mich.

»Ich bin verdammt stolz auf dich!«

»Na ja, trotzdem musste ich uns jetzt bremsen«, erinnert sie mich niedergeschlagen. »Es wurde einfach zu intensiv und zu viel und zu schön und … Ich weiß einfach nicht damit umzugehen.«

»Ein Schritt nach dem anderen, Lexi«, sage ich und streiche ihre Haare zurück. »Ich habe nicht gelogen, als ich gesagt habe, dass ich dich zu nichts drängen will und werde.«

»Aber …«

»Kein Aber, Lexi. Ich habe auch nicht gescherzt, als ich vorhin gesagt habe, dass es verdammt weh getan hat, dich nicht berühren zu dürfen, obwohl ich dich liebe.«

»Okay«, antwortet sie und endlich lächelt sie mich wieder an.

»Schon besser«, sage ich und beuge mich vor, um sie zu küssen. Sie kommt mir entgegen und legt ihre Arme um mich. Sie zieht mich zurück auf die Matratze und wir schmiegen uns aneinander. Und auch wenn sie alle Signale ausstrahlt, dass sie es genießt, mir so nahe zu sein, fange ich nicht wieder an, sie zu berühren. Ich genieße es einfach, dass sie neben mir liegt und da ist. Das ist es, was ich mir in den letzten Tagen am sehnlichsten gewünscht habe.

25 – Wälder

Lexi

Meine Hand liegt in Lukes, als wir die Treppen zu Mikes Büro hochgehen. Wir stellen ihm unseren Song vor, obwohl wir alle Luke versichert haben, dass er sich die Zeit nehmen kann, die er braucht, um zu trauern und seine Mutter zu beerdigen. Der Song hätte noch Zeit gehabt, da die Platte der Jungs erst im Spätsommer nächsten Jahres erscheinen soll. Aber Luke will es genau andersherum und wir respektieren seinen Wunsch. Er will sich ganz seiner Mutter widmen und sichergehen, dass kein Druck auf ihm lastet, wenn er seine Mutter auf ihrem letzten Weg begleitet. Also haben wir uns die letzten zwei Tage in seinem Zimmer eingeschlossen und das Lied beendet. Ich bin glücklich mit dem Ergebnis und Luke hoffentlich auch. Auf alle Fälle bin ich nervös. So unglaublich nervös wie seit Jahren nicht.

»Das wird schon«, redet Luke mir gut zu. Meine Nervosität scheint auf ihn abzufärben. Zwei nervliche Wracks. Er hält den USB-Stick hoch, auf dem wir die Demo gesichert haben.

»Diese Dinger sind alles andere als sicher«, schnaube ich nur. Luke scheint es an etwas zu erinnern.

»Das wollte ich dich schon eine Weile fragen. Warum hast du die geleakte Demo nie von den Streamingdiensten oder Downloadportalen runtergenommen? Es gab zwar ein riesiges Gerichtsverfahren, soweit ich weiß, und die illegalen Links wurden entfernt, aber dann ist die CD zum legalen Erwerb aufgetaucht.«

»Der Erlös geht komplett an Einrichtungen, die Kindern in schwierigen Familiensituationen helfen.« Die Info ist knapp und ich will auch gar nicht mehr dazu sagen.

Luke grinst. »So etwas in der Richtung habe ich mir schon gedacht«, erklärt er. Ich lächle, aber sehe verlegen zu Boden.

Es ist das erste Mal seit Monaten, dass ich Mike einen neuen Song präsentiere. Es ist aber das erste Mal überhaupt, dass es ein Song dieser Art auf Deutsch ist. Überhaupt fühlt dieses Lied sich an, als ob es ein Start für etwas ist. Also ja, meine verdammten Nerven fressen mich auf. Aber Weglaufen ist schon lange keine Option mehr. Wieder ist das Vorzimmer meines Onkels unbesetzt. Langsam frage ich mich, ob sein Assistent so beschäftigt ist, dass er immer unterwegs ist, oder ob er überhaupt noch einen hat. So wie ich Mike kenne, ist beides möglich. Falls ich nach diesem Termin noch daran denke, muss ich ihn danach fragen.

Mike hockt auf den Boden und sortiert Verträge, Notenblätter und Flyer von verschiedenen Lieferservices der Umgebung. Seine Aufmerksamkeit scheint dabei eher der dritten Kategorie zu gelten.

»Wenn du dich nur von solchen Essen ernährst, wirst du nicht mehr lange fit bleiben«, grüße ich ihn und er wirft die Zettel vor Schreck in die Luft.

»Lexi!«, ruft er fluchend aus und sammelt die Zettelei auf. »Aber immerhin esse ich etwas, oder?«, fügt er milder gestimmt hinzu und sortiert weiter die Flyer.

»Das stimmt allerdings.« Ich suche mir auf Zehenspitzen einen Weg durch die Zettelhaufen. Von außen betrachtet ist es das reinste Chaos, aber Mike hat sein System. Auch wenn er manchmal einmal mehr nachsehen muss, ist bei ihm noch nie etwas weggekommen.

Mein Onkel legt die Flyer ab und steht auf, um uns zu grüßen. Vor Nervosität umarme ich ihn erst einmal und es versetzt mir einen Stich, dass er überrascht ist. Erst nach ein paar Sekunden legt er seine Arme um mich. Er atmet auf, als ob eine Last von ihm gefallen wäre. Wie lange hat er sich das wohl bereits gewünscht? Ich kann es nur jeden Tag versuchen besser zu machen – eine bessere Nichte zu werden. Wir sind gemeinsam nach dem Tod meiner Mutter erwachsen geworden. Vielleicht müssen wir auch gemeinsam heilen. Auch nach so vielen Jahren.

»Ich vermute, ihr habt mir etwas mitgebracht?«, fragt Mike und geht um seinen Schreibtisch herum. Er wackelt an der Maus und weckt seinen Rechner aus dem Ruhemodus.

»Haben wir«, antwortet Luke und überreicht meinem Onkel den Stick.

Dieser steckt ihn gleich in den dafür vorgesehenen Slot. Mike setzt seine Kopfhörer auf und lehnt sich mit geschlossenen Augen zurück, nachdem er den Song gestartet hat. Er hört gewissenhaft zu. Er verzieht keine Miene und das kann alles bedeuten. Ich stehe auf der anderen Seite des Tisches und kann meine Augen nicht von ihm abwenden. Ich will keine Reaktion verpassen. Luke schiebt seine Hand zwischen meine, die ich irgendwann begonnen habe, ineinander zu winden. Wie lang drei Minuten sein können, merkt man erst, wenn sich jede Sekunde wie eine Unendlichkeit anfühlt. Sie vergehen einfach nicht. Doch irgendwann sind auch die längsten Minuten vorbei. Mike stoppt das Lied, aber nimmt die Kopfhörer nicht gleich ab. Er stützt seinen Kopf auf seine Hände und sieht uns nachdenklich an. Ich zwinge mich dazu, nicht die Sekunden bis zu seinem ersten Wort zu zählen.

Es sind acht.

»Nun, ihr habt alles erfüllt, worum ich euch gebeten habe«, beginnt er. Eine minimale Anspannung fällt von mir ab. Auch Luke atmet erleichtert aus.

»Aber?«, fragt mein Freund und Textpartner schließlich, als wieder eine lange Pause entsteht.

»Kein Aber«, sagt Mike schulterzuckend. »Ich bin gespannt, wie es klingt, wenn die Jungs es eingespielt haben. Erst dann kann man ein endgültiges Urteil verkünden.«

»Du bist kein Richter«, murmle ich und verdrehe die Augen angesichts seiner Wortwahl.

»Nun, in diesem Fall schon«, entgegnet er selbstgefällig grinsend. »Nein, ich finde den Song wirklich gut. Zum Erbrechen süß, wenn es euch beruhigt. Aber ich weiß auch, dass Liam und Co sicher ihre eigene Note mit einbringen werden. Ich bin auf das Ergebnis gespannt.«

»Da ist doch noch etwas?«, sage ich und werde wieder nervös.

»Es ist nicht wirklich ein Manko«, wägt er ab. »Aber mich würde brennend interessieren, wie sich der Song als Duett macht. Man müsste noch ein oder zwei Dinge anpassen, aber ich glaube, es wäre ein Hit.« Mikes Gespür für Hits hat ihn noch nie im Stich gelassen und wenn ich ehrlich bin, hatte ich diesen Gedanken ebenfalls.

»Aber wer sollte mit den Jungs singen?«, überlege ich. Luke und Mike sehen mich an, als wüssten sie die Antwort und zugleich, dass sie nicht umsetzbar ist. »Oh nein!«, halte ich vehement dagegen, als mir klarwird, was und wen sie meinen. »Ich singe sicher nicht auf der CD.«

»Dich bittet niemand, mit ihnen auf Tour zu gehen oder im Musikvideo zu erscheinen. Schlaf mal drüber und überlege, was das für eine Chance für sie wäre. Eine Collab mit so einem bekannten Namen auf dem Debütalbum.«

»Mike«, knurre ich, weil ich auf Anhieb verstehe, was er damit bezweckt. Mir ein schlechtes Gewissen einzureden ist eins seiner Talente, die er über die Jahre perfektioniert hat. Und ich glaube, auch diesmal wird er zwangsläufig Erfolg damit haben.

»Ich zwinge dich zu nichts, aber überlege es dir.« Als müsste er das Messer, das bis jetzt nur vor meiner Brust geschwebt hat, endlich auch hineinrammen, fügt er noch hinzu: »Den Jungs zuliebe. Also, es ist mehr als gut, was ihr da erschaffen habt und jetzt …« Mike wendet sich an Luke: »Jetzt kümmerst du dich um den würdigen Abschied von deiner Mutter.«

Luke nickt nur und diesmal bin ich diejenige, die ihm Halt gibt.

»Gut, dann ab mit euch. Papa hat zu tun.«

Mehr brauchen wir nicht, damit wir in die Gänge kommen.

Wie es Mike gesagt hat, kümmert sich Luke um die Beerdigung seiner Mutter. Ich teile meine Kräfte zwischen meinen Pflichten im Label und der Unterstützung Lukes ein. Wenn ich im Büro bin, will ich bei Luke sein. Ich kann nicht anders, als an ihn zu denken, dabei hält er sich wacker aufrecht. Wenn ich bei Luke bin, habe ich ein schlechtes Gewissen, dass ich meine Arbeit als Geschäftsführerin noch mehr leiden lasse als ohnehin schon und Mike zu viel aufhalse. Aber auf der anderen Seite ist es eine Ausnahmesituation. Und Luke ist mir wichtiger als ein pünktlich unterschriebener Vertrag. Was vielleicht Mike und unsere Juristen nicht sonderlich erfreut.

Obwohl ich jeden Tag geschafft ins Bett falle, mal in Lukes Armen, mal alleine, habe ich das Gefühl, nichts vollbracht zu haben. Ich achte darauf, dass Luke genügend isst, begleite ihn zu Gesprächen und Behördengängen, die ihm schwerfallen, und bin da, wenn er mich braucht. Ich kümmere mich um die Jungs und das Einsingen unseres Songs. Ich fange ihn auf, wenn die Trauer ihn stolpern lässt. Er ist jeden Tag aufs Neue überrascht, dass ich da bin und nirgends hinzugehen scheine. Wie könnte ich?

Schließlich kommt der Tag der Beerdigung und sie ist so viel anders als die meiner Mutter. Lukes Mutter hatte sich zu Beginn ihrer Krankheit mit Luke zusammengesetzt und mit ihm über ihre Beerdigung gesprochen. Er hat sichergestellt, dass ihr jeder Wunsch erfüllt wird. Sie wünschte sich eine Waldbeerdigung – ich musste erst einmal nachfragen, was das überhaupt ist, aber ich muss sagen, dass ich die Idee dahinter großartig finde.

Es regnet zur Abwechslung mal nicht an diesem Freitagnachmittag, an dem Luke und ich auf dem Parkplatz der Anlage parken. Die Jungs der Band halten neben uns. Jake und Anna warten bereits neben dem Bestatter. Auf mehr Gäste müssen wir nicht warten. Viele Freundschaften seiner Mutter sind in der Zeit, in der sie ihren Vater pflegte zu Bruch gegangen. Neue konnte sie nicht mehr knüpfen. Mehr hat Luke mir zu diesem Thema nicht erzählt. Der Mann im Anzug führt uns in ein kleines Häuschen, in dem die Urne mit den Überresten von Lukes Mutter steht. Der Schmerz trifft Luke noch einmal tief, als der Trauerredner seine wunderschöne Rede hält. Ich erfahre viel über ihr Leben und ich weine über die verpassten Chancen. Die Krankheit hat ihr und auch Luke so viel genommen. Ich weine darüber, dass ich sie nie kennenlernen durfte und dass sie nicht sehen kann, wie Luke erfolgreich wird.

Am Grab legen wir keine großen Blumenarrangements ab, einfach, weil es hier nicht vorgesehen ist. Es wird kein herkömmliches Grab geben. Nur einen Baum mit einer Nummer daran. Wir streuen Blüten über die Urne, als sie in die ausgebuddelte Stelle hinabgelassen wird. Dann wird das Grab wieder zugeschüttet. Danach lässt der Bestatter uns alleine und wir bleiben noch einen Moment. Luke lässt meine Hand nicht los. Als ihn seine Gefühle überkommen, streiche ich ihm über den Arm. Er überrascht mich, als er mich plötzlich umarmt. Ich schlinge meine Arme um ihn und er lässt alles raus. Erst denke ich, dass Lukes Knie nachgeben, aber ich merke schnell, dass es seine Freunde sind, die ihm in Anteilnahme auf die Schulter klopfen oder über den Rücken streichen. Beinahe fange auch ich erneut an zu weinen. Luke ist nicht allein und das ist erleichternd zu wissen. Ich meine, ich wusste es vorher, aber es so leibhaftig mitzuerleben, macht es greifbarer. Wir geben Luke die Zeit, die er braucht. Niemand scharrt mit dem Fuß ungeduldig auf dem Waldboden, niemand atmet lauter als nötig. Nach einer Weile richtet Luke sich wieder auf. Seine Augen sind rot, aber er sieht erleichtert aus. Die letzten Tage haben ihm viel abverlangt.

»Ich bin stolz auf dich«, sage ich leise und kann nicht sagen, wie ich darauf komme, nur, dass es das ist, was ich gerade empfinde.

Gemeinsam fahren wir zum Leichenschmaus. Wie ich finde, eine gute Tradition mit einem wirklich schlecht gewählten Namen. Wir acht sitzen beim Lieblingsitaliener von Lukes Mutter zusammen. Der Chefkellner und der Koch sprechen Luke mit echter Anteilnahme ihr Beileid aus. Sie tauschen sich mit Luke über ihre Erlebnisse aus. Seine Mutter muss auch gerne mal mit angepackt haben, wenn viel zu tun war. Zuerst ist sie hier nur ein Gast gewesen, aber als eine gelegentliche Aushilfe gesucht wurde, ist sie mit Eifer eingesprungen. All diese Erzählungen bringen mich ihr näher und zeigen mir, wie aus Luke Luke werden konnte. Hat die Beisetzung Raum zur Trauer gegeben, dann trägt unser Zusammensein zur Aufmunterung bei. Spätestens als Liam zum Besten gibt, wie Lukes Mutter ihn zusammengestaucht hat, dass er endlich Manns genug sein und Cosy seine Gefühle gestehen soll. Oder als Cosy erzählt, wie sie ihn freundlich darum gebeten hat, dass er doch mal den Stock aus seinem Allerwertesten ziehen und sich etwas lockerer machen soll. Jeder kann Gutes über sie erzählen und mir tut es leid, dass ich nichts dazu beitragen kann.

Als es später und später wird, wird Luke zunehmend zurückhaltender. Wahrscheinlich fordern die letzten Tage und Wochen ihren Tribut. Es ist ja nicht nur der Tod seiner Mutter und die Beerdigung. Ich mit meinen Problemen habe ihm zusätzlichen Stress gebracht und dazu kam die ganze Arbeit mit dem Song. Nebenbei ist er den Verpflichtungen seinen Schülern und der Werkstatt gegenüber nachgekommen. Mir wird schon schwindlig, wenn ich nur darüber nachdenke. Ich beuge mich zu ihm rüber.

»Wollen wir gehen?«, frage ich leise. Luke sieht ertappt aus. Doch nachdem er sich einmal am Tisch umgesehen hat, nickt er schließlich. »Jungs und die eine Dame, ich würde unseren tapferen Burschen entführen«, verkünde ich schließlich für alle hörbar. Alle stimmen mir zu und nach einer kurzen Verabschiedung gehen wir.

»Lass uns spazieren«, schlägt er vor. Und wer bin ich, ihm das zu verwehren?

»Gerne.«

Wir schlagen automatisch den Weg zu meiner Wohnung ein. Er will alleine sein und ich weiß, dass ihm das Chaos in der WG heute Abend zu viel werden würde. Außerdem lädt der laue Abend zu einem Fußmarsch ein.

»Danke«, sagt er, nachdem wir ein paar Straßen weiter gelaufen sind. Ich sehe ihn überrascht an.

»Wofür?«

»Für alles«, sagt er schulterzuckend. »Dafür, dass du da bist.«

»Davon abgesehen, dass ich mehr hätte machen können: gern geschehen.«

»Du hast mehr als genug getan«, versichert er mir. »Mehr als du hättest tun müssen.«

»Ich habe mich trotzdem die meiste Zeit gefühlt, als ob ich zu wenig helfe oder dir im Weg stehe«, gestehe ich leicht lachend.

»Niemals.«

»Okay«, erwidere ich erleichtert.

Wir spazieren den Rest des Weges in angenehmer Stille. In meiner Wohnung angekommen, verschwindet Luke unter der Dusche. Ich beziehe in der Zeit das Bett neu. Es gibt kaum etwas Schöneres, als nach so einem Tag in ein frisch gemachtes Bett zu fallen und die vergangenen Stunden hinter sich zu lassen. Ich behalte recht. Als ich aus dem Bad komme, schläft Luke bereits tief und fest. Nach einem Kuss auf seine Wange lege ich mich neben ihn und lasse den Tag ebenfalls hinter mir.

26 – Echtes Doppeldate

Luke

Alles fügt sich, wie es anscheinend soll. Die Arbeit kommt genau dann, als ich sie zur Ablenkung brauche. Ich stürze mich nicht in betäubende Mengen, aber genug, um auf andere Gedanken zu kommen. Jeden Tag geht es etwas leichter ohne meine Mutter. Lexi und die Jungs helfen mir dabei. Ich weiß nicht, was ich gemacht hätte, wenn ich die Beerdigung alleine hätte durchziehen müssen. So aber lassen sie mir Luft zum Atmen und sind genauso da, wenn das Vermissen einsetzt. Sie geben mir nicht ein Mal das Gefühl, als wäre ich ihnen eine Last oder dass ich »ein Mann sein und damit abschließen soll«. Ich weiß, dass viele diesen Luxus nicht haben.

Mike ist von unserem Song, der sich inzwischen wie ein kleines Baby von Lexi und mir anfühlt, so überzeugt, dass er mir bereits das Zeichen gegeben hat, dass ich Neues abliefern kann. Dabei hat er mir zum Großteil freie Hand gelassen und nur für wenige Lieder und für bestimmte Künstler ein Thema vorgegeben. Den Job in der Werkstatt habe ich inzwischen geschmissen. Die Zeit mit meinen Schülern genieße ich noch, solange ich kann. Mein Ziel ist es, sie wenigstens dieses Schuljahr noch zu begleiten. Aber auch hier höre ich die Uhr ticken. Es ist mein Traum, der hier in Erfüllung geht, aber die Unterrichtsstunden werde ich vermissen. Ich werde die Monate, die mir noch bleiben, in vollen Zügen genießen.

Heute sind Lexi, Anna, Jake und ich auf unserem ersten echten, offiziellen Doppeldate. Kein abgekartetes Spiel von Anna ohne unser Wissen. Eine Hälfte ist bis jetzt anwesend. Lexi und ich warten auf die beiden auf der Terrasse eines kleinen Restaurants. Es ist ungewöhnlich nobel für unsere Verhältnisse, aber wir haben auch einen Grund zum Feiern. Wir kommen gerade von Jakes erster Galerieausstellung. Die zwei Turteltäubchen wollten gleich nachkommen. Jake musste nur noch etwas mit der Galeristin klären.

Dieses Jahr scheint das Jahr unseres Durchbruchs zu sein. Obwohl Jake noch studiert, hat er Aufträge. Die Jungs und ich sind gemeinsam bei einem Label untergekommen und ich habe Lexi gefunden. Nur der Tod meiner Mutter hinterlässt einen unliebsamen Beigeschmack. Ich weiß, dass meine Mutter nur noch eine Gefangene ihres Körpers gewesen ist und sie so nicht glücklich war. Ich stelle mir gerne vor, wie sie jetzt mit ihren Lieblingsmenschen, von denen schon so viele vor ihr gegangen sind, bei einem Glas Wein im Vorgarten des Hauses sitzt, das sie sich gewünscht hat, als es ihr noch gut ging. Das macht die Trauer leichter.

»Wo bleiben sie denn?«, murmelt Lexi und legt endlich ihr Handy weg. Sie hat mit Mike telefoniert. Er braucht sie für eine Unterschrift, die notariell beglaubigt werden muss. Ich weiß, dass sie dieser Papierkram nervt. Sie will nur Musik machen und für ihre Künstler da sein. Aber er gehört nun mal dazu, wenn man zur Geschäftsführung gehört. Zumindest sagt sie das immer und diesem Satz folgt meist ein tiefes Seufzen. Vielleicht lässt sich mit der Zeit eine Lösung dafür finden. Eine, die sie zufriedener macht und allen Beteiligten entgegenkommt. Ich sehe auf die Uhr.

»Stimmt. Dafür, dass sie gleich nachkommen wollten, lassen sie sich wirklich Zeit.« Ich lege meinen Arm um die Lehne ihres Stuhles und sie lehnt ihren Kopf an meine Schulter. Ihre Transformation ist unglaublich. Es ist unglaublich, dass ich sie einfach so berühren darf. In der Galerie habe ich überdeutlich gesehen, dass ich mir nur eingebildet habe, dass ihre Phobie verschwunden ist. Es ist erschütternd, wie natürlich es in ihren Bewegungen verankert ist, anderen aus dem Weg zu gehen und jegliche Nähe zu vermeiden. Mir entfällt es nur immer wieder, weil ich das Privileg habe, dass es sie bei mir nicht stört. Dankbar küsse ich ihren Kopf. Mit meinen Fingern durch ihre Haare zu fahren, traue ich mich nicht. Sie hat sie hochgesteckt und ich weiß nicht, ob ich dieses Kunstwerk damit zerstören würde.

»Vielleicht bekommt Jake gleich ein weiteres Angebot und sie besprechen die Details?«, schlägt sie vor.

»Das wäre unglaublich für ihn.«

Lexi richtet sich auf und sieht auf die andere Seite der Straße. »Da sind sie.« Sie zeigt auf die kleine Menschentraube an der Fußgängerampel. »Was haben die denn genommen?«

Ich muss nicht fragen, was sie meint. Es ist deutlich für jeden zu sehen. Davon abgesehen, dass Anna und Jake scheinbar nie die erste Verliebtheitsphase überwunden haben und nie die Hände voneinander lassen können, ist das Verhalten, das sie an den Tag legen, selbst für sie ungewöhnlich. Eng umschlungen küssen sie sich so heftig, dass die Umstehenden ihnen geräumig Platz bieten und sie mit roten Wangen zu ignorieren versuchen. Jemand ist so freundlich, sie darauf aufmerksam zu machen, dass die Ampel auf Grün geschaltet hat. Doch selbst als sie die Straße überqueren, scheinen sich ihre Lippen nicht zu trennen.

»Hey!«, rufe ich. »Hier sind wir.« Lexi hebt unterstützend ihre Hand. Unsere Freunde wären glatt weitergestolpert, abgeschirmt in ihrer eigenen Blase.

Anna beginnt zu quietschen, als sie Lexi sieht. Richtiges ohrenbetäubendes, alle Umsitzenden verwirrendes Quietschen. Sie eilen an unseren Tisch. Anna hält uns ihre Hand entgegen, noch ehe wir etwas sagen können. An ihrem Ringfinger funkelt ein dezenter, aber perfekter Verlobungsring. Ich wusste, dass Jake ihr die Frage stellen wollte. Wir haben uns öfter darüber unterhalten, aber ich dachte immer, dass er damit bis zum Ende seines Studiums warten will. Auf der anderen Seite habe ich nie verstanden, warum man mit so etwas warten sollte, wenn man sich sicher ist. Und niemand ist sich sicherer als diese beiden, die uns gegenüberstehen.

Lexi springt auf und rammt dabei ihr Knie gegen den Tisch, dass die Gläser klirren. Sie nimmt die Hand ihrer besten Freundin in ihre und bewundert das Schmuckstück, das Jake natürlich selbst designt hat. »Wow«, sagt Lexi fasziniert. »Ich meine, herzlichen Glückwunsch!«

Sie umarmt ihre beste Freundin fest. Als sie wieder von ihr ablässt, glitzern Freudentränen in ihren Augen. Ich muss lächeln. Diese Tränen sind die einzigen, die ich gern an ihr sehe.

»Komm her«, flüstert sie und zögerlich, aber zielstrebig umarmt sie Jake. Soweit ich weiß, hat sie das noch nie getan und ich bin verdammt stolz auf meinen besten Freund, dass er es ebenso zu schätzen weiß wie ich. Lexi flüstert ihm etwas zu und er reißt seine Augen für einen Moment auf, ehe auch sie sich mit einem feuchten Film überziehen. Er umarmt sie für einen Moment fest. Lexi fühlt sich sogar wohl genug bei ihm, um ihm über den Rücken zu streichen. Aber dann wird es offenbar zu viel. Einem Beobachter würde es sicher nicht auffallen, aber ich kenne Lexis Körpersprache inzwischen gut genug. Jake scheint ebenfalls genug Feingefühl zu besitzen und entlässt sie aus der Umarmung.

Unsere Aufmerksamkeit ist sofort zurück bei Anna, die schnieft. Ihr laufen Tränen über die Wangen, als gäbe es kein Morgen mehr. Wir anderen drei brauchen einen Moment, um einzuordnen, was mit ihr los ist. Sie ist einfach gerührt, dass Lexi auf Jake auf diese Art zugegangen ist. Ich kann es ihr nicht verübeln.

»Auch von mir einen herzlichen Glückwunsch«, sage ich und umarme beide. Schließlich setzen wir uns und Jake bestellt eine Runde Sekt und für Lexi sogar ein Glas alkoholfreien. Ich liebe es, dass meine Freunde so rücksichtsvoll sind. Ob es nun dieser

Moment ist oder wie sie mit mir und meiner Trauer umgegangen sind.

Anna erzählt uns alles über den Antrag. Wie Jake abgesprochen hat, dass sein bisher bestes Werk, das viel mit Anna zu tun hat, vorübergehend für Besucher unzugänglich gemacht wird. Wie er vor ihr auf ein Knie gegangen ist und wie sie die halbe Galerie mit ihrem »Verdammt ja!« zusammengeschrien hat. Die beiden Frauen begutachten jedes Detail des Rings und Lexi freut sich für ihre Freundin. Anna und Jake wollen sich mit der Hochzeit Zeit lassen. Sie drängt nichts, aber es gibt ihnen eine Absicherung, von der wir nicht wussten, dass sie sie brauchten. Was in einer Beziehung nach außen dringt, scheint nicht unbedingt das widerzuspiegeln, wie es wirklich ist. Zumindest habe ich bisher geglaubt, dass, wenn sich zwei Menschen sicher sein können, dass sie den Rest ihres Lebens miteinander verbringen, dann sind es diese beiden. Aber es beruhigt mich auch, dass jeder seine Probleme hat, mit denen er umgehen muss. Irgendwann schafft es der Kellner, uns unsere Bestellung zu entlocken, und Lexi wird ruhiger. Zu ruhig für meinen Geschmack.

»Ist alles in Ordnung?«, frage ich leise, so dass nur sie meine Worte hören kann.

»Ja«, antwortet sie und lächelt so breit, wie ich sie seit Tagen nicht lächeln sehen habe. »Ich bin nur so glücklich, dass ich für diesen Moment da bin und nicht irgendwo durch die Welt reise.«

»Das kann ich verstehen«, sage ich und küsse sie. Sie erwidert meinen Kuss nicht und ich sehe sie sofort besorgt an. Ihr Blick geht an mir vorbei und das wunderschöne Lächeln ist ihr nicht nur von den Lippen gerutscht, sondern vom gesamten Körper. Sie drückt meine Hand ganz fest, fast schmerzhaft.

»Lexi?«, frage ich. Ich bin ihrem Blick gefolgt, der auf die andere Straßenseite geheftet zu sein scheint. Ich sehe nichts Ungewöhnliches.

»Mein Vater«, flüstert sie nur. Mir läuft es eiskalt den Rücken herunter. Ich sehe mich noch ein weiteres Mal um, doch ich erkenne niemanden, der uns beobachtet oder in seinem Gang innehält.

»Wer …?«, frage ich leise, doch Lexi schüttelt den Kopf. Sie blinzelt und sieht noch einmal über die Straße. Sie schüttelt wieder den Kopf.

»Vermutlich habe ich es mir nur eingebildet, aber ich hätte schwören können, dass ich meinen Vater gesehen habe.« Sie ist so furchtbar blass geworden und schüttelt sich abermals. »Ich muss es mir eingebildet haben«, versucht sie sich einzureden.

»Vielleicht war es jemand, der ihm ähnlich sieht«, helfe ich aus und kann mich selbst nicht überzeugen, obwohl ich niemand Auffälligen gesehen habe. Ich weiß nicht mal, wie ihr Vater aussieht.

»Ja, vielleicht …« Wir machen uns gegenseitig etwas vor. Auch wenn sie auf niemanden deuten kann, hat sie die Möglichkeit, dass ihr Vater in ihrer Nähe sein könnte, verstört.

»Alles okay bei euch?«, fragt Jake. Er macht seinen Hals lang, um zu erkennen, was wir wohl immer wieder versuchen, auf der anderen Straßenseite zu finden.

»Ja«, sage ich für uns beide. Versteckt unter dem Tisch halte ich Lexis Hand fest. Ich streiche mit meinem Daumen über ihren Handrücken und fürchte, dass es sie nur langsam beruhigt – wenn es das überhaupt tut. Mich definitiv nicht. Wir müssen uns regelrecht dazu zwingen, uns wieder auf unsere Freunde und ihre Freude zu konzentrieren. Es ist ihr Moment und wir wollen ihn durch nichts vermiesen. Mein Nacken brennt heiß. Ich habe das Gefühl, dass mich ein Blick durchbohrt, aber immer wenn ich schwach werde und mich umsehe, kann ich niemanden ausfindig machen. Wahrscheinlich ist es Einbildung, aber es fühlt sich sehr real an.

Als es im Restaurant immer voller wird, machen Anna und Jake einen Vorschlag, der Lexi und mich erleichtert aufatmen lässt. Ein paar Drinks bei ihnen zu Hause. Wenn wir uns dann noch immer beobachtet fühlen, machen wir uns über Hirngespinste verrückt. Da die Wohnung der zwei nicht weit entfernt ist, kommt es uns auch hier wieder zugute, dass wir zu Fuß gehen können. Wir halten uns an den Händen und versichern uns damit, dass wir beide da sind. Dadurch lässt das Gefühl aus dem Restaurant bald nach. Spätestens, als wir die Wohnung von Anna und Jake betreten und die Tür schließen, fühlt Lexi sich sicher. Ich entspanne mich ebenfalls genug, um den Abend wieder zu genießen.

Die Wohnung ist das reinste kreative Chaos und anscheinend genau das, was wir jetzt brauchen. Lexi bleibt vor den aneinandergelehnten Bildern stehen. Vorsichtig, um sie nicht zu beschädigen oder zu beschmutzen, sieht sie sich alle an. Ich sehe ihr dabei über die Schulter. Jake hat goldene Hände, was das Zeichnen und Malen angeht. Natürlich hat er das, sonst würden seine Werke nicht in einer Galerie ausgestellt werden, aber es fasziniert mich immer wieder aufs Neue.

»Hey, Lexi«, ruft er aus seinem Kreativraum, wie er ihn gerne nennt. Sie sieht sich nach ihm um. »Willst du mein neustes Werk sehen?«

»Darauf kannst du wetten«, antwortet sie. Wie ein Dackel folge ich beiden. Die Leinwand ist riesig und erst auf den zweiten Blick erkennt man, dass Jake mehrere davon zusammengefügt hat. Ich wüsste sonst auch nicht, wie er sie durch die Tür bekommen haben soll. Die Übergänge sind unsichtbar. Dunkelgraue Umrisse einer Frau von der Schulter aufwärts sind darauf zu erkennen. Sie ist nicht im Zentrum gezeichnet, sondern leicht links platziert. Die Fläche ist in verschiedenen Gelb- bis Orangetönen gehalten. Die Farbe wird zum rechten unteren Rand hin immer heller und heller, bis sie beinahe weiß strahlt. Die Haare der Frau verschmelzen mit der Farbe. Mir wird nur vom Betrachten alleine warm. Es ist eine innere Wärme, die sich im ganzen Körper verteilt. Ich denke an Sommer und Liebe und irgendwie an Lexi. An was sie dabei denkt, kann ich nicht sagen. Ihre Miene ist unlesbar.

»Jake?«, fragt sie nachdenklich. »Hast du noch freie Kapazitäten in deinem Kalender?« Verwundert folge ich dem Gespräch.

»Es kommt ganz auf den Grund für deine Frage an«, erklärt er. Sie sehen sich nicht an. Sie betrachten beide das Bild vor ihnen. Jake muss noch bis zuletzt daran gemalt haben. Die Farbe schimmert feucht.

»Ich überlege gerade, ob eines deiner Gemälde nicht das perfekte Cover für das Debütalbum von Entgleiste Helden wären.«

Noch immer sehen sie sich nicht an. Jake denkt nach. »Ich denke, das ist eine gute Idee und dass es klappen könnte.« Beide grinsen und sehen noch immer auf diese Leinwand. Es ist eine merkwürdige Beziehung, die die beiden miteinander pflegen.

»Photoshop sieht man überall und kaum noch echtes Handwerk. Nicht, dass digitale Kunst keine ist, aber man sieht etwas Handgemachtes eben seltener und ich glaube, dass es gut zu den Jungs passen würde. Das Cover würde aus der Masse herausstechen, ehe es ihre Musik tut.«

»Da könntest du recht haben«, sagt Jake. »Ich kenne zwar ihre Lieder, aber gib mir eine CD oder die Dateien, damit ich sie mir noch mal anhören kann, und ich werde sehen, was meine Muse mir ins Ohr flüstert.«

»Danke«, sagt Lexi zufrieden.

Wie sie für die Entgleisten Helden brennt, lässt mein Herz aufblühen. Sie ist wie eine Mutter zu diesem Projekt und sie macht es so gut. Aber so sehr sie sich auch reinhängt, bin ich überzeugt, dass wir nach den letzten Wochen eine kleine Auszeit gebrauchen können. Wenn wir uns schon verfolgt fühlen, dann liegt etwas im Argen.

27 – Geburtstagskind

Lexi

Der zehnte Oktober. Lukes Geburtstag. Vielleicht weiß ich ihn nur, weil ich in seine Personaldaten gesehen habe, als wir ihn unter Vertrag genommen haben. Und vielleicht habe ich ihn trotz des ganzen Stress um uns herum nicht vergessen. Zählt das schon unter Besessenheit oder einfach nur Verliebtheit? Wie man es auch bezeichnen mag, Liam, Jake und ich haben es uns nicht nehmen lassen, eine Party für ihn zu organisieren. Mike hat seinen Einfluss spielen lassen und wir haben das Dark Blue buchen können. Bedingung ist nur, dass wir alles selbst so herrichten, wie wir es uns vorstellen, und es bis Mittag am nächsten Tag wieder so verlassen, wie wir den Laden vorgefunden haben. Das sollte jedoch keine Unmöglichkeit darstellen.

Es hat schon etwas, im knielangen schneeweißen Sommerkleid, das jede meiner Kurven umschmeichelt, durch Berlin zu stolzieren. Der Spätsommer ist unglaublich heiß und trocken – ganz im Gegensatz zum eigentlichen Sommer in diesem Jahr. Meine Arme sind bis zum Oberarm entblößt und man kann einige meiner Narben sehen, die ich sonst unter langen Ärmeln verstecke. Das ist ein Anblick, den man selten von mir erwarten kann. Selbst die Blicke und die gelegentlichen Kommentare von Männern kann ich heute einfach an mir abprallen lassen. Fast frage ich sie, was sie machen würden, wenn jemand ihrer Mutter oder Schwester so hinterherrufen würde. Aber ich will mir den

Tag von nichts verderben lassen. Auch wenn es nicht richtig ist, sie einfach zu ignorieren. Es ist der einfache Ausweg für den Moment.

Ich klingle bei der WG und fliege die Treppen beinahe hoch, als Luke mir öffnet. Ich weiß, dass er alleine ist. Seine Mitbewohner kümmern sich um den letzten Schliff der Dekoration.

»Wow«, empfängt mich Luke und betrachtet mein Auftreten. Er hat mich zwar bereits halb nackt gesehen, aber noch nie so außerhalb eines Zimmers, in dem wir alleine sind.

»Danke«, sage ich breit grinsend. Ich bebe vor guter Laune und falle ihm um den Hals. Automatisch schlingen sich seine Arme um meinen Körper. Genau dorthin, wo sie hingehören und wo sie, wie von der Natur vorgesehen, auch hinpassen. »Alles Gute zum Geburtstag!«, wünsche ich ihm und gebe ihm einen gefühlvollen Kuss. Wir stolpern zurück in die Wohnung, weil wir unser Gleichgewicht nicht mehr halten können. »Zieh dich um, wir feiern!«, verkünde ich und das Lächeln rutscht ein wenig von seinen Lippen.

»Ich wäre auch damit glücklich gewesen, den Tag einfach nur mit dir zu verbringen«, gesteht er auf meinen fragenden Blick hin.

»Dafür ist später noch genug Zeit«, versichere ich optimistisch. »Oder willst du eines dieser unmöglichen Pärchen werden, die außerhalb ihrer Welt niemanden mehr kennen und ihre Freunde ignorieren, bis sie keine mehr haben?«

Luke wiegt seinen Kopf hin und her, als würde er überlegen, dass es durchaus eine Option darstellt. »So verlockend es klingt«, sagt er und mustert mich ein weiteres Mal von oben nach unten. »Du hast wohl recht.«

»Für gewöhnlich ja«, erwidere ich frech. »Also, mach dich schick und ab geht's.«

Luke enttäuscht nicht. Seine dunkle Jeans ist sicher zu warm für das Wetter draußen, aber ideal für das Dark Blue. Das etwas längere, weiße Shirt lässt seine dunkle Haut strahlen und bringt seine Tattoos genau richtig zur Geltung, ohne sie in den Vordergrund zu spielen.

»Warte«, bitte ich ihn, als er sein Outfit mit einer silbernen Kette abrunden will. Ich stelle mich vor ihn und ziehe ein längliches Etui aus meiner Tasche. »Alles Gute«, wünsche ich ihm ein weiteres Mal, als ich sie ihm überreiche.

»Lexi …«, haucht er, als er den Inhalt sieht. Darin befindet sich eine Kette, die meiner sehr ähnlich ist. Luke weiß inzwischen alles darüber, und dass sie meiner Mutter gehört hat. Es mag kitschig sein, aber dass er das gleiche Symbol um den Hals trägt, fühlt sich so richtig und selbstverständlich an. Die Länge, bei der ich mir erst unsicher gewesen bin, passt ebenfalls ideal. Die grobgliedrige Kette reicht ihm bis zum Ende des Brustbeines und der Notenschlüssel baumelt fröhlich daran. »Danke«, sagt er gerührt und seine Lippen finden wieder den Weg auf meine.

»Gern geschehen. Und nun raus mit dir«, treibe ich ihn an. Der Weg zurück zur Bar ist begleitet von einem Luke, der jeden falschen Blick in meine Richtung niederstiert. Ich bin den Lachtränen nah, als wir schließlich unser Ziel erreichen.

»Happy birthday!«, rufen alle seine Freunde, von denen ich den Großteil nicht kenne. Die Gästeliste habe ich wohlwissend den Männern überlassen. Aber ich sehe auch viele Angestellte des Labels. Luke ist nun mal ein Typ, der sich schnell einlebt und Freundschaften schließt.

Ich löse meine Hand aus seiner und schiebe ihn in die Meute, so dass sie ihn gebührend empfangen kann. Geschenke, Blumen, Alkohol – all das wird ihm in die Hand gedrückt und von Gabriel wieder abgenommen. Dieser stellt alles auf einen extra bereitgestellten Tisch. Das Dauergrinsen wird Lukes Lippen wohl nicht so schnell verlassen. Es ist wunderbar. Es wird angestoßen und die Musik beginnt zu spielen. Luke versucht, sich mit jedem zu unterhalten, aber lässt mich nie für längere Zeit aus dem Blick.

»Ihr seid jetzt schon fast drei Monate zusammen«, stellt Anna fest, als sie sich neben mich stellt. Mein erster Impuls ist, ihr zu widersprechen, dass es viel länger sein muss. Dann will ich sagen, dass es noch gar nicht so lange sein kann. Aber sie hat recht. Zeit ist wirklich ein komisches Konstrukt. Wie kann man ein und denselben Zeitraum auf unterschiedliche Weise empfinden?

»Drei Monate«, wiederhole ich und versuche, es dadurch greifbarer zu machen. Ich kann nicht sagen, dass es etwas bringt. Dann winkt mir Liam vom Seiteneingang der Bühne zu und ich entschuldige mich bei Anna. Schon auf dem Weg zu ihm sinkt mein Herz um einige Etagen und gleichzeitig versucht es, aus seinem Rippenkäfig auszubrechen.

»Gott, ich weiß nicht, ob ich dazu bereit bin«, gestehe ich, als ich in Hörweite bin.

»Quatsch, das wird großartig«, versichert mir Liam und führt mich zu dem Rest der Band. Sie wärmen ihre Hände und Stimmen auf. Alle reden sie mir Mut zu. Doch das überfordert mich nur noch mehr.

»Lexi«, fordert Liam meine Aufmerksamkeit. »Du packst das. Du stehst nicht alleine auf der Bühne. Du hast uns vier mit dir dort oben. Einen Ton nach dem anderen, okay?« Ich nicke nach einer kurzen Denkpause. »Gut. Und wenn alle Stricke reißen, dann ziehst du einfach dein Oberteil etwas tiefer, damit deine Ladys mehr Luft bekommen. Dann achtet Luke sicher nur zweitrangig auf die Töne, die aus deinem Mund kommen.«

Cosy verpasst ihm dafür einen Klaps auf den Hinterkopf und ich grinse ihn dankbar an. Wir wissen vermutlich alle, dass Luke nicht so oberflächlich ist, aber Liam hat zumindest eines erreicht: Ich lache und löse mich ein Stück von der Nervosität, die mich bisher zurückhält. Ich habe Lampenfieber. Noch nie habe ich vor so vielen Menschen gesungen. Es haben zwar Tausende bereits meinen Gesang gehört, aber das ist nur möglich gewesen, weil jemand anderes das entschieden hat. Von Angesicht zu Angesicht – das ist eine Premiere.

Ich stelle mich vor Cosy und sehe auf seine Schuhe. »Ich habe so verdammt viel Angst«, gestehe ich.

»Ich auch«, erklärt er ruhig und ich sehe überrascht auf. Ein Lächeln, das nichts als Verständnis zeigt, liegt auf seinen Lippen. »Jedes Mal, wenn ich meine Sticks aufnehme, will ich wegrennen, aber ich bleibe. Weißt du warum?«

Ich schüttele den Kopf. »Warum?«

»Weil ich die Band und die Musik viel zu sehr liebe, als dass mir die Angst diktieren kann, was ich zu tun habe.« Cosys Blick huscht zu seinem Freund, der sich mit den Zwillingen unterhält. Aber seine Worte helfen ungemein.

»Danke«, sage ich. Obwohl ich genauso viel Angst wie zuvor empfinde, lasse ich mich nicht davon einschüchtern. Ich nehme diese Energie mit auf die Bühne und werde sie nutzen, um das Beste zu geben und Luke stolz zu machen. Ein Lächeln von ihm und der ganze Stress hat sich gelohnt.

»Wenn ihr so weit seid, könnt ihr loslegen«, ruft der hauseigene Techniker des Dark Blue und klärt die letzten Details mit Gabriel und Raphael. Ich bin immer wieder aufs Neue fasziniert, wie die Band sich nicht jedes Mal absprechen muss, wer welche Aufgabe neben den offensichtlichen übernimmt. Niemand hat nichts zu tun.

Und dann geht es plötzlich los. Die Band geht auf die Bühne und ich bleibe allein backstage zurück. Liam hält eine seiner Reden und dem Lachen und Klatschen und Jubeln nach zu urteilen, macht er seine Sache abermals gut. Ich bin zu nervös, um ihm genau zuzuhören. Sie singen mit Hilfe der Gäste »Happy Birthday«. Dann ist es so weit.

»Zu diesem besonderen Tag, haben wir natürlich auch etwas Außergewöhnliches vorbereitet«, sagt Liam und versucht, geheimnisvoll zu klingen. Dabei klingt er wie ein Kind, das kaum erwarten kann, ein Geheimnis herauszuposaunen. »Wir haben die letzten Wochen an einer Collab gearbeitet, die wir heute Abend stolz präsentieren dürfen. Lexi, komm zu uns«, ruft er und die Leute klatschen und jubeln. Meine Befürchtung, dass anhand von Liams Tweet jemand die Verbindung sieht und mein

Pseudonym entlarvt haben die Jungs und Mike schnell abgetan. Ich kann nur hoffen, dass sie recht behalten.

Mit einem Ruck löse ich mich von meinem Platz hinter dem Vorhang und gehe langsam über die Bühne, darauf bedacht, nicht über meine eigenen Füße zu stolpern. Cosy zwinkert mir aufmunternd zu, während er einen leisen Rhythmus spielt. Die Zwillinge sehen mich mit dem gleichen Grinsen an und Liam wartet mit offenen Armen auf mich. Er legt einen davon um meine Schultern und ich ertrage es. Ich liebe es nicht unbedingt, aber es fühlt sich nicht falsch an. Es gibt mir eher das Gefühl, dass ich nicht alleine auf der Bühne stehe und mich nicht alleine zum Obst mache, wenn hier etwas schiefgeht.

»So, Lexi. Du bist diejenige, die unseren Prince Charming um den Finger gewickelt hat. Damit hast du auch uns an der Backe.« Er macht eine künstlerische Pause, in der sein Publikum lacht. Ich suche Lukes Augen und als ich sie finde, wird mir warm. Das ersehnte Lächeln ist auf seinen Lippen, aber nicht nur das. Seine Augen zeigen nichts außer Liebe und Stolz. Es gibt mir den Adrenalinschub, den ich brauche, um ebenfalls einen Ton rauszubekommen.

»Ich werde euch auch so nicht los«, sage ich ins Mikro. »Ich bleibe immer noch euer Boss.«

»Stimmt«, sagt Liam. »Also, Luke, noch einmal alles Gute und wir hoffen, unser Geschenk gefällt dir.«

Wir positionieren uns, wie wir es geprobt haben. Ich sehe nur auf Luke und das gibt mir den Mut zu singen. Es fühlt sich an, als würden wir wieder texten und komponieren. Als wären nur wir in diesem Raum und als hörte nur er meine Stimme.

Cosy gibt den Takt vor und die Zwillinge stimmen mit ihrer Gitarre und ihrem Bass ein. Ich hätte auch ein Instrument auf die Bühne nehmen sollen. Dann hätte ich etwas, an dem ich mich festhalten kann. Vielleicht würde mir die Bühne dann nicht so groß vorkommen. Ich atme noch einmal tief ein und dann öffne ich meinen Mund.

Prince Charming ist es leid, allein zu sein
Cinderella nippt heimlich an Stiefmutters Wein
Mitternacht, sagt die Fee,
Mitternacht, und es sei geschehen.
Ah, wie sie diese Zeit doch hasst,
Mitternacht hat noch nie etwas Gutes gebracht.

Luke nähert sich der Bühne und kommt erst zum Stehen, als er direkt davor ist. Liams Stimme begleitet mich im nächsten Part.

Der Prinz verfällt ihrem Charme
Cindys Dämonen werden unter seiner Hand zahm.
Sie will für immer bei ihm bleiben
Zwölfmal schlägt die Uhr
Und ihre Schuhe beginnen zu reiben
Verzweifelt hinterlässt sie eine heimliche Spur.

Cindy sitzt in ihrem Zimmer fest
Die gute Mutter wünscht ihr die Pest.
Prinz, wo bleibst du nur?
Sie kommt nicht zu dir, sie ist stur.

Noch einmal wiederholen wir den Refrain und ich hoffe, dass Luke weiß, wie sehr er meine Dämonen zügelt. Ein kurzes Gitarrensolo gibt mir Zeit, durchzuatmen und Luke anzustrahlen. Er grinst über beide Ohren.

Charming versteht den Wink
Mit einem Kuss färbt er Cindys Wangen pink.
Er reitet mit ihr in den Sonnenuntergang
Als der letzte Glockenschlag erklang.

Liam singt noch einmal den Refrain, doch mein Part ist beendet. Das scheint Luke spätestens, als ich das Mikro zurück in den

Ständer stecke, zu wissen. Er stemmt sich auf den Rand der Bühne und schwingt ein Bein hoch. Einen Wimpernschlag später steht er vor mir.

»Prince Charming?«, fragt er neckend und zieht mich an sich, während die Musik um uns weiterspielt.

»Wir fanden es sehr treffend«, sage ich schulterzuckend. Lukes Augenbraue geht nach oben und ehe er weiteren Sauerstoff mit Worten verschwendet, lege ich meine Arme um seinen Nacken und ziehe ihn zu mir hinab. Mein Herz scheint zu bersten, als seine Umarmung enger wird. Aber nichts ist nah genug. Seine Lippen stillen das Bedürfnis nicht und ich weiß nicht, ob ich es überleben kann. Lukes Lippen sind erbarmungslos und nehmen keine Rücksicht. Erst als Gegröle um uns laut wird, merken wir, dass die Musik aufgehört hat und wir ins Zentrum der Blicke gerückt sind. Meine Wangen werden sofort heiß und ich verstecke mich an Lukes Brust. Seine Hand auf meinem Hinterkopf gibt mir Sicherheit. Sein Brustkorb bebt, als er lacht.

»Wir wollen die Gäste unterhalten«, ermahnt uns Liam. »Also, ab mit euch auf die Tanzfläche, ihr Turteltäubchen, und gebt uns die Bühne frei.«

Luke führt mich an die Stelle, an der er sich hochgehievt hat. Er springt voran und obwohl ich die Höhe leicht mit einem kleinen Sprung überwinden kann, hebt er mich zu sich hinab.

»Danke, mein Prince Charming«, flüstere ich und erinnere ihn daran, dass Liam und ich mit diesem Spitznamen nicht ganz unrecht haben. Luke streckt mir die Zunge entgegen, doch als die Band beginnt ihre Songs zu spielen, zieht er mich auf die Tanzfläche. Ich weiß nicht, wann ich das letzte Mal so getanzt habe. Wir tanzen und tanzen und tanzen. Anna gesellt sich zu uns und bewegt sich mal mit mir, mal mit Jake zur Musik. Ich mache erst eine Pause, als mein Kleid wie eine zweite Haut an mir klebt und ich das Gefühl habe umzufallen, wenn ich nicht bald etwas trinke. Obwohl Luke viele Gäste hat, begleitet er mich, anstatt mit anderen ins Gespräch zu kommen. Auch wenn ich nicht will, dass wir eines dieser Pärchen werden, die vierundzwanzig Stunden am Tag zusammenkleben, bringe ich es nicht über mich, ihm das zu sagen. Wir setzen uns an die Bar, nur einige Plätze entfernt von der Stelle, an der wir unsere erste Unterhaltung hatten.

»Ich habe noch ein Geschenk für dich«, verkünde ich, nachdem wir unsere Getränke bei Otto bestellt haben.

»Noch eins?«, fragt Luke überrascht. »Du hast mir bereits mehr als genug geschenkt!« Seine Bemerkung ignorierend greife ich über den Tresen und schnappe meine kleine Tasche, die ich dort verstaut habe. Nach keiner Minute finde ich, wonach ich suche.

»Hier«, sage ich und halte ihm ein Terminkärtchen entgegen. Erst runzelt er verwirrt die Stirn, doch als er das Stück Papier näher betrachtet, erhellt sich seine Miene.

»Lexi, das ist phantastisch!«, freut er sich, doch seine gute Laune bekommt einen Dämpfer. »Aber du hast den Termin beim Therapeuten gemacht, weil du es von dir aus willst, oder?«

»Ja«, versichere ich ihm. »Dein Kommentar war sicher nicht weise gewählt, aber er hat mich zum Denken angeregt. Ich verspreche nicht, dass ich nach diesem Ersttermin die Therapie auch mache, aber ich gebe der Sache zumindest noch eine Chance.«

»Mehr kann ich auch gar nicht verlangen.« Luke umarmt mich fest und küsst meine Schläfe liebevoll, ehe er sich wieder aufsetzt. »Du bist so stark«, sagt er fasziniert und ich möchte lachen und weinen zugleich. Zum Glück kommt in diesem Moment Otto mit unseren Getränken. Es gibt mir eine Ausrede, um unser Gespräch im Sande verlaufen zu lassen. Meine Kehle will befeuchtet werden und mein Glas ist schnell geleert. Luke scheint wie in Trance, und als er sich wieder zu mir beugt, hat er meine Lippen im Blick. Doch ehe er mich küssen kann, funkt uns Mike dazwischen.

»Alles Gute«, wünscht er, doch sein Ton passt nicht dazu. Überhaupt habe ich meinen Onkel noch nie so sprechen gehört.

Er legt Luke einen Arm um die Schultern und mein Freund macht den Eindruck, als würde er in einem Schwitzkasten stecken. »Ihr zwei also, hm?«, fragt Mike etwas steif und ich habe eine Ahnung, was ihn so beschäftigt. Fast lache ich laut los.

»Ja«, sagt Luke ihm direkt und ohne Umschweife ins Gesicht. Mutig ist er, dafür dass er gerade einer Prüfung unterzogen wird. Nicht, dass mir Mike vorschreiben kann, mit wem ich meine Zeit verbringe.

»Du weißt, dass ich ihr Onkel bin und sie deine Chefin?«, fragt Mike weiter und ich beiße mir auf die Lippen, um kein Geräusch von mir zu geben. Hat er das wirklich nicht mitbekommen?

Luke nickt.

»Gut, dann weißt du auch, dass ich dir das Leben schwer machen kann?«

Wieder nickt Luke.

»Gut«, sagt Mike und nickt, als müsse er sich selbst bestärken. »Auch wenn ich nicht den Teufel tun werde, mich bei euch einzumischen, aber ich will, dass es meiner Nichte gutgeht und ihr niemand weh tut.«

»Ich habe nicht vor vor, ihr jemals weh zu tun«, versichert Luke sofort.

»Davon gehe ich aus«, sagt Mike wie selbstverständlich. »Sei dir nur bewusst, dass ich dir auch miese Aufträge geben kann.« Das ist wohl das Schrecklichste, was man einem Songwriter neben einem Rausschmiss androhen kann. Songs außerhalb des eigenen Genres oder ausgelutschte Themen oder strikte Vorgaben, die kaum Spielraum für eigene Kreativität lassen.

»Ich habe es verstanden«, sagt Luke ernst.

»Gut … Gut, dass wir mal darüber geredet haben«, stammelt Mike. Ich frage mich, was er machen würde, wenn er mal eine eigene Tochter hat und sie ihren ersten Freund nach Hause bringt. Vermutlich würde er sterben vor Schock. So hat er die Feuertaufe erst mal überstanden. Er klopft Luke noch einmal auf die Schulter, so dass Luke beinahe vom Hocker fällt, und dann lässt er uns wieder alleine. Luke nimmt einen großen Schluck seines Biers und ich kann mein Lachen nicht mehr zurückhalten.

»Wie schön, dass dich das amüsiert.« Luke lächelt und küsst mich abermals. Küssen scheint heute unsere Lieblingsbeschäftigung zu sein. Nicht, dass ich etwas dagegen hätte. Ich genieße es und mit jedem Mal hoffe ich, dass es zu mehr führt. Es schmeckt nach mehr.

»Lass uns tanzen gehen«, schlage ich vor, ehe meine Gedanken etwas kaputtdenken, das im Moment gar nicht zur Debatte steht.

Luke leert sein Glas und reicht mir seine Hand. Als ich meine hineinlege, führt er mich auf die Tanzfläche. Die Jungs spielen Coverversionen von alten Charthits. Fand ich es gerade an der Bar noch gut, mich von den Gedanken an mehr abzulenken, dann macht es das enge Tanzen noch schlimmer. Lukes Hände fahren über meinen Körper, brav über dem Stoff meiner Kleidung, aber es lässt mich erschauern. Ich kann ihm gar nicht nah genug sein und dabei wird nicht mal ein langsames Lied gespielt. Wie gerne würde ich seinem Wunsch nach einem einsamen Abend jetzt nachkommen. Wer braucht schon Freunde?

»Wie lange verlangt es der Anstand, dass wir bleiben?«, raunt er mir ins Ohr. In meiner ganzen Misere habe ich gar nicht mitbekommen, dass es ihm anscheinend genauso geht. Ich sehe mich um. Alle amüsieren und unterhalten sich. Sie tanzen oder trinken etwas oder lauschen der Band. Wann es wohl auffallen würde, wenn wir jetzt einfach verschwinden?

»Ich habe noch nie viel von Anstand gehalten«, flüstere ich zurück. Luke ergreift meine Hand und die laue Abendluft umspielt bald meine Nase.

28 – Noch ein ungeplantes Geschenk

Luke

Die Morgendämmerung bricht an, als wir zu Lexis Wohnung zurückspazieren. Wir haben keinen Schritt aus dem Dark Blue gesetzt, da hat sie sich bereits die Schuhe abgestreift. Ich glaube, so unbeschwert ist sie schon lange nicht mehr mit sich und ihrer Umgebung umgegangen. Meine Lippen formen sich automatisch zu einem Lächeln. Ich bin dankbar, Zeuge dieser Veränderung zu sein. Und nicht nur jetzt, sondern den ganzen Abend über.

»Danke für den tollen Geburtstag«, sage ich und sie sieht zu mir herüber. Für dieses Lachen würde ich über Leichen gehen.

»Gern geschehen«, erwidert sie. Sie führt meine Hand an ihre Lippen und haucht einen Kuss auf meinen Handrücken. Sie ist bereits so anders als die Lexi, die ich vor Wochen, inzwischen Monaten, kennengelernt habe.

»Vielen Dank auch für dein Lied. Bist du das erste Mal vor so vielen Leuten aufgetreten?«, frage ich. Die Hälfte der Gäste kannte sie nicht mal.

»Ja«, sagt sie und scheint zu beben. Zum ersten Mal habe ich es beim Tanzen mit ihr gespürt, aber jetzt kann ich es mit bloßem Auge erkennen.

»Wow«, lobe ich. »Das ist großartig.«

»Ja, oder?« Sie freut sich und ich lache, weil sie aussieht, als würde sie gleich vor Energie und Freude abheben und davonfliegen.

»Ja, und auch so neu«, werfe ich ein. Sie sieht nur lächelnd zu mir auf. Ihre Wangen färben sich rot, obwohl sie den ganzen Abend schon rosig gesund gestrahlt haben.

»Es verändert sich so vieles zurzeit und ich weiß gar nicht, ob ich mit allem Schritt halten kann.« Sie sieht nachdenklich nach vorne.

»Du veränderst dich«, fasse ich es zusammen. Sie ist still.

»Dank dir«, flüstert sie und ich hole Luft, um ihr zu widersprechen. Doch sie kommt mir zuvor. »Ich meine, nicht nur wegen dir.«

»Gut«, stelle ich zufrieden fest.

»Ja, aber dich kennenzulernen hat mir den letzten Anstoß gegeben, die Veränderung zuzulassen. Oder hat es leichter gemacht ...« Lexi scheint noch immer nach Worten zu suchen und wenn ihre Miene nicht so ernst wäre, würde ich wahrscheinlich lachen. »Ich weiß auch nicht, wie ich es beschreiben soll. Ich will, dass das mit uns funktioniert, dass ich keine Angst habe zu versagen oder darin zu versinken oder sie über mich bestimmen zu lassen oder ...«

»Der Angst keinen Raum zu geben, wo ihr keiner gebührt«, helfe ich aus.

»Genau«, stimmt sie zu, aber offensichtlich ist sie mit ihrem Vortrag noch nicht fertig. »Mein Kopf weiß, dass der Wunsch, meine Probleme in den Griff zu bekommen, von mir kommen muss. Der Wunsch steckt schon lange in mir, nur an der Umsetzung hat es bisher gehapert. Aber du bietest mir die beste Motivation.«

»Ich stehe immer mit meinen Pompoms wedelnd an der Seitenlinie und juble dir auf dem Weg zur Zielgeraden zu«, erwidere ich amüsiert.

»Ist nur die Frage, was das Ziel ist.« Sie seufzt und ich lege meinen Arm um ihre Schulter.

»Ist es das?« Ich liebe es, wie tiefgründig und gleichzeitig leicht unser Gespräch ist.

»Was meinst du?«

»Musst du das Ziel kennen, solange es vorangeht?«, hake ich nach. Sie lehnt ihren Kopf gegen meine Schulter und schweigt nachdenklich.

»Ich glaube nicht«, stimmt sie schließlich zu. Dieser einfache Wechsel in ihrer Sicht auf die Dinge scheint ihr bereits enorme Erleichterung zu bringen. Ich küsse sie auf den Kopf. Fast sticht mir dabei eine ihrer Haarnadeln in die Lippe. Sie bleibt stehen und umarmt mich, was ich natürlich sofort erwidere.

»Alles okay?«, frage ich leise lächelnd und sie sieht zu mir auf. Ihre Augen, ich kann es nicht anders beschreiben, sind voller Liebe. Es macht mir nichts aus, dass sie das »Ich liebe dich« noch nicht erwidert hat, denn ich kann es überdeutlich sehen. Es sind nur ein paar Worte. Wenn sie bereit ist, wird sie sie sagen und falls nicht, ist es auch okay. Wichtig ist nur, dass wir Seite an Seite weitergehen. Doch so lange sprechen ihre Augen für sich. Sorgen mache ich mir erst, wenn dieses Fenster sich meinem Einblick verschließt.

»Mehr als okay«, haucht sie. Ihr Blick ist auf meine Lippen gerichtet.

»Gut«, erwidere ich, nur damit sich mein Mund bewegt. Ihre Augen scheinen mich dadurch noch stärker zu fixieren. Sie folgt jeder meiner Zuckungen. Würde es nicht in mir selbst Hitze aufsteigen lassen, würde ich vermutlich grinsen, wie es diese coolen Typen in den Filmen machen. So gerne ich auch etwas mehr wie diese Männer sein würde, so sehr zwingt mich Lexi in die Knie. Ein Feuerwerk an Gefühlen explodiert in mir, als sie sich auf ihre Zehenspitzen stellt und mich zu sich herab zieht. Sie schmiegt sich so eng an mich, wie es nur geht und unsere Kleidung es zulässt. Dennoch scheint es nicht nah genug zu sein und ich bin ganz ihrer Meinung. Ihre Lippen legen sich so unkompliziert wie immer auf meine. Sie scheinen einfach zusammenzugehören.

Ich kann mir gar nicht vorstellen, dass diese Intensität jemals nachlassen wird. Mit meinen Händen in ihrem Nacken erwidere ich den Kuss, so hingebungsvoll ich nur kann.

Selbst im Dunklen leuchten wir und ich finde, dass sich diese Zeile verdammt gut in einem unserer nächsten Songs machen wird. Das Leben ist eine einzige Inspiration und Lexi ist bereits jetzt eine unerschöpfliche Quelle für mich. Ich spüre und höre nur sie. Die vereinzelten Autos, die Straßenbahn, all das wird weit in den Hintergrund gedrängt, wenn sie bei mir ist. Es ist schnulzig und voller Klischees, aber so verdammt wahr. Irgendwo müssen genau diese Dinge ihren Ursprung haben, es kann nicht alles nur Wunschdenken von Autoren oder Textern sein. Alles hat eine Wahrheit in seinem Kern und meine unerschöpfliche Quelle an Wahrheiten halte ich in meinen Armen. Bald ringen wir nach Sauerstoff und das ist auch das Einzige, das uns zum Stoppen bringt. Vermutlich würden wir sonst noch tagelang hier verweilen und uns einfach nur küssen.

»Danke«, haucht sie und lehnt ihre Stirn an meine Brust. Diesmal lache ich.

»Gern geschehen.« Ich bin noch immer vernebelt von unserem Kuss. Oder mein Gehirn leidet einfach unter Sauerstoffmangel.

»Ich meine nicht den Kuss«, sagt sie verschmitzt und ich frage mich, woher sie die Kondition nimmt, so viele Buchstaben auszusprechen. »Also schon. Danke auch dafür – du bist ein toller Küsser.«

»Das kann ich nur erwidern«, gebe ich zurück und beuge mich bereits erneut ihren Lippen entgegen. Sie legt ihren Zeigefinger darüber und stoppt mich.

»Ich meine für alles, Luke. Danke, dass du mich so akzeptierst, wie ich bin, und mich zu nichts drängst. Dass du mir die Wahrheit an den Kopf wirfst, auch wenn ich sie nicht hören will, und vor allem danke, dass du nicht versuchst, mich zu retten.«

»Du musst nicht gerettet werden«, erkläre ich sofort mit gerunzelter Stirn.

»Eben«, sagt sie und fährt mit ihren Händen durch meine Haare. »Und wenn, dann kann ich mich selbst retten.«

Nach einem kurzen Kuss nimmt sie meine Hand wieder in ihre und wir setzen unseren Weg fort. Mit jedem Schritt, den wir in Richtung ihrer Wohnung gehen, liegt die Stille auf uns, ohne eine Last zu sein. Es ist wichtig, dass ich noch etwas loswerde, aber ich finde nicht den richtigen Moment oder die richtigen Worte. Ich bin noch zu geblendet. Unser Weg ist gepflastert von schüchternen Blicken, die wir uns zuwerfen und von denen ich keine Ahnung habe, woher sie plötzlich kommen. Als wir schließlich ihre Wohnung betreten, hat sich davon nichts gelegt.

»Gott, was ist das plötzlich«, ruft Lexi vor Anspannung und lockert ihre Schultern, indem sie sie schüttelt. Danach macht sie das gleiche mit ihren Händen. Ich seufze.

»Ich habe keine Ahnung. Aber«, fahre ich fort, weil der perfekte Moment wohl nicht gleich kommen wird, »ich habe eine Überraschung für dich.«

»Aber du hast doch Geburtstag«, hält sie dagegen. Mike hat mich bereits vorgewarnt, dass Lexi Überraschungen nicht sonderlich mag. Doch da muss sie jetzt durch.

»Ich hatte gestern Geburtstag«, erinnere ich sie.

»Ja, aber ich nicht heute«, diskutiert sie weiterhin.

»Lexi«, seufze ich, aber grinse. »Entspann dich, es ist eine Überraschung und wenn sie dir nicht gefällt, dann ist es auch kein Weltuntergang. Es ist nichts, was dich beißt oder dich zu irgendetwas verpflichtet, okay?«

Sie sieht noch immer wenig überzeugt aus. Sie mag Überraschungen wirklich nicht. Ehe ich sie noch mehr quäle, greife ich in die Tasche meiner Jacke und ziehe ein zusammengefaltetes Stück Papier hervor. Zaghaft nimmt sie es mir ab, als ich es ihr hinhalte. Sie faltet es auseinander und kneift ihre Augen zusammen. Sie liest nur den oberen Teil des Blattes, dann sieht sie mit großen Augen zu mir.

»Luke, was ist das?«, fragt sie leise.

»Nun«, sage ich langsam, nehme ihr die Buchungsbestätigung ab und lasse sie auf den Couchtisch gleiten. Ich lege meine Hände auf ihre Hüften. Dass sie mich nicht abweist, werte ich als gutes Zeichen. Aber Begeisterung sieht anders aus. »Ich dachte, nach dem ganzen Stress und allem, was in der letzten Zeit passiert ist, haben wir uns eine kleine Auszeit verdient.«

»Einfach so?«, fragt sie und ich warte noch immer, dass die Freude einsetzt.

»Ja, einfach so. Mit Mike ist alles geklärt und er hat sein Okay gegeben. Es sind ja nur drei Tage.«

Lexi sagt noch immer nichts, was auf Begeisterung schließen lässt. »Ach so.«

»Ach so?«, frage ich und lache. »Lexi, wenn du nicht möchtest, ist es kein Problem, aber bitte sag etwas dazu.« Endlich, ganz langsam, aber deutlich, bewegen sich ihre Mundwinkel und sie lächelt.

»Ganze drei Tage nur du und ich?«, fragt sie.

»Jap«, erwidere ich einfach.

»Mit dem Auto oder wie kommen wir an den Strand?«

»Die Werkstatt. Wir fahren.«

»Also ein Roadtrip?« Jetzt ist endlich ein bisschen Vorfreude zu spüren.

»Freust du dich?«, frage ich. Lexi legt ihre Arme um mich und küsst mich sanft.

»Ja, sehr«, sagt sie.

»Gut.«

»Danke«, sagt sie schlicht und meint damit mehr als nur diesen Kurzurlaub. Anstatt ihr mit Worten zu antworten, lasse ich meine Gefühle für sich sprechen. Und sie haben eine Menge zu sagen. Lexis Hände beginnen meinen Körper zu erkunden. Obwohl sie diese Reise nicht zum ersten Mal unternimmt, scheint sie jedes Mal wieder Neues zu entdecken. Oder ich empfinde es jedes Mal wieder neu und auf andere Art und Weise intensiv. Ich fordere nichts, aber sie verlangt so viel mehr als sonst. Fast, als würde sie verdursten und ich wäre das lebensspendende Wasser, klammert sie sich an mich und versucht, mich in sich aufzunehmen. Obwohl es physikalisch unmöglich ist, scheint es ihr zu gelingen. Sie ist ihr eigenes Naturgesetz und ich bin ihr hilflos ausgeliefert – nicht, dass ich hier Hilfe wollen würde.

»Können wir das ins Schlafzimmer verlegen?«, fragt sie atemlos und heiser. Als wären ihre Worte nötig gewesen, damit ich in die Gänge komme, habe ich sie kurzerhand an. Lexi schlingt ihre Beine um meine Hüften und ich verschränke meine Hände unter ihrem Po, so dass sie nicht herunterrutscht. Während sie mich weiterhin mit Küssen fast um den Verstand bringt, versuche ich, mein letztes Fünkchen Konzentration auf den Weg zu ihrem Bett zu fokussieren. Ich lege sie auf die weiche Matratze. Endlich kann ich den Spieß rumdrehen und mich bei ihr revanchieren.

Sie ringt nach Atem und sieht zu mir auf. Kein Zweifel, keine Zurückhaltung, nichts findet sich in ihren Augen, das sagt, dass es ihr zu viel wird. Im Gegenteil. Lexi zieht sich ihr Kleid über den Kopf und liegt nur noch in Unterwäsche unter mir. Ich entledige mich ebenfalls meiner Sachen bis auf die Boxershorts. Es ist mir nicht mal peinlich, dass sie mir beim Knopf meiner Hose helfen muss. Meine Finger zittern zu sehr, als dass ich ihn alleine aufbekommen hätte.

Sie legt sich zurück in die Kissen und ich mich zwischen ihre Beine. Meine Haut auf ihrer. Ein unglaubliches Gefühl. Wie viel Vertrauen sie mir entgegenbringen muss, damit dies möglich ist.

»Ich bin froh, dass wir uns begegnet sind«, gestehe ich ihr und verteile kleine Küsse über ihr Gesicht.

»Ich auch«, haucht sie mit geschlossenen Augen und seufzt, als meine Lippen ihren Hals liebkosen. Meine Hand gleitet über ihren weichen und warmen Bauch. Ihre Hände streichen über meinen Rücken. Sie bringt meine Haut zum Glühen, aber sie gibt mir nicht das Gefühl, mich an ihr zu verbrennen.

»Oh Gott«, entfährt es ihr erschaudernd, als ich über eine

besonders empfindliche Stelle streiche. Obwohl nichts als Zuspruch in ihrer Stimme liegt und auch ihre Körpersprache auf nichts anderes hindeutet, erinnere ich mich genau in diesem Augenblick an die letzten Male, an denen es ihr zu viel wurde. Automatisch nehme ich den Druck aus meiner Berührung. Ich küsse sie zärtlicher und meine Erkundungen verlieren an Mut.

»Luke, bitte. Es ist okay. Berühre mich.« Diese Einladung kann ich nicht ablehnen. Ich versuche, mir selbst mehr zu vertrauen. Darauf zu vertrauen, dass ich ihre Körpersprache verstehe und keine Lust der Welt mich so blenden könnte, dass ich sie zu etwas dränge, das ihr zu viel ist.

»Luke«, haucht sie abermals. Sie nimmt mein Gesicht in ihre Hände und neigt meinen Kopf, bis ich ihr in die Augen sehe. Sie sagt nichts. Sie spricht mit ihrem Blick. Und dieser sagt mir, dass sie sich nichts mehr wünscht, als in diesem Augenblick mit mir hier zu sein.

Ich nicke und küsse sie. Ihr Seufzen wandert warm über meine Haut und jagt einen Schauer über meinen Rücken. Die Reaktion meines Körpers auf sie lässt sie mutiger werden und sie fordert ein, was sie sich wünscht. Eine leichte Gänsehaut ziert sie, als ich die Träger ihres BHs über ihre Schultern streife und dem Weg mit meinen Lippen folge. Sie bäumt ihren Oberkörper auf und öffnet ihren BH. Ungeniert betrachte ich ihre Brüste und liebkose sie mit meinen Händen. Lexis Reaktion folgt prompt und ist Musik in meinen Ohren. Und ich bin mir auch sicher, dass ich über diesen Moment Musik schreiben werde. Vielleicht sogar mit ihr zusammen. Sie vergräbt die Finger einer Hand in meinen Haaren und zieht mich zu sich. Als meine Lippen und meine Zunge ihre Brustwarzen begrüßen, krallt sie sich mit der anderen Hand im Laken fest.

»Du machst mich verrückt«, stöhne ich auf. Ihr Kichern, gemischt mit ihrem Seufzen bringt mich fast gänzlich um den Verstand. Ich liebe diese Frau. Ich liebe alles an ihr. Ihr Talent. Ihr Lachen. Ihre Macken. Ihre Ecken und Kanten. Gerade liebe ich ihren Körper. Ich liebe ihn nicht nur, ich verehre ihn und ich hoffe, dass es genau das ist, was sie braucht, um sich bei mir sicher zu fühlen.

Wir werden den Rest unserer überflüssigen Kleidung los. Ehe ich mich wieder über sie beuge, streife ich mir ein Kondom über, das sie mir aus ihrem Nachtschrank gereicht hat. Ich dringe nicht sofort in sie ein, vielmehr zögere ich den Moment hinaus, so weit es nur geht. Wir liebkosen uns und necken uns und implodieren fast vor Lust. Doch keiner von uns hetzt dem Höhepunkt entgegen.

Unsere Geduld hält dann aber doch nur kurz an. Man kann es uns nicht verübeln. Ich halte nach dem kleinsten Hinweis Ausschau, dass Lexi überfordert ist, aber kann kein Zögern finden. Unsere Finger sind ineinander verwoben und wir blicken uns tief in die Augen. Als ich schließlich langsam in sie eindringe, schließt sie ihre und stöhnt auf. Das Geräusch kommt tief aus ihrem Bauch heraus. Sie zieht ihre Schenkel an und presst sie an meine Seiten. Ihre Finger drücken in meinen Handrücken und sie zittert am ganzen Leib. Mir geht es genauso. Ich lehne meine Stirn an ihre Schulter, als ich beginne, mich in ihr zu bewegen. Sie entzieht mir eine ihrer Hände und klammert sich damit an mir fest. Es ist der Himmel in ihr und wenn ich könnte, würde ich diesen Ort niemals verlassen. Aber wie alles Schöne im Leben hat auch das ein Ende. Nur ein verdammt Gutes.

29 – Roadtrip

Lexi

Noch bevor ich wirklich wach werde, spüre ich die Decke auf meiner nackten Haut. Dann spüre ich die Küsse auf meiner Schulter. Federleicht und doch so, dass sie mich um den Verstand bringen.

Letzte Nacht. Die Erinnerungen brechen über mich herein und mein Innerstes füllt sich mit Wärme, wie ich sie bisher nur selten gespürt habe. Sie spiegelt sich in Form von roten Wangen auf meinem Gesicht. Ich lächle, wie es mein Herz tut, und wende mich Luke zu.

»Guten Morgen«, sage ich verschlafen und Luke gibt mir einen kleinen Kuss auf die Lippen. Er lacht amüsiert.

»Guten Morgen?«, fragt er und ich weiß zunächst nicht, was er meint. Ich sehe mich nach der Uhr über meiner Schiebetür um und rechne mit meinem müden Hirn. Dass es bereits fast Mittag ist, stört mich weniger.

»Wir haben nur vier Stunden geschlafen?«, frage ich entsetzt und versuche, mich wieder tiefer unter die Decke zu kuscheln. Luke hindert mich daran, indem er sich kurzerhand auf mich legt. Er trägt genauso viel Kleidung am Körper wie ich.

»Ja, wir wollen ja auch etwas von unseren freien Tagen haben, oder?«, erinnert er mich. Ich habe es tatsächlich bis eben vergessen. Oder verdrängt. Es kommt drauf an, von welcher Seite man das Ganze betrachtet.

»Ja, aber nur vier Stunden?«, jammere ich und überlege, dass das bis vor Kurzem noch normal für mich gewesen ist. Erst seit Luke da ist, schlafe ich mehr und länger. Mein Körper hat sich schnell daran gewöhnt. Und sagt mir nun, dass er weiter ruhen möchte.

»Komm schon. Wenn du so müde bist, kannst du auch im Auto weiterschlafen.«

Mir gehen die Argumente aus, um weiter dagegenzuhalten. Luke küsst mich und ich lege meine Arme um ihn. Der Sache mit dem Aufstehen ist das sicherlich nicht förderlich. Auch er verliert sich darin.

»Außerdem, wenn du mich immer so lange wachhalten musst, ist es kein Wunder, dass du dann so müde bist.«

Ich lache empört und greife nach dem Kopfkissen, auf dem er geschlafen hat, und schmeiße es ihm gegen den Kopf. Er duckt sich lachend. Er lässt sich erneut auf mir nieder und küsst meine Mundwinkel und meine Wangen und die kitzligen Stellen hinter meinen Ohren und meinen Hals.

»Wie war das mit dem Aufstehen?«, erinnere ich ihn. Ich japse, als er mich hochzieht. Meine Arme liegen noch immer um seine Schultern und ich lache.

»So schnell komme ich sonst nicht in die Waagerechte«, kichere ich. Luke verpasst mir noch einen geräuschvollen Kuss auf die Wange und ich stoße ihn lachend zurück.

»Du packst am besten ein paar Sachen zusammen, während ich das Auto hole. Du müsstest sogar genug Zeit haben, um duschen zu gehen, falls dir danach ist.«

»Ich dachte, du steigst mit mir unter die Dusche.« Ich setze einen wehleidigen Blick auf. Luke grinst und legt seine Lippen auf meine. Mein Atem wird schneller, doch nach einem Kuss, der nach mehr schmeckt, zieht er sich zurück. Es könnte sein, dass ich sehnsüchtig seufze.

»Wenn ich das mache, liebe Lexi, dann kommen wir heute nicht mehr im Urlaub an«, ermahnt er mich. Ich bin versucht, mich erneut in die Laken fallen zu lassen, und lehne mich zurück. »Sieh mich nicht so an«, sagt er lachend. »Sonst bekomme ich noch ein schlechtes Gewissen, dass ich dich für ein paar Tage an die Ostsee entführen will.«

»Schon gut. Du hast ja recht«, lenke ich schließlich ein und stehe auf. Während er sich anzieht, suche ich meine Sachen zusammen und werfe sie aufs Bett. Nach dem Duschen werde ich sie in einer Reisetasche verstauen. Obwohl ich mich nicht zu sehr beeile, ist er noch nicht zurück, als ich aus dem Bad komme. Dabei habe ich gleich meine Waschtasche gepackt und meine Haare geföhnt. Doch als ich fast mit dem Packen fertig bin, höre ich den Schlüssel im Schloss. Luke hat meinen Wohnungsschlüssel mitgenommen, falls ich noch unter der Dusche bin und sein Klingeln nicht hören kann.

»Liam, wir besprechen das, wenn ich wieder zurück bin«, ermahne ich meinen Schützling, der in der Zwischenzeit angerufen hat und den ich auf Lautsprecher gestellt habe.

»Aber Lexi!«, widerspricht er entsetzt und Luke sieht mit hochgezogener Augenbraue ins Schlafzimmer. Ich hebe meinen Zeigefinger, dass er nur noch einen Moment warten muss.

»Nein, Liam«, sage ich bestimmt. »Ihr habt noch andere Lieder, die ihr in der Zeit einspielen könnt.«

»Lexi …«, beschwert er sich kindlich.

»Liam, schlaf ein paar Tage drüber und vielleicht löst du das Problem alleine«, schlage ich vor. Seit Liam meinen Verbesserungsvorschlag für Cosys Song angenommen und umgesetzt hat, fragt er mich bei jeder Note, bei der er sich unsicher ist, um Rat. Ich fühle mich auf der einen Seite geschmeichelt, aber auf der anderen ist das nicht das Ziel gewesen. Vielleicht legt er die Unsicherheiten, die ihn seitdem plagen, in meiner Abwesenheit ab. Ich hoffe es. Ansonsten muss ich mir etwas einfallen lassen, das ihm das nötige Selbstvertrauen zurückgibt.

»Wenn du meinst.« Er seufzt und klingt alles andere als zufrieden.

»Wir hören uns, okay?« Nach einer kurzen mürrischen Verabschiedung beende ich das Gespräch.

»Ab jetzt Urlaub, ja?«, fragt Luke und küsst mich. Ich liebe es, wie oft er mich küsst. Keiner von uns kann anscheinend genug bekommen.

»Ja«, antworte ich und schließe den Reißverschluss. Luke trägt meine Reisetasche ins Auto und ich mache einen Rundgang durch die Wohnung, um sicherzustellen, dass alles die nächsten Tage ohne mich überlebt. Dann schlüpfe ich in meine Schuhe und eile zu Luke in den Hof. Er steht vor einem Mittelklasse-Volkswagen und die Vorfreude auf den Roadtrip steigt. Luke setzt sich hinter das Steuer und ich mich auf den Beifahrersitz.

»Startklar?«, fragt er und ich quietsche ein Ja hervor. »Okay.« Er lacht und scheint zufrieden mit meiner Antwort. Kaum startet er den Motor, klingelt mein Handy erneut.

»Liam?«, fragt Luke und fährt vom Hof.

»Nein. Mike«, sage ich und kaue unsicher auf meiner Unterlippe.

»Es könnte wichtig sein«, sagt er sanft und gibt mir damit das Okay, das Gespräch anzunehmen. Nicht, dass ich mir von ihm vorschreiben lasse, mit wem ich rede oder nicht, aber ich will uns nicht den Urlaub verderben. Luke hat sich viel Mühe beim Organisieren gegeben und auch wenn wir noch nicht angekommen sind, möchte ich die Fahrt zur Erholung dazuzählen. Es ist fast das erste Mal, dass Luke und ich ungestört alleine sind und keiner von uns ein Instrument oder einen Stift und Notenblätter in der Hand hält. Mit einem Wisch meines Fingers nehme ich das Gespräch an.

»Ja?«

»Seid ihr schon unterwegs?«, fragt Mike.

»Gerade losgefahren.«

»Okay, ich mache es auch ganz schnell.«

»Dann los«, dränge ich.

»Folgendes, der Typ aus L. A., mit dem du so gut klarkommst … wie heißt er gleich …«

»Taylor?«, helfe ich aus.

»Ja, genau der. Er hat einen neuen Künstler für uns an Land gezogen.«

»Das ist toll, aber was hat das in diesem Moment mit mir zu tun?«

»Ich versteh sein Genuschel nicht«, beschwert Mike sich und ich lache auf.

»Okay, ich verstehe. Aber hat das nicht bis nächste Woche Zeit?«, frage ich hoffnungsvoll.

»Na ja, er sitzt am Flughafen und fliegt in irgendeinen Busch, wo er keinen Empfang haben wird. Ich hätte wenigstens die Eckdaten gerne geklärt, bevor er auf dem Gummibaumweg falsch in die Elefantenbaumstraße einbiegt.«

»Okay, ich rufe ihn an«, biete ich an, weil unser Gespräch vermutlich sonst nur sinnlos in die Länge gezogen würde und ich länger mit Mike diskutieren würde, als das Gespräch mit Taylor dauert.

»Du bist die Beste.«

»Jaja, ich melde mich.« Nachdem ich aufgelegt habe, wähle ich sofort Taylors Nummer. Ich habe keine Ahnung, wie spät es gerade bei ihm ist, aber wenn er eh auf dem Flughafen festsitzt, kann ich das gleich nutzen und danach endlich unseren Urlaub genießen. Luke sieht verstohlen zu mir herüber, als ich das Telefon erneut an mein Ohr halte.

Das Gespräch dauert doch länger, als ich vermutet habe. Taylor ist gesprächiger geworden. Ich habe mich mit ihm vor allem deshalb so gut verstanden, weil er keine unnötigen Worte wechselt und genauso gerne die Welt erkundet wie ich. Lukes Blick wandert immer wieder zu mir, wenn es die Straßenverhältnisse zulassen. Er sieht nicht direkt böse aus, aber es ist offensichtlich, dass es nicht geplant war, dass ich die halbe Strecke mit Telefon am Ohr neben ihm sitze. Nach einer geschlagenen halben Stunde kann ich endlich den Button mit dem roten Hörer drücken und atme auf.

»Endlich«, freue ich mich. Gerade, als ich das Smartphone weglegen will, beginnt es wieder zu klingeln. »Wieder Liam.« Ich seufze. Luke hält mir nur die Hand entgegen. Für den Bruchteil einer Sekunde bin ich davon überzeugt, dass er das Gerät aus dem fahrenden Auto schmeißen wird, doch das kommt mir dann doch ziemlich übertrieben vor. Dennoch bleibt mir der Gedanke im Hinterkopf, als ich es ihm gebe. Er nimmt das Gespräch für mich an.

»Hier ist Lexis Assistent. Leider ist sie die nächsten Tage nicht zu erreichen. Wir melden uns bei Ihnen.« Dann legt er einfach auf. Er belässt es nicht dabei. Er schaltet es aus. Nicht nur die Sperre oder den Ton aus, er fährt es richtig runter. Und dann wirft er es auf den Rücksitz, wo es zwischen unserem Kram verschwindet. Erst will ich lachen, dann überkommt mich Panik, von meinem Leben abgeschnitten zu sein, dann will ich über diesen absurden Gedanken lachen und dann kommt wieder Panik. Wie abhängig ist man eigentlich von so einem Ding? Wir fahren in den Urlaub, verdammt noch mal, und da brauche ich es nicht.

»Lass los.« Luke lacht amüsiert und ich stöhne genervt.

»Ich heiße nicht Elsa«, setze ich ihn in Kenntnis, aber ich folge seinem Vorschlag. Ich lehne mich zurück und atme tief durch. »Danke«, sage ich, als ich meinen Herzschlag wieder zur Normalität gezwungen habe. Luke grinst nur zu mir herüber. Er nimmt meine Hand und küsst meinen Handrücken.

»Sie werden ein paar Tage ohne dich überleben«, sagt er zuversichtlich und ich stimme ihm zu. In den Stunden, in denen ich nicht erreichbar bin, können sie nichts anstellen, was man nicht wieder kitten kann. Zumindest rede ich mir das ein, bis ich davon überzeugt bin. Nein. Wirklich. Luke und ich erholen uns und kommen mit frischer Energie und einem ausgeglichenen Kopf zurück. So und nicht anders.

Ich schalte durch die Radiosender und hoffe, dass ein guter Song gespielt wird. Auf der dritten Station werde ich fündig. »Eternal Flame« von The Bangles. Ein Klassiker, der sich gut mitsingen lässt, und das mache ich auch. Ich drehe die Lautstärke auf, streife meine Schuhe ab und mache es mir gemütlich im Sitz. Spätestens beim Refrain setzt Luke mit ein. Wir lachen mehr, als dass wir singen, und ich möchte diesen Moment für nichts auf der Welt tauschen. Um die Dramatik des Songs zu untermauern, bewege ich meine Hände, Arme und meinen Oberkörper, soweit es mein Gurt zulässt. Als der Song zu Ende ist und uns der Moderator des Mittagprogramms entgegenschreit, drossle ich die Lautstärke. Lächelnd lehne ich mich zurück und lasse die Landschaft an mir vorbeiziehen.

»Ich habe das Gefühl, dass meine letzte Reise schon zu lange her ist«, sage ich und sehe zu Luke.

»Wo warst du zuletzt, bevor du nach Berlin zurückgekommen bist?«, fragt er ehrlich interessiert.

»Hawaii.« Ich bilde mir ein, die Wärme auf meiner Haut zu spüren und den Saft frischer Kokosnüsse auf meiner Zunge zu schmecken. Der Geruch des Meeres.

»Wow, es muss wunderschön gewesen sein.«

»Ja, sehr.«

»Nun, mit Hawaii wird die Ostsee nicht mithalten können.«, sagt er lachend.

»Das glaube ich schon.« Auf Hawaii gab es ihn nicht, aber das traue ich mich nicht laut auszusprechen.

»Vermisst du es? Das viele Reisen?«, fragt er weiter, aber darin liegt keine Angst, dass ich ihm davonlaufe. Nur Interesse an mir.

»Ja und nein«, wäge ich ab. »Es ist toll, etwas zu haben, zu dem man zurückkehren kann. Dass man sagen kann, man fährt nach Hause. Bisher war es immer ein ›Wo geht es als Nächstes hin?‹. Keine Pause. Keine bekannten Gesichter. Einfach weiter und weiter und weiter. Dennoch reise ich gern und entdecke fremde Länder und Kulturen. Vermutlich kommt deine kleine

Überraschung zum perfekten Zeitpunkt. Wahrscheinlich hätte ich mich bald nach einem Tapetenwechsel gesehnt.«

»Ich liebe diesen Song«, lenkt er das Thema unvermittelt auf etwas Leichteres und diesmal dreht er das Radio lauter. Jetzt singen wir einen Klassiker von Johnny Cash. Wenn wir wieder zu Hause sind, werde ich sicher eine Playlist erstellen, die all die Songs enthält, die wir bisher gesungen haben und die wir noch singen werden. Eine schöne Erinnerung. Es sind einige Lieder, die auf der Liste landen werden.

Die kurze Nacht holt mich doch irgendwann ein. Ich weiß nicht wann, aber an irgendeiner Stelle muss ich eingedöst sein. Als ich aufwache, bewegt sich das Auto nicht mehr und Luke ist von seinem Sitz verschwunden. Er öffnet gerade meine Tür.

»Hey, wir sind da«, sagt er und streicht mein vermutlich zerzaustes Haar glatt. Es ist noch hell. Strand und Wasser erstrecken sich vor mir. Luke hält meine Hand, als ich mich aus dem Auto schäle, und schließt die Tür hinter mir. Er verriegelt das Auto und küsst meine Schläfe. »Lust auf einen kleinen Spaziergang?«

»Gleich«, sage ich ehrfürchtig. »Lass mich das einen Moment genießen.«

Ich lasse den Anblick auf mich wirken. Zum Baden ist es sicherlich zu kalt. Man sieht niemandem im Wasser, aber einige barfuß am Strand. Kleine Kinder buddeln nach Muscheln oder bauen Sandburgen mit ihren Geschwistern. Schiffe schippern weit hinten am Horizont und ich frage mich, wohin ihre Reise wohl geht.

»Wer braucht schon Hawaii?«, flüstere ich und meine es mit jeder Faser meines Seins. Luke sieht mich überrascht und gleichzeitig zufrieden an. »Danke«, sage ich noch einmal und er beugt sich zu mir. Ein Kuss am Strand. Es gibt immer erste Male. Man muss nur die Augen danach offen halten.

30 – Geist der Vergangenheit

Lexi

Das Wasser hat die sommerliche Wärme längst hinter sich gelassen, aber ich lasse es mir nicht nehmen und spaziere am Rand der Wellen mit den Schuhen in meiner Hand. Luke hat es nicht mal versucht, nachdem er einen Temperaturtest mit der Hand gemacht hat.

»Das Wasser ist angenehm frisch. Willst du es wirklich nicht versuchen?«, frage ich. Ich kann seine Abneigung nicht verstehen.

»So sehr ich Meer und Strand liebe, sobald Kälte dazukommt, verliert alles an Reiz und Schönheit.«

»Ich hätte nicht gedacht, dass du so sensibel bist«, ziehe ich ihn auf und grinse. Wir gehen langsam. Warum sollten wir uns auch beeilen? Wir haben keinen Termin, der auf uns wartet. Der Sand zwischen meinen Zehen ist pure Entspannung.

Luke hält an und grinst. »Hältst du mich für ein Weichei?«, fragt er herausfordernd.

»Nein«, stelle ich gleich klar. »Aber für eine Frostbeule.«

Sprachlos sieht er mich an und ich muss lachen. Dabei lache ich ihn nicht aus, aber es ist befreiend, mit jemandem so unbeschwert umgehen zu können. Luke blinzelt zweimal und lässt meine Hand los. Er geht in die Knie und ich erwarte, dass er sich die Schuhe abstreift. Daher treffen mich die Spritzer Meerwasser völlig unvorbereitet direkt ins Gesicht. Ich schreie auf, als mir die kalten Tropfen unter mein Shirt kullern. Noch schlimmer ist es, als der feuchte Stoff sich auf meine warme Haut legt.

»Luke!«, schimpfe ich entrüstet und dieser besitzt die Frechheit, mich auszulachen.

»Wer ist jetzt die Frostbeule?«, fragt er schadenfroh. Anstatt ihm zu antworten, gehe ich ebenfalls in die Knie, bilde mit meinen Händen eine Schale und fülle sie mit Wasser. Lukes Grinsen ist verschwunden, als ich wieder zu ihm aufsehe. »Das wagst du nicht …«, sagt er und geht langsam rückwärts.

»Wetten?« Ich richte mich auf und spritze das Wasser auf ihn. Luke dreht sich zur Seite und entgeht damit einem Großteil. Nur auf seinem Rücken landen ein paar Spritzer.

»Verdammt, ist das kalt!«, flucht er und schüttelt sich. Mit einer Haltung, die mehr als ungemütlich aussieht, hält er sich das Shirt von der Haut. Mein Lachen scheint ihm nicht zu gefallen. »Das bekommst du zurück«, sagt er gespielt bedrohlich.

»Du hast doch angefangen«, halte ich dagegen und kann noch immer nicht aufhören zu lachen. Sicher ist der nasse Stoff unangenehm, aber Luke stellt sich mehr als an. Er kommt wieder näher und ich halte meine Stellung. Ich versuche, mich zu ducken, als er nach mir greift, aber durch den Sand bin ich zu langsam.

»Hast du Lust auf einen Tauchgang?« Luke hält mich fest. Er hebt mich an und meine Füße verlassen den Strand und das Wasser. Er deutet an, mich in das kalte Wasser zu schmeißen. Kreischend schlinge ich instinktiv Arme und Beine um seinen Körper. Als er mich loslässt – und ich kann nicht glauben, dass er das tatsächlich macht –, bleibe ich wie ein Äffchen an ihm hängen. »Was denn? Kalte Füße bekommen?«, fragt er und küsst meinen Hals.

»Haha«, antworte ich sarkastisch und schiebe ihm meine noch vom Wasser gekühlten Hände unter das Shirt.

»Lexi!«, beschwert er sich. »Okay, okay. Ich ergebe mich.«

»Darauf habe ich nur gewartet.« Ich küsse ihn auf den Mund

und Luke schlingt seine Arme um mich. »Ich wäre dafür, dass du mir unsere Ferienwohnung von innen zeigst.«

Ich grinse und Luke versteht sofort. Sein Lächeln schwankt einen Moment, bis es durch ein ebenso bedeutungsschweres Grinsen ersetzt wird. »Dein Wunsch sei mir Befehl.« Luke setzt mich ab und ich erschaudere, als das kalte Wasser meine Füße umspült.

»Alexandra?«, höre ich plötzlich eine Stimme, die ich schon lange nicht mehr gehört habe und von der ich ausgegangen bin, dass ich sie nie wieder in meinem Leben hören muss. Ich werde steif in Lukes Armen und gleichzeitig klammere ich mich an ihn.

»Lexi?«, fragt er besorgt, bevor er über seine Schulter blickt und den Mann sieht, der eben meinen vollen Namen gerufen hat. Ich dagegen traue mich nicht mal, in seine Richtung zu sehen.

»Alexandra, was machst du hier? Du bist es doch?«, fragt mein Vater. Luke hält mich fester. Ich weiß nicht, ob er bereits eins und eins zusammengezählt hat und weiß, wer uns hier gegenübersteht. Aber meine Reaktion scheint genug zu sein, um seinen Beschützerinstinkt zu wecken.

»Du bist es!«, ruft der Mann nun und seine Stimme ist so viel näher als noch vor einem Moment.

»Mein Vater«, zwinge ich über meine Lippen. Luke flucht. Er verspannt sich ebenfalls, doch mein Körper beginnt vor Angst zu zittern. Es lief so gut. Ich habe so viele Schritte nach vorn getan. Warum muss ich ihm jetzt begegnen? Warum kann er nicht einfach ein Geist der Vergangenheit bleiben? Hätte die Begegnung nicht warten können, bis ich mich stark genug dafür fühle?

»Alexandra«, sagt mein Vater, als ob er erleichtert wäre, dass er mir begegnet. »Darf ich mit dir reden?«

Fast lache ich. Seit wann ist er so förmlich? Seit wann redet er mit mir, als ob ich ein Mensch mit Gefühlen und eigener Meinung bin?

»Bitte«, setzt er hinterher und es klingt fast nach einem Flehen.

Es kostet mich enorme Überwindung, aber ich schaffe es an Lukes Oberarm vorbeizuspähen. Mein Vater hat sich verändert und dennoch hätte ich ihn überall wiedererkannt. Er hat abgenommen, so viel, dass ich ihn als schlaksig beschreiben würde. Sein Gesicht ist fahl und voller Falten. Seine Hautfarbe spielt mehr auf dem grauen Spektrum, als dass sie rosig und gesund aussieht. Er ist alt geworden. Seine Kleidung ist sauber, aber abgenutzt und hat nichts mehr mit den Marken gemein, die er früher getragen hat. Seine Haare sind dünn und von Grau durchzogen. Früher waren Turnschuhe die Todsünde schlechthin für ihn und heute trägt er genau diese. Die Jahre haben ihm nicht gutgetan. Er kommt einen weiteren Schritt auf uns zu.

»Nicht«, entfährt es mir. Genauso gut hätte er erneut seine Hand gegen mich erheben können. Ich habe leise gesprochen, aber scheinbar laut genug, um ihn zu stoppen. Er sieht beinahe verletzt aus.

»Was machen Sie hier?«, fragt Luke argwöhnisch an meiner Stelle. Mein Vater sieht ihn an, als ob er erst jetzt bemerken würde, dass ich nicht alleine bin. Er sieht mich an, als er antwortet, und ich sehe etwas von seiner alten Arroganz an ihm. Wahrscheinlich ist Luke seiner Aufmerksamkeit nicht würdig.

»Nachdem unser letzter Streit eskaliert ist, habe ich mich einweisen lassen. Ich war zur Entziehungskur hier. Deine Mutter wollte immer gerne an die Ostsee. Nach der Kur bin ich einfach hiergeblieben. Hier fühle ich mich ihr näher«, sagt er, doch ich will nur, dass er aufhört zu reden. Erst weiß ich nicht, warum Luke seine Arme enger um mich schlingt, dann spüre ich, wie mein Körper wütend bebt. Mein Vater soll aufhören, so über meine Mutter zu reden. Über die Frau, die seinetwegen den Freitod gewählt hat. Wieso darf er Liebe für sie empfinden? Mit welchem Recht redet er überhaupt von ihr, als wäre sie sein Schatz auf dieser Erde gewesen? Würde Luke mich nicht festhalten, würde ich meinem Erzeuger die Augen auskratzen.

»Eskalierter Streit?«, fragt Luke leise und raubt mir damit die

Wut. Ich nicke nur und hoffe, dass er sich damit zufrieden gibt, bis wir unter vier Augen sprechen können. Luke beweist erneut, wie wunderbar er ist, und versteht.

»Ich wusste, dass du nicht mehr durch die Welt reist, aber ich hätte nicht gedacht, dass wir uns so bald über den Weg laufen. Ich hatte einfach nicht die nötigen Eier in der Hose, um Kontakt aufzunehmen.«

»Woher weißt du, dass ich zurück bin?«, frage ich entsetzt. Ich erinnere mich an den Abend, an dem Anna und Jake sich verlobt haben. Ich habe mir eingebildet – zumindest habe ich mir eingeredet, dass es nur eingebildet ist – ihn zu sehen. War er wirklich da? Die gleiche Angst wie zu meinen Teenagertagen überrollt mich und ich fühle mich so kraftlos und hilflos und schwach und ihm wieder völlig ausgeliefert.

»Ein alter Bekannter hat mir gesagt, dass er dich im Höllenfeuer gesehen hat und du Probleme wegen mir bekommen hast.«

»Du warst in Berlin«, stelle ich panisch fest, ehe er es aussprechen kann. Er nickt und mein Magen zieht sich so sehr zusammen, dass ich glaube, mein Frühstück von letzter Woche rauszubringen.

»Um meine Schulden zu begleichen, damit das nicht noch einmal passiert«, erklärt er.

»Oh Gott«, entfährt es mir und ich klammere mich erneut an Luke. Dieser legt seinen Arm schützend über meinen Kopf und ich vergrabe mein Gesicht in seinem Shirt.

»Alexandra …«, sagt mein Vater flehend und macht erneut Andeutungen, sich mir zu nähern.

»Sie hat doch gesagt, nicht näher«, raunzt Luke ihn an. Mein Vater bleibt stehen.

»Alexandra, als ich dich und diesen jungen Mann hier mit Anna und noch jemandem gesehen habe und du gelacht hast und glücklich warst, hatte ich den Mut nicht mehr, mich dir zu zeigen. Ich hatte vor, ins Label zu kommen, aber ich bezweifle, dass Mike mich auch nur einen Meter in das Gebäude gelassen hätte …«

Jede Narbe, jede verheilte Wunde, jeder Schaden, den er mir je zugefügt hat, schmerzt auf einmal wieder. Die ganze Zeit war er so nah und ich bin ihm nur nicht begegnet, weil er nicht wollte? Er hätte mir jederzeit gegenüberstehen können? Mein Fluchtinstinkt, die monatelangen und jahrelangen Reisen, das war nicht nur Einbildung, sondern berechtigt? Oben ist plötzlich unten und links ist auf einmal rechts. Meine Welt steht auf dem Kopf. Nur Lukes Nähe gibt mir Orientierung. Ohne ihn würde ich an Ort und Stelle zusammenbrechen. Es ist grauenhaft, wie viel Angst mir dieser Mann nach all dieser Zeit noch immer macht. Mein Körper scheint alles, was sich in den letzten Wochen verändert hat, vergessen zu haben.

»Also hast du mich die ganze Zeit beobachtet?«, frage ich der Verzweiflung nahe.

»Was? Nein!«, sagt er und klingt beinahe aufrichtig. »Ich wusste auch nicht mehr über deinen Aufenthalt, als das, was du über dein Facebook und diese ganzen Plattformen geteilt hast, und da hast du auch immer sichergestellt, dass du nicht mehr an dem Ort bist, ehe du es veröffentlichst. Außerdem war ich mir nie vollkommen sicher, dass du es wirklich bist. Wenn überhaupt, hat dich nur dein einzigartiger Stil verraten.«

»Also hast du mich gestalkt?« Ich glaube kaum, dass ich mich mit dieser Variante besser fühle.

»Nein«, beteuert er und klingt beinahe verzweifelt. Ich kann ihm aber nicht einfach so glauben. Früher war er ein Meister darin, Gefühle vorzuspielen. Nur so ist er überhaupt im Leben weitergekommen. Und mit meinen Songs natürlich. »Wenn überhaupt, dann nur, um mitzubekommen, wie es dir geht. Außerdem, wie gesagt, bin ich mir nie hundertprozentig sicher gewesen, dass du es bist!«

»Damit du besser planen kannst, wie du mir meinen Erfolg wieder wegnehmen kannst?«, platzt es aus mir heraus. Wir sind alle drei gleichermaßen erschrocken. Doch die Wut, die durch Lukes Nähe verpufft war, hat ihren Weg zurückgefunden und lässt mich rotsehen. Ich löse mich aus Lukes Armen. Diesmal weicht mein Vater zurück, als ich auf ihn zustürze. Es würde wahrscheinlich gefährlicher aussehen, wenn ich nicht jeden Schritt zwei Meter im Sand versinken würde. »Damit du meine Texte für dich beanspruchen kannst? Oder etwas von meinem Erfolg erpressen? Was? Was willst du bitte schön von mir? Du hast jedes Recht verwirkt, an irgendwen irgendwelche Forderungen zu stellen!« Das Einzige, was ich will, ist, dass mir dieser Mensch nie wieder unter die Augen tritt. Ich habe mir geschworen, niemals gewalttätig zu werden, aber so nah wie jetzt war ich noch nie daran, dieses Versprechen zu brechen.

»Nein«, ruft er lautstark, weil ich ihm anders auch wohl kein Gehör mehr geschenkt hätte. »Ich will mich entschuldigen.«

Ungläubig bleibt mir die Luft im Hals stecken. Luke spüre ich dicht hinter mir. Mein Vater nutzt meine Sprachlosigkeit eiskalt aus.

»Alexandra, unser letzte Begegnung hast du gerade so überlebt und nur durch Zufall habe ich erfahren, dass du überhaupt noch atmest.« Diese Story habe ich Luke noch nicht erzählt. Luke greift nach meiner Hand und ich umschließe sie fest. »Am selben Abend habe ich mich eingewiesen, weil ich dachte, dass ich neben deiner Mutter auch noch dich auf dem Gewissen habe. Nur tratschenden Krankenschwestern habe ich zu verdanken, dass ich weiß, dass du meine Wut überlebt hast.«

Lukes Hand zittert in meiner und ich glaube, diesmal muss ich aufpassen, dass er nicht über meinen Vater herfällt und ihm weh tut. Ehrlich gesagt weiß ich auch nicht, ob ich ihn daran hindern würde. Dazu empfinde ich zu viel Abscheu meinem Vater gegenüber.

»Was interessiert es dich? Erwartest du Mitleid? Ich habe keine Ahnung, warum du das noch einmal ausbreiten musst. Was willst du hören? Dass ich dir vergebe?«

Mein Vater zuckt mit den Schultern und scheint nach den richtigen Worten zu suchen. »Ich weiß es nicht«, gesteht er ratlos. »Ich habe dich am Strand gesehen und es als Chance betrachtet, dich anzusprechen. Vermutlich war es ein Fehler.«

»Vermutlich«, gebe ich ihm recht.

»Dann lass mich bitte nur noch etwas sagen«, bittet er kleinlaut.

»Halte dich kurz.« Ich bin über die Kälte in meiner Stimme vermutlich am meisten erschrocken.

»Mir tut es leid, was ich dir und deiner Mutter angetan habe. Ich weiß jetzt, dass es nicht nur falsch war, sondern auch, dass ich mit euch das Beste auf diesem Planeten verloren habe. Bei deiner Mutter kann ich mich nicht mehr entschuldigen und das werde ich bis zu meinem Tod bereuen. Aber vielleicht könntest du meine Entschuldigung in ihrem Namen annehmen oder zumindest anhören. Mir tut es leid, dass ich deine Talente dermaßen ausgenutzt habe und ich bin froh, dass du sie trotz der Erfahrungen mit mir gebrauchst und ich sie nicht so sehr beschmutzt habe, dass du sie nicht mehr anrührst. Ich will dir sagen, dass ich unglaublich stolz auf dich und deine Werke bin und dir nur das Beste wünsche.«

»Ich habe es gehört«, sage ich und verzichte bewusst darauf zu sagen, dass ich seine Entschuldigung annehme. Es wäre sowieso gelogen.

»Gut. Ich weiß, dass ich unmöglich ein Ja auf diese Bitte erwarten kann, aber ich muss es aussprechen: Vielleicht kannst du mir irgendwann verzeihen?«

Für einen Moment glaube ich, mich verhört zu haben. »Verzeihen?« Alleine an meiner Stimme hört man, was ich davon halte. »Nein«, sage ich schlicht.

So viel verbirgt sich hinter diesen vier Buchstaben. Obwohl mein Vater nur noch ein Schatten seiner selbst ist, löst er noch immer Todesangst in mir aus. Ein Blick auf ihn und all die schrecklichen Erinnerungen, die ich lange verdrängt habe, schleichen sich an die Oberfläche. Ich kann vieles verzeihen, aber jahrelange Quälerei und Ausbeutung ganz sicher nicht.

»Wenn ich jemandem verzeihe, dann mir, dass ich dich so lange damit habe durchkommen lassen.« Luke drückt meine Hand bestätigend. Aus dem Gesicht meines Vaters weicht jeglicher Rest der Hoffnung, die er scheinbar noch gehegt hat.

»Das muss ich akzeptieren«, sagt er enttäuscht. Er macht den Anschein, als ob er noch mehr zu seiner Verteidigung vorbringen will, aber sieht wohl selbst ein, dass es nichts zu verteidigen gibt. »Dann habe ich alles gesagt, was ich sagen wollte.«

»Ich …«, beginne ich langsam und sehe schon das Interesse in seinen Augen aufflackern. »Ich wünsche mir einfach nur, dass die Alpträume der Vergangenheit verschwinden, dass du aus meinem Leben verschwindest. Wenn es dir wirklich so leid tut, wie du behauptest, dann respektiere meine Bitte.«

So verletzt habe ich ihn noch nie gesehen. Es hat Kraft gekostet, von der ich nicht wusste, dass ich sie in mir habe, diesen Satz auszusprechen. Mein Vater nickt knapp und scharf. Dann mache ich etwas, was ich mich in seiner Anwesenheit vor Angst noch nie getraut habe. Ich wende ihm den Rücken zu. Noch im Wegdrehen fangen die Tränen an brutal aus mir herauszubrechen. Wie Sturzbäche rinnen sie über meine Wangen. Sofort schlingt Luke seine Arme um mich und hält mich, während ich schluchzend zerbreche. Gleichzeitig fühle ich mich leichter als in allen Jahren seit dem Fortgang meiner Mutter, zusammen. Fast glaube ich, dass diese Begegnung nötig war, damit ich endlich gänzlich beginnen kann zu heilen.

»Er ist weg«, sagt Luke.

Ich kann noch immer nichts außer weinen. Diese Begegnung hat mich so viel Kraft gekostet, dass ich nicht weiß, ob ich den Weg zum Auto noch selbstständig gehen kann.

»Hörst du meinen Herzschlag?«, fragt mein Freund. Ich positioniere mein Ohr, bis ich ihn hören kann. Ich nicke und er atmet durch. »Konzentrier dich auf den Rhythmus und sonst nichts.«

Es kostet mich einen Augenblick Überwindung, meine Gedanken loszulassen, doch als ich es geschafft habe, merke ich, wie mich der gleichbleibende Takt beruhigt. Mein Tränen trocknen nicht, aber fließen auch nicht mehr unkontrolliert. Ich brauche meinen Vater nicht. Das Zuhause, das ich bei ihm nie hatte, habe ich inzwischen gefunden.

31 – Ein Blick nach vorn

Luke

Lexi hat kaum gesprochen, seit wir unseren langsamen Weg zum Auto eingeschlagen haben. Sie hat das Meer beobachtet, während ich im Navi den Weg zum Ferienhaus eingegeben habe. Jetzt sitzt sie noch immer im Auto und ich hole den Schlüssel bei der Vermieterin ab. Ich weiß, dass es irrational ist, aber ich bin nervös, als ich den Weg zurück einschlage. Ein kleiner Teil von mir hat Angst, dass sie weggelaufen ist. Dass sie wieder vor ihrer Vergangenheit flieht. Als sie unverändert, und damit meine ich wirklich unverändert, auf dem Beifahrersitz sitzt, atme ich erleichtert auf. Das schlechte Gewissen, so über sie gedacht zu haben, nagt kurz an mir, doch ich konzentriere mich darauf, dass ich für sie da bin. Lexi wendet sich mir zu, als ich die Tür hinter mir zuziehe. Sie lächelt schwach und traurig, aber darüber hinaus kann ich nichts aus ihrem Gesicht herauslesen.

»Wir sind gleich da und dann kannst du dich erst mal ausruhen«, erkläre ich.

Sie nickt seufzend. Ob ich sie berühren darf? Ich strecke meine Hand nach ihr aus und streiche ihr über die Wange. Sie schmiegt ihren Kopf in meine Hand und mein Puls steigt. Sie sieht so verletzlich aus. So fragil, als ob der kleinste Windhauch sie in die Knie zwingen könnte. Ich weiß, dass Lexi stark ist, und ich kann nur hoffen, dass sie es auch weiß. Doch erst muss diese unerwartete Begegnung verarbeitet werden. Und das braucht seine Zeit.

»Komm her«, sage ich und öffne meine Arme. Ich überlasse ihr die Entscheidung, ob es ihr zu viel ist oder ob sie es zulässt. Sie lässt es zu und kommt zu mir. Aus dem Augenwinkel sehe ich, dass ihre Füße noch immer nackt sind und ihre Schuhe unberührt daliegen. Sie zuckt zusammen, als ich meine Arme um sie schlinge. Darauf bedacht, sie nicht zu sehr zu bedrängen, küsse ich leicht die Seite ihres Gesichtes und lehne mich dann zurück. Mein Instinkt hat mir zur richtigen Handlung geraten. Sie sieht gestresst aus und schlingt ihre Arme um sich. Das hat sie oft gemacht, als wir uns noch kennengelernt haben und ich noch nicht allzu viel über ihre Berührungsphobie wusste. Dennoch bleibe ich optimistisch, dass die Begegnung ihre Fortschritte nicht auf null zurückkatapultiert hat. Dass sie im Moment mit allem überfordert ist, ist nur natürlich.

»Kann es losgehen? Oder willst du nach Hause fahren?«, füge ich hinzu, als mir klarwird, dass uns niemand zwingt hierzubleiben. Sie scheint die Optionen abzuwägen.

»Zum Ferienhaus«, bittet sie leise und lächelt. Ich hoffe, dass sie sich nicht nur meinetwegen verpflichtet fühlt, diesen Urlaub auf Biegen und Brechen durchzustehen. Demnach halte ich meine Klappe, weil ich ihr auch nichts einreden will, und starte unseren Leihwagen. Nach gerade mal acht Minuten parke ich vor dem gemieteten Haus. Es ist klein, zwischen Bäumen und ohne unmittelbare Nachbarn. Genau so wie auf den Fotos im Netz.

»Es ist wunderschön«, sagt Lexi und sieht sich um. Ihr Gesicht hat schon mehr Farbe bekommen. Wahrscheinlich lässt der Schock langsam nach.

»Dann warte erst, bis du es von innen siehst«, sage ich und schüre damit hoffentlich ihre Vorfreude und lenke sie gleichzeitig ab. Ich schnappe unsere Taschen und finde ihr Handy dabei auf dem Rücksitz. Ich lasse es in eine Seitentasche ihrer Reisetasche gleiten. Ich glaube, dieses Gerät ist aktuell am wenigsten von Interesse. Aber wer weiß, vielleicht will sie mit Anna oder Mike darüber reden, was passiert ist. Ich lasse sie die Tür aufschließen. Ihre Finger zittern bereits weniger und sie schließt sie auf Anhieb auf. Aber sie stößt sie nicht auf, sondern wendet sich mir zu.

»Weißt du, wie aberwitzig das Ganze eigentlich ist? Wie standen die Chancen, dass wir meinen Vater ausgerechnet heute an diesem Ort zu dieser Zeit treffen? Manchmal scheint mein Leben aus einer dieser miesen Daily Soaps zu stammen und der Drehbuchautor hat ordentlich einen gesoffen, bevor er das Script abgegeben hat. Und getrunken hat er mit demjenigen, der das letzte Wort bei der Freigabe hat. Auf alle Fälle ist es unwahrscheinlich und dennoch ist es passiert.«

»Ich weiß, was du meinst«, stimme ich ihr zu.

Noch immer kopfschüttelnd öffnet sie jetzt die Tür und tritt ein. Ich folge ihr. Sie bleibt inmitten des geräumigen Wohnzimmers stehen. Alles ist ein Raum. Küche, Wohnzimmer, Essbereich. Nur das Bad ist separat und das Schlafzimmer befindet sich in der oberen Etage. Den Bildern nach zu urteilen kann sich nur ein Bett oben befinden. Für mehr findet sich kein Platz. Dafür ist alles durch die vielen Fenster und großen Balkontüren zum Strand hin hell und lichtdurchflutet.

Lexi sieht sich nicht lange um. Sie öffnet die Balkontür und geht auf die Terrasse. Ich stelle unser Gepäck auf der Couch ab und öffne die restlichen Fenster, damit die abgestandene Luft weichen kann. Man merkt, dass der Spätsommer sich dem Ende neigt. Die Temperaturen sind über die letzte Stunde rapide gefallen. Über der Rückenlehne des Sofas liegt eine Decke. Ich schnappe sie mir und folge Lexi langsam. Ich will sie nicht erschrecken. Das ist im Augenblick sicher leicht möglich.

Einen Moment beobachte ich sie. Sie steht still da, beobachtet das Meer und obwohl ihr wieder Tränen über die Wangen laufen, lächelt sie zu meiner Überraschung. Der Anblick lässt mich leichter atmen, obwohl ich nicht mal gemerkt habe, dass es mir schwerer gefallen ist. Das gehört wohl dazu, wenn man sein Herz jemand anderem in die Hände gelegt hat. Es empfindet alles mit, was demjenigen durch den Körper jagt. Glück, Freude, Trauer – alles pur und ohne Puffer. Und ich würde nichts daran ändern wollen.

Lexis Lächeln ermutigt mich, weiter auf sie zuzugehen. Die Decke entfalte ich im Gehen und stelle sicher, dass sie mich bemerkt, bevor ich sie darin einhülle. Dennoch zuckt sie zusammen. Nach einem Moment lehnt sie sich an mich und ich umarme sie samt Decke.

»Willst du allein sein?«, frage ich.

»Nein.«

Nach einem Kuss auf die Seite ihres Kopfes sehe ich mit ihr aufs Meer. Es beruhigt mich, genauso wie es Lexi Ruhe gibt. Sie regt sich und ich lockere die Umarmung. Lexi dreht sich, bis wir uns Gesicht an Gesicht gegenüberstehen. Ihre Arme legt sie um meine Schultern und hält dabei den Saum der Decke fest. Wir sind beide von einem Kokon aus Wärme und Sicherheit umhüllt. Unsere eigene kleine Welt, in der uns niemand etwas anhaben kann. Nur sie und ich. Es ist egoistisch, doch am meisten bin ich darüber erleichtert, dass die Begegnung mit ihrem Vater ihre Fortschritte nicht gänzlich zunichte gemacht hat und sie noch immer Nähe zu mir sucht. Ich hätte es ihr nicht verübelt, wenn sie wieder auf Abstand gegangen wäre.

Lexi küsst die Stelle über meinem Herz, bevor sie sich an mich lehnt und mich fest umarmt.

»Was kann ich tun?«, frage ich, weil ich einfach irgendetwas machen muss. Ich will ihr helfen, aber ich habe keine Ahnung wie.

»Nichts«, sagt sie und klingt beinahe zufrieden.

»Nichts?«, frage ich ungläubig und versuche, sie anzusehen. Sie lehnt mit geschlossenen Augen an meiner Schulter und ein zaghaftes Lächeln umspielt ihre Lippen.

»Wirklich nichts. Es ist okay«, flüstert sie.

»Es ist okay?«, hake ich nach, weil es mir ziemlich surreal erscheint. Lexi zuckt leicht mit den Schultern.

»Nicht okay okay, aber okay. Verstehst du?« Sie muss selbst über ihre Wortwahl kichern. Ich stimme ein.

»Ich glaube ja«, sage ich.

»Endlich konnte ich sagen, was ich ihm schon lange sagen wollte. Das Mindeste, was ich von ihm wollte, war eine Entschuldigung, und auch die habe ich bekommen. Es ändert sicher nichts an meinen Gefühlen ihm gegenüber, auch wenn es nur noch wenige sind. Ich hoffe einfach, dass ich endlich einen richtigen Neustart beginnen kann, ohne jeden zweiten Schritt über meine Schulter zu sehen und Angst zu haben, ihm zu begegnen.« Sie öffnet die Augen und sieht mich direkt an. Ich sehe nichts außer Liebe und Zuneigung in ihrem Blick. Ich küsse sie und sie erwidert es sofort.

»Das klingt gut für mich«, sage ich und bekomme das Lächeln nicht mehr von meinen Lippen.

»Das hoffe ich, weil der Neustart dich beinhaltet.«

Sie lacht und ich habe wohl noch nie etwas Schöneres gehört. Sie stellt sich abermals auf ihre Zehenspitzen und presst ihre Lippen auf meine. Sie seufzt, als ob meine Lippen die Heilung für all ihr Leid wären. Nur das Meeresrauschen umhüllt uns noch. Alles andere ist längst vergessen, auch wenn es uns früher oder später einholen wird. Irgendwann müssen wir uns mit dem Aufeinandertreffen mit ihrem Vater tiefgreifender auseinandersetzen, doch dazu haben wir Zeit. Jetzt genießen wir nur die Nähe zueinander und mehr müssen wir im Moment auch nicht wissen. Die Temperaturen sinken weiter und Lexi beginnt unter der Decke zu zittern.

»Lass uns reingehen«, schlage ich vor, als ich einen Augenblick erhasche, in dem unsere Lippen sich nicht miteinander beschäftigen.

»Die Kälte ist nicht am Zittern schuld«, versichert sie mir und ein Schauer zieht über meinen Rücken, der ebenfalls wenig mit den Temperaturen zu tun hat.

»Dann lass uns erst recht reingehen«, sage ich. »Ich bin nicht scharf darauf, in jedem Winkel meines Körpers wochenlang Sand zu finden.« Wieder kichert sie und gibt mir recht. Nach einem weiteren Kuss schlagen wir den Weg ins Haus ein. Lexi hält die Decke noch immer eng um sich geschlungen. Sie erkundet das Schlafzimmer, während ich die Fenster und Balkontüren schließe. Plötzlich bin ich nervös, als ich ihr die Holztreppe hinauf folge. Lexi lächelt über ihre Schulter und erwartet mich bereits. Sie lässt die Decke einfach von sich fallen und setzt sich dann mitten aufs Bett. Ich brauche keine Einladung, um ihr zu folgen.

Küssend schiebe ich sie auf ihren Rücken und sie schlingt ihre Arme um mich. Mit den Fingerspitzen fährt sie meinen Rücken auf und ab. Ein Schauer jagt den nächsten. Wir kennen unsere Körper bereits besser und dennoch entdecken wir immer neue sensible Stellen am anderen. Zum Beispiel springt sie fast aus ihrer Haut, als ich mit meinen Fingerkuppen über die Haut über ihrem Hüftknochen streiche. Sie erschauert so sehr, dass sie nicht mehr in der Lage ist, ihre Finger über meine Arme gleiten zu lassen. Sie hält sich an mir fest, bis ich ihr eine Pause gönne und meine Hände sie an anderer Stelle liebkosen. Inzwischen ist sie mutiger und zeigt mir mehr, was sie will, als bei unserem ersten Mal. Wenn sich der Sex mit ihr jedes Mal steigert, fürchte ich, dass wir irgendwann implodieren vor Verlangen, nie wieder das Bett verlassen oder zu jeder Gelegenheit übereinander herfallen. Es ist ziemlich unrealistisch, aber ich sehe dem allen freudig entgegen. Vielleicht ist es auch nur mein lustdurchflutetes Hirn, das mich so denken lässt. Ich hoffe es, denn ich kann mir nicht vorstellen, dass Lexi je mit übermäßiger Berührung im Reinen sein wird.

»Deine Gedanken wandern«, bemerkt sie nach Atem ringend und ich muss grinsen. Wenn sie nur wüsste, was sie mit meinen Gedanken anstellt und wo sie sie hinführt.

»Ich bin genau bei dir«, versichere ich ihr und lüge damit nicht einmal. Aber sie hat recht. Warum schon an zukünftige Male denken, wenn ich das Jetzt genießen sollte?

Lexis Hände streichen und kneten und liebkosen mich überall. Ich kann mich kaum auf meinen Armen halten. Sie richtet sich auf, bis ich auf dem Bett sitze, mit ihr auf meinem Schoß. Ihre Beine schlingt sie hinter meinem Rücken zusammen. Ihre Hände werden forscher und die ganze Stimmung kippt in Ungeduld. Mit flinken Fingern zieht sie mir mein Shirt aus und ich ziehe nach. Sie greift hinter sich und befreit ihre Brüste von ihrem BH. Auch diesen streift sie sich schnell ab. Sie presst ihren Oberkörper an meinen. Nackte Haut auf nackter Haut, die sie erschaudern lässt. Sie lehnt ihren Kopf an meine Schulter und genießt einen Moment nur den Kontakt. Ohne Hektik streiche ich ihre Wirbelsäule hinauf und hinab. Als sie genug genossen hat, beginnt sie meine Schulter zu küssen und bewegt ihre Lippen meinen Hals hinauf, bis sie wieder auf meinen Mund treffen. Nach einem Moment stoppt sie und lehnt sich minimal zurück. Ich öffne meine Augen und sie betrachtet mich. Ihr Blick macht mich nervös, aber auf eine gute Art.

»Was hast du?«, frage ich und streiche ihre Haare zurück über die Schulter. Sie sieht zerwühlt aus. Ihre Augen überzieht ein feuchter Film und erst denke ich, dass er noch vom Weinen stammt, aber es sind die Gefühle, die sie übermannen.

»Luke, ich liebe dich«, haucht sie ehrfürchtig. Ich verstehe es kristallklar und mein Herz schlägt so schnell, dass ich sicher vor einem Infarkt stehe. Ich wusste es und habe immer geglaubt, dass es keinen Unterschied macht, ob sie es ausspricht oder mich nur fühlen lässt. Aber, verdammt, es macht einen Unterschied. Die Gewissheit, die ich immer hatte, wandelt sich zu Sicherheit. Ein noch intensiveres Empfinden, das viel tiefer sitzt, öffnet sich und ich weiß nicht wohin mit dieser Flut. Ich fliege und gleichzeitig fühle ich mich fest verankert.

»Ich dich auch«, antworte ich schließlich erstickt. Sie lächelt verlegen und küsst mich auf die Spitze meiner Nase. Sie legt ihre Hände um mein Gesicht und wischt mit ihren Daumen über meine Wangen. Sie sind nass. Es sind meine Tränen, die sie wegwischt.

»Ich liebe dich, Luke«, wiederholt sie. Diesen Satz werde ich sicher nie müde.

32 – Neuanfang

Lexi

Ein neuer Morgen nach so einer Begegnung wie gestern kann so friedlich sein. Besonders, wenn man mit einer Tasse heiß dampfenden Kaffees auf der Veranda des wohl niedlichsten Ferienhauses sitzt und dem Meer beim Rauschen zuhört. Der kleine Hund auf Spaziergang nutzt seine Freiheit ausgiebig, als sein Frauchen ihm erlaubt, ohne Leine zu rennen. Er legt sich mit dem großen Wasser an. Er bellt die Wellen weg und wenn sie zurückkommen, nimmt er die Beine in die Hand, um keine nassen Pfötchen zu bekommen. Danach stürzt er wieder bellend dem Wasser hinterher, als ob er es verjagen könnte. Das ist genau der Kampfgeist, den man braucht. Ich werde mir ein Vorbild an dem Kleinen nehmen. Egal, wie oft mir das Leben noch etwas vor die Füße wirft, um mich ins Stolpern zu bringen, ich werde mit genauso viel Lebenslust zurückschlagen. Die Zeiten, in denen mich jeglicher Hauch umgeworfen hat, werde ich hinter mir lassen. Ich weiß, dass ich viel stärker bin, als ich es mir zugetraut habe.

Während Luke versucht, frische Brötchen aufzutreiben, lasse ich meine Gedanken weiterschweifen. Die gestrige Schocktherapie hat bereits jetzt etwas gebracht. Vielleicht ist doch etwas daran, dass man sich seinen Ängsten am besten stellt, um ihnen Herr zu werden. Auch hat mich das alles Luke noch näher gebracht. Etwas, das ich nicht für möglich gehalten habe. Wir waren uns vorher schon so nah, dass ich nicht geglaubt habe, dass da noch mehr geht. Doch ich wurde eines Besseren belehrt. Bisher hatte ich Zweifel, dass mir eine Therapie etwas bringen wird, doch inzwischen sehe ich meinem ersten Termin zuversichtlich entgegen. Es wird mir helfen, die Vergangenheit aufzuarbeiten und sie hinter mir zu lassen.

Ich möchte nur noch nach vorne sehen. Ich habe diese Nacht fast gar nicht geschlafen und das lag nicht daran, dass Alpträume mich geplagt haben. Ich war zu aufgewühlt, um in den Schlaf zu finden. Deshalb habe ich nachgedacht. Vor allem über die Zukunft. Es war ein eigenartiges Gefühl. Ich grüble sonst nur über die Vergangenheit und jetzt ist es auf einmal das, was kommen mag, was ich erreichen kann oder was ich als Nächstes in meinem Leben in Angriff nehmen möchte. So viele Möglichkeiten liegen vor mir und mir wird immer bewusster, dass sie schon immer vor mir lagen und meine Angst sie nur verdeckt hat. Ich habe noch immer Angst. Mein Vater macht mir noch immer Angst. Aber ich bin nicht mehr der hilflose Teenager von damals. Inzwischen weiß ich, dass ich nicht alleine bin. Mike, Anna und Luke stehen hinter mir und fangen mich auf, wenn ich doch mal fallen sollte.

Als ich an meine Lieben zu Hause denke, erinnere ich mich an mein ausgeschaltetes Handy, das Luke mir gegeben hat, bevor er losgezogen ist. Mit ein paar Handgriffen schalte ich es ein. Nach nicht mal einer Minute zeigt es mir an, wessen Nachrichten und Anrufe und Mails ich verpasst habe. Dafür dass das Gerät gerade mal einen halben Tag ausgeschaltet war, sind es verdammt viele.

Das Unangenehme zuerst. Die Mails, die meinen Job als Geschäftsführerin betreffen. Zum Glück geht es dabei nur um zwei Mails, auf die ich mit einer Zustimmung oder Absage antworten muss. Ich hasse diesen Papierkram. Die Nachricht von Anna ist einfach. Sie wünscht uns eine schöne Auszeit und ein paar Tage zum Runterkommen. Der Rest sind Kurznachrichten und Sprachnachrichten von Liam, Raphael, Gabriel und sogar auch Cosy. Sie wollen Rat hören oder meine Meinung.

Ein paar alte Bekannte haben Kontakt zu mir gesucht, weil sie nach einer neuen Zusammenarbeit fragen. Das sind Dinge, mit denen ich mich gerne beschäftige. Schreiben, komponieren, Kommunikation mit den Künstlern und ihnen die richtigen Kontakte vermitteln. Ich will etwas tun und nicht nur vom Tisch aus organisieren. Obwohl es mehr Kraft verbraucht und von Zeit zu Zeit stressig sein kann, ziehe ich die Arbeit an der Front der im strategischen Hintergrund immer mehr vor. Mich interessieren keine Verkaufszahlen und nicht mal wirklich die Chartplatzierungen. Mich interessieren die Musik und der Mensch dahinter. Wenn ich meine Zeit in einem Büro verbringe, entgeht mir zu viel. Mich belastet der Job neben Mike immer mehr. Mein Onkel geht darin auf und hat seine Bestimmung gefunden. Vielleicht sollte ich ihm einfach freie Hand geben und stille Teilhaberin werden. Dann wäre er nicht mehr von meinen Entscheidungen abhängig. Er könnte schneller und effizienter arbeiten. Das sind jedoch alles Dinge, die ich nicht heute entscheiden werde. Das muss ich mit Mike und unseren Rechtsberatern besprechen und erst dann kann eine Entscheidung gefällt werden. Im Moment konzentriere ich mich auf die freien Tage mit Luke. Vielleicht frage ich ihn um Rat, wenn wir auf dem Rückweg nach Berlin sind.

Kaum denke ich an ihn, höre ich Luke im Haus. Dem Rascheln nach zu urteilen ist er erfolgreich gewesen. Zum Glück muss er sich nur noch an einen gedeckten Tisch setzen. Butter und Marmelade hat die Vermieterin als Willkommensgeschenk im Kühlschrank versteckt und Kaffee hat wohl jemand zurückgelassen – oder er ist ebenfalls von der Vermieterin. Gestern Abend haben wir das Bett nicht mehr verlassen und demnach auch nichts zu uns genommen. Luke war am Verhungern. Auf alle Fälle konnte ich heute feststellen, dass Luke schlechte Laune bekommt, wenn er hungrig ist.

Zu der Brötchentüte legt Luke noch einige Flyer auf den Tisch. Ich werfe einen kurzen Blick darauf. Museen und Ausstellungen.

Wanderwege. Geleitete Führungen. Alles Dinge, die man in unmittelbarer Umgebung unternehmen kann.

»Fühl dich zu nichts verpflichtet«, sagt er sofort, als er die Falten auf meiner Stirn sieht. »Das lag nur alles aus und ich wusste nicht, wonach uns ist. Faulenzen? Unternehmungslust? Spontanität? Ich will nur für alles gewappnet sein.« Ich schenke ihm seinen Kaffee ein und er öffnet die Tüte mit den Brötchen. Der leckere Duft strömt sofort in meine Nase, obwohl ein leichter Wind weht.

»Dann möchte ich die Tage, nachdem wir uns mit genug Essbarem eingedeckt haben, nur mit dir entspannen, am Meer spazieren und hier auf der Veranda sitzen, solange es nicht zu kalt ist«, gestehe ich und warte auf seine Reaktion. Er grinst bis über beide Ohren.

»I'm game. Das klingt für mich nach dem perfekten Kurzurlaub«, stimmt er zu und schneidet sein Brötchen auf. Er ist wirklich ausgehungert. Und so furchtbar unkompliziert. Und genau deshalb liebe ich ihn.

In den kommenden Tagen werde ich so viel Kraft schöpfen, wie ich nur kann, um danach endlich mein Leben zu leben, wie ich es mir immer vorgestellt habe. Ich werde Entscheidungen danach treffen, was mir guttut, und nicht, ob mein Vater um die Ecke auf mich wartet. Ich verdränge das meiste von gestern und ich bin mir sicher, dass der große Zusammenbruch noch kommt, aber ich werde mein Leben davon nicht bestimmen lassen. Ich werde das Tief begrüßen wie einen alten Freund, vielleicht mit einer Tasse Tee, und werde es freundlich zur Tür begleiten, wenn es an der Zeit ist zu gehen. Die kommenden Auf und Abs werden schön und hart, aber sie werden mich auf dem Weg begleiten – auf dem Weg zu der Person, die ich sein will.

Epilog

Lexi

Fast ein Jahr danach

An die Lautstärke in einer Arena werde ich mich wohl nie gewöhnen. Aber umso stolzer macht es mich, dass ich meine vier Jungs genau auf so einer Bühne stehen sehe. Die Debütsingle der Entgleisten Helden hat sich gut in den Charts gemacht und ihnen viele neue Fans eingebracht. Das Interesse an ihnen ist so groß geworden, dass sie ihre erste Tour als Vorband eines der erfolgreichsten deutschen Künstler absolvieren konnten. Mit einem Blick von der Seite der Bühne kann ich beobachten, wie die meisten im Publikum die Songs mitsingen. Das können sie vor allem, weil unser Plan mit dem Account auf YouTube aufgegangen ist. Die Leute haben nach ihren Songs schon geschrien, da hatten wir noch kein Datum für eine Veröffentlichung bekanntgegeben. Die Livemitschnitte und die Behind-the-Scenes-Folgen haben hunderttausende Likes bekommen. Liam ist in seinem Element und damit genau dort, wo er hingehört. Auf einer großen Bühne.

»Sie werden mit jedem Auftritt besser, oder?«, fragt Luke über die dröhnende Musik hinweg. Wie die letzten Monate über auch, ist er mit seinem Notizheft verwachsen. Das Schreiben läuft gut. Ich bin so fasziniert davon, wie leichtfüßig Liam die Menge in seinen Bann zieht, dass ich nur nicken kann.

»Der Manager der Vorband?«, ruft einer der Assistenten und sieht sich suchend um.

Luke meldet sich für mich und der Typ eilt auf uns zu. Er geht davon aus, dass Luke der Gesuchte ist, doch dieser legt nur seinen Arm um meine Schulter und hebt eine Hand. »Das ist die Managerin der Band, Songwriterin und Teilhaberin von AlMik-Records und die Frau, die Sie suchen«, erklärt er.

Der arme Bursche sieht nur verwirrt zwischen uns hin und her. »Ähm … ja«, stammelt er und entscheidet sich schließlich, nur mit mir zu reden. »Ich soll anfragen, ob die Band nach dem Auftritt für Interviews zur Verfügung steht.«

»Ja, das ist kein Problem«, informiere ich ihn und er zieht erleichtert davon.

Ich widme mich mit Luke wieder dem Auftritt und meine Aufregung steigt. In den letzten Monaten hat sich so viel geändert. Ich habe meine Position als Geschäftsführerin aufgegeben und bin zur Teilhaberin geworden. Ich konzentriere mich auf das, worin ich gut bin und was mir Spaß macht: Ich schreibe Songs, manage meine Jungs und gehe mit ihnen auf Tour. Meine Phobie hat sich dahingehend gebessert, dass ich meine Freunde ohne Zögern umarmen kann. Bei Fremden ist das eine andere Sache, aber mit denen muss ich auch nicht auf Tuchfühlung gehen. Ich kenne meine Trigger und kann damit umgehen, wenn ich ihnen begegne. Meinen Vater habe ich seit dem Treffen am Strand weder gesehen noch von ihm gehört und ich habe auch nicht vor, das zu ändern. Ich arbeite hart daran, dieses Kapitel meines Lebens hinter mir zu lassen. Jeden Tag geht es etwas leichter und ich bin zuversichtlich, irgendwann sagen zu können, dass ich meine Vergangenheit als Teil von mir akzeptiere und damit leben kann.

»Lexi, du bist gleich dran«, erinnert mich Luke und küsst die Seite meines Gesichts. Sofort werden meine Hände schweißnass. Das Lampenfieber setzt voll ein, aber ich habe gelernt, es als Energiequelle statt Bremse zu sehen. Als Liam sich mir zuwendet, atme ich tief durch. Der Techniker reicht mir das Mikro und wünscht mir viel Glück. Als ich das erste Mal auf die Bühne gegangen bin, war diese bedeutend kleiner und dennoch bin ich vor Aufregung beinahe gestorben. Ein Auftritt wird niemals Routine für mich werden, aber es ist eine nette Abwechslung vom Alltag.

»Und hier ist sie. Einigen von euch ist sie sicher unter ihrem alten Alias Lynn Jefferson ein Begriff. Lasst was hören! Hier kommt Lexi!«

Liam stellt mich noch immer so vor, obwohl ich schon vor Monaten meinen Künstlernamen abgelegt und meinen wirklichen Namen preisgegeben habe. Auch mein Gesicht zeige ich inzwischen. Nicht oft, aber ich verbiete niemandem mehr, Bilder mit mir zu veröffentlichen. Ich begrüße die Menge und mache das, was ich am liebsten mache: Menschen mit Musik bewegen.

ENDE

Songbook

Nur in meinen Träumen kann ich dich noch sehen
Die Welt dort ist still und freundlich zu uns
Du bist weg und ich muss gehen
Jeder Morgen ist der Erfolg eines grausamen Tributs.

Ich schlage die Augen auf und zähle die Stunden
bis ich dir gegenübersteh
Jede Nacht verschwindet so schnell wie der erste
Schnee
Die Welt zieht an mir vorbei, bis die Sonne wieder
untergeht
Die Leute sehen nur, dass die Welt sich für mich weiterdreht.

Die einen sagen feige zu dir, ich sage bravo
Alle schauen weg und ich verschließe meine Augen
nie.
Sie applaudieren deinen Liedern und deinem Cello
Sie ignorieren die Wahrheit darin in blinder
Ironie.

Abends lege ich meinen Kopf in deine Kissen nieder
Ich glaube nicht an Gott, aber bete, dass ich aufwache.
Nie wieder.

Cosys Song an Liam

»Du bist normal« ist eine Beleidigung für dich
Der triste Alltag geht dir gegen den Strich
Konservativ ist der Sonnenschein zu deinem Vampir
Genauso wie deine Mutter in ihrem Pullover aus Kaschmir

Du lockst das Crazy aus mir heraus
Doch du kennst es schon, du bist hier zu Haus
Du bist laut und so verspielt
Ich der Leise, der nur zu dir herüberschielt

Lukes Song über seine Mutter

First you forgot about the small things,
then you forgot about me.
I was helpless as you got frustrated with yourself
It took me a second to realise it was fear that numbed you

If eyes are mirrors to the soul
Then you lost yours along the way
There is nothing but lost space that's looking back at me.
When you look at me I don't see you anymore
But there are moments I feel a ray of hope
With the next blink of your eyes they're gone
Such moments are few and far between
But I live for them and I hope you remember me.

Cinderella

Prince Charming ist es leid, allein zu sein
Cinderella nippt heimlich an Stiefmutters Wein
Mitternacht, sagt die Fee,
Mitternacht, und es sei geschehen.
Ah, wie sie diese Zeit doch hasst,
Mitternacht hat noch nie etwas Gutes gebracht.

Der Prinz verfällt ihrem Charme
Cindys Dämonen werden unter seiner Hand zahm.
Sie will für immer bei ihm bleiben
Zwölfmal schlägt die Uhr
Und ihre Schuhe beginnen zu reiben
Verzweifelt hinterlässt sie eine heimliche Spur.

Cindy sitzt in ihrem Zimmer fest
Die gute Mutter wünscht ihr die Pest.
Prinz, wo bleibst du nur?
Sie kommt nicht zu dir, sie ist stur.

Charming versteht den Wink
Mit einem Kuss färbt er Cindys Wangen pink.
Er reitet mit ihr in den Sonnenuntergang
Als der letzte Glockenschlag erklang.

Liebeslied Luke und Lexi

Tropfen, die am Fenster fließen
und sich auf deinen Wangen widerspiegeln
Leise Geständnisse im lauten Sommerregen,
die keinen Platz lassen für Ausreden
Ein erster Kuss, der meine ganze Welt bewegt,
Deine Lippen auf meinen nun für immer eingeprägt.

Wir brauchen uns nicht, um zu existieren
dass wir ein Leben haben, können wir so garantieren
Wir gehen den Weg des Erfolgs gemeinsam,
und das auch abseits von dem ganzen Notenkram

Mein Herz bricht aus seinen Käfig, damit ich es dir schenken kann.

Danksagung

Die Rohfassung dieses Buches habe ich 2012 auf Wattpad online gestellt. Dieses Buch ist das erste gewesen, das je jemand zu Lesen bekommen hat. Der Start war langsam und zäh, aber ein Beginn. In dieser Zeit haben sich Freundschaften gebildet, die ich heute nicht mehr missen möchte. Vor allem danke ich Sophia Ebert. Sie war die erste, die mir gesagt hat, dass es gar nicht so verkehrt ist, was ich da zu Papier bringe. Lisa Kellermann folgte ihr darauf. Euch beiden ist alles zu verdanken. Also fühlt euch gedrückt und geküsst und stellt euch all die anderen Gesten der Dankbarkeit vor, ohne, dass es peinlich für mich wird. Hoffentlich gefällt euch diese Version ebenfalls.

Jessica Czerner und Sabrina Lange: Euch einen großen Dank fürs Gegenlesen!

Und wie immer gilt ein Dank dir. Dafür, dass du zu diesem Buch gegriffen hast.

In der Hoffnung, dass wir uns im nächsten Buch wieder lesen, bis bald.